IL MIO DESTINO

IL MIO TORMENTATORE: LIBRO 3

ANNA ZAIRES

Traduzione di
MARTINA STEFANI

♠ MOZAIKA PUBLICATIONS ♠

PARTE I

Sara

Delle labbra calde premono sulla mia guancia, con un bacio dolce e tenero, anche se la barba di un giorno mi graffia la mascella.

"Svegliati, ptichka" mormora una voce con un familiare accento, quando borbotto assonnata e affondo la testa nel cuscino. "È ora di andare."

"Hmm-mm." Tengo gli occhi chiusi, riluttante a lasciare andare il mio sogno. Per una volta, è stato piacevole, c'erano un lago soleggiato, un paio di cani vivaci e Peter che giocava a scacchi con mio padre. I dettagli stanno già svanendo dalla mia mente, ma la luce, la sensazione di euforia rimane, anche se la realtà, insieme all'amara consapevolezza dell'impossibilità del sogno, si sta insinuando.

"Andiamo, amore mio." Dà un delicato bacio sulla parte inferiore e sensibile del mio orecchio, provocandomi piacevoli brividi. "L'aereo sta aspettando. Puoi dormire sulla strada di casa."

Il residuo del sogno svanisce, e mi rotolo sulla schiena, reprimendo una smorfia per il persistente dolore alla spalla sinistra, mentre apro gli occhi per incrociare il caldo sguardo argenteo del mio rapitore. Incombe su di me, con un sorriso tenero che gli curva le labbra scolpite, e per un momento la leggerezza dell'euforia si intensifica.

Siamo vivi, ed è qui con me. Posso toccarlo, baciarlo, sentirlo. Il suo viso è più magro di prima, scavato dallo stress e dalla privazione del sonno, ma la perdita di peso ne evidenzia la cruda bellezza maschile, accentuando quegli zigomi esoticamente angolati e risaltando la linea dura della mascella.

È stupendo, questo assassino che mi ama.

L'assassino di mio marito, che non mi libererà mai.

Mi si irrigidisce il petto, con la gioia contaminata dalla familiare stretta del disprezzo per me stessa e del senso di colpa. Forse arriverà un giorno in cui non mi sentirò così in conflitto, così tormentata dal bisogno che l'uomo mi guardi come se fossi il suo cuore, ma per ora, non posso dimenticare quello che è e ciò che ha fatto.

Non posso lasciar andare la vergogna di sapere che mi sto innamorando del mio tormentatore.

Il sorriso di Peter si affievolisce, e mi rendo conto

che percepisce i miei pensieri, che legge il senso di colpa e la tensione sul mio viso. Nelle ultime due settimane, da quando mi sono svegliata qui nella clinica, ho evitato di pensare al futuro e di soffermarmi su ciò che ha portato all'incidente. Avevo troppo bisogno di Peter per allontanarlo, e lui aveva bisogno di me. Stamattina, però, torneremo nel suo rifugio in Giappone, e non posso più nascondere la testa nella sabbia.

Non posso fingere che l'uomo a cui sono aggrappata come se fosse la mia ancora di salvezza non abbia intenzione di tenermi prigioniera per il resto della vita.

"No, Sara." La sua voce è profonda e dolce, anche se l'argento caldo dello sguardo si trasforma in gelido acciaio. "Non pensarci."

Sbatto le palpebre e addolcisco l'espressione. Ha ragione: non è il momento giusto. Sostenendomi sul gomito destro, dico con tono uniforme: "Dovrei vestirmi. Se puoi scusarmi..."

Si raddrizza, concedendomi lo spazio per mettermi seduta. Grata per la vestaglia ospedaliera, scendo giù dal letto e mi affretto ad andare al bagno, prima che cambi idea e decida di discutere, dopotutto. Abbiamo bisogno di parlare di quello che è successo—lo scontro è atteso da tempo, in realtà—ma non sono pronta per questo. Nelle ultime due settimane, siamo stati più vicini che mai e non voglio rinunciare a quello che abbiamo.

Non voglio tornare a vedere Peter come il mio avversario.

Mentre lavo i denti, studio la cicatrice diagonale sulla mia fronte, dove un frammento di vetro ha lasciato uno squarcio lungo. I chirurghi plastici della clinica hanno fatto un buon lavoro sistemando quello che poteva essere un segno sfigurante, e senza i punti la cicatrice sembra già meno spaventosa. Tra poche settimane, sarà una sottile linea bianca, e tra un paio di anni, potrebbe essere completamente svanita, come i deboli lividi che ancora segnano il mio volto.

Quando il bambino che Peter vuole costringermi ad avere sarà abbastanza grande da notarla e fare domande, non ci dovrebbero essere tracce del mio disastroso tentativo di fuga.

Il mio respiro si blocca a quel pensiero, e premo la mano sullo stomaco, contando i giorni con crescente terrore. Sono passate due settimane e mezzo da quando abbiamo avuto rapporti sessuali non protetti durante una finestra potenzialmente fertile, il che significa che il mio ciclo sarebbe dovuto iniziare qualche giorno fa. Tra gli interventi chirurgici e i farmaci, non ho prestato molta attenzione al calendario, ma ora che faccio i conti, realizzo che è in ritardo. Non così in ritardo da dover entrare in modalità panico totale, ma abbastanza in ritardo da essere seriamente preoccupata.

Potrei essere già incinta.

Il mio primo impulso è quello di correre fuori, trovare l'infermiera più vicina, e chiedere un'analisi del sangue. Sono sicura che abbiano fatto un test di gravidanza due settimane fa, quando sono stata portata in clinica dopo l'incidente, ma le prime tracce di hCG nel flusso sanguigno appaiono solo sette-dodici giorni dopo il concepimento. Indubbiamente sono risultata negativa, e non hanno avuto motivo di ripetere il test.

A parte il fatto che il mio ciclo è in ritardo.

Sto già cercando la maniglia della porta, quando mi fermo. Non appena farò quell'analisi del sangue, Peter lo verrà a sapere. Avrà accesso ai risultati prima di me, e qualcosa dentro di me indietreggia al solo pensiero. Non ho avuto scelta, nessun controllo su nulla nella nostra relazione fino ad ora, e ho bisogno di sentire di averlo, anche se solo per questa volta.

Se c'è un bambino, sta crescendo nel *mio* corpo, e voglio essere io a decidere quando condividere le notizie.

Non è una decisione razionale, lo so. Peter non è stupido. Può anche contare i giorni. Se non ha realizzato che il mio ciclo è ancora in ritardo, lo farà presto, e poi capirà di aver vinto, che nel bene o nel male, siamo legati insieme dal fascio di cellule che forse stanno già crescendo dentro di me.

Dal bambino che nascerà da un assassino ricercato dalle autorità di tutto il mondo e dalla prigioniera oggetto della sua ossessione.

Il mio occhio sinistro inizia a palpitare dolorosamente, con il mal di testa improvviso e implacabile. Non posso più evitare di pensare al futuro, non posso permettermi di prendere ogni giorno come viene e sperare per il meglio.

Devo proteggere questo bambino, ma non so come farlo.

Non posso scappare, e Peter non mi libererà mai.

2

SARA È INSOLITAMENTE SILENZIOSA, MENTRE LASCIAMO la clinica, con le esili dita fredde nella mia stretta, e capisco che si sta nuovamente concentrando sui dubbi che ha su di noi, con la mente iperattiva che analizza tutte le ragioni per cui ciò che stiamo facendo è sbagliato e non può funzionare.

Vorrei poterla rassicurare, spiegarle la mia nuova idea e dirle che ha solo bisogno di essere paziente, ma non voglio fare promesse che potrei non essere in grado di mantenere. Ci sono così tanti strati nel mio piano, così tante parti in movimento, che le probabilità di fallimento sono maggiori di quelle di successo.

Se accetto l'offerta da cento milioni di dollari di Danilo Novak per eliminare Julian Esguerra, io e la mia squadra avremo a che fare con l'uomo più pericoloso che conosca.

In circostanze diverse, non prenderei nemmeno in considerazione l'idea. Esguerra ha giurato di uccidermi per aver messo in pericolo la moglie al fine di salvarlo, ma prima di ciò ho passato un anno a lavorare per lui come consulente di sicurezza per ottenere la lista delle persone coinvolte nel massacro della mia famiglia. Conosco il trafficante d'armi colombiano; ho visto quanto sia violento e senza pietà. La sua organizzazione ha spazzato via uno dei gruppi terroristici più letali della storia, e ha fatto cose indicibilmente crudeli ad altri nemici. Con la sua enorme ricchezza ed i contatti nei governi di tutto il mondo, Esguerra è praticamente intoccabile, con la tenuta nella giungla amazzonica che è l'equivalente di una fortezza militare. Ed è per questo che Novak mi ha offerto tutto quel denaro: perché nessun uomo sano di mente sfiderebbe qualcuno così potente e spietato.

L'unica ragione per cui sto pensando di attuare il mio piano è Sara.

Devo farmi perdonare per l'incidente che l'ha quasi uccisa.

Devo fare tutto il necessario per darle la vita che merita.

Anton è già sull'aereo, quando io e i gemelli saliamo con Sara, e non appena la assicuro al sedile, decolliamo. È un volo di quattordici ore per il Giappone, quindi una volta in volo, rimuovo le scarpe da ginnastica di Sara e l'avvolgo con una coperta, sperando che possa sentirsi a proprio agio e fare un pisolino.

Io stesso non ho dormito molto dopo l'incidente, ma voglio che riposi e guarisca.

Mi guarda con i suoi occhi color nocciola, mentre raggiungo il portatile e chiedo: "Hai fame, amore mio?"

Abbiamo fatto colazione prima di lasciare la clinica, ma ha mangiato poco, così ho portato dei panini extra per il volo.

Scuote la testa. "Sto bene, grazie." La sua voce è melodiosa e un po' roca—una voce da cantante, ho sempre pensato. Vorrei ascoltarla per sempre, sia che parli, sia che canti una delle canzoni pop che ama. Soprattutto, però, voglio sentirle cantare una ninna nanna al nostro bambino, in modo che sappia di essere al sicuro e amato.

Mi sforzo di allontanare quell'idilliaca immagine. Non posso pensare a creare una famiglia con Sara ora... non quando ho un compito così pericoloso davanti a me.

È solo un bene che Sara non sia incinta, e finché non avremo superato questi guai, mi assicurerò che non lo sia.

3

eter

"CHE COS'HAI FATTO?"

Anton mi fissa come se avessi perso la testa, con la mascella barbuta abbassata per lo shock. Come me, i ragazzi si sono alzati presto nonostante il nostro ritardo della scorsa notte, così ho pensato di parlare con loro della prossima missione prima che Sara si svegliasse.

"Ho programmato un incontro con Novak" ripeto, rompendo un uovo in una scodella, prima di versare un po' di latte. "Andremo a Belgrado a metà dicembre. Il bastardo serbo è troppo paranoico, ha detto che comunicherà i dettagli di qualsiasi risorsa abbia nell'organizzazione di Esguerra solo di persona, non tramite e-mail o telefono."

Yan si appoggia a un tavolo vicino, con gli occhi verdi freddamente divertiti, mentre incrocia le gambe alle caviglie. "Perché a metà dicembre? È solo l'inizio di novembre."

Mi stringo nelle spalle. "Non abbiamo fretta, e nemmeno lui." Quest'ultima parte non è vera, in realtà. Novak voleva incontrarci la prossima settimana, ma ho rimandato al mese prossimo. Una volta in ballo, dovremo ballare, e non mi sento pronto.

Voglio—no, *ho bisogno* di—passare del tempo con Sara, prima di procedere con questa missione. Inoltre, i nostri hacker sono alle calcagna di Wally Henderson e potrebbero scoprire presto un'altra pista. È l'ultimo nome sulla mia lista, e di gran lunga il più elusivo. È anche il generale responsabile dell'operazione Daryevo —cosa che lo rende la persona più direttamente responsabile del massacro di mia moglie e mio figlio. Se non fosse stato per l'incidente di Sara, forse l'avremmo catturato in Nuova Zelanda, quando la foto di sua moglie è apparsa su Instagram, pubblicata dall'incolpevole proprietario di un'enoteca orgoglioso della propria clientela. Tuttavia, quando abbiamo deviato verso la clinica svizzera e mi sono ripreso abbastanza da poter mandare i miei uomini a catturare Henderson, era scomparso di nuovo. Solo che questa volta le sue tracce sono fresche, e i nostri hacker sanno dove cercare.

Troveremo Walter Henderson III e, quando lo faremo, strapperò le membra di quel *sookin syn* con le mie mani.

Ilya aggrotta le sopracciglia, con i tatuaggi sul cranio che scintillano alla luce del mattino, mentre si siede su uno sgabello. "Ne sei sicuro, amico? Cento milioni sono *tanti*, ma stiamo parlando di Esguerra. Sarà coinvolto anche Kent, e..."

"Fanculo a Kent." Rompo un altro uovo così duramente che schizza fuori dalla scodella. "Quel bastardo se lo merita, visto il modo in cui ha rovinato tutto con Sara."

"Ma Esguerra?" chiede Anton, riprendendosi dallo shock. "Il tizio ha un piccolo esercito sul suo libro paga, e quella tenuta nella giungla—tu stesso hai detto che è impenetrabile. Come cazzo possiamo—"

"Ecco perché ci incontriamo con Novak, per scoprire qual è il suo asso nella manica." Sto iniziando a perdere la pazienza. "Non sono un fottuto suicida; lo faremo solo se potremo uscirne vivi."

"Davvero?" Yan attraversa la cucina e si siede su uno sgabello accanto al fratello. "Ne sei sicuro? Perché Sara è rimasta ferita, sotto la custodia di Kent."

La sua voce è soffice come la seta, ma riconosco una sfida quando ne sento una.

Mantenendo l'espressione calma, cammino verso il lavandino ed elimino ogni traccia di uova dalle mani. Anton, che mi conosce meglio di tutti, prudentemente si allontana, ma i gemelli Ivanov non si spostano, guardandomi come se niente fosse, mentre cammino distrattamente e mi avvicino a Yan.

"E così, pensi che io stia ragionando con il cazzo?" La dolcezza della mia voce corrisponde alla sua. "Pensi che sia disposto a farci uccidere tutti per punire Kent per aver causato l'incidente di Sara?"

Yan si gira sullo sgabello per guardarmi in faccia. "Non lo so." La sua espressione è leggermente divertita, ma lo sguardo è freddo e acuto. "È così?"

Piego le labbra in un sorriso cupo, mentre chiudo la mano destra intorno al coltello a serramanico nella tasca. "E se fosse così?"

Yan sostiene il mio sguardo per alcuni secondi tesi, mentre l'aria nella stanza si appesantisce per la sfida. Mi piace Yan, ma non posso tollerare questa insubordinazione. Sapeva a cosa sarebbe andato incontro, unendosi a questa squadra, era pienamente consapevole del fatto che per partecipare alla redditizia attività che stavo costruendo avrebbe dovuto aiutarmi con la mia agenda personale. Era quello il nostro accordo, e ho intenzione di attenermi ad esso, anche se ora è Sara a motivare le mie azioni, invece di mia moglie e mio figlio morti.

"Yan." La voce di Ilya è calma, mentre si alza in piedi e appoggia una massiccia mano sulla spalla del fratello. "Peter sa cosa sta facendo."

Yan rimane in silenzio per un altro istante, poi inclina la testa con un sorriso duro. "Sì, ne sono certo. È il *capo*, dopotutto."

Le sue parole sono concilianti, ma non mi lascio ingannare. Dovrò essere estremamente attento in questa missione.

Yan potrebbe facilmente diventare una complicazione.

4

Sara

MENTRE NOI CINQUE FACCIAMO COLAZIONE, NON POSSO fare a meno di notare la tensione al tavolo. Non so se sia successo qualcosa prima che scendessi giù, o se stiano tutti subendo le conseguenze del jet-lag come me, ma il facile cameratismo che ho osservato tra Peter e i suoi uomini non sembra essere presente stamattina.

Invece di scherzare e intrattenermi con aneddoti sulla Russia, i compagni di squadra di Peter divorano le frittate in silenzio e si allontanano rapidamente, con Anton che prende l'elicottero per andare a fare rifornimento, e i gemelli che si dirigono fuori per una sessione di allenamento nei boschi.

"Che cosa sta succedendo?" chiedo a Peter, quando

siamo gli unici rimasti in cucina. "Avete litigato o qualcosa del genere?"

"Qualcosa del genere." Si alza per togliere i piatti vuoti. "Diciamo solo che non tutti sono d'accordo con la linea d'azione che ho scelto."

"Quale linea d'azione?"

"Sto pensando di accettare un'altra offerta di lavoro —una particolarmente redditizia."

Aggrotto la fronte e mi alzo per aiutarlo a sistemare i piatti nella lavastoviglie. "È pericoloso?"

Il suo sorriso non mostra alcun accenno di umorismo. "La nostra vita è tutta un pericolo, ptichka. Il lavoro che facciamo è solo una parte di quello."

"Allora, perché i ragazzi si stanno lamentando?" Poggio il piatto che stavo sciacquando e affronto Peter, asciugandomi le mani su un canovaccio. "Si tratta di qualcosa di peggiore delle vostre solite esibizioni da *Mission Impossible?*"

Il suo sguardo d'acciaio si scalda davanti al mio tono preoccupato. "Non è nulla di cui ti debba preoccupare, amore mio—almeno non subito. Non incontreremo nemmeno il potenziale cliente fino a metà dicembre, e quell'incontro deciderà se accetteremo questo lavoro o meno."

"Oh." La mia preoccupazione si attenua leggermente, contornata dalla crescente curiosità. "Incontrerete questo cliente di persona?" Al cenno con la testa di Peter, chiedo: "Perché? Normalmente non lo fate, vero?"

"No, ma questa volta faremo un'eccezione." Non

sembra incline ad approfondire, e decido di non insistere per ora. Metà dicembre è tra diverse settimane, e mi dirà quando sarà pronto—probabilmente quando non avrà appena discusso con i compagni di squadra.

Finiamo di pulire in un amichevole silenzio, e mi meraviglio di quanto tutto ciò sembri naturale: fare colazione con Peter e i suoi uomini, lavare i piatti, parlare del suo lavoro. Non importa che siamo sul picco di una montagna inaccessibile del Giappone con un metro di neve che ricopre già il terreno o che il lavoro in questione sia un sanguinoso omicidio. Il periodo trascorso lontano da qui—i giorni trascorsi a Cipro con i Kent, seguiti dalla permanenza di due settimane presso la clinica svizzera—sta già cominciando a sembrarmi un brutto ricordo, uno spaventoso intervallo in questa mia nuova vita.

Una vita che sta diventando più comoda e reale ogni giorno che passo qui, in questo luogo estraneo che sto iniziando a considerare la mia casa.

Aspetto il doloroso morso del disprezzo per me stessa e del senso di colpa, ma tutto ciò che provo è una sorta di rassegnazione. Sono stanca di combattere me stessa e questi sentimenti confusi, stanca di resistere e fingere che l'uomo che mi osserva con quegli occhi metallici non sia altro che il mio rapitore—che non mi sia aggrappata a lui nella clinica come un piccolo koala alla mamma. Quando mi sono svegliata questa mattina, da sola in un letto vuoto, volevo piangere—e questo non aveva niente a che fare con il ritardo del ciclo.

Scaccio quel pensiero, prima che ricominci ad entrare nel panico. Sì, ora è in ritardo di diversi giorni, ma ci sono altre possibili spiegazioni per questo. Lo stress, ad esempio, sia fisico che psicologico. Senza un test di gravidanza e in assenza di altri sintomi, non c'è modo di sapere in questa fase iniziale se sto subendo gli effetti dell'incidente o le conseguenze del sesso non protetto. Quindi, per ora, dal momento che non sono pronta a parlare di quest'argomento con Peter, ho bisogno di togliermelo dalla mente e sperare per il meglio.

Se sono incinta, lo sapremo presto.

"Va tutto bene?" chiede Peter, con le sopracciglia scure che si alzano per un preoccupato cipiglio, e mi rendo conto di aver inavvertitamente fatto una smorfia, come se stessi soffrendo.

"È solo il jet-lag" dico, e per placare ulteriormente la sua preoccupazione mi stampo un bel sorriso luminoso sul volto. "Sai, il volo lungo e tutto il resto."

"Ah." Solleva la grande mano, toccando delicatamente la cicatrice in via di guarigione sulla mia fronte. "Dovresti riposare nei prossimi giorni. Non ti sei ancora ripresa completamente." Il cipiglio si fa più profondo. "Forse saremmo dovuti rimanere più a lungo nella clinica."

Rido e scuoto la testa. "Oh, no. Siamo rimasti circa una settimana più del dovuto. Sto bene, sono solo un po' stanca, tutto qui."

"Giusto." Non sembra convinto, e impulsivamente

mi alzo in punta di piedi e gli bacio la linea dura di quella bocca sensuale.

È solo un veloce bacio casto, ma reagiamo entrambi come se avessimo subito un colpo. Non so perché l'abbia fatto, perché mi sia sembrata la cosa più naturale del mondo rassicurarlo in quel modo. Non è perché voglio fare sesso, anche se è così—non mi ha presa da quando siamo stati a Cipro e il mio corpo desidera il suo tocco. No, si è trattato semplicemente di qualcosa che volevo fare, qualcosa che mi sembrava giusto.

Si riprende per primo, con un sorriso lento e seducente che gli curva quelle labbra scolpite, quando mi raggiunge, facendomi scivolare un braccio intorno alla vita per tirarmi a sé, mentre piega dolcemente l'altra mano intorno alla mia mascella, accarezzandomi la guancia con il pollice calloso. "Sara..." La sua voce è bassa e roca, calda come il bagliore negli occhi. "La mia bellissima ptichka... ti amo così tanto."

Mi si stringe il cuore, comprimendo l'aria nei polmoni. Aveva già detto di amarmi, ma mai in questo modo... mai con una tale profondità di sentimenti. Mi penetra nelle ossa, perché per la prima volta gli credo.

Gli credo e voglio ripetere quelle parole.

Quella presa di coscienza è come un martello nel mio cranio. Ho combattuto così duramente contro questo, ho fatto tutto il possibile per evitare di innamorarmi di quest'uomo, per sfuggirgli. Eppure, mentre scappavo via da lui, sapevo di fuggire anche da me stessa, dalla parte oscura di me che vuole abbracciare l'assassino di mio marito, che vuole arrendersi alla fantasia di una vita felice con il killer che mi ha strappata da tutti coloro che amavo. Ho combattuto, sono fuggita, e da qualche parte lungo il cammino è successo lo stesso.

Mi sono innamorata di lui.

Mi sono innamorata dell'uomo che dovrei odiare, del mostro da cui forse avrò un figlio.

Sostiene il mio sguardo e, nei suoi occhi, scorgo lo stesso desiderio feroce che ho cercato così duramente di schiacciare. Ha bisogno di me, questo mio rapitore letale, ha bisogno di me così tanto che è disposto a fare qualsiasi cosa pur di avermi. E per qualche ragione, questa consapevolezza non mi terrorizza più come un tempo.

Non so se in qualche modo io abbia trasmesso i miei pensieri, o se l'astinenza delle ultime due settimane e mezzo sia stata dura per Peter quanto lo è stata per me, ma il fuoco nei suoi occhi brucia in modo più luminoso e il potente braccio intorno alla mia vita stringe, attirandomi al suo corpo.

Il suo corpo duro, completamente eccitato.

Anche il mio corpo si stringe, sentendo un improvviso dolore vuoto, mentre sollevo le mani per premerle sul suo ampio torace. Lo voglio, proprio come lo volevo tutte quelle notti in clinica, quando dormivo coccolata platonicamente nel suo abbraccio. Allora, ha rifiutato di toccarmi, preoccupato per le mie ferite, ma non sto più male, non per le ferite, almeno.

Abbassa la testa, e accolgo il suo duro, divorante

bacio. Questo è esattamente ciò che voglio: essere posseduta da lui, conoscere la violenza della sua passione. Non è più delicato, e non voglio che lo sia. Lo voglio proprio così: rude e quasi fuori controllo, voglio che mi consumi con il bisogno, facendomi bruciare col suo schiacciante desiderio.

Le mie mani in qualche modo finiscono nei suoi capelli scuri, stringendo le folte ciocche di seta, mentre lo bacio nuovamente in modo selvaggio, con le nostre lingue che si sfidano e i corpi che combattono l'uno contro l'altro attraverso la barriera dei vestiti. Sto respirando a fatica ora, e lo stesso vale per lui, mentre mi sostiene sul bordo del tavolo, e poi mi solleva lì sopra, sfilandomi i pantaloni da yoga e il perizoma con un violento strattone. Poi, abbassa la cerniera e il grosso cazzo mi piomba addosso, facendomi gridare per la brutalità. Se non fossi stata così bagnata, mi avrebbe lacerata, ma sono scivolosa dal bisogno, e mentre inizia a spingermi dentro, avvolgo le gambe attorno ai suoi fianchi, abbracciando tutto ciò che ha da dare.

Non passa molto tempo prima che il mio corpo frema, raggiungendo l'orgasmo con un ritmo vertiginoso, e le sue spinte prendono velocità, con il ritmo selvaggio che ci spinge entrambi al limite della sanità mentale. "Oh, cazzo" geme, piegando la testa all'indietro, mentre l'orgasmo lo assale, e io urlo, rabbrividendo per un doloroso piacere, con i muscoli interni che si stringono attorno al suo cazzo pulsante. I getti caldi del suo seme mi bagnano le viscere, e il corpo freme più volte, con il rilascio che dura un'eternità.

Poi, però, si placa, e mi accorgo della pietra dura del lucente tavolo al quarzo sotto la schiena e del peso di Peter che mi schiaccia. Respiriamo entrambi affannosamente, e nonostante lo strato della sua camicia, sento il sudore che gli ricopre la schiena.

Abbiamo appena scopato sul tavolo della cucina, dove chiunque avrebbe potuto sorprenderci.

L'abbiamo fatto come bestie, come se fossero passati anni da quando abbiamo fatto sesso invece di settimane.

Una risatina maniacale mi sfugge, mentre Peter impreca furiosamente e scende giù da me. L'espressione scura come la notte sul suo viso, mentre tira su la cerniera dei jeans, mi fa ridere ancora di più. Ansimando dall'isteria, scivolo giù dal tavolo su gambe traballanti, e vedo i miei pantaloni e il perizoma incastrati sotto la lavastoviglie.

Sono nuda dalla vita in giù.

Il mio sedere nudo era sul tavolo della cucina, come un tacchino che aspetta di essere farcito.

L'isteria raggiunge un nuovo picco, e mi chino, ridendo così forte che le lacrime mi escono dagli occhi. Peter mi sta fissando come se fossi impazzita, e questo non fa che peggiorare le cose, perché so come devo sembrare, con il sedere nudo e sghignazzando come una pazza.

Dopo un paio di minuti, mi calmo abbastanza da pensare di recuperare i vestiti, ma Peter mi afferra per le spalle prima che io possa mettermi carponi. Il cipiglio preoccupato sul suo viso mi provoca una nuova crisi isterica. "Tu... dovrai disinfettarlo" ansimo tra una risata incontrollata e l'altra. "Visto che cu-cucini qui e tutto il resto..."

Sto ridendo troppo per parlare adesso, ma deve aver colto il mio stato d'animo, perché un riluttante divertimento scintilla nei suoi occhi e curva le labbra. E poi ride anche lui, perché ci sono ancora piatti sporchi dappertutto, e abbiamo appena scopato dove chiunque avrebbe potuto vederci, e il suo seme gocciola lungo le mie cosce sulle piastrelle lucide del pavimento.

Alla fine, ci calmiamo e recuperiamo i miei pantaloni e le mutande da sotto la lavastoviglie. Ho la gola irritata e l'addome mi fa male per aver riso così forte, ma mi sento purificata in qualche modo, svuotata da tutte le amarezze e il risentimento. Tuttavia, l'espressione di Peter si sta nuovamente rabbuiando e, mentre mi conduce di sopra a fare la doccia, chiedo: "Che cosa c'è che non va?"

All'inizio non risponde, si preoccupa solo di entrare nella doccia e di spogliare entrambi, quando raggiungiamo il bagno. Aspetto pazientemente, e, quando siamo sotto il getto d'acqua e inizia a lavarmi la schiena, alla fine mormora: "Ti ho fatto male?"

Sbatto le palpebre e mi giro per guardarlo. È questo che lo preoccupa? Che è stato duro? La spalla sinistra è ancora dolorante a causa dell'incidente automobilistico, ma sono abbastanza sicura che il nostro sesso vigoroso non abbia nociuto. "No, certo che no. Te l'ho detto, sto benissimo."

Mi guarda, poco convinto, poi sospira e mi tira a sé per un abbraccio. Chiudo gli occhi per tenere fuori l'acqua che scorre e avvolgo le braccia attorno al suo busto muscoloso. Rimaniamo in piedi in quel modo, stringendoci l'un l'altra senza parole, e sembra così giusto, in tutto il suo essere sbagliato.

Ho la sensazione che tutto sia esattamente come dovrebbe essere.

5

LA MATTINA SEGUENTE, MI SVEGLIO PRIMA DI SARA, E questa è diventata la mia abitudine ultimamente: osservarla dormire per alcuni minuti prima di costringermi ad alzarmi dal letto.

Non so se sia stata solo una mia illusione, ma ieri è stato diverso. È stato come se la tregua provvisoria che avevamo stabilito alla clinica fosse ancora lì. Di solito, dopo il sesso, sentivo lo sforzo di Sara nel ricostruire le sue mura tra amare accuse recriminatorie, ma non ieri. Ieri, non ho percepito il suo conflitto interiore, e dopo essermi assicurato di non averle fatto del male, ho smesso di tormentarmi per aver perso il controllo—e per non aver nuovamente indossato il preservativo nonostante la precedente determinazione ad utilizzarlo.

A questo punto, riempire Sara con il mio seme è istintivo, e quegli istinti si rifiutano di ascoltare le ragioni di voler aspettare che la situazione con Esguerra si sia risolta.

In ogni caso, dubito che ieri fossimo in pericolo. Sara dev'essere verso la fine del ciclo, visto quando è stato l'ultimo. Quando lo ha avuto esattamente? Tre settimane fa o quattro? Aggrotto la fronte davanti allo specchio del bagno, mentre asciugo la schiuma da barba e poso il rasoio. No, mi sto sbagliando. Siamo stati via per quasi tre settimane, e prima ancora non ha sanguinato per almeno—

Qualcuno che bussa sulla porta del bagno interrompe i miei calcoli. "Peter?" La voce assonnata di Sara è stranamente tesa. "Yan vuole parlarti."

Fanculo. Strofino un asciugamano sul volto per sbarazzarmi di qualunque residuo di schiuma possa essere rimasto attaccato alla pelle, ed esco dal bagno. Sara è in piedi accanto al letto, avvolta in una spessa vestaglia, che deve aver indossato per aprire la porta a Yan.

"Ha detto di scendere al piano di sotto il prima possibile" spiega, con un cipiglio preoccupato sulla fronte. "È urgente."

Annuisco, indossando già un paio di jeans. Lo immaginavo, perché i miei uomini non hanno l'abitudine di bussare alla porta della nostra camera da letto. Dev'essere successo qualcosa, ma non riesco a immaginare di cosa si tratti. È impossibile che le autorità o qualche nostro nemico ci abbiano rintracciati qui, e questa è l'unica emergenza che penso possa meritare una tale urgenza.

"Vestiti" dico a Sara, mentre mi dirigo verso la porta. "Nel caso dovessimo partire velocemente."

Sgrana gli occhi per la comprensione, e si precipita a vestirsi, mentre mi affretto a scendere di sotto.

Tutti e tre i miei compagni di squadra sono già lì, raggruppati intorno a Yan, che sta scrutando lo schermo del portatile. Anton sta digitando qualcosa sul telefono.

"Che cosa c'è che non va?" chiedo bruscamente, e i gemelli si girano per guardarmi, con i volti cupi.

"Sara è ancora al piano di sopra, vero?" chiede Yan, rivolgendo un'occhiata indecifrabile alle scale, e annuisco, annullando la distanza tra noi con pochi lunghi passi.

"Che cosa sta succedendo?"

"Da' un'occhiata" risponde, e gira lo schermo verso di me.

In un primo momento, tutto quello che vedo è la familiare e squallida cucina dei genitori di Sara, con i suoi elettrodomestici logori e un davanzale pieno di fiori nei vasi. L'anziano padre di Sara, che indossa una vestaglia, si muove per la cucina con il suo deambulatore, versandosi il caffè e prendendo uno yogurt dal frigo. Ha quasi raggiunto il tavolo della cucina con la colazione, quando un cellulare che squilla interrompe quella che dev'essere stata una mattinata serena.

Charles "Chuck" Weisman appoggia con cura la sua tazza di caffè sul tavolo della cucina e infila una mano nella tasca per estrarre il telefono. "Lorna?" La sua voce è forte e alta, nonostante l'età. "Hai dimenticato di controllare—" Si ferma, e, nonostante l'immagine sgranata, posso vederlo sbiancare, con la bocca che si apre e si chiude per uno shock privo di parole.

La mano libera brancola convulsamente al suo fianco, ma manca la barra del deambulatore, e trattengo il fiato, mentre inciampa. Con mio grande sollievo, riesce ad aggrapparsi al bordo del tavolo. Considerata la fragilità del padre di Sara, la caduta avrebbe potuto facilmente ucciderlo.

"Dove?" è tutto quello che chiede dopo un minuto di rigido ascolto, e poi rimette il telefono in tasca e resta fermo per un attimo, con il mento tremante, prima di ricomporsi e di camminare faticosamente verso la camera da letto per vestirsi.

"Questo è stato registrato circa dieci ore fa" spiega Yan, quando alzo lo sguardo dallo schermo, pronto a rivolgergli furiose domande. "Abbiamo appena finito di ascoltare l'audio completo di questa chiamata. A quanto pare, la madre di Sara è rimasta coinvolta in un incidente d'auto—uno grave. Non erano certi che ce l'avrebbe fatta. I nostri hacker stanno controllando le cartelle degli ospedali, mentre parliamo, ma i medici del pronto soccorso sono notoriamente lenti nel riportare le note nel sistema. La buona notizia è che il padre di Sara è ancora all'ospedale, o almeno non è tornato a casa."

"Mi sono appena messo in contatto con la squadra americana" aggiunge Anton, mettendo via il telefono. "Stanno andando in ospedale, quindi riceveremo un aggiornamento sulle sue condizioni a breve. Ho detto loro di stare molto attenti; sono sicuro che i Federali sorveglieranno il luogo, nell'eventualità che Sara possa presentarsi."

Fanculo. Chiudo gli occhi e mi strofino le tempie per alleviare il mal di testa che sta prendendo il sopravvento. Questo è il peggior incubo di Sara che diventa realtà: uno dei suoi genitori è ferito e lei non è lì. Ha sempre temuto che sarebbe stato il padre, a causa dei problemi di cuore, ma stavolta si tratta di sua madre, relativamente giovane e sana (per avere settantotto anni). Sara sarà più che devastata, e tutti i progressi che abbiamo fatto nella nostra relazione nelle ultime due settimane andranno persi.

Non mi perdonerà mai per averla tenuta lontana dal letto di morte di sua madre. Quest'evento creerà un'altra spaccatura tra noi, una che potrebbe essere ancora più difficile da superare rispetto a quella lasciata dalla morte del marito.

Apro gli occhi, con un dolore sordo che si insinua nel mio stomaco. I miei uomini mi osservano con un misto di curiosità e compassione, ma so che capiscono. Hanno imparato a conoscere Sara negli ultimi mesi, e le vogliono bene. Hanno visto quanto sia affezionata ai suoi genitori anziani, come chieda di loro ogni giorno e osservi diligentemente i video che le procuriamo.

Sanno che questo la distruggerà.

Darà la colpa a se stessa, mentre la darà a me.

"Tenetemi informato sugli aggiornamenti da parte degli americani" ordino con voce roca, e mi dirigo al piano di sopra.

Devo fermare Sara prima che scenda.

Non può scoprirlo, fin quando non sapremo con certezza come stanno le cose.

6

MI GETTO A CAPOFITTO NELLA MIA ROUTINE MATTUTINA, facendo la doccia e lavando i denti in meno di cinque minuti. Impiego altri tre minuti per vestirmi, e poi decido cosa fare. Dovrei precipitarmi di sotto per scoprire che cosa sta succedendo? O fare i bagagli nel caso dovessimo andarcene di corsa?

Il pragmatismo ha la meglio sulla curiosità, così trovo uno zaino in un armadio e comincio a riempirlo con il necessario: tre paia di mutandine pulite, sia per me che per Peter, poi calzini, jeans, camicie, maglioni per tutti e due. Sono sicura che Peter e i suoi uomini riusciranno a procurare nuovi vestiti, se dovremo abbandonare tutto ed evacuare in un altro rifugio, ma sarà utile avere qualche altro indumento da indossare, in modo che non sembri un'emergenza. Non ho dimenticato il volo fin qui, quando le mie uniche opzioni erano la coperta che Peter mi ha costretta a indossare e gli abiti da uomo decisamente troppo grandi per me.

Se posso evitare di indossare i pantaloni della tuta di Peter, lo farò volentieri.

Dopo essermi occupata dei vestiti, passo agli articoli da toeletta, mettendo gli spazzolini da denti e il dentifricio in una bustina di plastica con la chiusura che trovo sotto il lavandino. Mentre li comprimo, insieme al rasoio di Peter e a un tubetto di crema idratante, mi sorprende la mia calma. Ho i palmi sudati e il battito cardiaco è frenetico, ma non sono più stressata di quanto sarei se fossi in ritardo per un volo. Credo che sia perché sotto sotto mi aspettavo che succedesse qualcosa del genere. Nonostante l'abilità con cui Peter e i suoi uomini eludano le autorità, prima o poi, qualcuno li avrebbe rintracciati. Se non l'FBI o l'Interpol, qualche criminale intento a vendicare uno dei loro bersagli.

Persino i signori della droga e i banchieri corrotti possono avere qualcuno che li ama.

Torno in camera per prendere una cintura per i jeans di Peter quando lui entra, con un'espressione nera come la pece.

"Che cos'è successo?" Lasciando cadere lo zaino sul letto, mi precipito verso di lui. "Dobbiamo—"

Mi prende il viso nei palmi callosi e fa scivolare le labbra sulle mie per un bacio duro e violentemente affamato. Non abbiamo fatto l'amore dopo l'incontro in cucina—mi sono addormentata presto a causa del jet lag e Peter mi ha lasciata dormire—e posso assaporare la lussuria repressa in questo bacio, il fuoco oscuro che brucia sempre tra noi.

Spingendomi contro il letto, Peter strappa i miei vestiti, poi i suoi, e poi, senza preliminari, spinge dentro di me, distendendomi con il suo spessore, sbattendomi con l'ardente calore. Grido per lo shock, ma non si ferma, non rallenta. I suoi occhi brillano fieramente, mentre allunga le braccia sopra la mia testa, legandomi i polsi con le mani, e mi rendo conto che c'è qualcosa in più della lussuria a guidarlo oggi, qualcosa di selvaggio e disperato.

La reazione del mio corpo è rapida e improvvisa, come la benzina che prende fuoco. Un minuto prima, digrigno i denti per la spietata potenza delle sue spinte, e quello dopo supero il limite e urlo, mentre raggiungo un'estasi brutale. Non c'è sollievo in quest'orgasmo, solo una riduzione della tensione impossibile, ma non dura nemmeno questo. Il secondo culmine, violento come il primo, ha la meglio, e grido per i dolorosi spasmi, con il piacere che mi squarcia, mentre spinge dentro, più e più volte, portandomi verso il climax e oltre.

Non so per quanto tempo Peter mi scopi in quel modo, ma quando viene, spargendo un seme incandescente dentro di me, ho la gola roca a causa delle urla e ho perso il conto degli orgasmi che è riuscito a strappare dal mio corpo martoriato. I muscoli duri del suo petto brillano di sudore, mentre si ritrae da me, e io giaccio lì, ansimando, troppo stordita ed esausta per potermi muovere.

Se ne va, poi ritorna qualche istante dopo con un asciugamano bagnato, che usa per accarezzare l'umidità tra le mie gambe. "Sara..." La sua voce è dura, carica di emozione, mentre si china su di me per togliermi una ciocca di capelli dalla fronte bagnata di sudore. "Ptichka, io—"

Qualcuno che bussa alla porta fa sobbalzare entrambi.

"Peter." È Yan, con la voce acuta come quella di stamattina. "Devi ascoltarmi. Subito."

Imprecando a bassa voce, Peter salta giù dal letto, trova i jeans nella pila di vestiti sul pavimento e li tira su senza preoccuparsi della biancheria intima. Lo sguardo che mi rivolge voltandosi è feroce, quasi arrabbiato, ma non dice niente, mentre si allontana dalla stanza.

Mi metto a sedere, sussultando per il dolore tra le cosce, e mi sforzo di alzarmi e fare un altro risciacquo veloce prima di vestirmi di nuovo.

Non ho idea di cosa stia succedendo, ma ho una terribile premonizione.

eter

È UNA TESTIMONIANZA DELLA SERIETÀ DELLA SITUAZIONE il fatto di non scorgere sogghigni allusivi, mentre entro in cucina a piedi nudi e senza maglietta, con l'odore del sesso attaccato a me come una colonia primordiale.

"È grave" dice Yan senza preamboli, mentre mi avvicino. "Un autista ubriaco le è andato addosso a un incrocio, e l'auto si è ribaltata tre volte prima di atterrare sul tetto. Ha più di una dozzina di ossa rotte e un'emorragia interna. È stata appena sottoposta a un secondo intervento chirurgico, ma non sta andando bene. Data l'età e l'entità delle ferite, pensano che non ce la farà."

Ogni parola che pronuncia si conficca in profondità

nel mio intestino. "E il padre di Sara?" chiedo, confuso. "Sta—"

"Se la sta cavando finora, ma la sua pressione sanguigna è pericolosamente alta." Lo sguardo di Anton è cupo. "Hanno provato a mandarlo a casa a riposare, ma si è rifiutato di andare. Alcuni dei loro amici sono lì con lui, ma non possono fare più di tanto."

"Giusto." Fisso i miei compari, e nei loro occhi scorgo la cruda consapevolezza di ciò che dovrò fare.

Il rumore di alcuni leggeri passi sulle scale cattura la mia attenzione, e mi volto per vedere Sara che scende i gradini, con il volto a forma di cuore pallido per la preoccupazione.

"Che cosa sta succedendo?" I suoi piedi scivolano sulle piastrelle della cucina, mentre si ferma davanti a noi. Sposta gli occhi color nocciola da me ai miei compagni di squadra, per poi tornare a concentrarsi su di me. "È successo qualcosa?"

"Concedetemi un minuto" dico ai ragazzi, che immediatamente si disperdono, con i gemelli che salgono di sopra, mentre Anton si dirige verso l'armadio vicino alla porta.

"Vuoi che prepari l'elicottero?" chiede in russo mentre mi passa davanti, e annuisco, tenendo lo sguardo fisso su Sara, che sembra più ansiosa con il trascorrere dei secondi.

"Che cos'è successo?" ripete, avvicinandosi a me, e capisco che non posso più rimandare. Allungandomi, le stringo la delicata mano tra i palmi e, nel modo più gentile possibile, le comunico ciò che ho appena appreso.

Il suo viso perde ogni parvenza di colore, quando ho finito, e le dita sono gelide nella mia presa. Ha gli occhi ancora asciutti, ma so che è lo shock ad impedirle di crollare. Il mio passerotto ha appena subito un colpo devastante, e se non agisco subito, non si riprenderà mai.

La perderò.

Lo so.

Lo sento.

È la cosa più difficile che abbia mai dovuto fare, ma dico in modo deciso "Ti ho vista fare i bagagli prima. Sei pronta per partire?"

Sbatte le palpebre senza capire. "Che cosa?" La sua voce è confusa, anche se lo sguardo si concentra su di me con un'improvvisa e disperata speranza. "Per andare dove?"

"A casa" dico, e il dolore nell'intestino si intensifica, con il vuoto che si diffonde fino ad inghiottirmi il cuore. "Ti riporto a casa, amore mio, prima che sia troppo tardi."

8

Sara

Fisso l'esterno dall'oblò dell'elicottero sotto le nubi, con i pensieri confusi e il petto dolorosamente rigido. Forse è perché sono ancora sotto shock, ma tutto è successo con una tale velocità che semplicemente non riesco a comprenderlo, non riesco a dare un senso a questo sviluppo e al groviglio di emozioni che mi soffocano dentro.

Mamma è rimasta coinvolta in un incidente d'auto. Potrebbe morire.

Peter mi sta riportando a casa.

I miei respiri sono superficiali, eppure ogni volta che respiro, mi fa male, come se l'aria all'interno della cabina fosse troppo densa. Mi sento come se avessimo impiegato solo pochi minuti a partire, a salire sull'elicottero e volare via, come se questo fosse sempre stato il nostro piano, come se avessimo parlato e deciso che era giunto il momento.

Il momento di tornare a casa.

Il momento della morte di mamma.

Mi si blocca il respiro, mentre inspiro particolarmente forte, e devo faticare per far espandere i polmoni, per far passare l'ossigeno attraverso una trachea che non è più larga di uno spillo.

Il fatto è che non ne abbiamo discusso. Affatto. Peter mi ha informata, e questo è tutto. Poi c'è stato solo il trambusto della partenza, abbiamo afferrato tutto ciò di cui avevamo bisogno e siamo saliti sull'elicottero. E una volta lì, ha iniziato a parlare al telefono, a organizzare qualcosa, parlando molto in russo e poco in inglese. Ho catturato frammenti delle sue conversazioni, ma ero troppo stordita per dare un senso alle parole. Per dare un senso a tutto, in realtà. Come può riportarmi a casa, se lo stanno cercando? Se sa che nel momento in cui mi presenterò lì, potrei essere portata via da qualche parte in cui potrebbe non trovarmi mai più?

Come può lasciarmi andare, quando ha giurato che non l'avrebbe mai fatto?

Vorrei chiedergli tutto questo e molto altro, ma non è accanto a me. È sul divano, rannicchiato davanti a un portatile con i gemelli. Sento una raffica di parole in russo, mentre indicano qualcosa sullo schermo, e mi rendo conto che stanno pianificando la logistica di questa operazione imprevista, cercando di capire come piombare lì e farmi atterrare sotto il naso delle autorità.

Potrei alzarmi e pretendere risposte, ma questo potrebbe deconcentrarli, far perdere loro alcuni dettagli cruciali che potrebbero fare la differenza tra la vita e la morte, o almeno tra la cattura e la libertà. Così, mi siedo e guardo fuori dall'oblò, concentrandomi sull'estenuante compito della respirazione.

Inspirare, espirare. Lentamente e costantemente. Mi sforzo di sfruttare l'aria innaturalmente densa, mentre tengo lo sguardo sulle soffici nuvole all'esterno. Concentrarmi su di esse mi aiuta ad affrontare la consapevolezza che là fuori, a migliaia di chilometri di distanza, mamma è sotto i ferri di un chirurgo, con il fragile corpo aperto e sanguinante. Ho assistito a centinaia di interventi chirurgici, eseguito dozzine di tagli cesarei da sola, e so come sembri, come la carne umana sia solo carne a quel punto, qualcosa che il medico taglia, affetta e ricuce per salvare la persona che non è una persona per il medico in quel momento, ma un compito, una sfida da affrontare.

Il mio stomaco si trasforma in un nodo, con il petto che si stringe ulteriormente, e sussulto per un fastidioso solletico sulla guancia, solo per poggiarci la mano, quando sembra bagnata.

Non mi ero resa conto che stessi piangendo, ma ora che lo so, cerco di ricompormi e mi concentro su qualcosa al di là dell'immagine mentale del corpo di mamma su una barella, con lo stomaco aperto per riparare i danni. E di papà nella sala d'aspetto dell'ospedale, esausto e privato del sonno, con il cuore sopraffatto e affaticato.

Perché Peter sta facendo questo? Provo a rifletterci, perché fare questo è meglio delle immagini nella mia testa. Mi lascerà andare per sempre o tornerà a prendermi? Nel secondo caso, deve rendersi conto che rapirmi una seconda volta non sarà così facile. Sta correndo un enorme rischio riportandomi a casa, eppure lo sta facendo. Perché?

Potrebbe essersi stancato di me?

No. Scaccio quel pensiero patetico e insicuro. Di qualunque altra cosa possa trattarsi, Peter è l'esatto opposto della volubilità. Una volta che si mette in testa una linea di condotta, non se ne discosta, che si tratti di vendicare la propria famiglia o di inserirsi nella mia vita. Ieri ha detto di amarmi e io gli ho creduto. Gli credo ancora.

Non mi sta riportando a casa, perché vuole liberarsi di me.

Lo sta facendo per me. Perché mi ama.

Mi ama abbastanza da rischiare di perdermi.

ATTERRIAMO SU UNA PISTA PRIVATA VICINO A CHICAGO proprio mentre il sole sta tramontando. Non ho idea di quanti favori Peter abbia dovuto chiedere per avere il via libera dal controllo aereo, ma l'elicottero tocca terra senza interferenze. Un'anonima berlina ci sta aspettando, quando scendiamo dall'elicottero, e Peter mi conduce lì, con le forti dita che mi tirano delicatamente per il gomito.

Il suo viso è come un blocco di granito, duro come non l'avevo mai visto. Non abbiamo avuto la possibilità di parlare durante il volo, e non ho idea di cosa stia pensando. Per la maggior parte del viaggio, è stato al telefono a pianificare con i suoi uomini, e io ho alternato pisolini irrequieti con pianti silenziosi. Poche ore fa, abbiamo saputo che mamma è sopravvissuta all'operazione, ma che i suoi organi vitali continuano ad essere instabili.

Non è un buon segno.

Ci fermiamo davanti alla macchina, e vedo un uomo sul sedile di guida.

Alzo lo sguardo per scrutare il volto di Peter. "Hai intenzione di—"

"Ti farà scendere all'ospedale" dice con voce dura e piatta. "Non verrò con te."

Me lo aspettavo, eppure quelle parole mi dilaniano. "Quando—" Mando giù il nodo che mi sta crescendo nella gola. "Quando tornerai a prendermi?"

Mi fissa, con la maschera inespressiva che cade. "Non appena sarà possibile, ptichka" dice con voce ferma. "Non appena sarà possibile, cazzo."

Il nodo in gola si espande e le lacrime mi bruciano gli occhi. "Quindi, rimarrò qui finché mia mamma non si riprenderà?"

"Sì, e finché non avrò finito con—" Si interrompe e fa un respiro profondo. "Non importa. Hai già abbastanza grattacapi. Tutto quello che devi sapere è che *tornerò* a prenderti." I suoi occhi mi perforano, mentre mi afferra il viso tra i palmi grandi e ruvidi. "Mi hai sentito, Sara? A prescindere da quello che succederà, finché sarò in vita, tornerò per te. Sei mia, ptichka. Finché saremo entrambi vivi."

Avvolgo le mani attorno ai suoi solidi polsi, con delle lacrime ardenti che mi rigano le guance, mentre sostengo il suo sguardo. Un tempo, la sua affermazione mi avrebbe terrorizzata, ma ora attenua il dolore che mi stringe il petto, dandomi qualcosa a cui aggrapparmi, mentre se ne va e il mio nuovo mondo—quello che è centrato attorno a lui—cade a pezzi.

Tornare a casa è quello per cui ho combattuto tutti questi mesi, ma oggi non provo alcuna gioia, solo un terribile vuoto nel cuore, dove Peter ha scavato così spietatamente uno spazio per se stesso.

Si appoggia e mi bacia le lacrime sulle guance. "Vai, amore mio." Lasciandomi andare, indietreggia. "Non c'è tempo da perdere."

E prima che io possa dire qualcosa—prima che possa dirgli cosa provo—si gira e si dirige verso l'elicottero, lasciandomi accanto alla macchina.

Lasciandomi tornare a casa da sola.

DOVREI ESSERE FELICE CHE ABBIAMO RAGGIRATO LE autorità statunitensi e che questa mini-operazione si sia conclusa senza intoppi, ma il dolore che provo nel petto è troppo schiacciante, troppo forte. So che questo è solo temporaneo, ma mi sento come se qualcuno mi avesse squarciato e strappato il cuore ancora pulsante.

La mia *ptichka* stava piangendo, quando me ne sono andato. E forse è solo pura illusione, ma ho avuto l'impressione che non fosse felicissima di essere a casa —e non solo a causa delle circostanze. Il modo in cui mi ha chiesto quando sarei tornato—*quando*, non se—e lo sguardo nei suoi occhi nocciola...

È tutto ciò che ho sempre desiderato, e non ho avuto altra scelta che andarmene. Liberarla, quando ogni egoistico istinto mi urlava di tenerla stretta, di incatenarla a me e non lasciarla mai andare. E oltre a tutto questo c'è l'irrazionale paura per la sua sicurezza, la terribile paranoia che qualcosa potrebbe accaderle, mentre non ci sono. Questo deriva dal suo incidente, lo so, ma non migliora le cose.

La farò sorvegliare, ma non sarò nelle vicinanze, e questo mi uccide.

"Sei sicuro di quello che stai facendo?" chiede Ilya, sedendosi accanto a me, mentre il nostro jet si solleva, con le ruote che rientrano con uno stridio. "Non è troppo tardi. Possiamo ancora tornare indietro, e—"

"No." Chiudo gli occhi e mi sforzo di respirare. "Quel che è fatto è fatto."

Darei qualsiasi cosa per tenere Sara con me, ma non posso—non senza distruggere lei e qualunque altra possibilità abbiamo di un futuro insieme.

Ad ogni modo, potrebbe essere la cosa migliore che lei non sia accanto a me, quando farò quello che devo fare per garantire quel futuro.

Tornerò a prenderla, ma prima devo occuparmi di Novak e di Esguerra.

10

IMPIEGHIAMO QUASI DUE ORE AD ARRIVARE IN OSPEDALE —troviamo traffico lungo la strada—e ho i nervi scossi, quando il conducente mi fa scendere davanti all'ingresso e scompare. Non ha risposto a nessuna delle mie domande, quindi non ho idea di chi sia o di quale sia il suo rapporto con Peter e la squadra. E forse questa è la cosa migliore. Non ho dubbi sul fatto che sarò interrogata non appena l'FBI scoprirà che sono qui.

La mia speranza è quella di vedere mamma e papà prima che ciò accada.

Combattendo per contenere l'ansia, mi affretto ad attraversare i familiari corridoi. Non ho bisogno dei segnali che mi indichino l'unità di terapia intensiva.

Quest'ospedale è quello in cui ho svolto il tirocinio e quello in cui ho lavorato per tanti anni; lo considero casa mia più di quella in cui vivevo.

"Lorna Weisman?" chiedo, affrettandomi verso la reception dell'unità di terapia intensiva, e poi aspetto, urlando tra me e me con impazienza, mentre un'assistente di mezz'età con una permanente rossa e sgargiante cerca il nome.

Mi accorgo del momento esatto in cui trova le note speciali che l'FBI ha lasciato nel sistema. Mi fissa, con occhi sgranati e sorpresi dietro agli occhiali con la montatura verde, e balbetta: "U-un attimo solo."

Afferro il bordo del tavolo. "Dov'è?" Mi chino, imitando il tono più terrificante di Peter. "Me lo dica *subito*."

"I-in chirurgia." La donna si tira indietro tanto quanto la stazza lo consenta. Le sue dita piene di anelli cercano il telefono sul tavolo. "L'hanno po-portata dentro un'ora fa."

"Di nuovo?"

Annuendo freneticamente, trova il pulsante di emergenza sul telefono. "C'era un'ulteriore emorragia interna e—"

Non rimango ad ascoltare i dettagli. Tra pochi minuti, la sicurezza—e forse l'FBI—sarà qui, e devo trovare papà prima di allora. Peter ha detto che papà non era ancora tornato a casa e, dato quello che ho appena saputo, non ho dubbi che sia qui, in attesa di vedere se mamma riuscirà a farcela.

C'è una grande sala d'aspetto nell'unità di terapia

intensiva, ma non lo trovo lì. È possibile che si sia recato nella mensa per mangiare qualcosa o che sia andato al bagno. Ad ogni modo, non c'è tempo da perdere, così corro verso una delle sale d'aspetto più piccole che sono di lato. Alcune famiglie preferiscono quelle per una maggiore privacy, quindi c'è una piccola possibilità che papà possa—

"Sara?"

Giro a destra, con il battito del cuore che salta a quella voce familiare.

È la mia amica Marsha. Indossa il camice da infermiera e mi fissa come se fossi appena comparsa da sotto il suo letto. Dietro di lei c'è un altro volto scioccato e noto: Isaac Levinson, uno dei più cari amici di mio padre. Lui e sua moglie, Agnes, sono seduti nell'angolo della piccola sala d'aspetto in cui ho infilato la testa, e accanto a loro c'è—

"Papà!" Mi precipito, quasi inciampando su una sedia, mentre le lacrime mi offuscano la vista e mi soffocano il respiro.

"Sara!" Papà piega le braccia attorno a me—sono molto più magre e deboli di quanto ricordassi—e mi rendo conto che sta piangendo anche lui, con il fragile corpo tremante per i singhiozzi. Tirandosi indietro, mi fissa con incredulità mescolata alla crescente gioia, con la bocca che trema, mentre mi afferra le mani. "Sei qui. Sei davvero qui."

"Sono qui, Papà." Gli stringo le mani tremanti e faccio un passo indietro, asciugandomi le lacrime, mentre stabilizzo la voce. "Sono qui ora. Dimmi... Come sta mamma?"

Il suo viso si contorce. "Ha ancora l'emorragia. Pensavano che fosse sotto controllo, ma devono aver sbagliato qualcosa oppure i punti si sono strappati dopo averla ricucita. La sua pressione sanguigna è crollata di nuovo, quindi la stanno operando un'altra volta, e—"

"Dottoressa Cobakis."

I miei muscoli si irrigidiscono, mentre mi volto per affrontare la sconosciuta voce maschile.

È una guardia di sicurezza, accompagnata da un poliziotto col volto infantile. Le loro espressioni sono caute ma determinate, e la mano destra del poliziotto incombe sulla sua pistola, come se si aspettasse che io iniziassi a sparargli.

"Dottoressa Cobakis, deve venire con noi" dice la guardia di sicurezza, e mi rendo conto che il suo pizzetto biondo sembra vagamente familiare. Devo averlo visto in ospedale. Non che questo abbia importanza. A giudicare dall'aspetto risoluto sul volto lentigginoso, non posso aspettarmi alcun aiuto o comprensione da parte sua—o del giovane poliziotto, che mi sta fissando come se indossassi un giubbotto esplosivo al posto dei jeans e di un maglione.

"Aspettate un momento—" inizia a dire mio padre, indignato.

"Non è qui" lo interrompo, alzando le mani sopra la testa per mostrare che non ho armi. Capisco da dove derivi la loro diffidenza e intendo fare il possibile per metterla a tacere. "Sono sola, lo giuro."

Marsha, che si è apparentemente ripresa dallo shock, fa un passo avanti, aggrottando le sopracciglia verso la guardia. "Che cosa stai facendo, Bob? Questa è la mia amica Sara. È—"

"Sappiamo chi è." La voce del giovane poliziotto trema leggermente, stringendo le dita sull'impugnatura dell'arma, mentre si avvicina cautamente. "Non vogliamo problemi, ma—"

"Oh, per l'amor del cielo, la madre della ragazza è in chirurgia!" Agnes Levinson si fa strada a forza di dare gomitate, superando il marito e mio padre per fissare la guardia e il poliziotto dalla sua altezza di un metro e cinquanta. I suoi capelli color sale e pepe si aprono come un'aureola intorno al piccolo viso, mentre cammina davanti a me, con le mani sui fianchi in una posa adirata, e dice: "Mio marito e mio figlio sono entrambi avvocati, e posso assicurarvi che vi *denunceremo* per molestie. Lasciate che la ragazza parli con suo padre, e poi potrete avere il vostro turno." Si gira verso di me, addolcendo gli occhi castani. "Sara, cara, stai bene?"

Sbatto le palpebre e abbasso lentamente le mani, quando né Bob la guardia, né il poliziotto si muovono verso di me. "Sto... sto bene. Grazie." L'amicizia tra i Levinson e i miei genitori risale a quasi due decenni fa, e i miei genitori mi hanno sempre detto che Agnes e Isaac mi considerano la figlia che non hanno mai avuto. Fino a questo momento, ero convinta che fosse un'esagerazione; non li ho mai considerati qualcosa di più di una bella coppia di anziani amica dei miei genitori. La difesa di Agnes nei miei confronti è più simile a qualcosa che farebbe una famiglia, e mi ritrovo ad essere assurdamente commossa, specialmente quando Isaac si fa avanti e inizia a discutere con i miei potenziali catturatori con tutto il linguaggio legale a sua disposizione, dando a mio padre la possibilità di afferrarmi il braccio e tirami da una parte.

"In fretta, tesoro, parlami." La voce di papà è bassa e urgente, mentre il suo sguardo vaga sul mio viso prima di soffermarsi preoccupato sulla cicatrice semi-guarita sulla fronte. "Che cos'è successo? Che cosa ti ha fatto? Come sei riuscita a scappare?" Prima che io possa rispondere, si sporge in avanti e mi sussurra nell'orecchio: "Dobbiamo portarti subito da un avvocato. So che hai dovuto dire quelle cose al telefono, ma si rifiutano di credermi. Li ho sentiti parlare di questo, e invocheranno la Legge sulla Sicurezza Nazionale a causa dei suoi legami con il terrorismo. Dobbiamo procurarti un buon avvocato o—"

"Sara! Santo cielo, ragazza, dove sei stata?" Marsha si unisce a noi, prendendomi per un braccio come se potessi evaporare nel nulla. I suoi ricci alla Marilyn Monroe oscillano selvaggiamente, mentre mi fa girare per costringermi a guardarla. "Che cosa ti è successo? Dove sei stata?" I suoi occhi azzurri indugiano sulla cicatrice, e ansima. "Che cos'è successo al tuo viso?"

Sopraffatta, faccio un passo indietro. "Marsha, per favore—"

"Sara Cobakis." Il poliziotto con il viso infantile in qualche modo è riuscito a sbarazzarsi dei Levinson e a spingere Marsha da una parte, con una mano ancora una volta sull'impugnatura dell'arma. "Deve venire subito con me."

Alzo di nuovo le mani. "Nessun problema. Per favore, collaborerò, lo giuro."

Ora è mio padre a farsi avanti con fare belligerante. "Non andrà da nessuna parte, finché non avrà un avvocato, e—"

"Fermi tutti!"

E mentre tutti noi restiamo a bocca aperta, un commando dei Reparti Speciali irrompe nella stanza, con il volto coperto e le armi spianate.

Sara

"TE L'HO DETTO, NON SO DOVE SIA" RIPETO PER LA quarta volta. "Non ho idea di come abbia fatto ad entrare e uscire dal Paese senza essere visto, e non conosco l'uomo che mi ha portata dall'aeroporto—non l'avevo mai visto prima. Mi dispiace, ma non posso proprio aiutarti."

L'Agente Ryson mi fissa, con gli occhi freddi sul viso rugoso. "Ti consiglio di rifletterci, Dottoressa Cobakis. Dovrai affrontare delle accuse molto gravi, e meno collorerai, peggio sarà per te."

"Sto collaborando pienamente." Le mie unghie tagliano nei palmi sotto al tavolo, ma mantengo un tono calmo. "Ho detto tutto quello che so. Sono stata rapita e portata su una montagna remota in Giappone, dove sono rimasta negli ultimi cinque mesi, ad eccezione di un breve soggiorno a Cipro, dove un fallito tentativo di fuga mi ha provocato una permanenza di due settimane in una clinica della Svizzera."

Ryson si sporge in avanti, e sento un alito di caffè stantio. Deve averne bevute diverse tazze per rimanere sveglio fino a quest'ora. "Quanto pensi che siamo idioti, Dottoressa Cobakis? Nessuno crederebbe nuovamente al tuo giochino. Una delle società di comodo di Sokolov possiede la tua casa ed è così da mesi. Abbiamo confessioni di testimoni oculari sui tuoi incontri con lui da Starbucks e in un club del centro diverse settimane prima del tuo cosiddetto rapimento —per non parlare delle registrazioni di tutte le telefonate ai tuoi genitori."

"Ho già spiegato tutto." Ho la calma appesa a un filo. "Quello che ho detto ai miei genitori al telefono è stato un tentativo di placare la loro preoccupazione per me—niente di più. Per quanto riguarda i miei incontri con lui, sì, ci sono stati. Dopo aver fatto irruzione in casa mia—quando mi ha drogata e torturata con l'acqua, ricordi?—è scomparso per alcuni mesi, per poi tornare a seguirmi. Ti ho contattato a quel punto e ti ho detto che mi sentivo osservata. Ti ho chiesto se fosse tornato, e mi hai assicurato che fossi al sicuro. Ma non lo ero. Era lì, a studiare ogni mia mossa, non immagini. Non sei riuscito a proteggermi da lui, proprio come non sei riuscito a proteggere George, quindi non fingere di non capire che rivolgermi a te potrebbe essere stato più un male che un bene."

La bocca dell'agente si assottiglia, mentre si appoggia. "Allora, che cos'hai fatto? Hai deciso di affrontare questo psicopatico da sola, quando si è fatto vivo? Ti aspetti davvero che ti crediamo?"

Mi brucia il viso per la derisione nella sua voce. "Con il senno di poi, non è stata la decisione migliore, ma al momento non vedevo molte alternative. Ha detto che mi avrebbe trovata, a prescindere da dove mi avessi nascosta, il che implicava che più persone sarebbero potute rimanere coinvolte in quel modo—e gli ho creduto. Non sapevo cosa fare, così gli ho dato quello che voleva, vivendo alla giornata finché non avessi trovato una soluzione migliore."

"Oh, davvero? E che cosa voleva?"

Incrocio lo sguardo accusatore di Ryson. "Secondo te?"

È il primo a sbattere le palpebre e a guardare altrove. Sospirando pesantemente, si strofina la fronte in un gesto stanco, e per un momento mi sento quasi male per lui. Se accetta che sono innocente, dovrà anche accettare che ha fallito nel suo lavoro—che ha permesso a un mostro di invadere la mia vita e di portarmi via proprio sotto al loro naso. Sarebbe molto più facile se fossi la cattiva in questa storia, se potessero in qualche modo dimostrare che ho tramato contro di loro per tutto il tempo. Solo che i fatti non supportano questa tesi, e loro lo sanno.

Sono qui da più di un'ora, e, nonostante tutte le loro minacce, non mi hanno ancora accusata.

Qualcuno bussa alla porta, e poi la testa bionda di un'agente donna fa capolino. "Agente Ryson? Abbiamo bisogno di te per un secondo."

La segue fuori, lasciandomi sola nella piccola stanza degli interrogatori, e mi accascio nella scomoda sedia di metallo, esausta. Poi, ricordo che probabilmente mi stanno ancora osservando e mi raddrizzo, cercando di evitare di guardare il mio pallido viso nel grande specchio sul muro. Sono così stressata che sono sul punto di arrendermi, ma non voglio che lo sappiano. L'interrogatorio, unito agli inevitabili effetti del jet-lag e alla preoccupazione per mamma, mi ha strappato via tutto, e se potessi, crollerei e dormirei per le prossime diciotto ore. Purtroppo, devo rimanere sveglia e vigile.

Devo convincerli della mia innocenza, in modo da poter stare con i miei genitori.

Dopo che la Squadra Speciale ha preso d'assalto l'ospedale e mi ha trascinata fuori, ho deciso che la mia migliore scommessa sarebbe stata quella di rispondere alle domande degli agenti il più sinceramente possibile, omettendo solo quello su cui sono certa di non poter farla franca. Peter non mi ha dato alcuna istruzione in merito, quindi deve aspettarsi che io riveli tutto, mentre prende provvedimenti per mitigare le conseguenze—spostando la squadra in un altro rifugio e così via. Per quanto riguarda i Kent, sono abbastanza certa che siano intoccabili con tutte le loro ricchezze e connessioni, ma voglio rimanere al sicuro non menzionando affatto i loro nomi—non c'è motivo che i Federali pensino che tali dettagli possano essere condivisi con me, una prigioniera.

Tuttavia, la cosa principale che intendo nascondere è lo stato attuale della mia relazione con Peter—e che tornerà presto per me.

"Qualche notizia su mia madre?" chiedo all'Agente Ryson, quando torna nella stanza qualche minuto dopo, e annuisce, rimettendosi a sedere davanti a me.

"L'intervento è andato bene" dice, e un gigantesco nodo di tensione si dissolve tra le scapole. "Hanno trovato la fonte dell'emorragia e l'hanno fermata" continua. "È ancora troppo presto per dichiararla stabile, ma la situazione sembra più incoraggiante."

Nonostante la mia determinazione di rimanere stoica, devo sbattere rapidamente le palpebre per trattenere le lacrime. "Grazie." La mia voce è carica di emozioni appena contenute. "Lo apprezzo."

Si sposta sulla sedia, sentendosi a disagio. "Prego" dice in tono burbero. "Non siamo dei mostri qui, lo sai. Il che ci porta alla prossima domanda, Dottoressa Cobakis." Incrocia le braccia sul petto e mi fissa di nuovo con durezza. "Se quello che stai dicendo è vero —se Sokolov ti ha seguita, minacciata e rapita; se ti ha tenuta prigioniera per tutti questi mesi—perché ti avrebbe riportata qui ora?"

Scaccio tutti i pensieri su mamma e mi concentro su come superare questo interrogatorio. Prima risponderò alle domande di Ryson, prima potrò vederla.

"Sokolov si è stancato di me" dico senza batter ciglio, avendo perfezionato mentalmente la menzogna sul vialetto. "Ha cercato di convincermi ad aprirmi con lui, permettendomi di telefonare alla mia famiglia e trattandomi abbastanza bene in generale, ma continuavo a respingere le sue avances, e alla fine si è stancato. Sospetto che possa aver trovato un'altra sventurata donna su cui fissarsi, ma le mie sono solo delle semplici illazioni."

"Giusto." Il tono dell'agente è carico di sarcasmo. "Si è 'stancato'" proprio quando i tuoi genitori hanno avuto più bisogno di te."

"No, aveva già cominciato a distaccarsi quando"—tocco la cicatrice sulla fronte—"è successo questo. In seguito, non riusciva nemmeno più a toccarmi. Eppure, mi ha tenuta, finché l'incidente di mamma non gli ha dato una buona scusa per sbarazzarsi di me."

Ryson solleva le sopracciglia folte beffardamente. "Aveva bisogno di una scusa?"

"Non è forse vero che tutti i mostri si reputano angeli?" Tengo lo sguardo fisso sul suo viso. "Persino i peggiori criminali amano pensare di essere brave persone e di essere semplicemente degli incompresi—tu, tra tutti, dovresti saperlo. E Sokolov non è diverso, te lo assicuro. Si era convinto che gli importasse di me, e, quando si è stancato del nuovo giocattolo, ha avuto bisogno di una scusa per sbarazzarsene. L'incidente di mamma era l'ideale, ed eccomi qui, solo un po' danneggiata." Tocco un'altra volta la cicatrice, come se fossi amareggiata per la deturpazione.

"Uh-uh." Ryson mi fissa senza aggiungere altro, e mi rendo conto che sta aspettando che io dica qualcosa per riempire il silenzio sempre più scomodo.

Quando continuo a guardarlo con calma, si alza in piedi e mi rivolge un freddo sorriso. "Va bene, Dottoressa Cobakis. La mia collega mi ha appena informato che l'avvocato che la tua famiglia ha assunto è già qui, dall'altra parte della porta. Dato che non ti abbiamo ancora accusata formalmente, sei libera di andare... per ora. Verificheremo la tua storia, e se scopriremo che hai mentito—e intendo dire su *qualsiasi* cosa—nessun avvocato riuscirà a salvarti."

"Capisco." Nascondo il sollievo, mentre lo seguo fuori dalla stanza. Come speravo, la cooperazione ha dato i suoi frutti. Sulla strada per venire qui, ho preso in considerazione l'idea di avvalermi di un legale, ma ho deciso che sarebbe stato meglio comportarsi come qualcuno che non ha nulla da nascondere, anche a rischio di autoincriminarmi rispondendo alle domande senza un avvocato. Questa strategia potrebbe ancora ritorcersi contro di me, ma per il momento sono libera di fare ciò per cui sono venuta qui: trascorrere del tempo con i miei genitori.

Un uomo alto e con i capelli color sabbia ci viene incontro, quando usciamo dal corridoio della zona degli interrogatori. Con mio grande stupore, lo riconosco.

È Joe Levinson, il figlio di Agnes e Isaac—e a quanto pare, il mio avvocato.

Rimanendo inespressiva, stringo la mano a Joe e lo

ringrazio per essere venuto. Sorride educatamente a Ryson, promette che non lascerò la città senza informarli, e mi conduce con calma nell'ascensore. È solo quando usciamo insieme dall'edificio e saliamo su un taxi che mostro il mio stupore.

"Pensavo che ti occupassi di diritto societario" dico, fissando l'uomo che è, se non proprio un amico d'infanzia, almeno un conoscente molto stretto. "Come hai—"

"Stavo bevendo qualcosa con i clienti in centro, quando mio padre mi ha chiamato" spiega Joe, sogghignando. "Naturalmente, mi sono precipitato non appena ho potuto. Probabilmente non ti ricordi, ma subito dopo la scuola di legge, ho svolto un tirocinio di due anni presso un'organizzazione non governativa per i diritti umani, difendendo il diritto di processare i presunti terroristi e così via. La paga era una merda e, francamente, molti dei clienti mi terrorizzavano, così sono passato al diritto societario. Ma le vecchie abilità e il gergo sono ancora lì, quindi se mai sarai accusata di aver aiutato un sospetto terrorista e avrai bisogno di un avvocato con un'ora di preavviso, sono l'uomo perfetto per te."

Peter è un assassino, non un terrorista, ma non mi interessa discutere su questo punto. "Hai ragione" dico, sorridendo. "Mi ricordo ora. I tuoi genitori erano preoccupati per te, quando lavoravi lì."

"Sì." Il suo sorriso si allarga per un secondo. Poi, la sua espressione si fa seria, e dice sottovoce: "Mi dispiace per tua madre. È una donna straordinaria, e spero che possa farcela."

"Grazie, lo spero anch'io." Mi si stringe la gola, e devo sbattere nuovamente le palpebre.

Joe mi lascia guardare fuori dal finestrino, nelle strade buie della notte, finché non riprendo il controllo. Poi, dice gentilmente: "Sara... Ovviamente, non sono davvero il tuo avvocato—tuo padre troverà qualcuno molto più qualificato per gestire il tuo caso— ma voglio che tu sappia che puoi parlarmi, se vuoi. Non so che cosa ti sia successo, e va benissimo se non vuoi discuterne, ma voglio solo che tu sappia che sono qui per te, ok?"

Lo guardo, scorgendo la sincerità nei suoi occhi azzurri, e per la prima volta vorrei aver fatto una scelta diversa al college. Invece di impegnarmi subito con George quando avevo appena diciotto anni, avrei potuto procedere più lentamente e prestare più attenzione al figlio degli amici dei miei genitori... al ragazzo carino e timido che è sempre stato ai margini della mia vita. È vero, non mi ha mai eccitata, ma forse l'attrazione sarebbe cresciuta nel tempo—se gli avessi concesso una possibilità.

Sono cresciuta sentendo molto storie su Joe, sui suoi successi a scuola e su quanto fossero orgogliosi i suoi genitori di lui, ma non gli ho mai prestato molta attenzione. Ha sette anni più di me, e quella differenza di età sembrava insormontabile, quando ero un'adolescente. Quando avevo vent'anni non significava più niente—ma a quel punto ero ormai sposata.

Non abbiamo mai avuto la possibilità di esplorare quello che sarebbe potuto essere, e sicuramente non avremo questa possibilità ora—non con un assassino russo che domina la mia vita e il mio cuore.

"Grazie, Joe. Lo apprezzo." Mantengo un tono leggero, fingendo che l'offerta non significhi nulla, come se non avesse indicato la volontà di lasciarsi coinvolgere nel terrificante casino che è la mia vita. Non so che cosa abbiano detto i miei genitori ai Levinson sulla mia situazione, ma tra il commento sul "sospetto terrorista" e il fatto di dovermi far uscire dall'edificio dell'FBI in centro, Joe deve avere un'idea di quello che affronterebbe.

Accetta il mio silenzio e tace anche lui. Per il resto del tragitto verso l'ospedale, non parliamo, e per me va benissimo così.

Nella mia vita non c'è spazio per Joe, e non sarebbe sicuro per lui pensarla diversamente.

eter

NON TORNIAMO IN GIAPPONE—CON SARA NELLE grinfie dell'FBI, è troppo rischioso. Così, voliamo a Praga, dove il nostro rifugio si trova in un piccolo villaggio a una ventina di chilometri dalla città. È nevicato durante la notte, e il luogo sembra molto pittoresco, con uno strato bianco e incontaminato che copre tutti i tetti e i rami degli alberi spogli.

"Perché non potevamo scegliere un posto caldo?" brontola Anton, quando scende dalla macchina su un cumulo di neve. "Davvero, quel rifugio in India sarebbe perfetto in questo momento."

Se non avessi appena lasciato andare la donna che è la mia vita, avrei riso per lo sguardo disgustato sul suo viso. Ma non sono dell'umore giusto per le cazzate di

Anton, così dico semplicemente: "Perché dobbiamo stare nell'Europa dell'Est." Non che io abbia bisogno di dirlo—sa bene quanto me perché siamo qui. Durante il volo, ho riprogrammato l'incontro con Novak, anticipandolo alla prossima settimana.

Henderson è ancora a piede libero, e, se non posso passare il tempo con Sara, non ha senso posticipare l'incontro.

"Mi piace qui" dice Ilya, guardandosi intorno nel paesaggio innevato. Non abbiamo tanta privacy come in Giappone, ma la casa è sufficientemente lontana dai vicini da darci almeno l'illusione di avere un rifugio invernale privato. "È carino."

"Sono d'accordo con Anton su questo. Ne ho abbastanza del freddo" dice Yan, dirigendosi verso la casa. "Se non altro, presto saremo al caldo; ho sentito dire che la tenuta di Esguerra nella giungla è bella e abbrustolita." Mi guarda mentre lo dice, ma non abbocco.

A questo punto, nessuno deve sapere cosa sto davvero pianificando.

È più sicuro per tutti in questo modo.

È solo quando abbiamo disfatto le valigie e ci siamo sistemati nella nuova casa che mi concedo di pensare a Sara e di sentire il doloroso vuoto che rappresenta la sua assenza nella mia vita. È passato solo un giorno, ma già sento la mancanza, e la desidero così tanto che mi sento dilaniato dentro. Gli americani la stanno tenendo d'occhio, quindi riceverò aggiornamenti giornalieri, ma non è abbastanza. La voglio qui, al mio fianco. Voglio stringerla, vederla sorridere e sentirla ridere. Scoparla finché non ha la voce troppo roca per urlare il mio nome e il bruciore nelle vene non si placa.

Presto, prometto a me stesso, mentre esco per esplorare la zona e impostare gli allarmi perimetrali. Presto riavrò la mia ptichka.

Per ora, può godersi la sua vita precedente.

S*ara*

"MAMMA!" MI CHINO SUL SUO LETTO, SORRIDENDO TRA le lacrime. Ha gli occhi annebbiati a causa degli antidolorifici, ma sono aperti, e mentre le stringo dolcemente le dita intorno alla mano destra non ferita, le sue labbra screpolate si muovono.

"Sa-Sara?"

"Sono io, Mamma." Le lacrime mi rigano il viso senza controllo, e non mi preoccupo di asciugarle. Sono troppo sollevata, troppo felice.

Dopo un'intera nottata tra la vita e la morte, mamma si è svegliata.

"Ecco, bevi." Le porto una tazza con una cannuccia alle labbra, e lei beve un sorso prima di chiudere di nuovo gli occhi.

Le stringo la mano e guardo papà, che si è alzato in piedi dietro di me. Ha le guance bagnate, mentre fissa sua moglie.

"Ora starà bene, vero?" I suoi occhi sono cerchiati di rosso, ma speranzosi, mentre mi guarda, e annuisco, senza nascondere l'esultanza.

"I suoi organi vitali sono stabili e lo sono dalle ultime tre ore. Escludendo un'infezione, ce la farà."

Le dita di mamma si muovono nella mia mano, così la guardo e vedo che ha di nuovo gli occhi aperti.

"Sara, sei davvero tu...?" Sbatte le palpebre e cerca di concentrarsi nella persistente foschia dell'anestesia. "Tesoro, sei davvero tu o sto sognando?"

"Sono davvero qui, Mamma." La mia voce si incrina. "Sono a casa."

"È tornata, Lorna." Papà mi avvolge un braccio intorno alla vita, con un sorriso tremante e trionfante. "La nostra piccola Sara è tornata."

"Che cosa..." Comincia a tossire, e le do subito un altro sorso d'acqua. "Che cos'è successo?" Il suo sguardo confuso si sposta da me alle carrucole che le sostengono le gambe ingessate e il braccio sinistro, per poi tornare a concentrarsi su di me.

Papà sprofonda su una sedia vicino al letto, mentre mi asciugo le lacrime sul viso e dico con la massima fermezza: "Sei stata colpita lateralmente da un autista ubriaco, mentre andavi al supermercato. Hai delle costole rotte, le gambe sono fratturate in diversi punti e il braccio sinistro è praticamente schiacciato. Hai riportato anche alcune lesioni interne, che hanno reso necessari tre interventi chirurgici." Avrei potuto indorarle la pillola, ma mamma detesta essere trattata come una bambina, quando si tratta di questioni mediche importanti. Vuole sempre conoscere l'intera portata del problema nel modo più dettagliato possibile. Non dimenticherò mai come ha perseguitato i medici di papà, quando lui ha avuto l'infarto qualche anno fa.

Quando papà ha lasciato l'ospedale, ne sapeva più lei sulle sue condizioni e le opzioni di trattamento della maggior parte dei cardiologi.

Le sue labbra secche si muovono di nuovo. "No, intendevo dire..." Cerca di formare le parole. "Sei qui. Come hai...?"

"Peter mi ha riportata a casa, Mamma" dico sottovoce, stringendole di nuovo la mano. "Non appena abbiamo saputo dell'incidente, mi ha riportata a casa."

È un gioco pericoloso quello a cui sto giocando—mantenere la bugia (che ora è la verità) sul fatto di essere l'amante di Peter per i miei genitori, pur avendolo negato all'FBI. Ma non vedo alcun altro modo per spiegarlo. Peter tornerà a prendermi, e non posso far sì che i miei genitori lo ritengano un mostro, quando mi riporterà via. Per quanto sia rischioso, devono credere che siamo innamorati. E al tempo stesso, l'FBI deve credere che io sia la vittima di Peter. Non ho idea di come farò a gestire tutto questo, ma farò del mio meglio.

Non che papà mi creda per davvero. Mentre aspettavamo che mamma si svegliasse, mi ha sottoposta a un interrogatorio che ha fatto impallidire quello dell'FBI a confronto. Il suo obiettivo era quello di trovare delle falle nella fiaba che ho raccontato loro in tutti questi mesi e, nonostante i miei migliori sforzi, non si è del tutto convinto.

No, non sapevo che Peter fosse un ricercato, quando ci siamo conosciuti e abbiamo iniziato a frequentarci, ho detto a papà, ripetendo quello che avevo detto prima sul fatto di credere che il mio nuovo fidanzato fosse un imprenditore che lavorava per varie ditte negli Stati Uniti e all'estero. No, non sapevo che fosse nei guai con la legge, quando ho lasciato il Paese con lui, sebbene stessi iniziando ad avere dei sospetti. No, non è pericoloso come dicono; è tutto un grande fraintendimento. Infatti, lavora come imprenditore indipendente svolgendo attività di consulenza sulla sicurezza; è solo che alcuni dei suoi clienti non sono del tutto rispettosi della legge, e questo è ciò che lo ha messo nei guai con l'FBI. Sì, ci siamo incontrati per la prima volta in un locale notturno di Chicago e ci siamo frequentati in segreto per diverse settimane. Sì, ha acquistato la mia casa tramite una società di comodo, come ha detto l'FBI. Perché? Perché pensava che mi sarei pentita di averla venduta così impulsivamente.

È stato difficile rispondere ad alcune domande. So che cosa ha raccontato l'FBI ai miei genitori sui presunti crimini di Peter: quasi nulla, invocando lo status di riservatezza del suo caso. Tuttavia, i miei genitori non sono stupidi, e hanno fatto qualche indagine per conto proprio. Le parti sul "sospetto terrorista" e sull'"aver ucciso delle persone" sono emerse da una conversazione tra gli agenti che papà ha ascoltato, ma in qualche modo ha collegato il mio rapimento ad un inseguimento ad alta velocità sull'I-294, durante il quale un elicottero della polizia è esploso, causando un enorme tamponamento e una rinnovata indignazione contro la violenza delle gang di Chicago.

"È successo la notte in cui sei scomparsa ed è finito sul notiziario per settimane" mi ha detto papà. "L'FBI non lo ha ammesso, ma so che è stato lui. Dev'essere così. Perché altrimenti avrebbero mandato un'intera unità delle Forze Speciali per recuperarti? Quell'uomo è pericoloso, e i Federali lo sanno. Non so se sia coinvolto con la droga, il terrorismo o altro, ma è un poco di buono."

E per quanto io abbia cercato di convincere papà che i presunti crimini di Peter sono semplici frodi e che non so nulla di quell'incidente interstatale (ed è vero, perché sono stata drogata durante il rapimento), si è rifiutato di credermi.

"Parlami di Marsha e dei Levinson" ho detto infine, cercando disperatamente di cambiare argomento. "Come mai erano lì con te?"

Per fortuna, questo ha funzionato, e per le due ore successive abbiamo parlato della vita dei miei genitori durante la mia assenza e di come i Levinson li abbiano aiutati a superare la crisi in diversi modi. E anche

Marsha—a quanto pare, aveva iniziato a telefonare ai miei genitori ogni settimana, assicurandosi che stessero bene e chiedendo informazioni su di me.

"Non appena ha saputo che Lorna era stata portata al pronto soccorso, è venuta lì, procurandosi i migliori medici e aiutandoci a tagliare la burocrazia" ha detto papà, con gli occhi lucidi per le lacrime. "Se non fosse stato per lei, non so se tua madre sarebbe—" Ha fatto una pausa, lasciandosi sfuggire un respiro tremante, e l'ho abbracciato, sentendo il familiare senso di colpa e la vergogna, il disgusto per me stessa mescolato a una rinnovata rabbia nei confronti di Peter.

Sì, il mio tormentatore mi ha riportata a casa, ma prima mi ha rapita. Per mesi, mi ha tenuta lontana dalla mia famiglia. Non posso dimenticarlo. Avrei dovuto esserci *io* con i miei genitori, non Marsha e i loro amici. Avrei dovuto essere *io* ad assicurarmi che mamma ricevesse le migliori cure. Invece, ero in Giappone, ad innamorarmi dell'assassino di mio marito... lasciandolo penetrare nel mio cuore e nella mente, mentre mentivo ai miei genitori, più e più volte.

Vorrei detestare Peter per questo—per tutto, in realtà—ma odio solo me stessa. Mi odio perché già mi manca, perché essere a casa non ha ridotto nemmeno un po' il disperato desiderio di riaverlo. Lo voglio così intensamente che è come un dolore fisico; la pelle mi fa letteralmente male, quando penso a quanto desidero il suo tocco.

Presto, dico a me stessa, mentre mi chino per baciare mamma, che ha chiuso di nuovo gli occhi. Conosco

Peter, non rimarrà lontano da me a lungo. Dovrei godermi questo periodo con la mia famiglia, invece di struggermi per l'uomo che mi riporterà via da loro.

Sono una pessima figlia, ma non devono saperlo.

Lo scopriranno abbastanza presto.

Sara

A MEZZOGIORNO, FINALMENTE CONVINCO PAPÀ A tornare a casa e riposarsi, e rimango in ospedale con mamma, alternando tra il tenerle compagnia e il sonno in una branda che le infermiere hanno portato nella sua stanza. Ogni volta che esco per bere un caffè o per uno spuntino, molti uomini dal volto sospetto mi seguono. Agenti dell'FBI, molto probabilmente, anche se potrebbero essere poliziotti in borghese—non ho idea di come funzionino le loro giurisdizioni. Ovviamente non sono fuori dai guai, ma per ora mi stanno lasciando andare avanti con la mia vita, e sono grata per questo.

Non voglio trascorrere il poco tempo che mi rimane qui in prigione.

Marsha è entrata nella stanza di mamma dopo aver finito il turno, e dopo essermi assicurata che mamma stesse dormendo profondamente, ho lasciato che la mia amica mi convincesse ad andare al Patty per parlare un po'.

"Allora" dice, mentre ci sediamo al tavolo all'angolo. "Sei tornata."

"Sono tornata" confermo, poi faccio un gesto verso il cameriere. Sto tirando avanti quasi senza dormire mai, e ho voglia di qualcosa di veramente grasso e malsano. In generale, mi sento a pezzi, con tutto il corpo dolorante per la stanchezza e la schiena distrutta per aver passato la notte raggomitolata sulla branda dell'ospedale.

"Hamburger e patatine fritte, con formaggio extra e sottaceti" dico al cameriere quando arriva. "E faccia in fretta, per favore. Sto morendo di fame."

Marsha solleva le sopracciglia, ma non commenta la mia scelta. Così, ordina un'insalata greca e due birre, una per ciascuna di noi.

"Possiamo festeggiare il ritorno della figlia prodiga" dice, e cerco di ricambiare il sorriso, mentre il senso di colpa mi inonda di nuovo il petto.

"Grazie per aver tenuto d'occhio i miei genitori mentre ero via" dico, quando il cameriere se ne va. "Papà mi ha detto quanto tu sia stata di grande aiuto con mamma, e ti sono enormemente grata. Se c'è qualcosa che posso fare per te..."

Respinge i miei ringraziamenti muovendo una mano perfettamente curata. "Oh, per favore. È stato un piacere. Mi piacciono i tuoi, e mi dispiace davvero per quello che è successo a tua madre. Spero che si riprenda presto."

"Anch'io." Cerco di sorridere un'altra volta. "Allora, dimmi... come stai? E che mi dici di Andy e Tonya? Andy sta ancora con—"

"Oh, no, non ci provare." Marsha piega gli avambracci sul tavolo e si sporge in avanti, infilzandomi con lo sguardo. "Non parleremo di niente di tutto ciò, finché non mi dirai dove diavolo sei stata, chi è quest'uomo con cui sei scappata, e perché cazzo non ho saputo niente di lui, finché non sei scomparsa dalla faccia della Terra."

"Non sono scomparsa. Ho chiamato sempre i miei genitori, e—"

Mi interrompe con un altro movimento della mano. "Non fa differenza. Te ne sei *andata*. Non hai detto una parola a nessuno, nessun avviso per la tua clinica, hai abbandonato tutte le tue pazienti—compresa quella ragazza che aveva bisogno di un cesareo il giorno dopo. Oh, e l'FBI ci ha assillato per avere informazioni su di te per settimane. Se non è una sparizione questa, non—"

"Ok, ok, va bene. Hai vinto." Afferro la birra dal cameriere, mentre si avvicina al tavolo, ma mi bagno appena la labbra. Non solo sto subendo le conseguenze del jet-lag e della mancanza di sonno, ma c'è una possibilità che io possa essere incinta.

Mettendo giù il bicchiere, fisso il liquido marrone, cercando di scacciare tutti i pensieri su una possibile gravidanza, in modo da potermi concentrare. Non so quale versione della storia raccontare a Marsha: quella per l'FBI, in cui sono la vittima di Peter o quella che ho raccontato ai miei genitori, secondo la quale sono innamorata di un uomo che è coinvolto in qualcosa di losco, ma che è principalmente perseguitato ingiustamente dalle autorità.

"Stai tergiversando" dice Marsha, e sospiro, staccando gli occhi dalla birra.

"Hai ragione: sono sparita" comincio a dire lentamente, cercando ancora di decidere quale sarebbe la storia migliore per Marsha. "Hai parlato con i miei genitori, però, no? Devono averti detto che cos'è successo."

"Quello che sapevano, che non era molto." Marsha prende la sua birra. "E non aveva senso, con l'FBI che ci stava alle calcagna come i cani che rilevano le bombe."

"Uh-uh." Mi guardo intorno e vedo due degli uomini che mi stavano seguendo fuori dall'ospedale a un tavolo sul lato opposto del bar. A tre tavoli di distanza dal nostro ci sono altri due dei miei stalker, e sono abbastanza sicura di aver già visto anche il ragazzo davanti al bar.

Beh, ho preso una decisione. I "cani che rilevano le bombe" sono qui, e non ho dubbi sul fatto che Marsha sarà interrogata poco dopo la nostra conversazione.

Anzi, non c'è alcuna garanzia che non stia lavorando per loro in questo momento.

Non appena quel pensiero mi sfiora, mi sento una terribile amica, ma questo non dissipa il sospetto. Ha troppo senso. Ci conosciamo da molti anni—conosco Marsha da quando ho iniziato il tirocinio presso l'ospedale—ma siamo sempre state più colleghe di lavoro che altro. Innanzitutto, Marsha è sempre stata single e a caccia, mentre io ero sposata e lavoravo ottanta ore a settimana. Non potevo mai accompagnarla alle uscite notturne tra ragazze che le piacciono tanto, e trovava noiose le attività come le cene di famiglia, quindi la nostra amicizia tendeva a ruotare attorno all'ospedale e le nostre conversazioni raramente andavano oltre il superficiale. È stata gentile e comprensiva dopo l'incidente di George, sempre pronta ad ascoltarmi durante una pausa caffè, ma non l'ho mai coinvolta negli aspetti più disordinati della mia vita.

Marsha è una buona amica, un'amica simpatica, ma non è il tipo di amica che avrebbe iniziato a chiamare i miei genitori frequentemente—non senza un piccolo incoraggiamento, almeno.

Un incoraggiamento che potrebbe facilmente essere venuto dall'FBI.

Certo, è possibile che io sia troppo stanca per poter pensare lucidamente—o questo oppure stare con Peter mi ha resa troppo paranoica. Eppure, nella remota possibilità che i miei sospetti siano giusti—o nell'ipotesi più favorevole ma meno probabile che Marsha menta all'FBI per me—decido di optare per la versione vittima della storia.

Sfortunatamente, questo significa che devo ricominciare dall'inizio e spiegarle di George. E siccome sono abbastanza sicura che l'FBI non vuole che riveli informazioni segrete, ho bisogno di essere creativa anche qui.

Mi fa male la testa al solo pensiero di tutte le mezze verità e bugie che dovrò continuare a sostenere.

Quando ho finito di raccontare l'inizio della storia, gli occhi di Marsha sono più grandi dell'hamburger che sto divorando. "George era sulla lista di quest'assassino russo? Perché? Che cosa—"

"Non ho mai scoperto tutti i dettagli, ma aveva a che fare con una storia sulla mafia di cui George si stava occupando." Decido di sfruttare la bugia originale dell'FBI come giustificazione per le azioni di Peter. "In ogni caso, ha fatto irruzione in casa mia, mi ha torturata con l'acqua e mi ha drogata per scoprire dove si trovasse George—e poi l'ha ucciso."

Lascio che Marsha metabolizzi, mentre mi infilo due patatine in bocca. Sto davvero morendo di fame. Quando vedo che sta per lanciarsi in ulteriori domande, dico: "Quindi, sì, è così che ci siamo conosciuti. Capisci perché non potevo dirlo ai miei genitori, vero?"

Annuisce, con il viso incredibilmente pallido sotto il fondotinta e l'insalata dimenticata davanti a lei.

"Bene" continuo. "Così, ho impiegato un po' a cercare di superare tutto questo, e poi mi hai invitata per una serata con Andy e Tonya. Siamo andate in quel locale in centro, ricordi? Quello con il simpatico barista che in seguito ha chiesto di me?"

Marsha annuisce di nuovo, ancora muta.

"A quel punto mi si è avvicinato un'altra volta" le dico. "Proprio lì in quel locale. Ecco perché Andy ha pensato che mi stessi comportando in modo strano, quando me la sono filata: ero appena stata avvicinata dall'assassino di mio marito, che mi aveva ordinato di incontrarlo il giorno successivo da Starbucks. E la situazione è precipitata da lì in poi. Aveva installato delle telecamere in tutta casa mia, mi seguiva ovunque andassi e quando provavo a scappare in un albergo si presentava nella mia camera, e... Beh, non importa." Lascio che sia Marsha a tirare le sue conclusioni—che, a giudicare dall'orrore sul viso, sono di gran lunga peggiori di quello che è realmente accaduto.

Mi sento orribile—l'istinto è quello di proteggere la mia amica dal pericoloso casino della mia vita, come ho protetto i miei genitori—ma questo è quello che ho raccontato all'FBI e devo rispettarlo. Inoltre, è tutto vero, o almeno credibile. L'unica parte che sto trattenendo è la mia confusione su tutto questo—la mia riluttante attrazione per l'uomo che avrei dovuto odiare e disprezzare.

Un'attrazione che è cresciuta diventando molto di più.

"Oh Dio, Sara..." Marsha sembra sul punto di vomitare la poca insalata che ha consumato. "Mi dispiace così tanto, tesoro. Non ne avevo idea. E questo... questo *mostro*—poi ti ha rapita?"

"Dopo alcune settimane, quando l'FBI ha scoperto che si trovava nella zona, sì. Prima di allora, mi ha lasciata andare avanti con la mia vita, e lui era solo...

all'interno di essa." Faccio un cenno al cameriere per avere dell'acqua, dato che non riesco a bere la birra. Ho sete e mi sento stranamente stordita, come se avessi già bevuto alcol.

In generale, mi sento malissimo, con il dolore nella parte bassa della schiena che si sta intensificando insopportabilmente e lo stomaco che brontola dopo tutto quel cibo così grasso. Sento anche caldo e vorrei piangere—dev'essere dovuto allo stress che sta avendo la meglio.

"Non capisco" dice Marsha, mentre faccio un respiro profondo nello sforzo di schiarirmi le idee. "Perché l'ha fatto? Perché proprio te? È solito rapire le donne? Aveva un intero harem di vittime—dove ti ha portata?"

"In Giappone, e no. Per quanto ne so, sono l'unica a cui abbia mai fatto questo. Riguardo al perché, beh, perché alcuni uomini fanno questo?" Le rivolgo un sorriso incerto. "Era ossessionato da me, credo. Comunque sia, alla fine si è stancato, ed eccomi qui."

Marsha sta fissando la cicatrice sulla mia fronte. "È stato lui a provocarti quella?" Si tocca la fronte, con voce tesa. "Ti ha fatto del male?"

"No, quella cicatrice è dovuta a un incidente d'auto, quando ho provato a fuggire e sono andata a sbattere con la macchina" spiego. "In generale, non mi ha fatto davvero del male. A parte il sequestro e l'omicidio di George, mi ha trattata abbastanza bene."

"Bene. Questo è... positivo, credo." La voce di Marsha trema, mentre si allunga verso la birra. Noto che anche la sua mano è instabile, e un rinnovato senso di colpa mi dilania. Vorrei poterle raccontare tutto, farle capire quanto Peter sia complicato, come possa essere crudele e gentile allo stesso tempo. Come stare con lui sia stato meraviglioso e terrificante, come fare un giro sulle montagne russe senza freni.

Vorrei poterle dire tutta la contorta verità, ma non posso, così mi stampo un bel sorriso di plastica sul viso e mi scuso per poter andare al bagno. Il mio stomaco borbotta così forte che sto iniziando ad avere i crampi, e sto sudando nonostante il freddo che entra nel bar dalla porta aperta.

Quando entro nel bagno piccolo e sporco, la sensazione di crampi si intensifica, e un improvviso sospetto mi sfiora la mente, bloccandomi il respiro nei polmoni.

Potrebbe essere così? Finalmente mi sono venute le mestruazioni?

Quando controllo, trovo una macchia di sangue nelle mutande. Il ciclo—con più di una settimana di ritardo—è finalmente iniziato. Ecco perché mi sento così di merda: è il primo giorno, e ho tutti i sintomi, dal dolore lombare e le vampate di calore al malumore e i crampi.

È ufficiale.

Non sono incinta.

Io e Peter non avremo un bambino.

Dovrei sentirmi sollevata, ma mentre fisso quella macchia marone-rossiccia, essa cresce nella mia vista, colorando il mio mondo con la stessa maledetta tonalità. Tremando, mi premo il pugno sulla bocca, ma non riesco a contenere il singhiozzo che mi sale nella gola, né quello che segue. Per quanto possa sembrare folle, mi sento come se avessi perso qualcosa, come se una parte perversa di me non solo si fosse abituata alla possibilità di un bambino, ma lo stesse anche aspettando con ansia.

Quel bambino—quello che ero così sicura di non volere—non è mai esistito al di fuori delle mie paure, eppure sento la sua perdita come se avessi abortito.

"Va tutto bene?" chiede Marsha, quando esco dal bagno una ventina di minuti dopo, e annuisco, senza preoccuparmi di nascondere gli occhi gonfi e il viso chiazzato, mentre mando giù la birra ormai calda. So cosa sta pensando: raccontare la storia del mio rapimento mi ha resa emotiva, ricordandomi il trauma di ciò che ho passato. E glielo lascio pensare, perché questo è meglio della verità.

È meglio che non sappia che, nonostante ciò che ha fatto Peter—nonostante i crimini orribili che ha commesso, sia contro di me che contro altri—sono ossessionata da lui tanto quanto lui lo è da me.

Per quanto sia sbagliato, ora appartengo a lui, con la mente, il corpo e il cuore.

eter

La settimana che precede l'incontro con Novak è tra le più lunghe della mia vita. Incrementiamo le nostre provviste, ci procuriamo più armi e intensifichiamo l'allenamento quotidiano, spingendoci fino al punto dell'esaurimento totale, ma questo non è sufficiente a far passare le ore più velocemente. Ogni giorno sembra un mese, ogni notte una lotta senza fine per dormire senza Sara al mio fianco. Se non fosse per i rapporti quotidiani degli uomini che ho ingaggiato per sorvegliarla, sarei già sull'aereo per gli Stati Uniti, e avrei mandato all'aria il bisogno dei suoi genitori di rivederla e il mio piano.

Non che i rapporti siano poi così approfonditi.

L'FBI è alle calcagna di Sara, la segue ovunque, e i miei uomini devono restare in disparte, cercando di non attirare l'attenzione. A parte l'evidente pericolo per loro, non sarebbe una buona cosa per Sara, se l'FBI sapesse che sono ancora interessato a lei. Grazie ai nostri hacker che sono entrati nei file di Ryson, so che cosa gli ha detto Sara, e non voglio minare alcun aspetto della sua storia. Gli agenti devono credere che mi sia stancato di lei e che l'ho lasciata andare per sempre; altrimenti la nasconderebbero e probabilmente la condannerebbero per aiuto e favoreggiamento. L'unico motivo per cui non l'hanno ancora fatto è la connessione della famiglia di Sara. Tra i contatti dei media del suo defunto marito e gli amici dell'avvocato dei suoi genitori con i legami a Washington, questo caso ha il potenziale per i titoli nazionali—cosa che molti individui di alto livello, compreso Henderson, stanno cercando disperatamente di evitare.

Per ora, Sara è al sicuro, ma non lo sarà a lungo, se scoprono che mente.

Ad ogni modo, mentre era via, l'FBI ha trovato tutte le telecamere e i dispositivi di ascolto che avevo installato in casa sua, e dopo essere comparsa così casualmente a seguito dell'incidente di sua madre, hanno pensato di controllare anche la casa dei genitori. Quindi, tutto quello che ho ora sono le note dell'FBI che i nostri hacker mi mandano, e i rapporti generici sui suoi movimenti da parte degli uomini che ho assunto per seguirla. Non è abbastanza, e mi sento malissimo a causa del bisogno di sapere che cosa sta facendo, come si sente, a cosa sta pensando.

Se prima ero ossessionato da lei, ora che l'ho tenuta con me per tutti questi mesi sembra più una dipendenza fisica.

"Fanculo, torna a prenderla" mormora Anton, asciugandosi il sangue dalle labbra, dopo che gli ho dato un pugno troppo violento durante una sessione di allenamento. "Oppure prenditi un calmante. Davvero, amico, non riesci a stare qualche giorno senza pestarmi?"

Per questo, lo colpisco direttamente al plesso solare, e quando si china, ansimando come un pesce fuor d'acqua, afferro un giubbotto appesantito e vado a correre per evitare di ucciderlo. So che il mio amico ha ragione—sto davvero impazzendo, e ho scaricato l'ira sui ragazzi—ma questo non riduce la rabbia e la frustrazione. Non dormo per una notte intera da... beh, dall'incidente di Sara, ora che ci penso. Gli incubi sulla morte della mia famiglia—quelli che erano quasi scomparsi grazie a Sara—sono tornati, solo che ora sono accompagnati da un sogno ancora più terrificante in cui la perdo.

È la mia realtà notturna, e ogni volta che mi sveglio, in preda al sudore freddo, cerco il rapporto più recente su di lei, rileggendolo più volte per assicurarmi che si sia trattato solo di un sogno, che la mia ptichka sia viva e vegeta senza di me.

Dato quello che sto per fare, è molto più sicura a casa di quanto non sarebbe al mio fianco.

È quest'ultimo pensiero a permettermi di andare avanti, di resistere all'impulso di fare esattamente quello che ha detto Anton e di rapirla nuovamente sotto al naso dei Federali. Potrei farlo—i loro agenti non sono alla mia altezza, né a quella della mia squadra —ma la madre di Sara non sta ancora bene e Sara mi odierebbe, se la portassi via dalla sua famiglia così presto. Inoltre, ho in mente un obiettivo completamente diverso, e per raggiungerlo devo seguire questo percorso, a prescindere da quanto possa essere difficile.

Devo credere che alla fine ne sarà valsa la pena.

16

Sara

UNA SETTIMANA SENZA PETER.

Sembra surreale, come un sogno dal quale sto aspettando di svegliarmi. O forse è il fatto che io non dorma bene a dare ai miei giorni questa strana qualità simile a un sogno. In un certo senso, è come se fossi entrata in una macchina del tempo—sono in un ospedale, in attesa che una persona cara si riprenda da un debilitante incidente d'auto. Solo che allora era George il paziente, e lui non riuscì mai ad uscire dal coma.

La prognosi di mamma è decisamente migliore. I medici hanno fatto un buon lavoro nel ricucirla, e le ferite non si sono infettate. È ancora immobilizzata con tutti i gessi, e forse non riacquisterà mai il pieno utilizzo del braccio sinistro—troppi nervi e tendini sono stati danneggiati lì—ma una volta che le gambe rotte saranno guarite, con la necessaria fisioterapia dovrebbe riprendere a camminare.

Papà è al settimo cielo, sia per la prognosi di mamma che per il fatto che sono a casa. Ogni volta che entra nella sua stanza e mi trova seduta accanto al capezzale, gli trema la bocca, come se stesse per piangere, ma sorride gioiosamente.

"Continuo a pensare che sparirai" confessa, quando ci sediamo per cenare nella mensa dell'ospedale. "Che se mi allontanassi per un secondo, non ti rivedrei *più*." Apre le mani in un movimento simile a quello di un mago. "Un attimo prima ci sei, quello dopo no."

"Oh, Papà..." faccio una smorfia e guardo il piatto, inforcando la pasta con una posata di plastica. Il senso di colpa mi sta mangiando viva, perché questo è esattamente quello che succederà nel futuro prossimo, non appena Peter saprà che mia madre si è ripresa abbastanza. Sforzandomi, riesco ad alzare la testa e a sorridere a mio padre. "Ti prego, non ti preoccupare. Va tutto bene, ok? Sono qui, ed è tutto a posto."

So di sembrare evasiva—papà mi ha accusata per tutta la settimana—ma è difficile essere convincenti mentre ci si destreggia tra bugie, mezze verità e fatti che ho condiviso con persone diverse. La storia per i miei genitori e i loro amici è che Peter è il mio amante, e che mi ha riportata a casa nonostante il "malinteso" in corso con l'FBI, perché mi ama e vuole che ci sia per mamma. L'implicazione qui è che un giorno i problemi legali di Peter saranno finiti e, a quel punto, potremo essere felici insieme.

Al contrario, l'immagine che sto dipingendo per l'FBI e tutti gli altri è quella di un mostro che mi ha rapita per un capriccio, e che alla fine si è annoiato abbastanza da lasciarmi andare. L'unica ragione per cui riesco a conciliare le due storie è che i Federali non vogliono che i miei genitori—o chiunque altro—sappiano del ruolo di George in tutto questo. E questo è legato agli eventi che hanno spinto Peter sul cammino della vendetta. Quel giorno al bar, dopo aver parlato con Marsha, Ryson mi ha portata di nuovo nel suo ufficio in centro, e mi ha ordinato senza troppo preamboli di tenere la bocca chiusa, confermando il mio sospetto sul coinvolgimento di Marsha con l'FBI.

Il bar era troppo rumoroso affinché gli agenti potessero ascoltare la nostra conversazione, quindi l'unico modo in cui lui abbia potuto sapere esattamente quello che le avevo detto è che lei gliel'abbia riferito immediatamente, o magari abbia persino indossato una cimice.

Naturalmente, ho finto di essere contrita e ho promesso di essere più discreta. E in cambio, mi sono fatta promettere che i Federali terranno le bocche chiuse con i miei genitori, senza far nulla che possa dissipare il racconto meno preoccupante che ho creato per loro.

"Come sai, il cuore di mio padre è debole, e non c'è bisogno di stressarlo facendogli sapere che sono stata costretta a mentire a tutti loro in questi mesi" ho detto a Ryson, e l'agente è stato d'accordo.

Penso che abbia estorto un voto di silenzio anche a Marsha, perché quando ho incontrato Andy nel corridoio, non sapeva più di quello che doveva aver già sentito.

"Che cos'è successo?" ha chiesto, guardandomi con impassibile curiosità e confusione. "Sei scomparsa all'improvviso un giorno, e l'FBI era dappertutto, a interrogare tutti noi. La gente diceva che eri fuggita con un criminale."

"È una lunga storia" ho detto, rivolgendole un sorriso sconfortante. "Forse un giorno di questi possiamo vederci e parlarne. Ora, mamma mi sta aspettando..."

"Oh, certo." Ha cercato di nascondere l'evidente delusione. "Marsha mi ha detto cos'è successo a tua madre. Mi dispiace tanto. Spero che si riprenda presto."

"Lo farà, grazie. Ci vediamo." L'ho salutata e ho continuato a camminare lungo il corridoio, cercando di non pensare a quanto mi sentissi fuori luogo qui, in quest'ospedale che una volta era la mia seconda casa.

Quanto mi sento persa e sola senza Peter.

Presto, dico a me stessa. Tornerà presto a prendermi. Tutto quello che devo fare è aspettare.

E respingendo il senso di colpa che deriva da quel pensiero, mi stampo un sorriso luminoso sul volto ed entro nella stanza di mamma.

*P*eter

INCONTRIAMO DANILO NOVAK IN UN BAR DI BELGRADO, un luogo moderno ed elegante, che è stato interamente rilevato dagli uomini del trafficante d'armi serbo. A parte i due giovani baristi dietro al bancone bianco lucente, ogni persona nel bar è armata fino ai denti—e, per quanto ne so, lo sono anche i bei baristi adolescenti.

Anton sta dando la copertura—una precauzione nel caso le cose dovessero andare male—ma i gemelli sono con me.

Entrando, ci fermiamo e valutiamo la situazione.

Novak è seduto a un tavolo rotondo in mezzo al bar. È un luogo progettato per farci sentire a disagio—

saremo circondati da tutti i lati—ma sorrido al trafficante d'armi, mentre ci facciamo strada.

"Bel posto" dico in russo, partendo dal presupposto che è più probabile che parli la mia lingua madre che l'inglese. "È tuo?"

Le labbra sottili di Novak si contraggono ai lati. "Proprio così. Sono contento che ti piaccia." Il suo russo è accentato, ma fluente come sospettavo. Certo, potrei parlargli in serbo—conosco la maggior parte delle lingue dell'Europa dell'Est, così come l'arabo e alcune altre—ma preferirei non rivelare che comprendo la sua lingua madre.

Quando si ha a che fare con uomini come Novak, ogni piccolo vantaggio conta.

Si appoggia, studiandomi con una particolare mancanza di interesse. Novak, un uomo alto e magro sui quarantacinque anni, con una leggera stempiatura e gli occhiali spessi, sembra un incrocio tra un ragioniere e un professore di matematica. Solo gli occhi tradiscono ciò che è realmente—inespressivi e chiari, sembrano quelli di una lucertola... o di uno spietato assassino.

I nostri hacker sono riusciti a trovare pochissime informazioni su quest'uomo. È apparso dieci anni fa, apparentemente dal nulla, e da allora ha costruito un impero illegale di armi nell'Europa Orientale, eliminando i rivali con una rapidità e spietatezza che ho visto solo una volta—con Julian Esguerra, l'uomo che Novak vuole che uccidiamo.

L'unico trafficante d'armi rimasto la cui impresa criminale superi quella di Novak.

"Allora" dice, quando lo guardo con fare altrettanto distaccato. "Sei Sokolov."

Annuisco freddamente, senza cambiare espressione, e vedo che i gemelli sembrano altrettanto calmi. Questi giochini non funzionano con noi, e farebbe bene ad impararlo.

"Accomodatevi." Fa un gesto verso le due sedie vuote che rimangono vicino al suo tavolo.

Non mi muovo, e non lo fanno nemmeno Yan e Ilya. Questo è un altro piccolo test, un modo per vedere chi è il meno importante, il meno prezioso per la squadra. Tre di noi, due sedie—i conti non tornano, e lui lo sa. Qualcuno dovrà rimanere in piedi, ricoprire il ruolo del terzo incomodo, e non lo permetterò.

Non seminerà la discordia tra noi. Non glielo lascerò fare.

I suoi occhi impassibili mi studiano per alcuni lunghi secondi; poi, fa un cenno verso uno degli scagnozzi all'altro tavolo. "Victor. Un'altra sedia per i nostri ospiti, per favore."

Aspetto che Victor porti la sedia, e poi mi accomodo. I gemelli seguono il mio esempio. Il volto di Ilya è di pietra, ma Yan sembra divertito. Capisce l'importanza di questi piccoli giochi di dominio, conosce la necessità di stabilire il giusto tono nella fase iniziale.

I baristi adolescenti vengono a prendere i nostri

ordini per un drink, ma non prendo niente. Ilya e Yan fanno lo stesso.

"Non abbiamo sete" dico con calma, e la bocca di Novak si contrae di nuovo.

"Non ho motivo di avvelenarvi" dice, e faccio spallucce, ignorando la sua rassicurazione per la stronzata che rappresenta. Ci sono molte sostanze che si possono usare, dai farmaci che alterano la mente ai veleni ad azione così lenta che i sintomi non si manifestano per settimane o mesi. Potrebbe facilmente infilare qualcosa di mortale nella mia bevanda, e me ne andrei da qui senza rendermene conto, se non dopo aver completato il lavoro per lui.

Solo dopo essere ormai diventato inutile per lui.

"Allora" dice Novak, quando vede che non ho intenzione di cambiare idea. "Esguerra."

Incrocio le braccia sul petto e lo guardo. Finalmente, stiamo arrivando al punto cruciale di questo incontro.

"Hai lavorato per lui" continua Novak, mentre uno dei baristi porta il suo drink—uno scotch pregiato, a giudicare dall'odore e dal colore.

"Sì" confermo. Mi aspettavo che lo sapesse, e lo sa. Chiaramente si è informato su di me. "È un problema?"

"Non lo so. Lo è?" I suoi occhi chiari mi penetrano.

"Non ci siamo lasciati nel migliore dei modi. Anzi, ha giurato di uccidermi, se mai avessi incrociato di nuovo il suo cammino. Ma lo sai, non è vero?" Rivolgo un sorrido freddo a Novak. "Non è per questo che mi hai contattato? Perché sono nella condizione speciale di esser stato nella cerchia ristretta di Esguerra?"

Novak non batte ciglio. "Sì. Ho sbagliato a farlo? La tua squadra è in grado di fare quello che sto chiedendo?"

"Dipende." Sciolgo le braccia e mi chino in avanti. "Quali sono le risorse in gioco di cui hai parlato? Quelle che ci aiuterebbero a portare a termine questo lavoro?"

"A parte te e la tua conoscenza della tenuta di Esguerra?" Gli occhi di Novak brillano, mentre guarda i gemelli, che sono rimasti stoicamente in silenzio fino a questo momento. "Presumo che i tuoi uomini siano affidabili."

Lo guardo, senza preoccuparmi di fornirgli una risposta.

Un sorriso gli fa contrarre nuovamente le labbra sottili. "Bene. Potrei avere qualcuno all'interno. Non c'è bisogno che tu sappia di chi si tratta ancora. Ti dico solo che alcune cose potrebbero essere organizzate in determinati momenti, permettendoti di portare a termine la tua parte."

L'irritazione prende il sopravvento. Non mi sta dicendo niente di cui non sospettassi già. Mantenendo l'espressione immutata, mi alzo in piedi. "In tal caso, puoi trovarti un'altra squadra" dico, mentre Yan e Ilya seguono il mio esempio.

Mi volto verso l'uscita, solo per ritrovarmi davanti ai sicari di Novak, con le armi spianate e i volti feroci.

"Non così in fretta" dice Novak dolcemente. "Abbiamo ancora molte cose di cui discutere."

Mi giro per guardarlo, ignorando l'artiglieria alle mie spalle. "Non abbiamo niente di cui discutere" dico in modo uniforme. "Non affido la sicurezza della mia squadra a vaghe rassicurazioni su aiuti da parte di fonti sconosciute. Se dobbiamo svolgere questo lavoro, dobbiamo sapere tutto, fino al più piccolo supporto logistico. Ecco come operiamo; è per questo che abbiamo tanto successo. Se vuoi i nostri servizi, ci dirai tutto—altrimenti ce ne andiamo e ti trovi qualcun altro."

I suoi lineamenti si contraggono. "Stai commettendo un errore, Sokolov. Non sono il tipo con cui scherzare."

Mostro i denti per un sorriso privo di umorismo. "Non lo è nemmeno Esguerra, eppure eccoci qui."

Mi fissa, poi piega la testa da un lato. "Lasciateli passare" ordina, e mi volto per vedere il muro dei sicari che si divide, con le armi abbassate, ma le posture tese. Non vuole che la situazione degeneri, e sono contento. Il fucile da cecchino di Anton probabilmente avrebbe eliminato tre o quattro uomini di Novak, e noi tre avremmo potuto farne fuori altri sette o otto facilmente, ma i proiettili che volano non sono mai una buona cosa. I giubbotti antiproiettile ultrasottili che indossiamo sotto i vestiti non ci proteggerebbero da un colpo alla testa, e per quanto siamo abili, non siamo immuni al piombo.

"Stai commettendo un errore." Novak alza la voce,

mentre ci dirigiamo verso l'uscita. "Ricordati le mie parole, Sokolov. Stai commettendo un grosso errore."

Non rispondo, e usciamo nella strada trafficata, confondendoci con i pedoni, mentre torniamo al nostro punto d'incontro.

"NON CI DIRÀ NIENTE" DICE ANTON, QUANDO GLI raccontiamo quello che è successo durante la cena in un ristorante locale. "Abbiamo perso tempo. Qualunque sia la risorsa che ha nella tenuta di Esguerra, dev'essere quello il vero affare, se lo sta proteggendo così attentamente. Non ha intenzione di dirci di cosa si tratta, quindi tanto vale voltare pagina. Hai visto le altre offerte che abbiamo ricevuto recentemente, no? Non sono male nemmeno quelle. Optiamo per quelle, e faremo altri cento milioni. Non abbiamo bisogno di Novak e della sua merda segreta."

Annuisco, tagliando la bistecca. "Sono d'accordo. Concentriamoci su altri lavori."

Yan solleva le sopracciglia. "Davvero? Faremo così?"

Incrocio il suo sguardo. "Non ci faremo coinvolgere alla cieca, e Novak non fornirà ulteriori dettagli, quindi abbiamo finito qui. È un problema? Perché ho avuto l'impressione che non fossi contento, quando volevo accettare questo lavoro."

Yan mi fissa, e io faccio altrettanto, con espressione calma. Sento la tensione crescere tra noi, ma non posso permettermi di non giocare a questo gioco.

Per quanto ne so, c'è solo una strada da seguire per me e Sara, e questa è la nostra miglior occasione.

"Penso che Peter e Anton abbiano ragione" dice Ilya, infrangendo lo scomodo silenzio. "Non abbiamo bisogno di questo lavoro. È troppo rischioso. Facciamo qualche altro lavoro."

Metto un pezzo di bistecca in bocca, la mastico e ingoio. "È deciso, quindi" dico e bevo l'acqua. "Abbiamo finito qui. Domani mattina, voleremo a casa."

RIMANGO SVEGLIO, ASCOLTANDO E ASPETTANDO, E ALLE quattro del mattino lo sento.

Il leggero clic della serratura della camera d'albergo e il cigolio dei cardini, quando la porta inizia a muoversi.

Reagisco istantaneamente, con il corpo che scatta come una molla tirata. In un batter d'occhio, l'intruso è in ginocchio, con il mio braccio intorno al collo, mentre mi accovaccio dietro di lui, con una pistola sulla sua tempia.

Sta soffocando e si contorce, cercando di scappare, ma non ha la forza per colpirmi o buttarmi giù, e ogni movimento non fa che esaurire la sua riserva d'aria.

"Chi ti ha mandato?" chiedo, quando i suoi frenetici sforzi iniziano a indebolirsi. "Perché sei qui?"

Allento la presa quel tanto che basta per lasciargli un po' d'aria. Riprende a combattere, così stringo di nuovo il braccio, privandolo completamente della riserva d'aria. Questa volta, resiste solo pochi secondi, e allento la presa appena prima che perda conoscenza.

"Chi ti ha mandato?" ripeto, e finalmente comprende la saggezza di collaborare.

"No-Novak" si strozza con voce rauca.

"Perché?" insisto, senza lasciarlo andare. So già che cosa dirà, ma voglio comunque sentirlo da lui.

"Lui... vuole vederti" esclama il criminale. "Solo te, nessun altro."

Stringo la presa, come se fossi arrabbiato, ma poi lo lascio andare e mi alzo, spingendolo contemporaneamente in avanti, a faccia in giù sul pavimento. Mentre manda giù l'aria e si sforza di mettersi carponi, accendo la luce e infilo la giacca e gli stivali invernali. Il resto degli abiti li indosso già, visto che mi aspettavo una visita del genere.

"Hai vinto" dico allo scagnozzo, quando mi fissa, mentre si schiarisce la voce con risentimento e si alza in piedi. "Fammi strada."

La mia scommessa di soggiornare in un hotel di Belgrado ha dato i suoi frutti. È giunto il momento di vedere quale asso nasconde Novak nella manica.

eter

UNA LIMOUSINE NERA CI STA ASPETTANDO ALL'INGRESSO dell'hotel, e, quando salgo all'interno, vedo Novak lì.

"Non è stato molto carino da parte tua" dice, quando lo scagnozzo si sistema accanto a noi, sfregandosi ancora la gola e fissandomi come se volesse incenerirmi sul posto. "Victor stava semplicemente comunicando il mio educato invito."

"Facendo irruzione nella mia stanza nel cuore della notte?"

Il trafficante d'armi si stringe nelle spalle. "Non voleva bussare e rischiare di svegliare i tuoi colleghi nelle stanze vicine."

"Capisco." Gli rivolgo un sorriso gelido. "Molto premuroso da parte di Victor."

Novak ricambia il sorriso. "Sono sicuro che non sei rimasto troppo sconcertato, vista la tua professione. Ora, perché non mettiamo da parte il problema del mio invito e ci concentriamo sulla questione davvero importante?"

"Naturalmente." Mi appoggio, allungando le gambe per incrociarle sulle caviglie. "Continua pure."

Novak mi studia per alcuni lunghi momenti, poi dice bruscamente: "Non mi fido dei tuoi uomini. So che *hai* una storia con Esguerra, ma loro non hanno motivo di eliminarlo."

"A parte cento milioni di euro, vuoi dire?"

"*Sono* un sacco di soldi" concorda. "Ma la tua squadra non fa del male per denaro, da quello che ho sentito dire. Che cos'hai detto? Qualche altro lavoro, e avrete cento milioni?" I suoi occhi da lucertola brillano alla luce del lampione.

Rimango inespressivo, senza mostrare né sorpresa, né sgomento. È facile, perché non provo nessuna delle due emozioni. Sapevo che c'era una concreta possibilità che potessero ascoltarci in quel ristorante, e ho sfruttato le probabilità, calcolando ogni singola parola per ottenere questo preciso risultato.

"Come mai sono qui allora?" chiedo, quando Novak continua a fissarmi. "Se non ti fidi di noi o delle nostre motivazioni, perché ti sei rivolto a noi... e perché mi hai trascinato qui stasera?"

"Non ho detto che non mi fido delle *vostre* motivazioni." Le sue labbra sottili si incurvano. "Conosco tutta la storia del tuo rapporto con Esguerra.

Hai fatto bene il tuo lavoro—gli hai addirittura salvato la vita—e per questo, sei finito sulla sua lista di merda. Non puoi esserne felice, ne sono sicuro. E ora hai la possibilità di pareggiare i conti e di guadagnare un po' di soldi nel farlo."

Rilasso leggermente le spalle, come se fossi sollevato. "È molto perspicace da parte tua."

L'espressione di Novak non cambia, ma percepisco la sua soddisfazione. Indubbiamente si vanta di essere un buon giudice delle persone, e in questo momento è fiero di sé per aver svolto le sue ricerche ed essere giunto alle giuste conclusioni. Potrebbe anche essere a conoscenza della mia rottura con Kent dopo l'incidente con Sara, e potrebbe aver corrotto qualcuno della clinica per origliare e sorvegliare la mia squadra, mentre eravamo lì. Ciò spiegherebbe la buona tempistica della sua offerta.

Ha agito non appena ha scoperto che il mio ultimo legame rimanente con l'organizzazione di Esguerra era stato reciso.

Naturalmente, se la sua ricerca è così approfondita, sa anche di Sara. Questo mi preoccupa, ma spero che creda nella storia che lei sta raccontando all'FBI: che mi sono stancato di lei, che la cicatrice sulla fronte in qualche modo l'ha resa meno attraente per me. Sicuramente, quello che ho fatto—lasciarla andare e rischiare di non riuscire più a recuperarla—è qualcosa che un uomo del nostro mondo non farebbe mai, quando è ancora interessato alla donna che ha rapito.

La mia relazione forzata con Sara non è così

insolita nei circoli di Novak, ma il fatto di averla lasciata andare quando la voglio ancora, lo *è*. È questo il motivo per cui è più sicura a casa sua.

Se Novak sapesse che cosa provo realmente per Sara, la userebbe per fare pressione, e non posso permetterlo.

"Allora" dice, quando il silenzio si prolunga per uno scomodo minuto di disagio. "Suppongo che tu voglia il lavoro."

Inclino la testa. "Sì, ma non importa quello che voglio. Non brancolerò nel buio. Non è questo il modo in cui opero, e per quanto vorrei vedere Esguerra morto, non sono disposto a suicidarmi perché questo avvenga."

Novak mi studia per un altro lungo minuto, poi dice: "Va bene. Ecco cosa sono disposto a rivelarti a questo punto. La risorsa che ho non può essere ancora attivata. Mi occorreranno circa otto mesi per prendere gli accordi appropriati. Prima devono accadere alcune cose."

"Otto mesi?" Solo l'allenamento mi consente di mantenere un'espressione immutata, mentre le viscere si contorcono per lo shock delle sue parole.

Otto mesi prima di poter risolvere la questione.

Otto dolorosi mesi senza Sara.

Novak annuisce. "Potrebbe essere un po' prima, ma non c'è alcuna garanzia. In ogni caso, questo dà a te e alla tua squadra tutto il tempo necessario per stabilire un piano d'azione."

Mando giù la rabbia che mi ribolle nella gola. "Non

c'è alcun piano, se non conosciamo i dettagli di ciò che abbiamo in mente" dico in modo uniforme. "Dov'è la tua risorsa? Nella tenuta di Esguerra o altrove? Che cos'è esattamente che ti aspetti che facciamo che la tua risorsa non possa fare da sola? Se c'è qualcuno al suo interno, perché non fai portare a termine il lavoro da lui? Immagino che possa avvicinare Esguerra."

"Non ancora, ma lei lo farà." Novak nota il mio involontario battito di ciglio con evidente soddisfazione. "Sì, questa è un'altra cosa che sono disposto a rivelarti: la mia risorsa è una donna. Potrà anche avvicinare Esguerra, ma non ha né le capacità, né la predisposizione per eseguire il compito. Tuttavia, può essere nel posto giusto al momento giusto, fornendo una distrazione, disattivando alcune misure di sicurezza, eccetera. I dettagli dell'aiuto li avremo quando lei sarà lì e potrà valutare la situazione, ma stai tranquillo, *avrai* qualcuno all'interno."

Lo fisso, sconvolto. Queste informazioni non sono ancora sufficienti, ma ho la vaga sensazione che se questa volta me ne andassi, Novak non si avvicinerebbe una seconda volta. Inoltre, dato quello che ha rivelato finora, potrebbe essere un proiettile a farmi visita la prossima volta, non uno dei sicari di Novak. Non sono troppo preoccupato per questa possibilità—sono abituato alle persone che mi sparano —ma Sara è vulnerabile, e non posso rischiare che Novak la prenda al posto mio.

È improbabile, visto lo scenario "si è stancato di me" che lei ha dipinto per l'FBI, ma non posso rischiare.

"Allora, fammi capire bene" dico, sporgendomi in avanti. "Ci sarà una donna all'interno, ma non molto prima di otto mesi a partire da oggi. Non è in grado di sporcarsi le mani da sola, ma fornirà assistenza, facilitando il nostro compito." Al suo cenno col capo, gli chiedo: "Perché non puoi metterla sul posto prima? Che cosa cambierà nei prossimi otto mesi?"

"Dovrai aspettare per scoprirlo" continua Novak. "In questo momento, c'è ancora una possibilità che io non sia in grado di posizionare la risorsa come previsto. Se alcune cose non andranno come dovrebbero, forse dovremo attendere un'altra occasione—questo, oppure la tua squadra non riceverà assistenza." Mi guarda in attesa, e scuoto la testa.

"No. Non succederà. Esguerra ha strati su strati di sicurezza nella sua tenuta. Lo so, perché l'ho aiutato ad installarli. E sì, anche se so di cosa si tratta, non potrei aggirarli. Sono stati progettati per essere impenetrabili. L'unica via d'accesso è un aiuto dall'interno, e se non puoi fornirlo..." Alzo le spalle, mostrando i palmi vuoti.

Novak annuisce. "Giusto. Lo immaginavo. Quindi, capisci il valore della mia risorsa. Una volta posizionata lì, Esguerra *avrà* una falla nella sicurezza. Tuttavia, ci vorrà del tempo."

"Non c'è modo di accelerare la procedura?" Credo di conoscere la risposta, ma decido di chiedere lo stesso.

"No. Ho provato con altri all'interno, ma sono tutti troppo leali—o troppo spaventati da Esguerra. La risorsa è l'unica speranza. Tuttavia, la tempistica è quella che è."

Metabolizzo un attimo, poi chiedo: "Allora, perché ti sei avvicinato a me ora? Perché non hai aspettato finché la risorsa non fosse stata posizionata?"

"Perché se non accetterai, dovrò prendere accordi alternativi—e ci vuole tempo per trovare una squadra esperta ed esaminarla. E in questo caso in particolare, con la reputazione di Esguerra... Beh, sono sicuro che tu sappia come funziona."

"Già." Nonostante l'incentivo di cento milioni di euro, poche persone sarebbero disposte a incrociare il cammino di un uomo così pericoloso come Julian Esguerra. Quasi tutti hanno qualcosa da perdere, ed Esguerra non ha pietà quando si tratta dei suoi nemici. Lo so, perché l'ho aiutato a eliminare quelli che lo hanno sfidato, spazzando via intere comunità. Il trafficante d'armi colombiano non fa distinzioni tra innocenti e colpevoli; chiunque sia collegato ai suoi nemici paga.

"Allora." Novak si sporge in avanti, con gli occhi chiari che scrutano il mio viso. "Posso contare su di te e sulla tua squadra, quando arriverà il momento?"

Rifletto un momento, e annuisco. "Sì, puoi farlo." Il mio tono è fermo, anche se dentro sto ancora vacillando. La mia separazione da Sara sarebbe dovuta durare un paio di settimane—un paio di mesi, al massimo. Non quasi un anno. È possibile, naturalmente, che ciò di cui ho bisogno arrivi prima di otto mesi, ma al momento sembra improbabile.

Novak non rivelerà l'identità della sua risorsa prima del necessario.

"Bene." Il sorrisetto sulle sue labbra sottili trasuda soddisfazione. "Speravo di trovare l'uomo giusto, e a quanto pare l'ho trovato. Solo un'altra cosa..."

Sollevo un sopracciglio. "Sì?"

"Spero tu capisca che le informazioni che ho condiviso con te oggi sono altamente sensibili, e solo per le tue orecchie. Ciò significa che non dovrai condividerle con nessuno della tua squadra."

Me lo aspettavo dopo il suo preambolo, così annuisco. "D'accordo. E da parte nostra chiediamo un anticipo. Di solito chiediamo la metà subito, ma visti i tempi lunghi, possiamo accettare venticinque milioni ora, e altri venticinque prima dell'inizio del lavoro."

Novak non batte ciglio. "Avrete i soldi sul vostro conto domani."

Ci stringiamo la mano e, mentre lo facciamo, cerco di ignorare il doloroso vuoto che si espande nel mio petto al pensiero dei mesi che verranno. Ora che ho intrapreso questa strada, non posso più tirarmi indietro.

Devo farlo. Questa è l'unica strada da seguire.

Se voglio Sara nel lungo termine, devo darle la vita che merita.

PARTE II

*S*ara

IL RESTO DI NOVEMBRE TRASCORRE IN FRETTA TRA VISITE ospedaliere, interrogatori dell'FBI, e attesa. Attesa infinita. Mi sento costantemente tesa, aspettando il ritorno di Peter. Ogni volta che attraverso il parcheggio dell'ospedale, cammino per strada, o mi addormento nella vecchia camera da letto nella casa dei miei genitori (la mia casa, che in virtù dell'appartenenza a un ricercato criminale è stata sequestrata dal governo), mi aspetto di essere rapita e portata via—se non da Peter, da uno degli uomini che ha ingaggiato per sorvegliarmi.

E mi stanno sorvegliando. Lo so. Lo sento. È la stessa sensazione di prima, la stessa paranoia di occhi nascosti che mi seguono. In parte è dovuta agli agenti dell'FBI che studiano ogni mia mossa, ma non del tutto. Sono diventata brava ad individuare i Federali. È sempre l'auto anonima dall'altra parte della strada, il pedone che non sembra della zona, l'uomo o la donna solitari al bar.

Gli uomini di Peter sono diversi. Non li vedo mai; sento solo la loro presenza. Sono l'ombra dietro l'angolo, l'eco dei passi nel parcheggio, il prurito tra le scapole. Ci sono sempre, ma non sono mai abbastanza vicini affinché io—o i Federali—possa individuarli.

Certo, è possibile che io sia davvero paranoica questa volta, ma non credo. Conosco Peter. Non mi lascerebbe qui senza monitorarmi. O almeno, così continuo a ripetermi, mentre passa una settimana dopo l'altra senza ricevere sue notizie... senza nemmeno un indizio che tornerà per me.

Cerco di concentrarmi sul fatto che posso trascorrere tutto questo tempo con i miei genitori, e sono contenta di questo. Lo sono davvero. Papà sembra di nuovo pieno di vita dopo il mio ritorno, nuotando ed eseguendo gli esercizi assegnati dal medico con rinnovato vigore e dedizione. E mamma migliora giorno dopo giorno, con le ossa che guariscono con la rapidità di una donna che ha la metà dei suoi anni. Per ora è a letto—cosa che la fa impazzire—ma i medici hanno promesso che inizierà la fisioterapia non appena il suo corpo lo permetterà, forse entro la metà di gennaio.

Novembre lascia il posto a dicembre, e ancora, l'attesa interminabile continua. È come se esistessi in un limbo tra la mia vecchia vita e quella che avevo iniziato a stabilire con Peter. Vivo nella mia casa d'infanzia, circondata dalla famiglia e dagli amici, eppure non riesco a scacciare la sensazione di essere un ospite, un visitatore in un luogo a cui non appartengo più.

Penso che i miei genitori lo percepiscano, perché con il passare dei giorni iniziano a chiedersi perché non stia facendo certe cose, come cercare un nuovo lavoro o trovare un altro posto in cui vivere. Li tranquillizzo dicendo che voglio concentrarmi su mamma per ora, ma man mano che la sua salute migliora, quella scusa appare sempre più vuota.

"Sara, tesoro... non c'è bisogno che tu sia qui tutto il tempo" dice mamma, quando vado a trovarla una fredda mattina di dicembre. "C'è tuo padre che può tenermi compagnia, e so che ci sono cose che hai rimandato a causa di questo." Agita la mano incolume verso i gessi sulle gambe che la tengono immobile.

Sorridendo, scuoto la testa. "Non c'è niente che non possa aspettare, Mamma. Grazie alla vendita della casa, ho i soldi in banca, e mi piace vivere con papà. A meno che non si sia stancato di avermi sotto al suo stesso tetto."

"Certo che no" dice subito mamma, come sapevo che avrebbe fatto. "È felicissimo di riaverti a casa. Non hai idea di quanto siamo sollevati di riaverti qui. Se vuoi vivere con noi per sempre, sei più che benvenuta. So solo che sei sempre stata indipendente, e non voglio che ti senta obbligata a prenderti cura di noi invece di rimettere la tua vita in carreggiata."

Rimettere la mia vita in carreggiata. Respingo l'impulso di dirle che non so più che cosa significhe questo. Che non ci sono "carreggiate" per me, nessun percorso facile che io possa intravedere. Il mio futuro, una volta così chiaro e lineare, è ora avvolto nell'oscurità, pieno di colpi di scena che posso solo intuire.

"Non preoccuparti, Mamma" dico, scacciando quel pensiero cupo. "Sono felice di essere qui con te e Papà."

E sorridendo, trovo un altro argomento di conversazione che non sia la mia vita.

Che non sia il futuro che non riesco più a immaginare.

CELEBRIAMO L'HANUKKAH DAI LEVINSON, POI NATALE E Capodanno all'ospedale con mamma. Durante i festeggiamenti, rido e sorrido, scambio regali e fingo di essere tornata per sempre. Dico a mio padre che, sì, cercherò presto un nuovo lavoro, e discuto dell'acquisto di una nuova casa con Joe Levinson. Mi consiglia un buon agente immobiliare, e annoto il nome, come se fosse importante.

Come se qualcosa di tutto questo fosse importante,

quando, in qualsiasi momento, potrei scomparire di nuovo.

Quando la metà di gennaio se ne va, lo sforzo di aspettare e fingere, di destreggiarmi continuamente tra mezze verità e bugie diventa insopportabile. L'assenza di Peter mi squarcia il cuore, e per quanto provi a concentrarmi sulla famiglia e gli amici, mi manca sempre, così tanto che non riesco a pensare ad altro durante il giorno. So quanto sia sbagliato, e mi disprezzo per questo, ma a questo punto sono così abituata al senso di colpa che non mi sembra così terribile come un tempo.

Desiderare il mio tormentatore non sembra più un grosso tradimento.

Non posso dimenticare che Peter ha ucciso George e mi ha tenuta prigioniera per mesi, o che uccide la gente per denaro, ma quando penso a lui, sono i momenti dolci e teneri che mi vengono in mente, tutti i piccoli modi con cui mi dimostrava quotidianamente quanto mi amasse. Mi sorprendo a fantasticare su come mi massaggiava i piedi e mi portava la colazione a letto, su come si prendeva cura di me, quando non mi sentivo bene.

Su come mi addormentavo tra le sue braccia, invece che nel mio letto freddo e vuoto.

Le notti sono decisamente le peggiori. È questo il momento in cui il mio desiderio per lui è più acuto, con il desiderio che sfocia nella fisicità. Ogni sera, mi rigiro più volte, cercando di addormentarmi, mentre il corpo brucia per un uomo che si trova a migliaia di chilometri di distanza. Provo con i giocattoli, leggo storie erotiche, guardo i porno, ma niente placa quel doloroso vuoto dentro di me. È come quando Peter era via per il suo lavoro in Messico, solo un migliaio di volte peggio, perché allora, all'inizio della nostra strana relazione, era ancora un terrificante sconosciuto. Ora, però, è parte di me, essendosi conficcato nel mio cuore e nella mente al punto tale che la vita senza di lui sembra vuota come il letto.

La situazione è talmente grave che prendo in considerazione l'idea di cogliere al volo le sollecitazioni dei miei genitori e iniziare a cercare davvero un altro lavoro. Tuttavia, decido di tornare a fare volontariato presso la clinica per donne.

Con mio grande sollievo, sono più che felici di riavermi.

"Ci sei mancata così tanto" mi dice Lydia, la segretaria. "Non c'eravamo nemmeno resi conto di quanto avessimo bisogno di te fin quando non te ne sei andata. Va tutto bene ora? L'FBI si è presentata qui, interrogando tutti noi, e—"

"Sì, è tutto a posto. C'è stato solo un equivoco con il ragazzo con cui sono andata in vacanza" spiego, non volendo ricominciare con l'intero racconto anche qui. "Ora si è risolto tutto, non preoccuparti."

Capisco che Lydia sta morendo dalla curiosità, ma si trattiene, percependo la mia riluttanza nel discutere ulteriormente. Non ho idea di quali voci circolassero qui, ma fortunatamente per me, lo staff della clinica e i volontari si occupano continuamente di situazioni delicate, e sanno quando insistere e quando è meglio lasciar correre. Dopo un primo round di "che cos'è successo" e "dove sei stata," mi lasciano tutti per concentrarsi sulle pazienti—cosa che faccio anch'io a tempo pieno e anche di più.

Fondamentalmente, ogni volta che non sto con i miei genitori.

"Come diavolo fai a sovraccaricarti di lavoro in quel modo, se sei disoccupata?" si lamenta Marsha un mese dopo, quando telefono per declinare il suo invito ad uscire di nuovo, dichiarandomi sfinita dopo un turno di notte alla clinica. "Davvero, tesoro, non ti vedo fuori dai corridoi dell'ospedale da settimane. Prima, tua madre aveva bisogno di te ventiquattr'ore su ventiquattro, e ora questo. Non usciamo da quella volta al Patty."

"Lo so, lo so." Sospiro al telefono, pizzicandomi la punta del naso. "Mi dispiace, Marsha. Forse la prossima settimana sarà più facile."

Non lo sarà—sarò in clinica per oltre sessanta ore la settimana prossima, compresi due turni di notte—ma troverò del tempo per Marsha a prescindere. L'ho evitata dopo aver capito il suo coinvolgimento con l'FBI, e sto iniziando a sentirmi in colpa. Quello che ha fatto mi è sembrato un tradimento, ma non è una reazione del tutto razionale. Probabilmente stava facendo quello che riteneva giusto, forse ha addirittura pensato che mi stesse aiutando. Cooperare con i Federali è generalmente la strategia migliore per il cittadino medio rispettoso della legge—ma non posso più ritenermi tale.

Non quando nascondo i miei veri sentimenti per un ricercato assassino.

Penso che l'Agente Ryson abbia intuito che non sto raccontando tutta la verità, perché continua a trascinarmi nell'ufficio dell'FBI in centro. A questo punto, ho subito almeno dieci interrogatori, e ogni volta sono rimasta fedele alla mia storia, ripetendo agli agenti solo ciò che avevo rivelato all'inizio e nient'altro. Aiuta il fatto che ogni volta che iniziano a sondare più a fondo, il mio battito cardiaco salta, e il corpo entra in modalità attacco di panico.

È come se il mio Disturbo Post Traumatico da Stress o qualunque cosa mi abbia provocato stia dalla parte di Peter.

"Ti sta seguendo un terapeuta, Dottoressa Cobakis?" chiede Ryson, dopo che hanno dovuto chiamare Karen, il loro agente con una formazione medica, per calmarmi dopo una sessione di domande particolarmente approfondita. "Se non è così, posso consigliarti qualcuno."

Il mio respiro è ancora rapido e instabile per l'attacco di panico, ma riesco a scuotere la testa. "Ho qualcuno, grazie."

Non ho visto il mio terapeuta, il Dottor Evans, da quando sono tornata, ma è bravo. Mi ha aiutata in passato, quando non riuscivo a sopportare gli incubi e l'ansia derivanti dall'aggressione di Peter nella mia cucina. Dovrei tornare da lui, ma non posso entrare nel suo ufficio e raccontargli lo stesso confuso mix di verità e bugie che ho escogitato per l'FBI.

Preferirei affrontare i miei problemi da sola, mentre aspetto Peter.

Tornerà a prendermi un giorno o l'altro.

20

CONTO I GIORNI SU UN CALENDARIO, SEGNANDOLI COME un uomo che non vede l'ora di uscire di prigione. Il giorno della mia liberazione—il giorno in cui sarò riunito a Sara—può essere solo ipotizzato, così scelgo una data otto mesi a partire dal mio incontro con Novak, e conto alla rovescia, perché scoprire i dettagli sulla risorsa di Novak è il primo passo verso il piano per assicurarmi un futuro reale con Sara.

Con il nostro nascondiglio in Giappone presumibilmente compromesso, passiamo da un rifugio all'altro, senza mai rimanere in un luogo per più di un paio di settimane. Lungo la strada, svolgiamo diversi lavori, alcuni più impegnativi di altri, ma nessuno così complicato o pericoloso come quello che abbiamo concordato con Novak.

I miei compagni di squadra—anche Yan—hanno accettato la mia decisione sull'incarico di Esguerra, così come il fatto che scopriremo di più sulla risorsa, quando sarà il momento giusto. Come ho promesso a Novak, non ho rivelato i dettagli di cui abbiamo discusso. In parte, questo è perché non c'è davvero niente di cui parlare ancora, ma principalmente è perché ho bisogno che Novak si fidi di me. I miei ragazzi possono comportarsi bene come chiunque altro a Hollywood, ma quando si tratta di qualcuno con le risorse di Novak, non si sa mai chi sta ascoltando e quando. I nostri rifugi sono sicuri, ma ci avventuriamo fuori, e un microfono parabolico potrebbe essere utilizzato da distanze sorprendenti.

Questo, più di ogni altra cosa, è il motivo per cui Sara non è più un argomento di conversazione tra noi. Per quanto riguarda la mia squadra, potrebbe anche non esistere.

"Non voglio sentire il suo nome e nemmeno il pronome *lei*" ho detto loro. "Non nominatela con me, e non parlatene mai nemmeno tra voi. Se n'è andata, e basta. Chiaro?"

Hanno annuito tutti, comprendendo la mia preoccupazione, e ho aggiunto altri livelli di sicurezza alla mia comunicazione con gli hacker e con gli uomini che abbiamo ingaggiato per sorvegliare Sara negli Stati Uniti. Non posso *non* tenere d'occhio la mia ptichka, ma per la sua sicurezza nessuno può sapere della mia continua ossessione nei suoi confronti.

E io *sono* ossessionato. La malattia è peggiorata a causa della sua assenza. Sogno Sara ogni notte. A volte, si tratta di qualcosa di innocuo come stringerla e sfiorarle i capelli setosi, ma spesso i sogni sono oscuri e violenti. In alcuni, la perdo; in altri, sono la causa del suo dolore. Il nostro primo incontro, in cui l'ho drogata e torturata con l'acqua, mi ha tormentato nelle ultime settimane, e i ricordi mi hanno invaso la mente con dettagli incredibilmente brutali. Il momento peggiore è quando mi sveglio dai sogni in cui le faccio male con il cazzo duro e bisognoso, e mi rendo conto che per quanto mi manchi—per quanto la ami con tutto il cuore—i miei sentimenti per lei non saranno mai semplici e dolci, incontaminati dall'oscurità del nostro passato.

Dalle cose che le ho fatto... e che potrei fare ancora.

Se le notti sono terribili, i giorni sono addirittura peggiori. La prima cosa che faccio ogni mattina è leggere i rapporti su Sara, sia da parte degli hacker che da parte degli americani che la sorvegliano. Ecco come ho scoperto che è tornata a fare volontariato presso la clinica e che sua madre ha iniziato la fisioterapia. Di tanto in tanto, gli americani riescono a inviarmi anche un video di Sara, e in quei giorni guardo le registrazioni diverse volte prima della colazione, e poi una dozzina di volte in più la sera appena prima di addormentarmi. Nel frattempo, mi alleno con la mia squadra e gestisco gli affari, ma la mente non è concentrata su nessuna di queste cose.

È concentrata su di lei.

Sulla mia bellissima ptichka, che mi manca come un arto reciso.

Penso costantemente di recuperarla. Grazie alla storia di Sara sul fatto che mi sia stancato di lei, i Federali non hanno cercato di nasconderla da me. La sorvegliano ancora per un mio eventuale ritorno, ma non hanno ritenuto necessario metterla nel programma di protezione dei testimoni o qualcosa del genere. Penso che sia perché *sperano* che io torni per lei.

È un'esca, anche se non lo ammetteranno mai.

E sono tentato. Cazzo, sono tentato. Ora che i suoi genitori non hanno più così bisogno di lei, immagino di tornare a prenderla ogni giorno, al punto che l'intera operazione è stampata nella mia mente. So esattamente come supereremmo i controlli aerei e dove atterreremmo, come creeremmo una distrazione per allontanare i Federali da Sara e come realizzeremmo una falsa pista per distoglierli dalla nostra scia, mentre scappiamo.

Potremmo farlo domani, se volessimo.

Tra una ventina d'ore, potrei riabbracciare Sara.

Il più delle volte riesco a scrollarmi di dosso la fantasia, ribadendo a me stesso i motivi per cui lo sto facendo, ricordandomi che è più al sicuro dove si trova. Tuttavia, ci sono giorni in cui la fantasia è l'unica cosa a cui riesco a pensare, e rinsavisco appena pochi secondi prima di cedere e ordinare ad Anton di preparare l'elicottero.

Per mantenere la sanità mentale, intensifico la ricerca di Henderson, l'ultima e più elusiva persona sulla mia lista. Il fatto che non abbiamo ancora trovato lui e la sua famiglia conferma le voci sul suo background nella CIA. Quel bastardo è bravo in questo —come qualcuno nella mia professione.

Potrebbe essere giunto il momento di alzare il tiro.

"Andremo in North Carolina" annuncio al tavolo della colazione il mattino seguente. "Andremo a smuovere le acque ad Asheville, e vedremo di scovare lo stronzo nel più duro dei modi."

I miei compagni di squadra alzano gli occhi dai piatti con espressioni identiche e prive di sorpresa. Questo è stato il piano di riserva da sempre. Preferiremmo non coinvolgere gli innocenti—amici di Henderson e membri della famiglia lontani che non avevano nulla a che fare con il massacro di Daryevo— ma data l'elusività del nostro obiettivo, è l'unica opzione rimasta.

"Se lo aspetterà" dice Anton, spingendo via il piatto. "Molto probabilmente è una trappola."

Sorrido cupamente. "Lo so."

La difficoltà di questa operazione è ciò che mi emoziona. Non solo dovremo entrare e uscire dal Paese senza essere scoperti, ma Henderson indubbiamente farà in modo che i Federali tengano d'occhio le sue connessioni. Logisticamente, questo sarà simile al sequestro di Sara, solo che invece di rapire una donna, interrogheremo una mezza dozzina di persone, che probabilmente saranno osservate dai compari di Henderson dell'FBI, e forse persino dalla CIA.

"Dovrebbe essere divertente" dice Yan, con gli occhi verdi luccicanti. "Meglio che restare qui." Agita la mano per indicare la baita rustica in cui ci troviamo dalla scorsa settimana, il nostro rifugio nella Polonia orientale.

Ilya gli lancia un'occhiata e riprende a mangiare. Ce l'ha col fratello da una settimana, da quando Yan ha scopato una cameriera di Budapest che anche Ilya voleva. Non è la prima volta che si crea una situazione del genere—i gemelli hanno gusti simili in fatto di donne—ma in passato, l'avrebbero condivisa amichevolmente, o contemporaneamente o alternandosi. Non ho idea di cos'abbia reso diversa questa cameriera, ma Ilya è incazzato con Yan da quando siamo arrivati qui.

Non ho intenzione di intromettermi in questa disputa, così fingo di non notare la tensione al tavolo. "Preparatevi" dico ai ragazzi. "Voglio essere ad Asheville prima della fine della settimana, quindi dovremo avere un piano valido entro domani."

E alzandomi, invio un'e-mail ai miei contatti negli Stati Uniti.

21

*S*ara

INCONTRO MARSHA IN UN CLUB NEL QUARTIERE WEST Loop di Chicago. È nuovo, alla moda e così chiassoso che le orecchie mi vibrano per la musica a tutto volume che esce dagli altoparlanti. Marsha è già sulla pista da ballo, strusciando contro due giovani tipi simili a dei banchieri, così mi dirigo verso il bar e ordino un gin and tonic. Spero che l'alcol calmerà l'onnipresente tensione nella pancia.

Un giorno tornerà. Me lo ripeto da settimane, eppure sono ancora qui, ancora in questo sconvolgente limbo. Cinque giorni fa, mamma ha camminato dal letto al bagno solo con le stampelle, eppure sono ancora qui, a vivere nella casa dei miei genitori senza sapere quando —o se—Peter tornerà a prendermi.

Potrebbe essere vero? Potrebbe essere che le bugie che ho raccontato all'FBI siano diventate la verità? Forse il mio assassino russo si è davvero stancato di me. Forse il mio attaccamento a lui nella clinica gli ha fatto perdere interesse. So che i pericoli e le sfide sono il suo pane quotidiano, e forse questo è tutto ciò che significavo per lui: una sfida. Dopotutto, che cosa c'è di meglio che non sia guadagnarsi l'affetto della vedova del tuo nemico, di una donna che ha tutte le ragioni per detestarti?

Il pensiero continua ad invadere la mia mente, e continuo a scacciarlo, ricordando lo sguardo sul viso di Peter, quando ha giurato di tornare a prendermi. "Finché sarò in vita" ha detto, e non ne ho dubitato per un secondo—non dopo tutto quello che ha fatto per farmi sua.

Non ne dubito nemmeno ora—non esattamente—e questo significa solo una cosa.

Se Peter non è tornato a prendermi, è perché non può.

È perché è successo qualcosa.

Ho cercato di non pensarci, di respingere quella terrificante possibilità, ma non posso più ignorarla. La vita di Peter è tale che tanto varrebbe che fosse un soldato in una zona di guerra. Tra le autorità che gli danno la caccia in tutto il mondo e i potenti criminali con cui ha a che fare tutto il tempo, sfida le probabilità di sopravvivere giorno dopo giorno. E quando i suoi "lavori" vengono aggiunti al mix, le probabilità che rimanga ferito o peggio non sono insignificanti.

In realtà, sono così alte che ho un nodo permanente nello stomaco in questi giorni.

L'unica cosa che mi dà conforto è che sono ancora sorvegliata, sia dall'FBI che dagli uomini inquietanti di Peter. Quella sensazione di prurito tra le scapole non si placa mai, quando sono in pubblico. Anzi, in questo preciso istante, sono certa che ci siano almeno un paio dei miei stalker nel locale—l'anonimo Federale che mi ha seguita e che sta versando una birra dall'altra parte del bar e qualcun altro, qualcuno che non riesco a identificare, ma di cui percepisco la presenza.

Se Peter fosse morto o catturato e l'FBI lo sapesse, avrebbero smesso di seguirmi. Lo stesso vale per chiunque sia stato ingaggiato da lui.

Non è un grande sollievo—potrebbe ancora essere gravemente ferito da qualche parte—ma è già qualcosa.

È quello che mi fa alzare ogni mattina e affrontare la giornata, nonostante il buco che mi tormenta lo stomaco.

"Eccoti!" Marsha compare accanto a me, radiosa per quel fervore unico che genera solo la danza potenziata dall'alcol. "Stavo iniziando a pensare che non saresti venuta."

"Sono qui" la rassicuro, mentre il barista mi porge da bere. "Ho solo fatto tardi in clinica—sai come vanno le cose."

Annuisce con fare comprensivo e dice al barista: "Una Corona, per favore."

Le porge la bottiglia, e lei brinda con me. "Per essere

finalmente venuta a divertirti" dice, e rido, mentre la mia amica beve un lungo sorso.

"Allora" dice "come stai? Non posso credere che marzo sia alle porte, e che non usciamo dalla tua prima settimana qui."

"Uh, lo so." Faccio una smorfia. "Mi dispiace. È solo che con mia mamma e tutto il resto—"

Marsha mi interrompe, scuotendo la sua birra. "Non aggiungere altro. Ho capito, lo so. Dimmi solo una cosa..." Si guarda intorno, poi si avvicina, poggiando una mano sul mio avambraccio. "Stai bene, tesoro?" La sua voce è dolce, nonostante la musica assordante, con lo sguardo che si sofferma sulla cicatrice ormai sbiadita sulla mia fronte. "Non abbiamo mai veramente parlato... beh, di quello che è successo."

Mi si stringe la gola. "Ti ho detto che cos'è successo."

Annuisce gravemente. "Lo so. Non mi riferisco a questo. Come lo stai affrontando?"

"Sono"—*stressata al massimo, impossibilitata a mangiare o dormire, ho incubi su Peter ferito o morto*—"tranquilla."

"Uh-uh." Marsha osserva il mio avambraccio, che sembra particolarmente magro e pallido sotto le sue abbronzate dita elegantemente curate. "Ecco perché sembri uno scheletro uscito dal laboratorio di anatomia."

Tiro via il braccio. "Sono a dieta."

Sospira e si appoggia. "Lo vedo."

Sorseggio il mio drink, desiderando di poterle dire

la verità: che non sto subendo le conseguenze di un trauma psicologico, ma che mi manca l'uomo che mi ha fatto questo, che sto aspettando che torni e mi riprenda. Solo che ammetterlo significherebbe firmare la mia condanna al carcere.

"Sono tranquilla, sto bene" ripeto. Stampandomi un sorriso luminoso sul volto, dico: "Che ne dici di smettere di parlare di cose deprimenti e di andare a ballare?"

Marsha esita, poi sorride. "Va bene. Andiamo a ballare."

Le afferro la mano e ci dirigiamo verso la pista da ballo affollata. Sta appena iniziando a suonare uno degli ultimi successi di Nicki Minaj, e rido, mentre ricordo di aver canticchiato la mia versione di questa canzone per i ragazzi in Giappone.

Anche Marsha ride, inclinando la testa all'indietro per ingoiare la birra, e iniziamo a ballare. Canto, sostituendo alcune parti del testo, e poco dopo ci divertiamo per davvero. Il ritmo mi vibra nelle ossa, facendo muovere i piedi di loro spontanea volontà, e rido mentre una bevanda mi scivola sulla mano.

"Aspetta" dico a Marsha, e mando giù il resto del mio gin and tonic per evitare un altro incidente. Posizionando il bicchiere vuoto su un tavolo vicino, mi faccio strada tra la folla verso il bar e ordino una bottiglia di birra—molto più adatta alla pista da ballo. Quando torno, Marsha sta già ballando con un paio di nuovi ragazzi, e mentre mi avvicino, mi afferra la mano, tirandomi verso di loro.

"Loro sono Bill e Rob" grida sopra la musica, e io sorrido, sentendomi a disagio. Non è questo che avevo in mente, quando ho accettato questa uscita con Marsha.

"Vado al bagno" dico, chinandomi in avanti in modo che Marsha possa sentire. "Tornerò presto."

"Aspetta, vengo con te." Marsha abbandona i suoi compagni senza una seconda occhiata e mi segue tra la folla.

È ancora presto, quindi la fila per il bagno delle signore non è lunghissima. Mentre aspettiamo, Marsha mi racconta tutto sul club in cui è andata con Tonya lo scorso fine settimana e sul ragazzo sexy che ha conosciuto lì. Ascolto, sorrido e annuisco, meravigliandomi per tutto il tempo di quanto sia diversa la vita della mia amica, di quanto sia semplice e priva di complicazioni. Quand'è stata l'ultima volta in cui la mia più grande preoccupazione era se un ragazzo mi avrebbe richiamata? Al college, forse? Quando ho conosciuto George, ho smesso di frequentare ragazzi, e non ho ricominciato a farlo dopo la sua morte.

Peter mi ha rapita prima che potessi averne l'occasione.

Finalmente arriviamo al bagno, ci prendiamo cura dei bisogni essenziali e poi torniamo sulla pista da ballo. Adesso è ancora più affollata, quindi dopo mezz'ora passata ad essere spinte qua e là e ad avere bevande rovesciate su di noi, Marsha mi urla nell'orecchio: "Andiamocene da qui."

La seguo fuori con gratitudine, e ci dirigiamo verso

una sala a un paio di isolati in fondo alla strada, dove ci fermiamo al bar e ascoltiamo una band che suona dal vivo canzoni rock degli anni Ottanta, intervallate da recenti hit della Top 100. "Tu canti, vero?" chiede Marsha, dopo aver trangugiato un paio di sorsi, e io annuisco, con la testa che mi gira per l'alcol.

"Va bene, allora." Marsha sorride. "Facciamolo." Balza giù dallo sgabello e mi afferra il polso, sollevando il braccio in aria. "Ehi, ascoltatemi tutti" grida sopra la musica. "La mia amica qui canta davvero bene. Volete sentirla?"

Vorrei sprofondare nel pavimento, ma alcune persone nella folla—per lo più ragazzi ubriachi—rispondono con un coro di "sì, dannazione."

"Andiamo." Marsha mi spinge sul palco, dove i membri della band sembrano meno contenti di avere a che fare con una dilettante.

Normalmente, sgattaiolerei fuori per poi urlare in faccia a Marsha, ma tra l'alcol che allenta le mie inibizioni e le piccole esibizioni per Peter e i suoi uomini in Giappone, in qualche modo trovo il coraggio di rimanere sul palco.

"Ragazzi, conoscete 'Karma' di Alicia Keys?" chiedo al chitarrista, sperando che non stia biascicando le mie parole.

Il chitarrista—un ragazzo con le guance rubiconde e una leggera stempiatura—mi studia con diffidenza. "Può essere. Canterai mentre suoniamo?"

"Ti dispiace?" Gli rivolgo il mio sorriso più carino. "Solo una canzone, e poi mi toglierò di mezzo."

Scambia un'occhiata con gli altri musicisti, poi mi infila un microfono tra le mani, e dice: "Oh, dannazione. Forza, ragazza. Mostraci quello che sai fare."

Suonano le prime note, e affronto la folla, con il battito accelerato, mentre mi rendo conto del guaio in cui mi sono cacciata. L'ultima volta in cui mi sono esibita davanti a così tante persone è stata alle scuole medie, quando avevo ottenuto un ruolo da protagonista in un musical scolastico. E proprio come allora, sento uno sciame di farfalle nello stomaco, una sorta di nervosismo.

Sfruttalo, mi dico, e, facendo un respiro profondo, comincio a cantare, lasciando che i miei testi si mescolino con le familiari parole delle canzone. Nonostante tutte le bevande, la mia voce esce forte e pura, così potente che posso sentire la vibrazione del suono. Tutti gli altri rumori nella sala si affievoliscono, e vedo sia la sorpresa che la meraviglia sui volti che mi guardano—compreso quello del Federale che ci ha seguiti dal club e che ora sta bevendo un drink in un angolo.

Anche Marsha sembra stupita, e mi rendo conto che non mi ha mai sentita cantare da sola. Abbiamo fatto la canzone "Tanti Auguri" per un paio di infermiere come gruppo, e probabilmente mi ha ascoltata cantare insieme alla selezione dei DJ in quel locale qualche mese fa, ma mai così.

Mai una vera e propria performance... specialmente con i miei testi.

Quasi soffoco a quel pensiero. Non ho mai condiviso i miei testi con nessuno, a parte Peter e la sua squadra. Tuttavia, riesco a continuare, e mentre canto la mia versione del ritornello, noto persone tra il pubblico che iniziano a cantare, battendo i palmi delle mani sui tavoli e picchiettando con i piedi al ritmo. Le farfalle dentro di me si espandono, riempiendo ogni fessura del petto, fin quando sento che volerò via sulle loro ali battenti, e continuo a cantare, mentre il corpo inizia a seguire la musica, con l'esperienza della danza che viene alla ribalta.

Non mi rendo conto di toccare le stelle fino alla fine della canzone e del fragoroso applauso. Scendendo dal palco, vedo Marsha battere le mani e fischiare freneticamente verso il palco, e sorrido mentre mi volto, volendo ringraziare la band. Ma stanno applaudendo anche loro, e sembra una fantasia, qualcosa che il mio io adolescente avrebbe potuto evocare in un sogno ad occhi aperti.

"È stato straordinario. Hai altre canzoni del genere?" chiede il chitarrista, e annuisco, anche se le farfalle ora sono più simili a colibrì nel mio petto. In Giappone, ho composto e registrato dozzine di canzoni, alcune con la musica, altre con i miei mix, e le ho eseguite per i miei rapitori come parte del nostro rituale serale. Peter mi ha sempre detto che sono brava, ma l'ho attribuito all'adulazione e alla mancanza di altri divertimenti. Queste persone, tuttavia, sono degli sconosciuti; non hanno motivo di adularmi.

Anzi, i musicisti dovrebbero scacciarmi dal palco, in modo da poter tornare alla musica vera.

"Ne ho un'altra" dico senza fiato al chitarrista, quando il sogno non mostra segni di dissolvimento. "Conosci la melodia di Bruno Mars 'Just the Way You Are?'"

Sorride. "Certo. Va bene, facciamola—come ti chiami?"

"Sara" dico, e me ne pento immediatamente. Il mio nome è assolutamente ordinario, e questa serata merita qualcos'altro. Qualcosa come Madonna, Rihanna o SZA—

"Facciamo un applauso per Sara!" grida il chitarrista, e dimentico tutto sul mio vero nome, mentre la gente del pubblico applaude e fischia.

La band inizia a suonare 'Just The Way You Are', e faccio un respiro profondo per prepararmi. Quando è il momento delle parole, uso di nuovo i miei testi, e la sensazione di librarmi riaffiora, quando vedo la reazione del pubblico. La adorano. La adorano davvero.

Troppo presto, la canzone finisce e torno sulla terra, solo per librarmi di nuovo, quando il pubblico chiede un'altra canzone, poi un'altra e un'altra ancora. Eseguo sette dei miei migliori numeri di fila, e poi la voce inizia a cedere.

"Ecco fatto" dico al gruppo, restituendo il microfono al chitarrista. "Grazie mille per avermi dato questa possibilità."

"Ragazza, puoi cantare con noi ogni volta che vuoi"

dice. "Anzi..." Si volta, scambiando un'occhiata con i suoi compagni, poi si gira di nuovo verso di me. "Ci esibiremo qui per tutto il weekend e ci piacerebbe se ti unissi a noi."

"Oh, io—"

"Ovviamente divideremmo i guadagni con te" dice, come se stessi rifiutando per una questione di soldi. "Faremo dei bei concerti qui."

"Voi ragazzi non potete permettervela" dice Marsha, e mi giro per vederla salire sul palco, ancheggiando. "È una dottoressa, lo sapete."

"Davvero?" Il chitarrista mi osserva. "Talentuosa, carina *e* intelligente, eh?"

Arrossisco, mentre Marsha dice: "Ci puoi scommettere. Quindi, se la volete, dovete prima parlare con me. Ecco." Afferra il suo polso, estrae una penna e scarabocchia il suo numero sull'avambraccio, proprio accanto al tatuaggio di un cuore trafitto da una freccia. Strizzando l'occhio, aggiunge: "Sono disponibile in qualsiasi momento."

Rido, rendendomi conto di cosa sta facendo Marsha, e la tiro giù dal palco, prima che la mia amica inizi a baciare il musicista davanti a tutti. Secondo le indiscrezioni che girano in ospedale, ha fatto follie, quando era ubriaca.

Ci facciamo strada tra il pubblico che continua ad applaudire e usciamo fuori, con l'aria gelida di febbraio che non riesce a raffreddare il nostro entusiasmo. Sono ancora euforica per l'alcol e la performance, e lo è anche Marsha, che ride e parla di quello che è appena successo e di come possa farmi da agente, in modo da arricchirci entrambe, se dovessi diventare famosa.

Ci stiamo divertendo così tanto che per un momento dimentico che niente di tutto ciò è reale, che la mia vita è solo una grande attesa. Tuttavia, quando salgo su un taxi per tornare a casa, ricordo, e l'euforia svanisce senza lasciare traccia.

Mentre cantavo e mi ubriacavo, è passata un'altra serata.

Un altro giorno senza il ritorno di Peter.

eter

PRENDO IN CONSIDERAZIONE L'IDEA DI CONTATTARE Sara, mentre atterriamo in un piccolo aeroporto privato ai piedi delle Great Smoky Mountains, a circa novanta chilometri da Asheville e a soli pochi Stati di distanza da lei. Ho la fortissima tentazione di alzare il telefono e chiamarla per poter sentire la sua voce. Ma se lo facessi, i Federali—che la stanno ancora sorvegliando e che stanno ascoltando le sue telefonate —le sarebbero addosso, dubitando ancora una volta della sua storia e facendola passare nel tritacarne.

Non è la prima volta che rifletto sull'idea di raggiungerla. Ci penso sempre. Per quanto siano prudenti i Federali, potrei ancora farle arrivare di nascosto una lettera, tramite uno degli uomini che ho ingaggiato. Sarebbe rischioso, ma potrei farlo.

Ciò che me lo impedisce non è la logistica, ma il fatto di non essere sicuro di cosa dire—e della reazione di Sara nel ricevere una lettera del genere. Per quanto mi piaccia pensare che le manchi tanto quanto manca a me, so che c'è una possibilità molto reale che il fragile accordo che abbiamo costruito verso la fine della sua prigionia sia svanito, che essere tornata a casa l'abbia nuovamente spinta a temermi e disprezzarmi.

Potrebbe sperare che me ne sia andato per sempre, e ricevere la mia lettera la sconvolgerebbe.

Inoltre, che cosa potrei dirle sul perché sto rimanendo lontano da lei? Non posso rivelare nulla su Novak ed Esguerra—troppo pericoloso, se la lettera venisse intercettata—quindi, restano solo le rassicurazioni fondamentali sul fatto che sono ancora vivo e che tornerò per lei.

Rassicurazioni che potrebbe facilmente interpretare come una minaccia, se è felice di stare a casa senza di me.

Noto che i miei ragazzi stanno morendo dalla voglia di dire qualcosa sulla situazione, ma la regola del Nessuna Parola Su Sara rimane in vigore, e sanno che è meglio non infrangerla. Così, restano zitti, e mi concentro su come far passare i giorni senza di lei, facendo affidamento sui rapporti giornalieri per alimentare la mia ossessione.

Un paio di giorni fa, è uscita con la sua amica Marsha e ha cantato in una sala, esibendosi con una delle sue canzoni in pubblico. Già solo leggerlo mi ha riempito il cuore con una vampata di calore, e ho ordinato agli americani di registrarla la prossima volta, così da poterla ascoltare e osservare la reazione del pubblico. Mi sento assurdamente orgoglioso al pensiero che il mio piccolo passerotto si sia messo a nudo in quel modo, scrollandosi di dosso le inibizioni e mostrando il talento che ho sempre conosciuto.

Naturalmente, l'orgoglio non è stata la mia unica reazione leggendo quel rapporto. L'idea che frequenti posti in cui altri uomini potrebbero provarci con lei è come un carbone ardente nel fianco. Sara è mia. La distanza fisica tra noi non cambia le cose. Finora, i rapporti non hanno evidenziato nessuno seriamente interessato a lei, ma questo non significa che non sia successo. Con l'FBI che segue costantemente Sara, i miei uomini devono fare molta attenzione, e ci sono momenti in cui semplicemente non possono avvicinarsi abbastanza da assicurarsi che qualche stronzo non la supplichi per avere un numero di telefono o le offra un caffè.

Se potessi avere un dispositivo di ascolto su Sara stessa, lo farei in un istante.

Le pianterei un chip nel cervello, se potessi.

"Sei pronto?" chiede Yan, e mi rendo conto di aver passato l'ultimo minuto a pulire distrattamente la pistola, invece di afferrare il borsone e scendere dall'aereo.

"Sì" dico, richiudendo la pistola e infilandola nella cintura. "Andiamo."

LYLE BOLTON, IL CUGINO DI PRIMO GRADO DI WALLY Henderson, possiede un piccolo negozio di alimentari ad Asheville. Secondo i suoi amici e vicini di casa, è un uomo gentile e pacifico, con prole—due bambini in età prescolare e un bambino in arrivo. La moglie incinta è una mamma casalinga e, dall'esterno, sembrano la coppia suburbana perfetta.

Peccato che nessuno sappia che cos'hanno scoperto i nostri hacker.

Lo aspettiamo nella baita di montagna della prostituta, con il nostro fuoristrada parcheggiato fuori dalla vista dietro al capannone. Tecnicamente, la ragazza è una escort, ma il sesso per soldi è lo stesso per quanto mi riguarda. Bolton viene qui ogni martedì e giovedì, di ritorno dalle fattorie locali, da cui ottiene i prodotti per il negozio. Sua moglie è completamente all'oscuro, così come tutti gli altri nella comunità.

Nessuno immaginerebbe mai che il riservato, devoto Signor Bolton, appassionato di benessere degli animali e dell'ambiente, pagherebbe una giovanissima "escort" per defecare su di lei due volte a settimana—dopo averla picchiata.

Henderson ha i suoi amici che tengono d'occhio la casa e il lavoro di Bolton, ed è per questo che questa baita è un posto perfetto per interrogare il bastardo. Il suo sporco vizio è un segreto che ha nascosto a tutti, compreso suo cugino, e grazie a tutte le precauzioni che ha preso in considerazione per questo lasso di tempo, nessuno verrà a cercarlo, se non tornerà al negozio nelle prossime quattro ore.

Possiamo fare molto in quattro ore.

La baita è vuota; non c'è nessuno a parte noi. Yan ha attirato la prostituta fuori stamattina, fingendo di essere un cliente che paga molto bene. Dopo averla portata in una camera d'albergo, l'ha legata e l'ha lasciata lì. Se avremo tempo, la slegherà più tardi; altrimenti, la donna delle pulizie la troverà domani mattina. In ogni caso, la ragazza non andrà alla polizia, non quando troverà il pagamento sul comodino.

Lyle Bolton è puntuale, come al solito, e si presenta alle dieci meno un quarto. Il suo camion romba nel vialetto coperto dalla ghiaia e faccio un cenno ai ragazzi per prepararsi.

Agguantare la nostra preda è un gioco da ragazzi. Non ha idea di cos'abbiamo in serbo per lui. Lo stronzo entra con un largo sorriso di merda sul viso paffuto, e Ilya esce da dietro la porta e gli dà un pugno nello stomaco. Lo fa con delicatezza—con la delicatezza di qualcuno della sua stazza—ma Bolton atterra carponi, ansimando e cercando di scappare via.

Yan lo prende a calci nelle costole, e poi entro, tirando su il bastardo dal retro della maglietta, mentre inizia a piagnucolare e implorare pietà.

"Tuo cugino" dico con calma, sistemandolo su una sedia da cucina. "Dov'è?"

Ci guarda a bocca aperta e scorgo un nuovo tipo di paura sul suo viso. Ora si rende conto che questo non è un errore, che non siamo dei ladri che si trovavano qui per caso.

"Non-non lo so" balbetta, e sospiro, prima di tirare fuori la pistola.

"Ultima possibilità" dico, mettendogli la canna sulla fronte. "Dove cazzo sta Wally?"

Si piscia addosso. Una macchia scura si diffonde sul cavallo dei suoi pantaloni di velluto a coste e sento il tanfo acre dell'urina. Mi infastidisce quasi quanto le lacrime e il muco che gli colano sul viso.

"Te lo giuro, non lo so!" piagnucola, e abbasso la pistola, premendo il grilletto due volte in rapida successione.

Le sue urla sono assordanti, mentre cade dalla sedia e rotola in una piccola palla sul pavimento. Gli ho appena piantato due proiettili—uno per ciascun piede —e aspetto che le urla si plachino prima di ripetere: "Dov'è il tuo cugino del cazzo?"

"Non lo so, non lo so, non lo so!" Ora è isterico, tenendosi i piedi sanguinanti con entrambe le mani. "Per favore, lo giuro, non lo so. È scomparso più di due anni fa, e da allora non ho più saputo niente."

"Niente? Nessuna chiamata, nessuna e-mail, nessuna lettera?"

Conosco già la risposta grazie ai nostri hacker, quindi non sono sorpreso, quando il piagnucoloso idiota scuote la testa come un giocattolo a molla. "No, no, lo giuro! Niente! Nessuno ha più avuto sue notizie da quando se n'è andato."

Mi rivolgo a Yan. "Che ne pensi?" chiedo in russo. "Credi a questo pezzo di merda?"

Lo studia, poi annuisce. "Sì, credo di sì. Henderson non si sarebbe mai messo in contatto con lui."

"Ok, allora. Andiamo."

Chinandomi, tiro fuori il telefono dalla tasca di Bolton e lascio l'uomo sanguinante sul pavimento, mentre usciamo dalla baita. Prima di andarcene, metto fuori uso il suo veicolo per assicurarmi che non possa andarsene per un po'.

Abbiamo altri cinque stronzi da interrogare, prima che la situazione di questo venga scoperta.

eter

Le prossime due persone sulla lista rappresentano una sfida tanto quanto Bolton. Il primo, Ian Wyles, è un insegnante in pensione, che è lo zio di Henderson di secondo grado. I due si scambiavano e-mail con regolarità prima della scomparsa di Henderson, ed è possibile che quest'ultimo possa comunque essere rimasto in contatto con lui in qualche modo.

Tuttavia, nel momento in cui agguantiamo il vecchio, mentre rientra a casa dall'ufficio postale, diventa ovvio che non sa nulla. È così fottutamente sconvolto e sbalordito dalle nostre domande che non perdiamo nemmeno tempo a picchiarlo. Lo leghiamo soltanto e lo lasciamo con il veicolo fuori uso nel bosco, dove sarà trovato tra poche ore, quando sua moglie tornerà a casa e non lo troverà.

La seconda persona, Jennifer Lows, è l'amica della moglie di Henderson. Una donna paffuta, di mezza età, se la fa letteralmente addosso, quando la portiamo fuori dalla casa di riposo dei genitori. Entro il primo minuto del nostro interrogatorio, diventa chiaro che nemmeno lei sa nulla, e la lasciamo legata dietro un cassonetto in un vicolo, imbavagliata e terrorizzata, ma incolume.

"Zero su tre" osserva Anton, mentre ci allontaniamo dal vicolo, ma faccio spallucce. Me lo aspettavo. Se Henderson fosse rimasto in contatto con queste persone, probabilmente l'avremmo già scoperto. Inoltre, la sicurezza intorno a loro sarebbe stata maggiore. Il fatto che fossero relativamente facili da contattare mi dice che non sono nella cerchia ristretta di Henderson.

Le persone che contano per lui—sua moglie e i suoi figli—sono nascoste come un tesoro.

In ogni caso, ottenere informazioni su dove si trova Henderson non è il nostro obiettivo principale. Intendiamo recapitargli un messaggio, facendogli sapere che nessuno nella sua vita—indipendentemente dalla distanza del legame—è al sicuro.

Vogliamo farlo arrabbiare e spaventarlo, perché gli uomini arrabbiati e spaventati commettono errori.

La prossima persona che cerchiamo è un poliziotto locale, che a quanto pare è l'amico d'infanzia di Henderson. Jimmy Gander, di cinquantacinque anni, è uno dei poliziotti più vecchi, e quando lo trasciniamo fuori dal suo bar preferito, riesce a colpire Anton in faccia, prima che lo mettiamo k.o.

"Lo ucciderò, cazzo" borbotta Anton, mentre ci addentriamo nel bosco, dove intendiamo interrogare il nostro prigioniero. "Il bastardo si pentirà di quello che ha fatto."

"Nessun omicidio, se non è necessario" gli ricordo. "Lo faremo solo se qualcuno non collabora."

Anton si acciglia. "Fanculo. Avrò un occhio nero."

"Non avresti dovuto permettere al nonno di avere la meglio su di te" dice Yan, sogghignando. "Forse dovremmo fargli prendere il tuo posto nella squadra. Sembra certamente più abile."

"Chiudete il becco" dico a entrambi, mentre il nostro SUV si ferma in una radura. "Potete litigare dopo."

Trasciniamo fuori il poliziotto e aspettiamo che si riprenda, prima di cominciare a interrogarlo. Come gli altri, sembra sinceramente sconcertato dalla situazione. Tuttavia, a differenza degli altri obiettivi di oggi, all'inizio si rifiuta di rispondere alle nostre domande. Per la gioia di Anton, finiamo per colpirlo un paio di volte, prima di sentirgli dire i soliti "non so niente" e "non ho più avuto sue notizie." In altre circostanze, avrei ammirato la lealtà di Gander verso il suo amico, ma dato che ci rimangono meno di due ore per interrogare le due persone rimaste sulla lista, il ritardo mi rende frustrato.

"Conficcagli una pallottola" dico ad Anton, quando

il poliziotto continua a ripetere quand'è stata l'ultima volta che ha visto Henderson, e Anton obbedisce volentieri all'ordine, sparandogli nella spalla destra.

Dopo di ciò, smette di ripetere la stessa risposta, e rimangono solo il vomito verbale e le suppliche per avere un ospedale.

"Andiamo" dico ai ragazzi, quando sono sicuro che abbiamo ottenuto tutto ciò che potevamo dal poliziotto. "Legatelo e lasciatelo qui."

Mentre andiamo via, prendo mentalmente nota di chiamare il 911 e di comunicare loro la posizione dell'uomo, quando saremo al sicuro in aria.

Amico di Henderson o meno, non c'è motivo per cui il poliziotto debba morire.

Siamo stretti con i tempi, così acceleriamo la procedura rintracciando gli ultimi due obiettivi e interrogandoli insieme. Li abbiamo lasciati per ultimi, perché sono connessioni ancora più lontane nei confronti di Henderson, quindi, se per qualche ragione non fossimo riusciti a raggiungerli, non sarebbe stata una grave perdita.

Il primo è l'ex fidanzato della figlia di Henderson, Bobby Carston. Ha vent'anni, circa tre più della figlia e, secondo i nostri file, si sono lasciati quando lui è andato a letto con la migliore amica di lei durante il ballo della scuola superiore. Non sopporto i traditori, così picchiamo il ragazzo, mentre gli facciamo delle domande—una mossa per assicurarci che il nostro ultimo prigioniero, l'insegnante preferito del figlio di Henderson, sia collaborativo fin dall'inizio.

Infatti, Sam Briars è così prolisso nelle sue risposte su Jimmy Henderson che otteniamo qualcosa che non ci aspettavamo.

Una possibile pista.

"—e poi sono andati in vacanza in Tailandia cinque anni fa e Jimmy ha detto di amare la cultura locale e la frutta, e che volevano vivere lì. C'era una famiglia locale con cui avevano fatto amicizia a Phuket. Non in una delle zone turistiche, ma nell'entroterra più profondo, lontano dalle folle. Jimmy lo raccontava in classe a tutti i compagni. E poi c'era Singapore, che la madre di Jimmy ha sempre amato per la pulizia, e c'è l'Islanda, dove i genitori di Jimmy sono andati per il loro anniversario, e c'è il Maryland, dove la sorella di Jimmy andava a scuola, e posso pensare ad altro, se mi concedete del tempo..."

L'insegnante sta parlando così in fretta che sta praticamente balbettando, così lo lasciamo parlare, annotando i luoghi che menziona in modo da poterli controllare più tardi. Abbiamo già esaminato la maggior parte di questi luoghi, compresa la Tailandia, ma gli Henderson si sono spostati per evitare di essere scoperti, e non sapevamo di quella famiglia locale a Phuket.

È sicuramente una pista che vale la pena esplorare.

Passano dieci minuti e l'insegnante non mostra segni di stanchezza, con la verbosità senza dubbio alimentata dai lamenti dell'ex fidanzato ferito. A questo punto, si sta solo ripetendo, raccontando tutto quello che sa sugli Henderson, così faccio un cenno a Ilya, che lo colpisce leggermente sulle costole.

"Basta così" dico, quando Briars inizia a urlare come se quel delicato colpetto gli avesse spezzato le costole. "Legateli e lasciateli qui. Dobbiamo andare."

Mentre guidiamo verso il nostro aereo, controllo se ci sono segni di inseguimento, ma riusciamo ad arrivare a destinazione senza incidenti.

L'operazione è stata ufficialmente un successo: abbiamo inviato un messaggio a Henderson e ottenuto una possibile pista.

Dovrei sentirmi bene, ma quando le ruote dell'aereo si sollevano da terra, tutto ciò a cui riesco a pensare è che non sono più vicino a ottenere ciò che voglio veramente.

Che dovranno passare ancora molti mesi prima di poter riabbracciare Sara.

24

Sara

"Che cos'ha fatto?" Fisso Ryson, con i palmi delle mani bagnati dal sudore e il cuore che mi martella. La mia prima reazione—la gioia che Peter sia vivo e vegeto—viene rapidamente sostituita da un doloroso nodo allo stomaco.

"Ha aggredito sei persone nel North Carolina" ripete l'agente. "Due sono in ospedale con ferite da arma da fuoco, e le altre quattro sono rimaste ferite e traumatizzate da un violento interrogatorio. Tutti cittadini innocenti. Puoi dirci qualcosa sull'incidente?"

"Io... che cosa?" Scuoto la testa per scacciare le macabre immagini. "Perché avrebbe fatto una cosa del genere?"

"Secondo le vittime, voleva sapere dove si trovasse

un loro conoscente—un certo Walter Henderson III. Ha la sfortuna di essere sulla stessa lista del tuo defunto marito." Ryson incrocia le braccia muscolose. "A quanto pare Sokolov sta ricorrendo a misure più estreme per arrivare a quell'uomo. Puoi dirci qualcosa al riguardo? Che cosa sta cercando?"

Ingoio la bile che mi sta salendo nella gola. Negli ultimi due mesi, in qualche modo sono riuscita a dimenticare la brutale realtà dell'uomo che mi manca, a sorvolare sulle parti più oscure dei miei ricordi. "Non sai niente?"

"Te l'ho detto, gran parte del suo fascicolo è stato secretato." Ryson scioglie le braccia e si appoggia. "Dottoressa Cobakis, sai bene quanto me che quell'uomo è letale. Dev'essere fermato prima che altre persone innocenti vengano ferite. È importante che tu ci dica tutto ciò che sai su di lui, affinché possiamo avere un'idea migliore su dove potrebbe colpire prossimamente."

Lo fisso, sentendo alternativamente caldo e freddo. "Lui... non mi ha mai detto molto." Questo è quello che ho raccontato agli agenti, e devo rimanere fedele alla storia, a prescindere da quanto mi senta male, sapendo che Peter sta facendo del male a degli innocenti in nome della sete di vendetta.

In ogni caso, anche se Ryson fosse a conoscenza del massacro della moglie e del figlio di Peter, non cambierebbe nulla. Peter non si fermerà fin quando non avrà trovato Henderson e l'avrà cancellato dalla sua lista, e, come ha dimostrato chiaramente in North

Carolina, i Federali non sono ancora in grado di competere con lui e la sua squadra.

Peter e i suoi uomini sono entrati negli Stati Uniti senza essere visti, hanno aggredito sei cittadini, e se ne sono andati.

È stato nel mio stesso Paese, e se Ryson non avesse deciso di interrogarmi, non l'avrei mai saputo.

Il mio stomaco si stringe ulteriormente e, con orrore, mi rendo conto che non sono minimamente sconvolta dal dolore e dalla sofferenza che ha causato a quelle persone.

Sono anche ferita e arrabbiata che Peter non sia tornato per me.

Ci separavano solo pochi Stati, e non è tornato a prendermi.

"Dottoressa Cobakis." Ryson mi scruta attentamente. "Va tutto bene?"

"Io... sì." Stringo le mani sotto al tavolo, lasciando che le unghie mi penetrino nei palmi. L'accenno di dolore mi calma, permettendomi di dire con un tono semi-normale: "Mi dispiace. È solo che sono successe tante cose."

E questa è la verità. È troppo, davvero. Fino a questo momento, non avevo compreso appieno quanto fossi incasinata, quanto quei mesi con Peter mi avessero rovinata, distorcendo il mio senso di giusto e sbagliato. Eccomi qui, ad aver appena saputo che l'assassino da cui sono ossessionata ha ferito sei persone innocenti, e sono arrabbiata che le abbia preferite a me? Che non mi abbia rapita, quando chiaramente ha avuto la possibilità di farlo?

Sono malata.

È ovvio ora—come il fatto che Peter potrebbe non tornare mai più. Per tutto il tempo, la vendetta è stata il suo vero amore, la sua vera ossessione, e qualsiasi cosa provasse per me non è durata... se mai ci fosse stata. Non so perché mi stiano ancora sorvegliando, o se lo stiano ancora facendo—la sensazione di prurito potrebbe essere una paranoia—ma è chiaro che non sono più la sua priorità.

In qualche modo, riesco a sopportare il resto dell'interrogatorio di Ryson, rispondendo automaticamente alle sue domande, e, quando torno a casa, alzo il telefono e chiamo il Dottor Evans, il terapeuta che mi ha aiutata in passato.

È giunto il momento di ricostruire la mia vita distrutta.

È giunto il momento di accettare che qualsiasi cosa io e Peter abbiamo avuto potrebbe essere finita.

PARTE III

25

Peter

TRASCORRIAMO I DUE MESI SUCCESSIVI SEGUENDO LA pista tailandese—non è facile capire quale famiglia locale abbia fatto amicizia con gli Henderson—e poiché questo non ci avvicina all'obiettivo, accettiamo un lavoro in Russia, in cui un oligarca del petrolio vuole che eliminiamo uno dei suoi rivali. Non è redditizio come gli altri, ma la posizione lo rende conveniente.

Non tornavamo nel nostro Paese da anni.

"Anche a voi fa uno strano effetto?" chiede Anton, mentre passiamo davanti alla Piazza Rossa, e annuisco, sapendo esattamente che cosa intende dire. Camminare per queste strade e sentir parlare in russo intorno a noi è come tornare indietro nel tempo.

L'ultima volta che sono stato a Mosca è stato quando ho ucciso il mio supervisore, Ivan Polonsky, per aver aiutato nella copertura del massacro di Daryevo—mi sembra successo una vita fa.

"Ti manca?" chiedo ad Anton, che alza le spalle.

"Nah. Voglio dire, non è esattamente divertente essere sempre stranieri, ma mi ci sono abituato. E grazie a Sara, il mio inglese è migliorato, quindi..." Si interrompe, con lo sguardo che diventa diffidente, mentre si rende conto di quello che ha appena detto. "Cioè, mentre eravamo—"

"Basta così." I miei muscoli del collo sono dolorosamente tesi e le mani sono serrate a pugno, ma la voce è dolce e calma, mentre ripeto: "Basta così."

Anton saggiamente si zittisce, e camminiamo per il resto della strada in silenzio. Sa che gli è proibito parlare di lei, e non solo per la sua sicurezza. Sara è un detonatore per me in questi giorni, tanto che la semplice menzione del suo nome è sufficiente a rendermi omicida. La ferita aperta lasciata dalla sua assenza non si sta rimarginando; è insopportabile.

Soffro per lei ogni secondo di ogni giorno, e lo odio fottutamente.

I rapporti quotidiani non fanno che peggiorare le cose, perché sembra che mi abbia dimenticato. Il mese scorso, ha ottenuto un altro lavoro, unendosi a dei ginecologi e ostetrici con più esperienza, e si è trasferita dalla casa dei genitori in un nuovo appartamento. Sono contento di tutto questo—voglio che sia felice—ma nelle ultime sei settimane è uscita ogni fine settimana, bevendo e ballando con le amiche. Inoltre, ha iniziato a cantare con una band il venerdì sera—uno sviluppo che mi piaceva, fin quando non ho visto una registrazione in cui indossava un abito sexy e ho realizzato che ogni uomo del pubblico stava sbavando.

La guardavano come un branco di lupi davanti a una lepre.

Se fossi stato lì con lei, l'avrei impedito—deturpando alcuni volti, se fosse stato necessario—ma sono a mezzo mondo di distanza, e questo mi distrugge. Oltre a ciò, questo solleva la possibilità che Sara possa avermi dimenticato al punto tale da potersi innamorare di un altro uomo... forse addirittura di uno degli idioti che le si avvicinano dopo ogni esibizione per provarci e implorare il suo numero di telefono.

L'unica cosa che mi impedisce di ordinare un colpo su quegli stronzi è che finora non è uscita con nessuno di loro.

È solo questione di tempo, però. Lo so. Più mancherò, più è probabile che sia così. Ed è per questo che, proprio prima di questo lavoro, ho finalmente ordinato che le venisse recapitato un messaggio.

Dovrebbe riceverlo tra poco.

Nel frattempo, abbiamo un uomo molto ricco—e molto corrotto—da uccidere.

26

Sara

"SARA! SARA! SARA!"

L'incitazione del pubblico unita all'applauso assordante è come un'iniezione di eroina nelle vene. Sono così estasiata che mi sembra di volare, e mi inchino, ridendo, mentre l'incitazione si intensifica.

I miei compagni della band—Phil, Simon e Rory—si inchinano al mio fianco. Il pubblico, però, sembra concentrato su di me. Probabilmente perché i ragazzi hanno cambiato il nome della band da *The Rocker Boys* a *Sara & the Rocker Boys* il mese scorso, ignorando completamente le mie obiezioni. Per qualche ragione, Phil ha deciso che la band è molto più richiesta avendo me come cantante principale, e ogni poster ora ha il mio volto in primo piano oltre al mio nome. La scorsa settimana, una paziente in clinica mi ha riconosciuta come "quella Sara" e mi ha chiesto l'autografo—un incidente molto imbarazzante che ha portato lo staff della clinica a chiamarmi "La Celebrità."

Questa era la prima volta che cantavamo all'aperto in uno spazio più ampio, e non ero sicura che ce l'avremmo fatta. Anche se è quasi maggio, il tempo è ancora imprevedibile, e fino a due giorni fa non sapevamo se ci sarebbero stati dieci gradi con la pioggia o ventuno con il sole. Alla fine, ha avuto la meglio una via di mezzo—diciannove e parzialmente nuvoloso—e c'è stata una grande affluenza. Il nostro obiettivo era quello di vendere almeno un centinaio di biglietti per coprire i costi del locale, ma a giudicare dal numero degli spettatori che applaudivano con entusiasmo, ne abbiamo venduti quasi il quadruplo.

Finiamo di inchinarci e di cantare un'altra canzone come bis, prima di scendere dal palco. Come sempre succede dopo una performance di successo, è difficile sbarazzarsi dell'adrenalina, così ci rechiamo al bar vicino per festeggiare e distenderci.

Come me, i miei compagni della band lo fanno come hobby. Phil, il nostro chitarrista, è un insegnante di matematica; Simon, il batterista, è uno scrittore freelance; e Rory, il bassista, lavora in un call center. A differenza mia, comunque, tutti e tre vorrebbero farlo come carriera, e come spesso accade dopo una grande esibizione, iniziano subito a parlare di un futuro tour.

"Potremmo iniziare a Seattle, per poi dirigerci verso la Costa Occidentale" dice Phil, prendendo la birra. I suoi occhi blu brillano febbrilmente sul viso rubicondo. "Da lì, potremmo procedere con il sud-ovest e—"

"Fanculo a Seattle." Rory trangugia un sorso di tequila e fa scivolare il bicchiere verso il barista irritato. "Andremo direttamente in California. San Francisco, poi L.A. È il posto migliore per artisti come noi, per non parlare del tempo, della cultura e del cibo..."

Continua, gesticolando selvaggiamente mentre parla, e sogghigno quando noto diverse donne che lo fissano sfacciatamente. Con il volto lentigginoso, i ricci arruffati e il fisico da culturista, Rory sembra un incrocio tra Little Orphan Annie e un modello di Abercrombie che fa uso di steroidi. È una combinazione che non avrebbe dovuto funzionare, ma lo fa—e sospetto che il successo della band sia dovuto tanto al suo aspetto quanto al nostro talento combinato.

Non che Phil e Simon siano brutti. Simon, in particolare, mi ricorda un giovane Denzel Washington, solo con un'attitudine punk-rock. Phil è un po' più nella media, con una leggera stempiatura e un filo di pancia, ma la sua personalità estroversa compensa le carenze fisiche. Tutti e tre i miei compagni di band sono attraenti a modo loro—e ognuno ha fatto capire che avrebbe piacere a uscire con me.

È triste che tutto quello che vedo quando guardo un uomo in questi giorni non è Peter.

I ragazzi non lo sanno, naturalmente. Sono

beatamente ignari del casino terrificante nel mio passato e degli agenti dell'FBI che ancora mi seguono ostinatamente. Tutti i miei compagni sanno che sono una vedova, e pensano che il dolore per la perdita di mio marito sia il motivo per cui non frequento nessuno.

"Quanto tempo è passato?" ha chiesto Phil con fare comprensivo, quando mi sono unita alla band a febbraio, e gli ho detto che mio marito era praticamente morto circa un anno e mezzo prima, non essendosi mai risvegliato dall'incidente d'auto che lo aveva lasciato in coma. Phil ha espresso le sue condoglianze e ha evitato con tatto l'argomento da allora, così come Simon e Rory.

Infatti, dopo avermi fatto premurosamente sapere che sono interessati, solo per essere rifiutati con lo stesso tatto, si sono completamente ritirati e hanno iniziato a trattarmi come una specie di figura santa, una Madonna intoccabile racchiusa in una bolla di dolore.

Non sono lontani dalla verità, solo che la perdita per cui sto soffrendo ha poco a che fare con George, che svanisce sempre più dai miei ricordi giorno dopo giorno. A questo punto, sono passati più di tre anni dal suo incidente, e ancora di più da quando il nostro amore è stato soffocato dal peso della sua dipendenza. Ogni volta che ripenso a lui ora, tutto ciò che ricordo è come mi sono sentita, quando ho scoperto la sua doppia vita come agente della CIA... i segreti e le bugie che hanno portato Peter alla mia porta.

Vorrei poter dimenticare anche *lui*, ma è impossibile. Anche se sono passati quasi sei mesi da quando il mio rapitore mi ha riportata a casa, penso a lui ogni sera, mentre mi addormento. A volte, sono convinta di poterlo sentire. Non accanto a me, ma da qualche parte là fuori, che attraversa i continenti per tormentarmi, con la sua attrazione sia magnetica che letale, come la forza gravitazionale del sole.

Lo sogno anche. Sogno il tenero modo in cui mi stringeva quando piangevo e il brutale modo in cui mi scopava, tra tutte le piccole e grandi cose che costituiscono la contraddizione che è Peter. A volte, mi sveglio da quei sogni eccitata e frustrata, ma più spesso trovo il cuscino inzuppato di lacrime e le braccia avvolte intorno alla coperta per allontanare l'angosciosa solitudine che mi tiene congelata dentro.

Ho bisogno di voltare pagina, lo so. E ci provo. Esco con Marsha e le ragazze ogni fine settimana, e quando un ragazzo particolarmente attraente mi chiede il numero, glielo do il più delle volte. Ma è lì che finisce per me. Non riesco a fare il passo successivo e ad accettare l'appuntamento, quando mi telefonano o mi mandano un messaggio.

"Perché dai loro il tuo numero, allora?" mi ha chiesto Marsha la scorsa settimana, quando ha saputo che l'ho fatto ancora una volta. "Perché non li rifiuti subito?"

Ho fatto spallucce, non sapendo che cosa dire, e lei non ha insistito, non volendo stressarmi. Come la maggior parte delle mie conoscenze che hanno ascoltato la versione dell'FBI della storia di Peter, Marsha mi tratta come se fossi di cristallo e potessi frantumarmi alla minima pressione. Credo che lei—insieme ad altri in ospedale—pensi che il mio calvario sia stato persino peggiore di quello che ho rivelato. Una volta, quando mamma era ancora all'ospedale, ho sentito due infermiere che parlavano di come fossi fuggita da un "giro di schiavitù sessuale" e di come stessi ancora affrontando le conseguenze di essere stata "costretta a prostituirmi."

È irritante, ma l'unico modo per mettere a tacere quelle voci sarebbe dire la verità, e non ho intenzione di farlo.

Fortunatamente, i miei nuovi colleghi non sono a conoscenza di più di quanto non sappiano i miei compagni della band. I Dottori Wendy e Bill Otterman, la coppia sposata proprietaria del piccolo studio per ostetrici e ginecologi, è rimasta così colpita dal mio curriculum e dalle credenziali accademiche che mi ha a malapena fatto domande sul vuoto di nove mesi nella mia storia lavorativa. Ho detto loro di essermi presa una pausa per viaggiare in tutto il mondo, e mi hanno assunta subito, con l'avvertenza di iniziare immediatamente in modo che potessero partire per la crociera tanto attesa in Alaska per il loro quarantesimo anniversario di matrimonio.

Avrei potuto cercare opportunità migliori e più prestigiose, ma ho accettato subito l'offerta e ho iniziato il giorno successivo. Con mamma appena uscita dall'ospedale, volevo qualcosa di poco impegnativo, affinché potessi seguire lei e papà. Ma quello che mi ha fatto davvero accettare è stata la posizione dell'ufficio—a quindici minuti di auto dalla casa dei miei genitori e a pochi passi dal mio nuovo appartamento.

"Torna sulla terra, Rory." Simon agita la bottiglia di birra davanti al viso di Rory, interrompendo la sua orazione sulle meraviglie della California. "Guardiamo in faccia la realtà. Sara, hai intenzione di venire in tour con noi?"

Sorrido e scuoto la testa. "Non posso, mi dispiace. Il lavoro non mi permette di assentarmi per così tanto tempo."

"Vedi?" Simon osserva trionfalmente i suoi compagni di band, come se avesse vinto una scommessa. "Non verrà. Non succederà."

"Oh, andiamo." Phil afferra la birra da Simon e la finisce in due sorsi prima di fare cenno al barista di portarne un'altra. Voltandosi verso di me, mi guarda con tutto il fascino di Phil Hudson. "Sara, dolcezza..." La sua voce diventa adulatrice. "Abbiamo tutti un lavoro e altre responsabilità, ma opportunità come questa capitano solo una volta nella vita. Stiamo per spiccare il volo, lo sento, e dobbiamo cogliere l'occasione. *Tu* devi coglierla, perché sai che cosa succede domani?"

Scuoto la testa, sorridendo. Ho già sentito versioni di questa lezione da lui, e ogni volta diventa più creativo. "No, che cosa?"

"Esattamente." Agita il dito indice, come un

insegnante. "Non lo sai, e nemmeno qualcun altro. La vita è solo una serie di eventi casuali, che sembra seguire un modello, ma non lo fa. Potresti pensare di sapere che cosa ti porterà l'indomani, ma tutto ciò che serve è il cambiamento di una singola variabile e boom! Ti ritrovi a seguire una direzione completamente diversa."

"Come in un tour?" dico seccamente, e sia Rory che Simon ridono.

"Un tour, sì—sarebbe una nuova variabile" continua Phil, imperterrito. "Ma una che *ti* piacerebbe. La maggior parte delle volte, la nuova variabile viene da dove meno te l'aspetti, e poi tutti i tuoi piani studiati attentamente vanno all'aria."

"Cazzo—le cose stanno davvero così? Ho appena appreso la matematica?" chiede Rory, grattandosi i ricci, e scoppiamo tutti a ridere, mentre Phil alza gli occhi, borbottando sottovoce qualcosa sugli ignoranti e gli stronzi ubriachi.

"Devo andare" dico ai ragazzi scusandomi, mentre la risata si spegne. "Devo alzarmi presto per il lavoro domani."

"Nessun problema, lo sappiamo." Simon mi dà una pacca sulla spalla. "Vai a fare quello che devi fare e lascia questi idioti a sognare la fama."

Rido, scuotendo la testa, mentre esco dal bar e mi dirigo verso il parcheggio sul retro. Avevo i miei dubbi sul fatto di unirmi alla band, ma si è rivelata la migliore decisione di sempre. Non solo mi sento come se fossi nata per questo ogni volta che sono su quel palco, ma i miei compagni sono molto divertenti. In realtà preferisco uscire con loro che con Marsha e le ragazze; sento meno pressione, in qualche modo.

Sto aprendo la portiera della macchina, quando lo noto.

Qualcosa di spesso—un foglio di carta piegato, forse?—incastrato all'interno della maniglia della portiera.

La mia prima reazione è quella di tirarlo fuori e dare immediatamente un'occhiata, ma un sesto senso me lo impedisce. La sensazione di prurito tra le scapole —quella che è così onnipresente che a malapena ci faccio caso ormai—è molto più intensa all'improvviso, e, invece di tirar fuori l'oggetto e fissarlo, lo stacco in modo discreto, trattenendolo nel pugno chiuso, e salgo in macchina.

Facendo scivolare l'oggetto—ora identificato definitivamente come un pezzo di carta piegato—nella tasca della mia giacca, esco dal parcheggio e mi dirigo verso casa. Dietro di me c'è l'inevitabile coda dell'FBI, e mentre guido, la carta sembra ardere nella tasca.

Devo davvero impegnarmi per parcheggiare davanti al mio edificio e attraversare tranquillamente l'atrio fino all'ascensore, senza affrettarmi. È possibile che si tratti una specie di pubblicità che è stata semplicemente posizionata in modo strano, ma in qualche modo, sono certa che non sia così.

Entrando nel mio appartamento, chiudo la porta a chiave e mi guardo intorno. Non penso ci siano telecamere o dispositivi di ascolto qui dentro; dopo tutto l'equipaggiamento high-tech trovato nella mia vecchia casa e poi mesi dopo nella casa dei miei genitori, i Federali setacciano l'abitazione regolarmente, e loro stessi avrebbero bisogno di un mandato per quel genere di sorveglianza invasiva. Tuttavia, solo per assicurarmene, tolgo le scarpe e vado verso l'armadio della camera da letto, mantenendo la calma per tutto il tempo.

Se qualcuno mi sta osservando, non gli darò motivo di sospettare.

Il mio appartamento è abbastanza piccolo, con una camera, una cucina e un angusto soggiorno, ma ha una bella funzionalità: uno spazioso armadio a muro nella camera da letto. Vado lì, come farei di solito per spogliarmi, ma, non appena sono fuori dalla vista di qualsiasi possibile telecamera, tiro fuori il foglio dalla tasca e lo apro, con le mani che tremano.

Sono solo un paio di righe, scarabocchiate sulla carta spessa con una grafia nitida e mascolina.

Ricorda, ptichka. Finché saremo entrambi vivi.

27

Il lavoro a Mosca procede senza intoppi—eliminiamo il nostro obiettivo in una breve settimana—e poi torniamo a dare la caccia a Henderson, mentre attendiamo notizie da Novak. Il mese scorso, il trafficante d'armi serbo ha confermato che tutto sta procedendo secondo il periodo originario di otto mesi, ma è ancora concentrato sulla sua risorsa all'interno dell'organizzazione di Esguerra—l'informazione chiave di cui ho bisogno per attuare il mio piano.

Sfortunatamente, Henderson rimane inafferrabile come sempre, così, mentre maggio procede, interroghiamo altri conoscenti per qualsiasi pista. Questa volta, ci concentriamo sulle connessioni della moglie nella sua città natale di Charleston, solo per fare cose diverse.

"Ancora niente" dice Ilya con disgusto, mentre saliamo a bordo dell'aereo, dopo aver interrogato i nostri cinque bersagli. "Gli idioti non sapevano nulla."

Mi stringo nelle spalle e mi siedo. "Me lo aspettavo."

Continuo a considerare l'operazione un successo. Siamo riusciti a fuggire senza nemmeno un inseguimento in auto, e abbiamo di nuovo dimostrato a Henderson che nessuno nella sua vita, indipendente da quanto possa essere remoto il legame, è al sicuro. Prima o poi, farà un passo falso, e poi commetterà un errore. Forse sua moglie si preoccuperà per una sua amica e andrà a farle visita, o forse la figlia adolescente si agiterà e chiamerà l'ex.

Qualunque cosa accada, nel momento in cui sbaglieranno qualcosa, saremo pronti, e mia moglie e mio figlio morti saranno vendicati.

È L'INIZIO DI GIUGNO, QUANDO FINALMENTE ACCADE.

Ricevo un'e-mail da parte di Novak, che vuole incontrarmi mercoledì prossimo.

Solo te, c'è scritto nell'e-mail. *Nessun altro.*

Sopprimo un'ondata di gioia selvaggia e inizio a prendere accordi.

Nelle ultime due settimane, abbiamo soggiornato nella nostra casa polacca, aspettando notizie da Novak, così mercoledì mattina i ragazzi mi fanno scendere a Belgrado e assumono le loro posizioni.

Non verranno con me, ma sicuramente saranno nei paraggi.

Incontro Novak nello stesso bar dell'altra volta. Mentre entro, noto che i suoi scagnozzi sono assenti—come i bei baristi. Novak è seduto al tavolino in mezzo al bar, con solo una cartella di pelle marrone davanti a sé.

"Tutto solo?" chiedo, cercando di non mostrarmi sorpreso, e le labbra sottili di Novak si incurvano, mentre si alza e si avvicina per salutarmi.

"Ho pensato che avremmo potuto fare a meno di tutte le stronzate." I suoi occhi chiari brillano, mentre mi stringe la mano. "Abbiamo bisogno l'uno dell'altro, e penso che sia ora di costruire la fiducia."

Sono certo che *questa* sia la vera stronzata—probabilmente i suoi uomini sono posizionati strategicamente come i miei—ma lascio che la mia espressione di pietra si addolcisca leggermente, mentre gli lascio la mano. "Non potrei essere più d'accordo."

"Bene." Si siede di nuovo al tavolo e mi fa cenno di fare altrettanto. "Prego."

Mi accomodo e assumo un'espressione impassibile. "Allora, la risorsa è stata posizionata?"

Novak annuisce, mantenendo un sorrisetto compiaciuto. "È sulla strada verso la tenuta di Esguerra, mentre parliamo."

Il mio polso accelera. Ora e data del trasporto della risorsa—è già qualcosa che posso sfruttare. "Complimenti. È un bel risultato" dico con voce ferma.

Novak accetta le lodi come se gli fossero dovute. "Grazie. C'è voluto molto lavoro, ma ci sono riuscito."

"Allora, parlami di lei, di questa tua misteriosa risorsa" dico.

Tamburella le pallide dita sul tavolo per diversi lunghi secondi, poi dice: "Conosci la struttura finanziaria dell'organizzazione di Esguerra?"

Lo fisso. "No. Non particolarmente. Ero il suo consulente per la sicurezza, non il consulente finanziario." Non mi aspettavo che Novak finisse col parlare di questo. La risorsa potrebbe essere qualcuno collegato al gestore di portafoglio di Esguerra? So che il ragazzo risiede da qualche parte a Chicago, ma non vedo—

"Quindi, non sai che legalmente e praticamente la moglie di Esguerra è il suo socio in affari e che erediterà tutto in caso di morte del marito?"

"No, ma non mi sorprenderebbe" dico lentamente. Anche allora, quando lavoravo per Esguerra, Nora, la ragazza americana che ha rapito e poi sposato, mostrava un'insolita attitudine per gli affari del marito.

Novak sorride di nuovo e apre la cartella di fronte a sé. "Sì. La giovane Signora Esguerra è piuttosto sveglia, non è vero? Si è laureata alla Stanford con il massimo dei voti." Tira fuori una foto e la mette davanti a me. Mostra Nora con un voluminoso abito da laurea, che riceve un diploma da un funzionario universitario. Il suo volto sorridente è mezzo voltato, guardando altrove, ma anche da quest'angolazione si nota che è entusiasta.

"Quando è stata scattata?" chiedo, perplesso. Se la gente di Novak era abbastanza vicina da scattare quella foto, anche loro dovevano essere vicini allo stesso Esguerra.

Il trafficante d'armi colombiano non avrebbe lasciato la moglie fuori dalla sua vista per più di un minuto.

"Un paio di mesi fa, alla cerimonia di laurea primaverile" risponde Novak. "Carina, non è vero? Così piccola, ma così forte..."

La sua voce è insolitamente dolce, mentre lo dice, con il tocco che sembra quasi una carezza, quando recupera l'immagine e la inserisce nella cartella. Sollevo le sopracciglia, in attesa di vedere dove intenda andare a parare. In qualche modo, si è infatuato della piccola moglie di Esguerra?

È strano, ma sono accadute cose più strane.

Chiudendo la cartella, mi guarda. "So a cosa stai pensando" dice. "Perché non l'ho eliminato proprio in quel momento, durante quella cerimonia? Perché assoldare te, quando avrei potuto colpirlo allora, facendo tutto da solo?"

Inclino la testa. "Mi sono fatto questa domanda, ma ho immaginato che la sicurezza di Esguerra fosse più stretta di quanto non indichi il tuo possesso di quella foto."

Le labbra di Novak si distendono in un altro

sorriso. "Hai ragione—la sicurezza era impressionante. Eppure, se l'avessi voluto davvero, avrei potuto provarci. Avrei subito pesanti perdite, ma c'è una piccola possibilità che avrei potuto farcela."

"Ma non hai voluto rischiare?"

"Oh, avrei rischiato... se la morte di Esguerra fosse stato tutto ciò che avessi voluto."

Ora stiamo arrivando al nocciolo del problema. "Vuoi anche lei." Faccio un cenno verso la cartella. "Fa parte di questo?"

Gli occhi chiari di Novak si induriscono. "Sì... ma non come pensi tu. Vedi, Nora Esguerra non è solo carina—detiene le chiavi del regno di Esguerra. Se lo uccidessi, lei semplicemente prenderebbe il sopravvento, e avrei un nuovo nemico da combattere— uno con risorse quasi illimitate e un rancore molto personale nei miei confronti."

La questione sta diventando interessante. "Quindi, vuoi che siano entrambi eliminati?"

"Quello era il mio pensiero originario, ma no. Vedi, Esguerra è intelligente—molto più della maggior parte di quelli nella nostra attività. Quasi tutti i suoi beni sono legalmente intestati, e tutto è sepolto dietro strati su strati di società di comodo. Se entrambi gli Esguerra venissero uccisi, impiegherei anni a districare la matassa, e pur avendo successo nell'eliminazione di un rivale, non avrei accesso a ciò che voglio veramente."

"I suoi possedimenti."

"Sì. Esattamente." Si sporge in avanti. "Non voglio

solo che Esguerra sparisca—voglio quello che ha... compresa sua moglie."

Piego la testa. "Quindi, vuoi che Julian Esguerra sia ucciso, ma che sua moglie venga rapita?"

"Sì, e non solo sua moglie." Il suo sorriso è freddo. "Vedi, lei è inutile per me senza una specie di ricatto."

"Ricatto? Intendi qualcosa come un membro della famiglia?"

"Sì, precisamente. E non solo un membro qualsiasi della famiglia. Ho bisogno di qualcuno per cui farebbe qualsiasi cosa... persino accogliere a braccia aperte l'assassino di suo marito."

La mia espressione non cambia, ma il sangue si trasforma in melma ghiacciata. Questo significa che è al corrente della mia ossessione per Sara? Se è così, lo ucciderò sul posto, e sia dannato per sempre. Se oserà minacciarla, gli strapperò quella fottuta pelle, e—

"Vedi" continua Novak, ignaro della mia crescente rabbia: "Ho bisogno di Nora, e ho bisogno che sia completamente sotto il mio controllo. Ho pensato di usare i suoi genitori per questo, ma potrebbe non essere abbastanza. Dopo tutto, i genitori di solito si sacrificano per i propri figli, non il contrario."

Scaccio i pensieri sanguinari. "Che cos'hai in mente, allora?" Non è detto che stia parlando di Sara; almeno, è meglio per lui che non lo faccia. Partendo dal presupposto che non sia così stupido da minacciarmi in modo così indiretto, lo prendo alla lettera: "Per quanto ne so, oltre ai genitori, Nora non ha—"

"Sì, esattamente. Per quanto ne sai." Novak si

appoggia, godendosi chiaramente il suo momento di superiorità. "Tu e tutto il resto del mondo, ad esclusione di alcune persone selezionate."

Lo fisso, con i pensieri che saltano da un fatto all'altro. "La tua risorsa" dico lentamente. "Il periodo di otto mesi... Stai dicendo che Esguerra ha un—"

"Figlio? Sì." Il suo viso inespressivo si anima. "Una figlia, in realtà, nata martedì scorso in Svizzera, circa due settimane prima del previsto. Elizabeth Esguerra—detta Lizzie. Bel nome, no?"

"Sì, molto" riesco a dire. Il mio cuore sta minacciando di esplodere dalla cassa toracica, e sotto al tavolo le mani formano dei pugni.

Una bambina. Una fottuta neonata. È questo il suo piano, la sua risorsa. Ha ragione, in quanto questo sarebbe il modo perfetto per controllare Nora. Una madre farebbe qualsiasi cosa per la propria figlia; rinuncerebbe a un impero e alla propria vita, se necessario.

Non dovrebbe importarmi—Esguerra non è mio amico—ma per qualche ragione, il coinvolgimento di una bambina rende il piano di Novak decisamente osceno per me.

Sono contento di aver fatto il doppio gioco con il bastardo per tutto il tempo.

Ma aspetta. Ha detto che la sua risorsa avrebbe aiutato durante l'operazione. Ciò significa che non si tratta della bambina. Tuttavia... "È una tata?" chiedo in modo uniforme. "La tua risorsa—è collegata alla bambina, non è vero?"

Novak annuisce, allungando la mano sul tavolo di fronte a lui. "Sì, ma non è una tata" dice, addolcendo l'espressione. "Una pediatra—fortemente consigliata dai medici della clinica svizzera, che Esguerra predilige."

Naturalmente. Sospettavo che Novak potesse avere qualche legame con quel posto. "Hai corrotto il personale della clinica?"

"Ci ho provato, ma purtroppo, no." Sospira. "Sono così spaventati dai loro pazienti che sono quasi impossibili da corrompere. Così, ho dovuto hackerare i loro computer."

"Capisco." Tutti i pezzi stanno tornando a posto ora. "Ecco come facevi a sapere della gravidanza di Nora."

Annuisce. "Esguerra l'ha portata lì per farla visitare, notando che il suo ciclo era in ritardo. E non appena lo hanno saputo, l'ho saputo anch'io—e ti ho contattato."

Sopprimo l'impulso di allungarmi sul tavolo e spezzargli il collo. Forse è perché conosco Nora, o forse perché quando penso ai bambini immagino mio figlio a quell'età, ma la semplice consapevolezza che una neonata verrà usata in quel modo mi dà la nausea.

Mantenendo un tono fermo, dico: "Quindi, vuoi che uccida Esguerra, rapisca Nora e la sua bambina, e che le porti da te, così in un colpo solo avrai eliminato il tuo più grande rivale e ottenuto il controllo dei suoi possedimenti."

Il sorriso di Novak è a trentadue denti. "Esattamente."

"È molto intelligente." Inserisco una nota di

ammirazione nella mia voce. "Se prendessi solo Nora e la bambina per controllare Esguerra, lui troverebbe un modo per fotterti e riaverli—l'ha già fatto in passato. Ma sua moglie—la sua vedova, dovrei dire—sarà più facile da gestire, soprattutto con una bambina di cui occuparsi. Stai pensando di rendere il rapporto legale con lei?"

"Sì, naturalmente. Il matrimonio è il modo più semplice per aggirare tutti quei fastidiosi ostacoli sulla proprietà. Adotterò anche la figlia."

"E la crescerai come se fosse tua?"

Si stringe nelle spalle. "Più o meno. Qualunque bambina io cresca con Nora avrà ovviamente la priorità, ma finché sua madre si comporta bene, non ho intenzione di fare del male alla bambina."

"Molto generoso da parte tua."

O non nota il sarcasmo nella mia voce o sceglie di ignorarlo. "Sì. Penso che trarremo tutti dei benefici a lungo termine—compreso te. Cento milioni saranno perfetti per la tua piccola vendetta."

Non sono minimamente sorpreso che ne sia a conoscenza. "Sì, lo saranno" dico senza battere ciglio.

"Bene. Hai già un'idea di come farai ad entrare nella tenuta di Esguerra?"

"Sì" rispondo, guardandolo dritto negli occhi. "Andrò a far visita a Lucas Kent e mi farò portare da Esguerra. Gli dirò che voglio seppellire l'ascia di guerra —e che sono disposto a rivelargli il nome di un traditore."

S*ara*

Non dormo più tutta la notte, e al mattino sono così esausta che mi trascino in cucina per prendere un caffè. Se oggi fosse stato un giorno di lavoro, avrei dovuto chiamare dicendo di essere malata. Tuttavia, non è quel giorno.

È un sabato in cui non ho assolutamente niente in programma.

Se fosse stato un normale sabato precedente al messaggio di Peter, sarei potuta andare in clinica e dare una mano per qualche ora, oppure avrei potuto sorprendere i miei genitori presentandomi a colazione. Tuttavia, questo è un sabato successivo al messaggio di Peter, e tra la mancanza di sonno e l'ansiosa attesa sempre presente, tutto quello che riesco a fare è affondare nel divano e guardare un programma di cucina.

Ne ho guardati molti ultimamente. Mi ricordano Peter.

Come sempre, quando penso a lui, la mente inizia a vagare. Sono passati otto mesi da quando mi ha riportata a casa—otto mesi durante i quali l'unica parola da parte sua è stato quel messaggio. Due mesi fa, prima di questo evento, ero più o meno convinta che la sua ossessione per me fosse svanita, e che, nonostante la promessa, non sarebbe più tornato. Ora, tuttavia, non so che cosa pensare.

Se mi vuole ancora, perché sono qui?

Che cosa sta aspettando?

Mamma è ormai completamente guarita—o comunque è nelle migliori condizioni in cui potrebbe essere. Il suo braccio sinistro è ancora debole, ma è in grado di muovere le dita e può usare quella mano per raccogliere oggetti leggeri—un risultato migliore di quanto si temesse inizialmente. Cammina anche senza assistenza e fa il giro del giardino da quando il tempo è migliorato. Papà è in estasi per la sua guarigione, ed entrambi non vedono l'ora che arrivi il giorno della crociera dell'anniversario a settembre—un regalo che finalmente sono riuscita a far loro.

Da quando la salute di mamma è migliorata e la novità del mio ritorno è svanita, le mie visite da loro sono passate da un evento quotidiano a un evento settimanale. I miei genitori sono sempre felici di vedermi, ovviamente, ma apprezzano anche la loro indipendenza. Mio padre, in particolare, è orgoglioso di essere autosufficiente, e io non voglio togliergli questo piacere incombendo costantemente su di loro come una balia.

I miei genitori mi vogliono bene, ma non hanno bisogno di me come pensavo un tempo—o così mi dico per lenire la colpa che inevitabilmente accompagna la brama per Peter.

Il perverso desiderio che torni a prendermi.

Ci ho pensato così spesso che posso immaginarlo come un film nella testa. Un giorno entrerò nel mio appartamento, e lui sarà lì, grande e pericoloso, letale e bellissimo come sempre. Sarà lì, nonostante le pattuglie della polizia all'esterno, nonostante tutte le precauzioni dei Federali.

Aspetterà di portarmi via, e nulla di ciò che dirò avrà importanza.

Questa è probabilmente la parte più vergognosa di queste fantasie: che non ho mai avuto una scelta... e che mi piace. Voglio che Peter mi porti via, che mi liberi dalle mie obiezioni. Allora e solo allora potrò vivere con la consapevolezza che ancora una volta sono scomparsa dalle vite delle persone che mi amano e che hanno bisogno di me, che ho abbandonato la mia famiglia, le mie pazienti, i miei compagni di band e i miei amici.

Ho bisogno che Peter sia crudele, in modo che io possa essere almeno in qualche modo buona.

Devo odiarlo per amarlo.

Sto cominciando a comprenderlo, ad abbracciare la

perversità dentro di me, ma quello che non capisco è perché sono ancora qui, se mi vuole. Non può più essere dovuto ai miei genitori, quindi deve trattarsi di qualcos'altro—qualcosa che non mi ha detto.

Mi sono tormentata cercando di comprendere che cosa avrebbe potuto essere, e l'unico indizio che mi è venuto in mente ha a che fare con qualcosa che ha detto, mentre ci stavamo separando. Gli ho chiesto se sarei rimasta a casa fino alla guarigione di mamma, e ha iniziato a dire che anche lui doveva finire prima qualcosa. Tuttavia, non ha rivelato di che cosa si trattasse, né tantomeno quanto potesse durare quel qualcosa. L'unica cosa che posso immaginare sia così importante per lui è la vendetta, ma non so perché questa lo stia trattenendo per così tanto tempo.

Stava dando la caccia a Henderson quando eravamo insieme, e secondo l'FBI è quello che sta facendo ancora.

Due mesi fa, subito dopo aver ricevuto il messaggio di Peter, Ryson mi ha riportata nel suo ufficio in centro. Ho quasi avuto un attacco di panico, pensando che i Federali in qualche modo fossero a conoscenza del messaggio, ma a quanto pare Ryson voleva interrogarmi perché Peter e i suoi uomini hanno nuovamente "interrogato" altri cinque cittadini statunitensi nella loro ricerca per scoprire dove si trovasse Henderson.

"Erano tutti a Charleston, nel South Carolina" mi ha detto Ryson. "Ancora una volta, Sokolov è entrato e uscito dal Paese senza essere scoperto. Dobbiamo sapere come lo sta facendo, affinché possiamo impedirgli di scatenare il caos nella vita delle persone."

"Mi dispiace, non ne so niente" ho detto sinceramente. Peter non ha mai parlato molto delle sue connessioni o di come faccia le cose impossibili che fa. Per quanto mi senta male per le persone che ha terrorizzato e torturato, non so nulla che possa aiutare i Federali.

Ammesso che volessi aiutarli, voglio dire. Se Peter non fosse riuscito a entrare negli Stati Uniti, non avrebbe potuto fare del male ad altre persone. Tuttavia, non riuscirebbe nemmeno a riprendermi, e quella parte perversa e contraddittoria di me—quella che mi tiene sveglia di notte, pensando a quel biglietto con un mix di gioia e trepidazione—non può sopportare questa possibilità.

Ho bisogno di lui.

Lo bramo così tanto che fa male.

Prima di quel messaggio, ero in grado di sopportare il dolore, di essere forte, mentre mi dicevo che era finita, ma aver avuto notizie di Peter—aver saputo che sarebbe tornato—mi ha strappato le fragili nuove difese, reimmergendomi in quell'infinita modalità di attesa.

"Torna a prendermi" sussurro, abbracciando un cuscino sul petto, mentre fisso lo schermo della TV. "Ti prego, Peter, ho bisogno di te. Torna e portami a casa."

29

P*eter*

"CHE COS'HAI FATTO?" YAN MI FISSA COME SE MI fossero spuntati un paio di tentacoli.

"Ho contattato Lucas Kent per organizzare un incontro con Esguerra" ripeto, mescolando il sugo della pasta. "Mi passi il basilico?"

Yan non si muove, così Ilya spinge silenziosamente il basilico sminuzzato verso di me, e io lo cospargo ampiamente sul sugo. Sto preparando del cibo italiano stasera—una cucina a cui i miei uomini sono piuttosto indifferenti, ma che Sara adora.

Per te, ptichka. Per sentirmi come se tu fossi qui con me.

Ho iniziato a farlo questa settimana, parlando con lei tra me e me. Probabilmente non è salutare, ma mi fa sentire più vicino a lei, come se fosse qui con me e non a un oceano di distanza.

Forse è perché so che potrei rivederla presto, ma mi manca ancora più del solito. Ogni giorno senza di lei è una tortura.

"Pensavo che avresti ucciso Kent" dice Yan, accigliato per la confusione. "Per aver causato l'incidente di Sara."

"E potrei ancora farlo, ma non in questo momento." Affondo un lungo cucchiaio nel sugo e lo assaggio prima di aggiungere un pizzico di sale. "Ho bisogno che mi porti nella tenuta di Esguerra."

Anton si avvicina a Yan. "Quindi, questo è il tuo grande piano? Farti porgere Esguerra su un piatto d'argento da Kent? Ricordi che il tipo ha giurato di ucciderti, vero?"

Lo guardo. "Non mi ucciderà, se vuole il nome della risorsa di Novak."

"Ah." L'espressione di Yan si rilassa. "Quindi, fingerai di fare il doppio gioco con Novak per ottenere l'accesso alla tenuta di Esguerra."

"Esattamente." *E poi lo tradirò per davvero*, penso, ma non lo dico. Per quanto mi fidi dei ragazzi, devo agire con il presupposto che Novak abbia occhi e orecchie su di noi in ogni momento. È altamente improbabile, vista la privacy di questo rifugio sicuro, ma non posso permettermi di rischiare.

Sono a malapena riuscito a convincere il serbo ad accettare il mio piano.

"Dove andrai?" Si è alzato in piedi, quasi rovesciando il tavolo, quando l'ho informato delle mie intenzioni al bar. In un attimo, i suoi scagnozzi sono apparsi dal nascondiglio nella parte posteriore, circondandolo come un muro umano, con gli M16 spianati e puntati contro di me.

"Avevi parlato di fiducia, eh?" ho detto divertito, e Novak mi ha lanciato un'occhiata cupa, prima di ordinar loro di abbassarli.

Mi sono seduto e ho aspettato che facesse altrettanto, prima di spiegare l'essenza del mio piano. C'è voluto un po', ma alla fine ha capito perché quella era l'unica opzione... perché, nonostante la sua risorsa, non riusciremmo ad entrare con la forza nella tenuta di Esguerra.

"Anche ammesso che la tua pediatra sia un mago della tecnologia in grado di disattivare i droni e le recinzioni elettriche che proteggono la tenuta, ci sarebbero comunque le torri di guardia da affrontare. Il che non sarebbe un problema per la mia squadra, a parte il fatto che Esguerra ha generatori e droni di emergenza che verrebbero attivati nel giro di un minuto dalla disattivazione di quelli principali. E poi, mentre ci occupiamo dei droni che ci sparano dal cielo, le guardie di scorta di Esguerra—oltre un centinaio—verrebbero fuori e ci eliminerebbero. L'unico modo per superarle sarebbe con una forza ancora più grande—diciamo, un paio di centinaia di mercenari—ma un gruppo di quelle dimensioni non avrebbe la possibilità di avvicinarsi alla tenuta senza essere scoperto. Non riusciremmo neppure ad entrare in Colombia senza che Esguerra lo venga a sapere e ci intercetti molto prima di poter avvicinarci a lui."

"Quindi, hai in programma di sacrificare la mia risorsa per ottenere la fiducia di Esguerra?" ha chiesto Novak, accigliato, e io ho annuito, spiegando che, una volta entrato, non sarebbe poi così difficile avvicinarsi a Nora—e una volta averla presa come ostaggio, avrò il controllo su Esguerra.

Darebbe la propria vita per salvarla.

"I miei uomini aspetteranno appena fuori dalla tenuta, quindi una volta che avrò avuto Nora e la bambina, disattiverò le difese perimetrali e sfrutterò la confusione della morte di Esguerra per farci scappare" ho detto a Novak. "Non sarà facile, ma è l'unica possibilità che abbiamo."

Il sugo della pasta è finalmente pronto, così, mentre ci sediamo per cenare, riporto lo stesso piano ai ragazzi.

"Col cazzo" dice Anton quando ho finito. "Ostaggi o meno, non uscirai vivo da quella tenuta. Stai parlando di una missione suicida."

"Non necessariamente" dice Yan dolcemente, avvolgendo la forchetta nella pasta. I suoi occhi verdi hanno uno strano bagliore. "Esguerra ha una debolezza ora: sua moglie e sua figlia. E la sfrutteremo. Non è vero?"

"Sì, esattamente" dico, e ricordo a me stesso di tenere d'occhio Yan durante questa missione.

Dato che tutto è in precario equilibrio, il minimo imprevisto—come il tradimento di uno dei miei— potrebbe far crollare tutto.

189

Dato che tutto è in precario equilibrio, il minimo imprevisto—come il tradimento di uno dei miei— potrebbe far crollare tutto.

30

LA RISPOSTA DI LUCAS KENT ARRIVA QUASI immediatamente. È disposto a incontrarmi, il che è il primo passo per potermi avvicinare a Esguerra.

Propone il nuovo ristorante della moglie a Londra come possibile luogo di incontro. Non è esattamente un terreno neutrale, ma accetto. So cosa sta pensando: che questo potrebbe essere uno stratagemma per attirarlo, in modo da poter punire lui e sua moglie per la cazzata fatta con Sara.

In altre circostanze, non avrebbe sbagliato. L'immagine della mia *ptichka* in quell'ospedale, il suo delicato viso pallido e contuso, è ancora presente nei miei incubi. Un giorno, Kent *pagherà* per averla lasciata scappare e schiantarsi, ma per ora ho bisogno di lui.

È la mia migliore occasione per raggiungere Esguerra.

Certo, se avesse rifiutato, avrei avuto un piano di riserva. Conosco l'e-mail di Nora Esguerra, avendo comunicato in passato con lei riguardo alla mia lista. Tuttavia, Esguerra non è esattamente razionale quando si tratta della mogliettina e potrebbe prenderla nel modo sbagliato, se la contattassi dopo tutti questi anni.

È meglio passare attraverso Kent—Esguerra potrebbe essere più disposto ad ascoltare in quel caso.

LA MOGLIE DI KENT, LA BELLISSIMA YULIA, NON SI VEDE, quando entro nell'elegante ristorante e mi dirigo verso un separé nell'angolo, dove la testa bionda di Kent è visibile sopra la parete divisoria.

Si alza per salutarmi, con il duro viso diffidente, mentre allunga la mano. "Sokolov."

Gli do la mano, stringendo le dita con troppa forza. "Kent."

Socchiude gli occhi, ma mi libera la mano senza reagire. "Non mi aspettavo di risentirti" dice, mentre prendiamo posto e apriamo i menù. "Come sta la tua Sara?"

"Chi? Oh, già." Chiamo il cameriere e gli dico di portarmi una bottiglia di Guinness chiusa con un apribottiglie. Kent ordina una tazza di Earl Grey per sé. Aspetto che il cameriere se ne vada, prima di dire a

Kent: "Non ho idea di come stia. L'ho lasciata andare l'anno scorso e da allora non l'ho più vista."

Solleva le sopracciglia. "Davvero?"

Mi stringo nelle spalle. "Che cosa posso dire? Era giunto il momento."

"Giusto." Non sembra credermi, ma rivolge l'attenzione al menù e lo analizza prima di alzare lo sguardo per chiedere: "Hai già deciso cosa ordinare?"

"Non ho fame, grazie." Visto quello che è successo con Sara e quello che sto per dirgli, non mi fido più di Kent o del cibo nel ristorante di sua moglie.

La sua bocca si piega in un sorrisetto beffardo. "Capisco." Chiudendo il menù, aspetta che il cameriere poggi le nostre bevande sul tavolo, e poi dice: "Perché vuoi vedere Esguerra? Non ti ha ancora perdonato per l'incidente con Nora, lo sai."

"Sì, lo so." Ho usato sua moglie come esca, lasciando che venisse rapita per scoprire dove un gruppo terroristico lo stava trattenendo in quel momento. Allora, sapevo che si sarebbe incazzato per il coinvolgimento di Nora, ma la sua rabbia non aveva davvero senso per me—dopotutto, era l'unico modo per salvargli la vita.

Ora, tuttavia, comprendo meglio la sua reazione. Se qualcuno mettesse in pericolo Sara in quel modo, non mi importerebbe niente delle motivazioni alla base.

La mia vita per lei non sarebbe mai uno scambio equo.

"Ho ricevuto un'offerta molto redditizia" dico a Kent, aprendo la mia Guinness. "Di conseguenza, sono entrato in possesso di alcune informazioni che Esguerra potrebbe apprezzare."

Kent si acciglia e solleva la tazza di tè. "Oh? E quali informazioni sarebbero?"

"C'è un traditore nella sua tenuta" dico e bevo un sorso, mentre il cipiglio di Kent si fa più profondo. "Un traditore che dovrebbe aiutarmi nel mio incarico."

Kent mette giù il tè. "Qualcuno ti ha ingaggiato per colpire Esguerra?" Al mio cenno di conferma, chiede bruscamente: "Chi?"

Apro la bocca per dirglielo, ma giunge alla conclusione da solo.

"Novak" sbotta, spingendo via il tè. La sua mascella si flette violentemente. "Naturalmente. Chi altro oserebbe fotterci?"

Bevo un altro sorso della mia birra. "La sua offerta vale cento milioni di euro, ma sono disposto ad accordarmi con Esguerra—se mi porti in Colombia per parlargli. Voglio porre fine alle discordie del passato. Beh, questo e un centinaio di milioni" chiarisco, affinché non pensi che io intenda solo far pace.

Kent mi fissa, con gli occhi socchiusi. "Sai che potrebbe rifiutare, vero? Ora che sappiamo che c'è un traditore, scopriremo di chi si tratta. È solo questione di tempo."

"Certo. Ma il tempo conta—specialmente quando c'è di mezzo una vulnerabile neonata."

Kent sbianca. "Che cazzo ne sai dei neonati?" La sua voce è pericolosamente flebile. "Perché se stai cercando di insinuare che—"

"Lizzie è in pericolo? Non lo sto insinuando, te lo sto dicendo. Novak sa tutto sulla recente aggiunta alla famiglia Esguerra, e ha dei piani per lei." Sto correndo un rischio rivelando tutto questo, ma non posso permettermi di girarci intorno.

Devo convincere Esguerra ad ascoltarmi.

Il mio futuro con Sara dipende da questo.

Il cameriere si avvicina per prendere il nostro ordine, ma Kent lo manda via con un rapido gesto della mano. "E se Esguerra ti versasse i cento milioni?" chiede, riprendendo il suo tè. "Cento milioni per un nome, nessun rischio per te."

"No" dico e finisco la birra. "Non voglio passare il resto della mia vita a guardarmi le spalle, in attesa che Esguerra si vendichi di me. O mi ascolta di persona o accetterò il lavoro. Dipende da lui."

Alzandomi, esco dal ristorante, con lo stomaco che brontola per i deliziosi odori che emana la cucina.

Se tutto andrà bene, mangerò qui davvero un giorno... con Sara al mio fianco.

eter

NON DEVO ASPETTARE MOLTO PRIMA CHE ARRIVI LA risposta di Esguerra. La sua e-mail è nella mia casella di posta, quando torno nell'hotel.

Stasera alle sette, dice il messaggio. *Lucas ti verrà a prendere.*

Saranno le sette tra mezz'ora, così lo comunico ai ragazzi e mi preparo.

Kent si presenta puntualmente alle sette nella mia camera d'albergo. Non sono affatto sorpreso dal fatto che sappia dove mi trovo; ho capito di essere pedinato nel secondo in cui ho lasciato il ristorante.

Il volto di Kent sembra scavato nel granito. "Niente armi" dice, e alzo le braccia, lasciandomi esaminare dalla testa ai piedi.

Trova il coltello nel mio stivale, i due coltelli in tasca, e il piccolo revolver infilato nella tasca interna della giacca di pelle. Tuttavia, non si accorge della lama di rasoio nell'orlo dei jeans o del filo metallico cucito nel colletto della giacca.

Camp Larko è stato utile.

"Andiamo" dice, quando è soddisfatto, e lo seguo fuori dall'hotel e su una limousine blindata.

Il tragitto verso l'aeroporto è silenzioso. Mi aspetto che Kent mi porti nell'aereo privato di Esguerra e che se ne vada, ma entra con me.

"Lo piloterai tu?" chiedo, e annuisce lentamente.

"Esguerra ha chiesto che fossi io a portarti da lui."

Non sembra troppo contento, e sorrido, mentre mi siedo sul divano di pelle color crema nella cabina. L'incazzatura di Kent per l'interruzione della sua routine è un vantaggio, per quanto mi riguarda.

Non posso ancora ucciderlo per aver lasciato che Sara rimanesse coinvolta nell'incidente, ma posso certamente divertirmi a rovinare i suoi piani.

TRASCORRO PARTE DEL VOLO DI UNDICI ORE A sonnecchiare e il resto a inviare e-mail alla mia squadra. Anche loro stanno andando in Colombia, e mi aspetteranno fuori dalla tenuta, come previsto dal nostro piano approvato da Novak. Se tutto andrà bene, non avrò bisogno di loro, ma in caso contrario, potrebbero aiutarmi a uscirne.

Ammesso che io sia ancora vivo per uscirne, voglio dire.

L'enorme tenuta di Esguerra si trova nella parte sud-est della Colombia, proprio ai margini della foresta pluviale amazzonica. È notte, quando atterriamo sulla piccola pista di atterraggio all'interno della tenuta, e l'aria umida è calda e completamente stabile, mentre scendiamo dall'aereo.

Riconosco il conducente dell'auto che ci sta aspettando. È una delle guardie che erano qui, quando lavoravo per Esguerra.

"Ehi, Diego" lo saluto, e lui sogghigna, con i denti bianchi che brillano.

"Sokolov. Non avrei mai pensato di rivederti, amico." Il suo accento spagnolo non è pesante come ricordavo, ma comunque abbastanza evidente. "Come stai?" Poi, nota l'uomo biondo al mio fianco. "Ehi, Lucas. Dov'è Yu—"

"Guida e zitto" sbotta Kent, salendo in macchina, e seguo il suo esempio.

Sembra che non sia in vena di fare conversazione. Beh, meglio così.

Invece di portarmi nella residenza in cui risiedono Esguerra e sua moglie, Diego ci conduce in un capanno sul margine esterno della tenuta. Riconosco il posto—è il luogo in cui una volta ho aiutato Esguerra a interrogare i suoi nemici—e mio malgrado, un brivido mi aggrinzisce la pelle.

Non c'è niente che impedisca al trafficante d'armi

colombiano di legarmi e torturarmi per farmi rivelare il nome del traditore.

Niente a parte il fatto che Esguerra mi conosce—e spero che si renda conto che non sarà facile distruggermi.

Esce dal capanno, mentre io e Kent scendiamo dall'auto, e, mentre i fari della macchina gli illuminano il viso, vedo che ha ancora l'aspetto di una star del cinema, nonostante l'occhio artificiale che ha sostituito quello cavato dai nemici. Non l'avevo più visto da allora—sapevo che si sarebbe incazzato per il metodo del suo salvataggio, così me ne sono andato prima che potesse uccidermi—ma è lo stesso che ricordo.

Ancora pericoloso come nessun altro e privo di qualsiasi empatia... tranne quando si tratta di sua moglie.

E ora forse della figlia neonata.

"Hai le palle" dice pacatamente, fermandosi davanti a me. Il suo inglese è della varietà americana, senza alcuna traccia di accento spagnolo. Sua madre era americana, ricordo—una modella.

"Volevo parlarti in un luogo sicuro" dico, incrociando i suoi penetranti occhi azzurri senza battere ciglio. Non ho paura, anche se probabilmente dovrei averla. Julian Esguerra è uno degli uomini più crudeli che conosca, un vero sadico. L'ho visto spellare uomini vivi e trarne un immenso piacere, e mi sono chiesto spesso come faccia la sua giovane moglie a sopportare quell'aspetto della natura del marito.

Lui la ama, ma dubito che le risparmi questi dettagli.

"Perché?" chiede con lo stesso tono letale. "Perché proprio qui, tra tutti i posti?"

"Perché voglio fare un patto con te" dico con calma, mentre Kent si avvicina a Esguerra. "E sono certo che Novak non possa vederci o sentirci qui." Mentre dico questo, sono consapevole della presenza di Diego, seduto in macchina e con il motore ancora in funzione —che probabilmente sta facendo abbastanza rumore da sovrastare la nostra conversazione.

A quanto pare, Kent è l'unica persona di cui il mio ex datore di lavoro si fidi pienamente.

"Pensi che Novak non sappia che hai avvicinato Lucas?" chiede Esguerra, con la bocca che si contorce con fare derisorio. "Che non sia stato avvisato nel momento in cui il mio aereo è decollato con te sopra?"

"Oh, sì." Sorrido freddamente. "In effetti, è sempre stato a conoscenza del mio piano."

Né Kent, né Esguerra battono ciglio, ma posso percepire la loro sorpresa. "Sapeva che avresti fatto il doppio gioco?" chiede Kent, accigliato.

"Sì. Gliel'ho detto non appena ha rivelato il nome della risorsa."

Esguerra flette la mascella. "Gli hai detto che l'avresti tradito?"

"Non esattamente. Gli ho detto che avrei finto di tradirlo per poter accedere alla tua tenuta. Sa del patto che ho detto a Kent di voler stringere: far pace con te e cento milioni per il nome della risorsa di Novak."

Il cipiglio di Kent si fa più profondo, ma Esguerra inclina la testa, guardandomi pensieroso. "Il patto che hai detto a Kent di voler stringere" dice lentamente. "Quello che, presumo, non sia il vero patto che stai cercando."

"Esatto." Sono consapevole della dolorosa tensione nel collo e nelle spalle, e rilasso consapevolmente i muscoli. "O, perlomeno, questo non è l'intero patto."

Esguerra incrocia le braccia sul petto. "Qual è l'intero patto, allora?"

"Ti dirò chi è la risorsa di Novak all'interno della tenuta... e ti consegnerò Novak stesso, così non dovrai più preoccuparti di lui."

Esguerra socchiude gli occhi. "In cambio di cosa?"

"Tranquillità e i cento milioni che ho già menzionato—e solo un'altra cosa."

"Che cosa?" chiede Kent, senza preoccuparsi di nascondere la curiosità.

"Amnistia" dico, guardando dal trafficante d'armi colombiano al suo compagno e viceversa. "Voglio l'amnistia globale per tutti i reati di cui sono accusato, così come l'immunità da ulteriori procedimenti giudiziari. Voglio essere cancellato da tutte le liste dei ricercati—e voglio che tu lo renda possibile."

S*ara*

QUELLA NOTTE LO SOGNO DI NUOVO. VIENE DA ME COME un fantasma, avvolgendomi nella sua oscurità, stringendomi forte, mentre piango e cerco di liberarmi. Non so se sto combattendo contro di lui o il mio stesso desiderio, ma in entrambi i casi, tra non molto, perderò.

Mi sciolgo a lui, lasciando che la sua oscurità mi circondi, scacciando via tutta la solitudine e la luce.

A quel punto, mi prende, spingendo dentro di me con furia punitiva, e lo abbraccio, urlando il suo nome, mentre il mio corpo si contorce per un piacere torrido, con la beatitudine così lacerante e squisita che minaccia di farmi a pezzi. Facciamo l'amore più volte, finché non sono sfinita e dolorante.

Finché non ho più niente da dare e se ne va.

Se ne va, perché non mi vuole più.

Perché si è stancato di me.

Mi sveglio con il cuscino zuppo di lacrime e il sesso scivoloso e palpitante dal bisogno. So che il sogno è stato solo una manifestazione delle mie paure, che nulla di tutto ciò era reale, ma mi sento ancora a pezzi, distrutta dal rifiuto di Peter.

Con il ritorno della terribile solitudine che è la mia compagna di notte.

Alzandomi, trovo la borsa e faccio uscire il biglietto che Peter ha lasciato per me. Si sta consumando intorno ai bordi, così lo distendo, mentre lo apro e leggo le parole, ripetendomele più volte.

Ricorda, ptichka. Finché saremo entrambi vivi.

Porto il biglietto con me e lo metto sotto al cuscino prima di riaddormentarmi.

Peter tornerà. Devo crederci.

In un modo o nell'altro, tornerà da me.

Peter

ESGUERRA MI FISSA, COME SE NON RIUSCISSE A CREDERE alle proprie orecchie, poi si lascia sfuggire una dura risata. "Amnistia e immunità? Per te?"

Kent rimane silenzioso al suo fianco, ma vedo la comprensione nello sguardo.

Sa di cosa si tratta.

Lui e Yulia mi hanno visto con Sara.

"In realtà, per me e per i miei ragazzi" dico a Esguerra. "Non sono così popolari per le forze dell'ordine, ma sono ancora sulle loro liste di merda. Di' ai tuoi amici della CIA di cancellarci da quelle liste, e puoi dimenticarti di Novak per sempre."

"Davvero?" dice, continuando a ridacchiare. "Ammesso che io riuscissi a realizzare questo miracolo per te, da quando ti preoccupi che ti stiano dando la caccia?"

Kent potrebbe rispondere per me, ma con mio grande sollievo tiene la bocca chiusa, mentre dico: "Non sono affari tuoi. Questo è l'accordo che sto offrendo. Prendere o lasciare."

Ogni traccia di umorismo svanisce dal volto di Esguerra. "Fanculo. Mi dirai chi è il traditore e lo farai ora."

Ora sono io a ridere. "E in cambio, mi concederai una morte rapida e indolore?"

Il sorriso di Esguerra è affilato come una lama. "Questo è l'affare migliore che otterrai. Sai che ti tirerò fuori quel nome in un modo o nell'altro."

"So che ci proverai—e alla fine potresti persino riuscirci. Ma ti costerà caro."

Socchiude gli occhi. "E come mai?"

"Molto prima che riuscirai a conoscere quel nome" dico sottovoce "la mia squadra attiverà la risorsa. Forse ci riusciranno senza di me, o forse no, ma questo è un rischio che dovrai correre. Quanto ha Lizzie ora? Otto, dieci giorni? Forse non sei ancora così affezionato a lei, ma Novak ha programmi anche per Nora. Grandi programmi—"

Esguerra è su di me prima che io possa finire di parlare, con i lineamenti perfetti che si contorcono in una feroce maschera rabbiosa. Si allena spesso con le guardie, quindi è veloce e letale, ma mi aspettavo l'aggressione. All'ultimo istante, mi giro, e il suo pugno colpisce il mio zigomo invece di schiacciare il naso.

Tuttavia, non c'è modo di evitare l'altro pugno, e il colpo riverbera nel mio plesso solare, facendo uscire l'aria dai polmoni.

Se non mi fossi addestrato per questo, mi sarei piegato, ansimando. Tuttavia, so come superare il dolore. Invece di lottare per l'aria come vorrebbe il mio corpo, scaccio il disagio e vado all'attacco, aggredendolo con una serie di colpi.

Siamo alla pari in termini di stazza e forza, ed è bravo in questo—forse quanto i miei ragazzi. Ma ho la mente più lucida in questa lotta. Ciascuno dei miei colpi è calcolato per neutralizzare e sfuggire, mentre lui agisce in preda all'istinto, lasciandosi guidare dalla rabbia.

Evito la maggior parte dei colpi, ma i pochi che ricevo fanno male da morire. Ignorando il dolore, lo prendo a pugni, e un minuto dopo, riesco a farlo cadere. Il bastardo non si arrende, però. Invece di provare a rialzarsi, mi afferra un piede e lo tira, facendomi cadere sopra di lui.

All'ultimo secondo, mi giro, così il mio gomito atterra sulla sua cassa toracica. Il mio braccio esplode per il dolore, ma lui grugnisce, quindi devo avergli fratturato una costola. Nel momento successivo, però, qualcosa di lucido lampeggia nella mia visione periferica, e reagisco istintivamente, afferrandogli il polso per bloccare la lama che si sta avvicinando a me. Sfrutta quel momento di distrazione per sferrarmi un colpo sul lato del viso, ma continuo a concentrarmi sul coltello e a ruotare il polso, determinato a—

"Basta così." Due mani forti mi afferrano da dietro, strappandomi da Esguerra prima che possa spezzargli il polso. Il mio istinto è quello di attaccare il nuovo aggressore, ma mantengo la lucidità sufficiente per non lottare.

Uccidere Kent o Esguerra sarebbe controproducente per il mio obiettivo.

Esguerra è in piedi prima che Kent mi lasci andare, ma non attacca di nuovo. Invece, si asciuga il sangue che gli cola dal naso e dice con voce gutturale: "Quali programmi del cazzo?"

Naturalmente. Vuole conoscere i dettagli della minaccia per Nora.

"Novak vuole usarla per controllare tutti i tuoi possedimenti" dico, mentre Kent mi lascia andare e si avvicina a Esguerra. Il viso e il gomito mi pulsano come due figli di puttana, e la bocca ha il sapore del rame, ma lo ignoro.

Dato il coltello che Esguerra ha tirato fuori dal nulla, sarebbe potuta andare molto peggio.

"In che modo?" chiede Esguerra, e sono felice di vedere che un lato della sua faccia si sta già gonfiando. "Come cazzo pensa di riuscirci?"

"Sposandola. Come sennò?" Sputo il sangue sotto la lingua. "Ha aspettato che nascesse tua figlia, in modo da poter ricattare Nora. Vedi, vuole entrambe—tua moglie per sé, e tua figlia come strumento per controllare tua moglie, che a quel punto sarebbe *sua* moglie, ma credo tu abbia capito."

Per un attimo, sono convinto che Esguerra mi

aggredirà di nuovo, ma questa volta si controlla. A stento. Non che io possa biasimarlo.

Se qualcuno cercasse di strapparmi Sara, mi piacerebbe tagliare le sue palle in piccoli pezzi e darle in pasto alla fauna locale.

Sospetto fortemente che Esguerra sia tentato di fare proprio questo con me, così dico: "Posso prendere Novak per te, e posso farlo velocemente. So che sei in grado di affrontarlo da solo, ma ci vorrà del tempo affinché tu possa rintracciarlo e superare le sue difese —proprio come ci vorrà del tempo affinché tu possa ottenere il nome della sua risorsa da me... ammesso che tu ci riesca. Nel frattempo, tua moglie e tua figlia sono in pericolo. Se la mia squadra fallisce, Novak troverà qualcun altro per arrivare a Nora e alla bambina. Ho conosciuto il tipo—non si fermerà. Vuole quello che hai—tutto quello che hai, compresa Nora—e continuerà, finché non lo ucciderai. O finché non lo farò per te—cosa che può accadere alla fine di questa settimana."

Esguerra è un fascio di rabbia, ma deve comprendere la saggezza in quello che sto dicendo, perché rimane fermo, flettendo le mani convulsamente lungo i fianchi. Percepisco il conflitto che si sta scatenando dentro di lui, ma alla fine dice duramente: "Cinquanta milioni. E voglio che Novak mi venga portato qui vivo."

Il mio cuore sussulta, ma mantengo un tono calmo. "Settantacinque. È il massimo che possa fare."

In realtà, accetterei anche zero—la felicità di Sara

vale tutto per me—ma almeno in questo modo posso ricompensare i miei compagni di squadra per il futuro scioglimento della nostra attività.

Quando non sarò più un fuggitivo, smetteremo di eseguire omicidi.

"Affare fatto" dice Esguerra a denti stretti. "Settantacinque milioni, e farò del mio meglio per ottenere l'immunità per te e i tuoi uomini in cambio sia di Novak che del traditore."

"Ci farai ottenere l'immunità" lo correggo. "Niente immunità, niente accordo."

"Sei rimasto coinvolto in una fottuta campagna omicida globale per anni. Non posso garantire alcuna—"

"Sì, puoi. I nostri crimini non sono peggiori di quello che tu e Kent"—faccio un cenno con la testa verso l'uomo biondo che ci osserva silenziosamente —"fate ogni giorno, e nessuno vi tocca. Fallo, Julian. Chiedi tutti i favori di cui hai bisogno e ti consegnerò Novak su un piatto d'argento."

Esguerra mi fissa, con le dita ancora contratte. "Va bene" dice dopo un momento, con un tono notevolmente più calmo. "Ora dimmi chi è il traditore."

Studio la sua espressione e prendo una decisione in un secondo. "Portami da Nora, e lo farò."

Il viso di Esguerra si indurisce, e Kent si irrigidisce visibilmente—probabilmente pronto a trattenerlo.

"Perché?" sbotta Esguerra. "Che cazzo c'entra con questo?"

"Niente... solo che forse vorrebbe saperlo" dico in

modo uniforme. "E una volta che l'avrà saputo, credo che avrebbe un problema se tu mi uccidessi, nonostante il patto che abbiamo appena stretto."

Le sue narici si dilatano. "Stai dicendo che sono un bugiardo?"

Mi stringo nelle spalle. "Faresti qualsiasi cosa per proteggere la tua famiglia, come me. In ogni caso, non ho dimenticato che è stata tua moglie ad aiutarmi con la lista, non tu. Portami da Nora, e rivelerò a entrambi quello che so. Su questo, hai la mia parola."

E aspetto, con i muscoli tesi pronti al combattimento, mentre Esguerra prende la sua decisione.

eter

VENGO ESAMINATO DALLA TESTA AI PIEDI ALTRE CINQUE volte, due volte da Kent e Diego, e una volta dallo stesso Esguerra. Alla terza ispezione, trovano la lama di rasoio e il filo metallico, quindi ora sono davvero disarmato—se si escludono il mio corpo e le sue capacità, voglio dire.

Il tragitto verso la dimora di Esguerra trascorre in un silenzio esplosivo, e so che basterebbe la minima scintilla per far scatenare il mio ospite. È nervoso come non l'ho mai visto, con la violenza dentro di lui sul punto di esplodere.

Un contingente di ventuno guardie ci raggiunge nella dimora bianca in stile coloniale e ci segue nel soggiorno arredato con gusto. Esguerra lascia me e

Kent con loro e scompare al piano di sopra—probabilmente per svegliare la moglie, che è nel periodo del puerperio.

Con un traditore in libertà, non poteva aspettare fino al mattino.

Per un paio di minuti, tutto ciò che sento sono le guardie che respirano e si spostano da un piede all'altro. Poi, il pianto di una bambina trafigge il silenzio, con un suono forte, dolce e così familiare che mi si stringe il cuore nel petto.

Pasha piangeva in quel modo da piccolo. Era il suo grido quando aveva fame—una richiesta per ottenere del cibo che veniva sempre soddisfatta nel giro di pochi minuti.

Il dolore che mi colpisce è forte come i primi tempi, durante quei giorni bui in cui la rabbia era l'unica cosa che mi faceva andare avanti. Per un secondo, non riesco a respirare dal dolore, dall'agonia così acuta che mi sento come se avessi una lama conficcata nella schiena.

Mio figlio. Il bambino che non ha mai avuto la possibilità di crescere, di passare dalle macchinine giocattolo alla realtà.

Se avevo qualche scrupolo su quello che sto facendo, evapora in questo momento. Sto facendo il doppio gioco con un cliente, ma ne vale la pena. Anche senza l'accordo che ho stretto con Esguerra, non avrei mai fatto del male a quella bambina indifesa.

Non con il viso di Pasha fresco nella mente.

Ci vogliono un paio di minuti prima che il pianto si

interrompa e quasi mezz'ora prima che Esguerra torni, con il braccio avvolto attorno a una ragazza minuta e con i capelli scuri, che indossa uno spesso accappatoio di spugna che la copre dalla testa ai piedi.

La vera ossessione di Esguerra.

Nora, sua moglie.

Il suo viso piccolo si illumina, quando mi vede. A differenza del marito, non ce l'ha con me per il salvataggio che l'ha messa in pericolo—anche perché è stata una sua idea.

"Peter!" Sta per venirmi incontro e salutarmi, ma viene trattenuta dalla presa possessiva del marito. Stupita, si ferma e sorride. "Come stai?"

"Bene, grazie." Nonostante le guardie intorno a noi e il viso che sta iniziando a sembrare un gigantesco livido a causa dei colpi di Esguerra, non posso fare a meno di ricambiare il sorriso. È difficile credere che una ragazza così giovane e dall'aspetto così delicato possa essere madre—o essere sopravvissuta a qualcuno spietato come Esguerra. "Congratulazioni per la recente aggiunta alla tua famiglia."

Il suo sorriso si allarga. "Grazie. Te la presenterei, ma sai già tutto..." Guarda suo marito, la cui espressione diventa ancora più tetra durante il nostro scambio.

Sono abbastanza sicuro che la sua pazienza sia giunta al limite. Stringendo la moglie al proprio fianco, chiede con letale dolcezza: "Hai intenzione di dirmi chi è o no?"

Ecco. È giunto il momento di rinunciare alla mia

carta vincente. Nonostante la presenza di Nora e il patto che abbiamo stretto, potrebbe ancora uccidermi non appena verrà a sapere quel nome.

Oh, beh. Chi non risica non rosica.

Incrociando lo sguardo gelido di Esguerra, dico con calma: "Non so come si chiama, ma è la tua pediatra. È la risorsa di Novak."

S*ara*

"SAI, JOE HA CHIESTO DI TE" DICE MAMMA, SPALMANDO IL miele che ho portato dal mercato contadino sul suo toast. "Non hai più avuto sue notizie di recente, vero?"

"Mamma, per favore." Combatto l'impulso di roteare gli occhi come un'adolescente troppo cresciuta. Per qualche ragione, durante la colazione del sabato mattina, questo argomento riaffiora inevitabilmente. "È solo carino, tutto qui. Non c'è niente tra noi, lo giuro."

"Ma perché no, tesoro?" Delle linee di preoccupazione corrugano la fronte di mamma, mentre papà sospira nel caffè. "Sei tornata da quasi nove mesi, e non sei ancora andata nemmeno a un appuntamento. Non devi niente a quel criminale. Lo sai, vero? Chiaramente, qualunque cosa ci fosse tra voi ormai è finita, e devi voltare pagina. Non tornerà."

Lo farà, a giudicare da quel biglietto, ma non posso dirlo ai miei genitori. Nonostante i miei migliori sforzi per convincerli di essere stata con il mio rapitore volontariamente e che l'intera caccia all'uomo dell'FBI sia stata solo un grosso malinteso, Peter sarà sempre "quel criminale" per loro. Non so se sia perché in qualche modo abbiano avuto sentore della mia storia ufficiale raccontata all'FBI o se siano semplicemente dei normali cittadini rispettosi della legge e diffidenti nei confronti di chiunque abbia qualche problema con le autorità, ma sono convinti che Peter sia malvagio e che tutti i sentimenti che provavo per lui fossero dovuti alla Sindrome di Stoccolma.

Non che questo sia del tutto sbagliato—almeno, non sarebbe stato sbagliato nove mesi fa. La mia attrazione nei confronti di Peter *era* innaturale e tossica, e l'ho combattuta con tutta me stessa. Ho combattuto fino alla fine, quando ho quasi perso la vita in quell'incidente.

No. Non è del tutto vero.

È stato fin quando ha messo i miei bisogni al di sopra dei suoi e mi ha lasciata andare. Ciò ha rappresentato la vera svolta per me, anche se è solo di recente che ho riflettuto su questo... sul fatto che sono riuscita in qualche modo ad accettare i sentimenti che ho sviluppato per l'assassino di mio marito, che quando penso a lui ora è "Peter" nella mia mente.

L'uomo che mi ama, non l'uomo che ha ucciso George.

I miei genitori non sono a conoscenza di quell'ultima parte—almeno spero di no—ma continuano a detestare Peter per avermi tenuta lontano da loro per così tanto tempo. Pensano che sia pericoloso come dice l'FBI, e sto male al pensiero di quanto saranno sconvolti, quando Peter mi rapirà di nuovo.

Tuttavia, non riesco a smettere di desiderarlo.

Di volere lui e tutto ciò che è.

"Non sono pronta, Mamma" le dico e mi alzo per versare altro caffè. "Cerca di capire. Sono ancora innamorata di Peter, e, quando si sarà risolto tutto, *tornerà*. Vedrai."

E con quello, cambio argomento, lanciandomi in una storia sulla mia ultima esibizione con la band.

È meglio che continuare a mentire. Niente sarà mai risolto, perché non ci sono equivoci.

Peter è un criminale e, quando tornerà, mi porterà con sé.

Mi porterà via per sempre.

*eter*

TRASCORRO LA NOTTE NEL CAPANNO, DOVE ESGUERRA tiene i suoi prigionieri, con una caviglia incatenata all'anello di metallo in mezzo al pavimento.

"Solo una precauzione" ha spiegato Kent, quando le guardie hanno bloccato la catena. "Non è che non ci fidiamo di te..."

"Certo." La catena è lunga circa due metri, il che significa che posso sdraiarmi sulla branda che le guardie hanno trascinato nel capanno. Quindi, tutto sommato, non è così male. Ovviamente preferirei non essere incatenato, ma considerando quello che ho appena visto fare da Esguerra alla pediatra, non mi lamento.

Ci vorrà un po' di tempo prima che io possa dimenticare le urla della donna.

Ha ceduto all'istante, praticamente non appena gli Esguerra, accompagnati da me e dalle guardie, sono entrati nella sua stanza. Non so che cosa si aspettasse—guadagnare punti per la sincerità?—ma ha ammesso subito la propria colpa, scusandosi profusamente sia con Esguerra che con sua moglie, giurando che non intendeva causare alcun danno reale, che non conosceva davvero loro o Lizzie, quando ha preso la mazzetta.

È come se pensasse che una volta aver confessato tutto sarebbe stato perdonato e dimenticato, che essere licenziata fosse la cosa peggiore che potesse capitarle.

Forse è perché ho visto Esguerra fare letteralmente a pezzi l'idiota, quando Nora se ne è andata per allattare la bambina o forse è perché sono così vicino al mio obiettivo, ma il sonno è di nuovo inquieto, pieno di incubi. Per due volte, sogno di trovare il corpo di mio figlio in un mucchio di cadaveri, e almeno altre due volte quel corpo risulta essere quello di Sara.

Tuttavia, al mattino sono pallido, ma cautamente ottimista. Il fatto che sono ancora vivo è incoraggiante —un segno che Esguerra potrebbe rispettare l'accordo. Naturalmente non ci sono garanzie, ma ho il sospetto che Nora abbia una buona dose di influenza sul marito in questi giorni—inoltre, è in debito con me per la pediatra.

In ogni caso, non sono sorpreso quando Esguerra e Kent si presentano insieme per liberarmi.

"Qual è il tuo piano?" chiede Esguerra, mentre Kent sblocca la manetta intorno alla mia caviglia. "Come pensi di andare da lui? Ti rendi conto che nel momento in cui ti presenterai senza Nora e la bambina al seguito, capirà che l'hai tradito? O questo, oppure che hai fallito —in entrambi i casi, non sarà contento."

Faccio un respiro profondo. Ecco un'altra parte difficile. "Sì. Ci ho riflettuto. Ed è per questo che ho bisogno di tua moglie per questa parte dell'operazione. Non sarà in—"

"Assolutamente no." I muscoli della mascella di Esguerra si contraggono. "Nora non lascerà questa tenuta."

Deludente, ma non inaspettato. "D'accordo, allora pensi di poter trovare qualcuno che assomigli a Nora? Almeno un po'?"

Esguerra si acciglia, e sento che dirà di no, quando Kent dice: "Non c'è nessuno nella proprietà, ma posso ordinare alle guardie di perlustrare gli insediamenti vicini per una possibile candidata. Non dovrebbe essere così difficile trovare una ragazza con i capelli scuri della taglia di Nora. La sua carnagione non è esattamente insolita da queste parti."

È vero. Se avessimo bisogno di un doppione per la bionda moglie dagli occhi azzurri di Kent, saremmo nei guai, ma Nora è in parte messicana, con gli occhi scuri e la carnagione abbronzata. "Dovresti trovare una ragazza davvero giovane" suggerisco. "Forse una studentessa che somigli a Nora. Come stavo dicendo, non sarà in pericolo—ho solo bisogno che Novak scopra che sono sceso dall'aereo con una donna che somiglia a Nora e la sua bambina al seguito. Una bambola andrà bene per quest'ultima; la ragazza dovrà solo stringerla forte."

Kent guarda Esguerra, che annuisce. "Fallo. E, se possibile, trova anche una neonata—meglio non rovinare tutto a causa di una bambola."

Apro la bocca per rifiutare, ma poi decido di non farlo.

Non ho mentito sulla mancanza di pericolo per "Nora," quindi tanto vale utilizzare una bambina vera.

Tutto ciò che serve per attirarlo nella trappola ed eliminare Novak per sempre.

Otto ore dopo, lascio la tenuta a piedi, armato di un M16 che ho "rubato" a una guardia, e con una terrorizzata sedicenne e la sorella di due mesi al seguito. La famiglia delle ragazze sarà ben ricompensata per la loro recita, ma la prospettiva di bei vestiti e denaro per il college non è sufficiente a calmare la sedicenne.

È spaventatissima, e questo è perfetto.

Lo sarebbe anche la vera Nora.

Le guardie di Kent hanno trovato un'adolescente che somiglia alla Signora Esguerra in modo inquietante—almeno da dietro e da profilo. Da davanti, il viso della ragazza è più rotondo, con il naso più largo e gli occhi più piccoli e infossati, così abbiamo utilizzato il trucco per mascherare quelle caratteristiche.

Grazie all'applicazione impeccabile di ombretto, rossetto e fondotinta scuro, la sosia di Nora ora sfoggia due occhi neri, un labbro spaccato e numerosi lividi giallastri che nascondono la pienezza infantile delle guance.

Parla anche un po' di inglese, ma il suo accento è pesante, quindi le abbiamo detto di non parlare in nessuna circostanza. "Puoi piangere o tacere" le ha ordinato Esguerra, e la ragazza ha annuito, con il mento tremante.

"Sì, señor. Starò zitta."

Finora, ha mantenuto la sua parola. Stiamo attraversando la giungla da oltre due ore, con lei che tiene in braccio la sorellina urlante per tutto il tempo, e non si è mai lamentata—anche se ci sarebbe molto di cui lamentarsi.

Non è ancora piovuto oggi, e il caldo umido è soffocante, con l'aria così densa da sembrare una coperta bagnata sulla pelle. Abbiamo fatto indossare alla ragazza uno dei soliti vestiti di Nora—un prendisole bianco e un paio di sandali—e posso scorgere la dolorosa irritazione sui suoi piedi, nel punto in cui ha calpestato un formicaio un paio di miglia indietro. Siamo entrambi sudatissimi, e dei minuscoli moscerini ci ronzano intorno, pungendo ogni centimetro di carne esposta.

Questa è pura sofferenza, ed è una buona cosa.

Sembrerà più autentico in questo modo.

Dopo un'altra ora di tortura, incontriamo i miei ragazzi al punto stabilito. Vedo lo shock sui loro volti, mentre spingo la ragazza in avanti, con la bambina che piange stretta sul petto.

"Ce l'hai fatta." Lo sguardo incredulo di Yan oscilla da me al mio ostaggio e viceversa. "Ce l'hai fatta davvero, cazzo."

"Sì. Non è stato facile, ma eccoci qui."

La sostituta di Nora rimane in silenzio, imitando bene una prigioniera traumatizzata e terrorizzata. Il suo trucco resistente all'acqua si è leggermente rovinato durante il viaggio, ma sembra ancora incredibilmente livida e malconcia, con l'espressione provata dalla disidratazione e dallo sfinimento. Nessuno dei miei ragazzi ha mai visto la vera Signora Esguerra, solo alcune foto, quindi non hanno motivo di dubitare della sua autenticità.

I "lividi" stanno facendo il loro lavoro.

La bambina continua a piangere, e prendo nota mentalmente di darle la bottiglia di latte in polvere che ho fatto acquistare ai miei ragazzi e da tenere sull'aereo, nel caso in cui "Nora" avesse avuto problemi con l'allattamento al seno. Abbiamo anche pannolini sull'aereo, insieme ad altri accessori per bambini.

"È morto?" chiede Anton in russo, e annuisco, lanciando un'occhiata alla ragazza, come se fossi preoccupato per la sua reazione.

"Sì, ho preso il bastardo. Lei potrebbe non saperlo ancora, però, quindi mantenete un profilo basso. Ha già combattuto come una pazza per quella bambina."

Ilya sembra disgustato, ma non dice niente mentre ci dirigiamo verso l'aereo. Non gli piace quello che sto facendo, e non posso biasimarlo. Rapire una neonata e una madre che ha appena partorito sembra sbagliato, anche ad assassini spietati come noi. E questo è esattamente quello su cui sto contando. La sottile disapprovazione che emanano i miei uomini darà a questa operazione il vantaggio autentico di cui ha bisogno.

Voglio che Novak percepisca la discordia tra noi.

Voglio che percepisca la riluttanza dei miei ragazzi nel consegnare una giovane donna traumatizzata e la propria bambina nella sua crudele e avida presa.

eter

DO IL LATTE IN POLVERE ALLA RAGAZZA NON APPENA arriviamo sull'aereo, e lei fa mangiare la sorellina, sparandoci occhiate spaventate per tutto il tempo. Sta esagerando un po'—la vera Signora Esguerra non mostrerebbe la propria paura—ma dato che i miei ragazzi non conoscono Nora e tutto quello che ha passato, funziona.

"Come hai fatto?" chiede Yan piano, quando la bambina si addormenta e la ragazza si è calmata abbastanza da guardare fuori dall'oblò, invece che verso il divano dove sono seduto con i gemelli. "Come hai fatto a catturare Esguerra?"

"Gli ho sparato." La mia risposta è secca e cruda, ma

non ho intenzione di inventare una storia. "Gli ho fatto saltare la testa."

"Hai la prova?" chiede Ilya accigliato. "Perché Novak avrà bisogno di—"

"Ecco." Tiro fuori un telefono che ho "rubato" da una guardia e mostro la foto di un uomo dai capelli scuri sdraiato a terra in una pozza di sangue. La metà del suo cranio sembra mancare, ma l'altra metà è inconfondibilmente Esguerra.

Ho impiegato un'ora per ottenere una foto così ben fatta; nonostante il suo aspetto da modello, il mio ex datore è pessimo nel mettersi in posa.

Yan mi guarda, si concentra sulla foto per poi tornare a rivolgere l'attenzione a me. Lo guardo con severità. Ha capito che il "sangue" è ketchup mescolato con molta sporcizia o che la metà mancante del cranio è dovuta alle abilità nel Photoshop di Nora? So che l'immagine è falsa, quindi è difficile per me essere obiettivo.

Con mio sollievo, Yan mi restituisce il telefono senza dire niente, e Ilya si allontana, concentrandosi sul trasferimento della mazzetta sul conto bancario privato del controllore del traffico aereo serbo in Svizzera. È così che entriamo e usciamo da quel Paese e da molti altri—compresi gli Stati Uniti.

Sarei tentato di parlare con i miei ragazzi e rivelare il vero piano, ma mi trattengo. Non posso correre il rischio che possano tirarsi indietro all'ultimo minuto. Abbiamo costruito un business redditizio sulla nostra reputazione, e quello che sto per fare—tradire un cliente pagante—più o meno garantisce che non ci saranno ulteriori offerte di lavoro.

Abbiamo parlato di ritirarci un giorno, ma non so se siano pronti per quel giorno—non so se quel giorno sia arrivato.

In ogni caso, se andrà tutto bene, la mia squadra non soffrirà finanziariamente. Oltre ai cento milioni di Novak—la metà è già sui nostri conti bancari—riceveremo settantacinque milioni da Esguerra. Anche se non dovessimo ottenere l'altra metà da Novak prima che io lo colpisca, avremo abbastanza per il resto delle nostre vite.

Tutto ciò che dobbiamo fare è sopravvivere.

Ancora qualche giorno, e riavrò Sara.

Non vedo l'ora, cazzo.

Io ed Ilya incontriamo Novak nel suo magazzino appena fuori Belgrado—come da sua richiesta. Come al solito, arriva con un contingente pieno di mercenari ed armi a sufficienza da far saltare un piccolo edificio.

"Dove sono?" chiede non appena ci vede. "Hai detto di averli. Dove sono?"

"Al sicuro con la mia squadra" dico e tiro fuori il telefono della guardia per mostrargli le foto che abbiamo scattato un'ora fa. Mostrano le sostitute di Nora e della sua bambina, circondate dai miei uomini, e sembrano livide e fragili.

Mi strappa il telefono e le studia con malcelata lussuria prima di guardarmi. "Esguerra è—"

"Ecco." Prendo il telefono da lui e sfoglio le foto di "Nora" fino ad arrivare a Esguerra in una pozza di ketchup. "Gli ho fatto saltare la testa."

Gli occhi chiari di Novak scintillano. "Ottimo lavoro. Sapevo di poter contare su di te. Ora portami da Nora e dalla bambina."

Incrocio le braccia sul petto. "Prima il pagamento."

Quei cinquanta milioni potrebbero non essere necessari in senso stretto, ma farebbero sicuramente comodo.

La bocca di Novak si assottiglia, ma prende il telefono e chiama il suo contabile. "Effettua il trasferimento" ordina in serbo, e aspetto che mi faccia un cenno con la testa, poi controllo il conto sul telefono.

"Tutto a posto" gli dico e guardo Ilya, la cui inespressività riesce ancora a trasmettere in qualche modo la sua disapprovazione.

Anche Novak deve averlo notato, perché sorride di nuovo. Gli piace l'idea che non andiamo d'accordo; pensa che questo ci renda vulnerabili, più facili da controllare.

"Andiamo" gli dico, fingendo di ignorare il sottofondo. "Ti porto da Nora e dalla bambina."

Ilya ed io ci dirigiamo velocemente verso l'uscita, e Novak si affretta a raggiungerci. Le sue guardie si precipitano a formare il loro solito cerchio protettivo, ma noi tre usciamo prima di tutti.

Abbiamo solo un paio di secondi a disposizione, ma è tutto il tempo di cui ho bisogno.

Afferrando Novak per un braccio, grido: "Giù!" e mi tuffo dietro a un cassonetto, spingendo Ilya davanti a me.

Colpiamo duramente il pavimento, atterrando sullo stomaco, mentre gli uomini di Esguerra aprono il fuoco, facendo crollare il magazzino e tutte le guardie di Novak sparando con centinaia di mitragliatrici.

 eter

IL RESTO DELL'ASSALTO È FULMINEO. IN POCHI ISTANTI, siamo circondati da tre dozzine degli uomini di Esguerra, e dico allo sbalordito Ilya di lasciar cadere le armi, mentre io faccio altrettanto. Novak ha battuto la testa sul cassonetto della spazzatura, e sembra stordito quando lo tiro in piedi, mentre i nostri carcerieri lo ammanettano e lo perquisiscono.

Mentre sto consegnando Novak, Ilya si ferma in piedi accanto a me. Il suo sguardo incredulo oscilla da me agli uomini che trascinano via Novak, poi torna su di me. "Hai appena—"

"Sì. Spiegherò tutto tra un attimo. Per ora, chiama Yan e digli che stiamo arrivando. Assicurati che lui ed

Anton rimangano giù—non vogliamo che qualcuno rimanga ferito."

Ilya esita, chiaramente scioccato, poi tira fuori il telefono. Glielo lascio fare e seguo Novak verso un SUV nero.

Il serbo sta uscendo dallo stordimento e sta iniziando a capire che cos'è successo. Mi scruta come se avesse finalmente compreso tutto; poi, la furia gli contorce il pallido viso. "Fottuto—"

La guardia più vicina a lui lo colpisce in bocca. "Chiudi il becco, *pendejo*" ringhia in un inglese dall'accento spagnolo.

Cerco di scorgere il suo viso coperto dall'elmetto. "Diego?"

L'elmetto si sposta. "Ehi, Peter. Come va?" Mentre parla, porta in macchina il nuovamente stordito Novak e chiude la portiera.

"È semplicemente straordinario" dico, mentre Ilya si avvicina. "Una giornata di lavoro perfetta."

Il mio compagno di squadra non sembra contento —probabilmente perché siamo entrambi ancora senza armi. "Stanno aspettando" dice bruscamente. "E staranno giù."

"Bene." Gli do una pacca sulla spalla. "Andiamo."

YAN E ANTON SONO IN UN CANTIERE VICINO, FACENDO la guardia alla sostituta di Nora e alla sua sorellina. Le armi sono al loro fianco, mentre ci avviciniamo con le guardie di Esguerra, ma hanno gli occhi acuti e vigili.

"Dovresti darci qualche spiegazione" mi dice Anton, mentre le guardie ci superano per prendere "Nora" e la bambina. "Molte spiegazioni, in realtà."

"Lo so." Io ed Ilya osserviamo le guardie mentre accompagnano la ragazza—che sembra ancora pietrificata—verso un altro SUV nero. "Vi spiegherò tutto."

"Che cosa c'è da spiegare?" dice Yan, avvicinandosi a noi. I suoi occhi verdi brillano con una luce fredda e beffarda. "Non è la vera Nora, giusto?"

"No" dico, guardandolo dritto in faccia. "Esguerra non metterebbe mai in pericolo sua moglie o sua figlia in questo modo—non che sarebbero state realmente in pericolo, intendiamoci."

"Giusto." Il sorriso di Yan non mostra il minimo accenno di umorismo. "Quindi, questo era il piano fin dall'inizio? Far abboccare Novak, scoprire quale fosse la sua risorsa e poi tirare in ballo Esguerra?"

Inclino la testa. "Esattamente."

Anton solleva le sopracciglia nere. "Non capisco. Perché l'hai fatto—e perché non ce l'hai detto?"

"Perché non si fida di noi ciecamente." La voce di Yan è ingannevolmente dolce. "Non è vero, Peter? Per quanto riguarda il perché—"

Lo interrompo agitando una mano. "Mi fido di voi tre, lo giuro sulla mia vita. Ma questa è stata un'operazione molto delicata, che è andata avanti per molti mesi. Avevo bisogno di guadagnarmi la fiducia di

Novak, e per questo, tutte le nostre reazioni e interazioni dovevano essere quanto più sincere possibile. Non è stupido. Se avesse intuito qualcosa—solo il minimo accenno al fatto che stessimo facendo il doppio gioco con lui—tutto questo sarebbe stato inutile."

"È a causa sua, non è vero?" Ilya parla per la prima volta. Apro la bocca per rispondere, quando dice: "Non importa. Ovviamente è così. Che cosa vuoi da Esguerra? Più soldi, in modo da poter sparire con lei per sempre?"

"No" dice Yan a suo fratello. "Non è così." Mi guarda. "È così, Peter?"

"No—anche se i soldi extra sono un bel vantaggio" dico guardando dall'uno all'altro. "La vostra parte sta per essere trasferita sul conto, mentre parliamo." Mi rivolgo ad Anton. "Anche la tua."

"Dicci la verità, cazzo" ringhia Anton. "Seriamente, smettila con questo mistero. Che cosa ti ha promesso Esguerra per questo?"

"Una vita" dico e guardo i SUV che si allontanano dal marciapiede. "Il genere di vita che le persone come noi non possono avere."

"Ah." Il cipiglio di Anton svanisce. "L'amnistia."

Annuisco. "E l'immunità da ulteriori procedimenti giudiziari. Per tutti noi."

Il viso di Ilya si illumina, ma Yan incrocia le braccia sul petto. "Chi ha detto che vogliamo questo? Credi che abbiamo lasciato gli Spetsnaz e che ci siamo uniti a te per poter diventare contabili e insegnanti?"

"No, credo che l'abbiate fatto per diventare ricchi sfondati" dico, imitando il suo tono beffardo. "E ora lo siete, congratulazioni. Oh, e nel caso non l'avessi ancora detto, l'extra proveniente da Esguerra è pari a settantacinque milioni."

Anton fischietta sottovoce. "Dannazione."

Yan mi fissa. "Un lavoro da centosettantacinque milioni?"

"Quello, e la libertà di fare tutto ciò che volete. Se volete continuare con l'attività, potete farlo—anche se forse potreste preferire ricominciare daccapo con nuove identità, nel caso in cui tutto questo—"agito un indice nell'aria—"vi abbia stancato. In alternativa, potete aprire legittimamente un'agenzia di sicurezza o qualcosa del genere."

"E tu?" chiede Ilya, inclinando la testa. "Che cos'hai intenzione di fare, Peter?"

"Non appena avrò il via libera, andrò negli Stati Uniti" dico e sorrido per le loro espressioni. "Sì, è vero, da Sara. Questa volta, giocheremo alla famiglia per davvero."

39

Peter

ESGUERRA MI RIVUOLE NELLA SUA TENUTA, COSÌ, DOPO aver raggiunto i miei uomini, salgo a bordo del suo Boeing C-17 e accompagno Novak e le guardie in Colombia. Ilya, Yan e Anton vanno separatamente con il nostro aereo. Continuo a non fidarmi completamente del mio ex datore di lavoro, così i miei compagni di squadra hanno accettato di fornire supporto nel caso in cui le cose dovessero mettersi male all'ultimo minuto. Non mi aspetto un tradimento da parte di Esguerra—anche perché i settantacinque milioni sono già sui nostri conti—ma è meglio essere cauti.

Ho anche chiesto alla mia squadra di continuare ad aiutarmi nella ricerca di Henderson. Essendo l'ultimo cognome sulla mia lista, è un affare incompiuto, e ho tutte le intenzioni di occuparmi di lui a tempo debito.

Prima, però, ho bisogno di tornare a prendere Sara.

Lei è più importante di qualsiasi altra cosa.

ESGUERRA IN PERSONA CI SALUTA QUANDO ATTERRIAMO, con il volto incorniciato da linee dure e selvagge, mentre osserva le guardie trascinare Novak giù dall'aereo. Il serbo cammina a malapena—non si sono preoccupati di nutrirlo o di curare le sue ferite durante il volo—ma non importa. Non rimarrà a lungo su questa terra.

Esguerra non solo lo ucciderà—lo distruggerà.

Lentamente.

Pezzo dopo pezzo.

Mi sentirei in colpa per quel bastardo, ma se l'è cercata. Se si fosse limitato a farsi strada negli affari di Esguerra, sarebbe vissuto molto più a lungo—almeno un altro anno o due. Ma ha preteso la famiglia di Esguerra... Nora e la sua bambina.

Non corre buon sangue tra me ed Esguerra, ma Nora mi piace.

"Dov'è Kent?" chiedo, quando Esguerra viene da me dopo aver ordinato alle guardie di portare Novak nel capanno. "È tornato a Cipro?"

Annuisce. "È andato via subito dopo di te." Non aggiunge altro, e decido di non insistere. Non ho ancora perdonato Kent per quello che è successo con

Sara, ma al momento ho un pesce più grosso di cui occuparmi.

"Li hai contattati?" Mi avvicino a Esguerra, mentre ci dirigiamo verso una limousine in attesa. "I tuoi amici della CIA?"

Mi guarda di traverso. "Sì."

"E?" Gli passo davanti, costringendolo a fermarsi. "Hanno acconsentito?"

Flette la mascella. "Parliamone in macchina."

Cazzo. Non si mette bene. "Parliamone ora."

I suoi occhi brillano pericolosamente. "Bene. Ecco il patto—l'unico patto che accetteranno. Tu e la tua squadra otterrete l'amnistia per i vostri crimini e l'immunità da ulteriori accuse, a condizione che non vengano commessi altri reati. Chiunque violi l'accordo verrà arrestato e processato per *tutti* i crimini, passati e presenti."

Rifletto e annuisco. "Mi sembra giusto." Sono quasi certo di poter vivere come un cittadino rispettoso della legge—o perlomeno dare questa impressione. Dovremo stare attenti a non farci prendere, quando finalmente troveremo Henderson, ma sono sicuro di non essere l'unico nemico del vecchio generale. In alternativa, possiamo farlo sembrare un incidente; ci sono molti modi per realizzare un omicidio senza che sembri tale—

"E c'è ancora una cosa" dice Esguerra. "Un'altra condizione che non è negoziabile."

"Quale?" chiedo, con lo stomaco che si stringe per una premonizione, mentre chiudo le mani lungo i fianchi. Spero che non si tratti di quello che—

"Quel generale in pensione, quello a cui stai dando la caccia" dice Esguerra, confermando la mia intuizione. "Devi lasciarlo perdere. Per sempre. La tua immunità dipende dalla sua salute e dal suo benessere. Se lui o chiunque altro vicino a lui viene avvelenato, l'accordo è rotto, e voi quattro sarete di nuovo sulle liste dei Più Ricercati."

Fanculo. Cazzo, cazzo, cazzo!

Suppongo che avrei dovuto immaginare che ci sarebbe stata questa possibilità, date le connessioni di Henderson, ma in qualche modo l'avevo scacciata dalla mente. Ero così concentrato sull'eliminazione del principale ostacolo a una vita con Sara—il mio status di fuggitivo—che non ho minimamente pensato che questo potesse avere un prezzo.

Beh, un prezzo oltre alla fine della mia attività e al rischio che mi sono preso avvicinandomi a Esguerra. Conoscevo questi prezzi ed ero disposto a pagarli. Ma questo? Tra tutti quelli sulla lista, Henderson è il più direttamente responsabile della tragedia che ha colpito mia moglie e mio figlio. Fu lui a dare gli ordini che portarono al massacro del villaggio.

Se qualcuno merita di pagare per le morti di Tamila e Pasha, quella persona è Henderson.

Non gli si può permettere di tornare a vivere la sua vita normale e felice, dopo quello che ha fatto.

"Non posso accettarlo." La mia voce è aspra e gutturale. "Sai che non posso."

Per la prima volta, una parvenza di emozione umana riscalda il ghiaccio blu nello sguardo di Esguerra. "Lo so" dice lentamente. "Lo immaginavo. Ma non accettano negoziazioni, Peter. Ci ho provato."

Giro sui tacchi e mi dirigo verso la limousine, con la rabbia e il dolore che pensavo di aver seppellito come magma nella gola. Respiro, cercando di calmarmi, ma al posto della vegetazione tropicale sento il fetore di morte e cenere, di carne carbonizzata e sangue raffermo. Sento il metallo sulla lingua e vedo un mucchio di cadaveri, di parti del corpo alte due metri.

E quella manina arrotolata attorno a una macchinina giocattolo.

Ricordo appena i primi giorni dopo il massacro. So di essermi allontanato dai soldati della task force che mi avevano trascinato fuori dal villaggio, ma non ricordo come o quando—o se avessi ferito qualcuno, mentre scappavo. Suppongo di averlo fatto, perché la mia stessa gente cominciò a darmi la caccia poco dopo, ancora prima che uccidessi i miei superiori per aver posto fine all'inchiesta nel giro di poche settimane.

La vendetta era tutto ciò che mi permetteva di andare avanti in quei giorni—e nei mesi e negli anni successivi. Ho promesso a mio figlio e mia moglie morti che i loro assassini avrebbero pagato con la vita, e ho mantenuto quella promessa.

Li ho presi tutti, tranne Henderson.

"Potresti riprenderti lei e basta" dice Esguerra, raggiungendomi, e lo guardo, non sorpreso che ora sappia di Sara. Kent deve avergli detto di lei—oppure ha saputo del rapimento dalle sue fonti della CIA. E una volta saputo, si trattava semplicemente di fare due più due.

Nonostante ciò, il mio primo istinto è quello di minacciare lui e tutto ciò che gli è caro, se si azzarda a respirare l'aria di Sara. Ma se sa che lei è la mia debolezza, allora deve sapere che cosa farei, se qualcuno venisse a cercarla.

È la stessa cosa che farebbe lui, se qualcuno venisse a cercare Nora.

Quello che sta per fare a Novak, in realtà.

"Ha una vita lì" dico. "Genitori, carriera, amici."

Si stringe nelle spalle. "Si adeguerebbe. Nora l'ha fatto."

Salgo nella parte posteriore della limousine e si unisce a me, sedendosi di fronte.

"Sara non è Nora" dico, mentre la limousine inizia a muoversi. "Le sue radici sono troppo profonde. Non sarebbe felice in questo modo." Non so se sto cercando di convincere Esguerra o me stesso—o quella parte oscura e insensibile di me che desidera questo da mesi.

Quella che mi ha detto di dimenticare questo folle piano e di riprendere ciò che mi appartiene.

"E tu lo saresti?" Esguerra inclina la testa, guardandomi con particolare curiosità. "Pensi che ti piacerebbe quella mezza vita? Staresti bene nella gabbia delle regole e delle leggi?"

Faccio spallucce. "Forse." Non è una mia preoccupazione, ma se mai dovesse diventare un problema, ci penserò a tempo debito.

Una cosa alla volta.

"E quindi?" chiede Esguerra, quando rimango in silenzio. "La lascerai andare per sempre? O accetterai l'accordo?"

"Non la lascerò andare." Le parole sono istintive, automatiche. Una vita senza Sara—questa non è nemmeno una possibilità nella mia mente. Gli ultimi otto mesi sono stati un inferno, a modo loro terribili quanto le settimane buie che sono seguite alla morte della mia famiglia.

Preferirei morire piuttosto che lasciar andare la mia ptichka per sempre.

È mia, e sarà mia per sempre.

Un sorriso beffardo piega la bocca di Esguerra. "Beh, allora" dice pacatamente. "Sembra che tu non abbia molta scelta."

Mi distrugge ammetterlo, ma ha ragione.

O prendo Sara o accetto l'accordo. La sua felicità o la mia vendetta.

Non posso avere entrambe.

PARTE IV

40

Sara

HO LA SENSAZIONE CHE QUALCOSA NON QUADRI, QUANDO torno a casa da sola dopo il turno serale in clinica.

Nessuna macchina governativa mi segue, e nessuno mi osserva furtivamente, mentre parcheggio la macchina davanti al mio appartamento ed entro.

Ripetendomi che sono pazza—che sono solo stanca e che non sto riflettendo lucidamente sulle cose—faccio la doccia e mi metto a letto. Non ha senso preoccuparsi per questo. Anche se non si tratta di una strana paranoia inversa, forse i Federali dovevano prendersi la notte libera—fare da babysitter ai figli o qualcosa del genere. Non è mai successo dal mio ritorno, ma questo non significa che sia impossibile.

Anche gli agenti dell'FBI sono umani.

Tuttavia, mi rigiro tremila volte, non riuscendo ad addormentarmi nonostante lo sfinimento. Cerco di ripensare se mi sia sentita osservata oggi, ma non riesco a ricordare. O i miei invisibili stalker sono diventati ancora più bravi nel loro lavoro o mi sono talmente abituata alla loro presenza che non me ne accorgo più.

L'ultima volta in cui ho provato davvero quel prurito è stato quando ho trovato il biglietto di Peter un paio di mesi fa.

Potrebbe essere così?

Non mi stanno più controllando?

Ho lo stomaco in subbuglio. Secondo il biglietto di Peter, c'è solo una ragione per cui all'improvviso cesserò di essere controllata sia dai Federali che dalle persone assoldate da Peter.

No. Scaccio quel pensiero terrificante.

Peter non è morto e non è stato catturato.

Non può essere così.

Chiudo gli occhi e cerco di respirare lentamente e profondamente. Una notte non significa niente, e, quando mi sveglierò al mattino per andare al lavoro— meno di cinque ore a partire da adesso—i Federali si aggireranno nel mio vicinato con la loro berlina grigia.

Devo solo crederci.

MA I FEDERALI NON CI SONO, QUANDO GUIDO PER

andare al lavoro, e, per quanto mi impegni, non riesco a capire se sono sorvegliata da qualcuno.

Passo la mia giornata in uno stato di panico appena soppresso. Fortunatamente, tutto quello che ho oggi sono appuntamenti con le pazienti, e, dal momento che siamo sovraccarichi di lavoro, non ho molto tempo per pensare. Mi precipito da una paziente all'altra, eseguo esami, scrivo prescrizioni per il controllo delle nascite e discuto sull'assistenza prenatale—ricordandomi sempre di continuare a respirare, di stare calma e di ignorare il fatto che i Federali se ne sono andati.

Che per la prima volta dal mio ritorno sono sola.

Proprio mentre sto per tornare a casa, Phil, il nostro chitarrista, mi chiama per informarmi di una performance imminente, e chiedo impulsivamente se vuole radunare i ragazzi e uscire per bere qualcosa. È martedì sera e ho una giornata lavorativa piena e un turno domani, ma non voglio restare sola con i miei pensieri.

Con mio grande sollievo, Phil accetta e ci incontriamo in un bar della parte nord di Chicago. Solo Rory riesce ad unirsi a noi—Simon è impegnato in una sessione di autografi—ma dopo che ognuno ha ordinato una birra, stabiliamo la stessa rilassata dinamica di sempre, con Phil che si lancia nel suo discorso di persuasione del tour settimanale.

"Non avete mai voglia di mandare tutto all'aria?" dice, agitando la birra. "Di ottenere qualcosa di più dalla vita? Qualcosa di corroborante ed eccitante?"

"Amico, sembri uno spot pubblicitario" gli dice

Rory, e tutti ridiamo. Sento un accenno di disperazione nella mia risata, ma con sollievo, sono l'unica a notarla. I compagni di band non sono a conoscenza del mio crescente tumulto, scherzando e continuando a ridere come se non ci fosse un domani.

Come se fosse solo un normale martedì sera.

E per loro è così—è un normale e prevedibile martedì sera, a cui Phil vuole fuggire. Quello che non ho avuto per molto tempo, perché da quando ho conosciuto Peter, nulla nella mia vita è più stato normale o prevedibile.

Mi chiedo che cosa ne penserebbe Phil se venisse a saperlo—se venisse a sapere di come l'assassino di mio marito mi abbia costretta a "mandare tutto all'aria" tenendomi prigioniera in Giappone. Troverebbe eccitante la mia riluttante storia d'amore con un assassino? Corroborante in qualche modo contorto?

Questa uscita dovrebbe essere una distrazione dai pensieri angoscianti, ma non riesco a smettere di pensare a Peter, e mi ritrovo a osservare da una persona all'altra, alla ricerca di quel ragazzo che sembri fuori posto... di qualsiasi indizio che mi faccia capire di essere ancora l'interesse dei Federali.

"Stai aspettando qualcuno?" chiede Rory, notando il mio insistente sbirciare.

Mi sforzo di sorridere e smetto di guardarmi intorno come un'idiota. "No, scusa. Mi era sembrato di vedere un vecchio amico."

Phil si scalda subito. "Ooh, un vecchio amico. Maschio o femmina? Perché devo ammettere che la tua amica Marsha è *smack*!" Si bacia la punta delle dita con fare drammatico, e ridiamo tutti di nuovo.

Marsha, Andy e Tonya sono venute ad assistere a uno dei nostri spettacoli un paio di settimane fa, e siamo usciti tutti insieme in seguito. Naturalmente, Marsha ha flirtato con i miei compagni di band, come fa sempre con gli uomini.

Uno di questi giorni, mi piacerebbe conoscere un ragazzo che non si innamori del suo look da sexy bomba bionda—o perlomeno che non cerchi di entrare subito nelle sue mutande.

"Tonya non è poi così male" dice Rory, quando le risate si attenuano parzialmente. "È single?"

Sorrido. "Sì, credo di sì." Non conosco bene la giovane infermiera, ma sono quasi certa che non abbia un ragazzo—o se ce l'ha, non gli dà fastidio che lei festeggi con Marsha dal tramonto fino all'alba.

"Amico, sei sicuro di non volere la rossa?" chiede Phil con la faccia seria. "Pensa a quanto sarebbero belli i vostri figli. Pel di carota a volontà."

"Oh, fanculo. Sei solo geloso che io abbia ancora questa." Rory scompiglia la criniera, e quasi mi strozzo con la birra, mentre Phil si tocca istintivamente la stempiatura prima di alzare il dito medio verso Rory.

"Basta, ragazzi" dico, quando riesco a smettere di ridere. "Andy è presa in ogni caso, e—"

Mi blocco, con le parole che muoiono nella gola, quando noto l'uomo che si sta avvicinando dietro a Phil.

Sbatto le palpebre, incapace di credere ai miei occhi, ma l'apparizione non scompare.

Invece, le sue labbra scolpite si incurvano in un sorriso magnetico. "Ciao, Sara" dice con la voce profonda, leggermente accentata che infesta i miei sogni. "Perché non mi presenti ai tuoi amici?"

 eter

IL VISO A FORMA DI CUORE DI SARA SBIANCA. NON sembra essere in grado di parlare, così mi rivolgo ai due uomini che mi guardano a bocca aperta.

"Peter Garin" dico, sfruttando la mia nuova identità, e allungo la mano. "E voi due siete?"

So chi sono, naturalmente, ma se devo integrarmi nella vita di Sara per sempre, devo comportarmi come un normale cittadino, non come qualcuno che esegue controlli approfonditi su ogni persona vicina alla mia ptichka. Ciò significa anche che non posso mettere la mia lama sulla loro gola e tagliare abbastanza in profondità da far sì che non sbavino mai più per lei.

Almeno, non in mezzo al bar.

Il ciccione si riprende per primo, allungandosi per stringermi la mano. "Ciao. Sono Phil Hudson."

"Piacere di conoscerti" dico, e resisto all'impulso di schiacciare le ossa in quel palmo ridicolmente morbido.

"Rory O'Rourke." La stretta del pel di carota è più vigorosa, con la mano quasi callosa come la mia— anche se per ragioni molto diverse.

Solleva pesi in palestra per vincere trofei, mentre io mi alleno per rimanere vivo.

Mi allenavo per rimanere vivo, mi correggo. Se tutto andrà secondo i piani, non avrò più bisogno di farlo.

Sara mi tocca il braccio, attirando la mia attenzione su di lei. "Che cosa—" la sua voce melodiosa si incrina. "Che cosa ci fai qui, Peter?"

Ho volontariamente evitato di guardarla dritto in faccia, perché esserle così vicino senza afferrarla e scoparla sul posto sarebbe una vera tortura. Il suo tocco sul mio braccio, pur così leggero, è come un colpo di Taser. Tutto il mio corpo vibra per la consapevolezza, con tutti i sensi in subbuglio. È a mezzo metro di distanza, e siamo tutti e due completamente vestiti; tuttavia, la sento intensamente, come se fosse schiacciata contro di me nuda.

In realtà, il mio cazzo è convinto che dovremmo essere nudi e sta facendo del proprio meglio per uscire fuori dai jeans improvvisamente troppo stretti.

Probabilmente avrei dovuto aspettarla nel suo appartamento, dove avremmo potuto essere soli per questo incontro, ma ero troppo impaziente. Dopo un mese di cazzate burocratiche, alla fine ho ottenuto il via libera dal governo degli Stati Uniti, insieme ai miei nuovi documenti di identità e alla cittadinanza, e sono salito subito sull'aereo—solo per scoprire che invece di tornare a casa, Sara ha deciso di uscire.

Con due uomini che le sbavano addosso, per giunta.

Faccio un respiro profondo e ricordo a me stesso che l'integrazione fa parte del gioco. È per questo che ho lavorato tutti questi mesi, è questo il motivo per cui ho accettato di lasciar vivere quel bastardo di Henderson—una promessa che mi riempie ancora la gola di bile. Sarebbe stupido rovinare tutto solo perché Sara mi sta fissando con quegli occhioni da cerbiatta, sembrando così incredibilmente bella che vorrei avvolgerla in un sacco di patate e portarla nella mia tana—dopo aver strappato le palle a ogni uomo che ha il coraggio di lanciarle occhiate.

"Ho avuto la possibilità di tornare a casa prima" le dico, e, nonostante i migliori sforzi, la mia voce è troppo rauca per un luogo pubblico. "Anzi, ho lasciato il mio lavoro."

"Tu... che cosa?" Sgrana gli occhi. "Come puoi—"

"È una lunga storia, ptichka." Combatto l'impulso di raggiungerla e stringerla a me. "Andiamo a casa, e ti spiegherò tutto."

Il rosso—Rory—si schiarisce la voce. "State... insieme?" Sia lui che Phil mi fissano con incredulità—e con molta invidia.

Gli stronzi sono fortunati che in questi giorni io sia rispettoso della legge.

"Sì" dico loro, e qualcosa nel mio tono li fa impallidire. "Proprio così." Mi rivolgo a Sara. "Pronta per tornare a casa, amore mio? Abbiamo molte cose da dirci."

E stringendole saldamente la delicata mano, la conduco fuori, lasciando i suoi compagni storditi nel bar.

S*ara*

MI SENTO COME SE STESSI SOGNANDO. O SE STESSI avendo un incubo—non riesco a decidere. Io e Peter stiamo camminando insieme in una strada affollata... senza il minimo accenno di sotterfugio da parte sua. In qualche modo è persino più grosso di quanto ricordassi, con le ampie spalle che sembrano tirargli le cuciture della maglietta nera dall'aspetto soffice e le potenti gambe che si flettono negli stretti confini dei jeans logori. I capelli scuri sono più lunghi di prima, ondeggiando leggermente nella tiepida brezza serale, e mi prudono le dita dalla voglia di seppellirle in quella folta massa morbida, per afferrarne una manciata, mentre fa l'amore con me, con la lingua esperta che completa il tutto.

Un brivido fulmineo mi attraversa al pensiero, intensificando il bruciore sotto la pelle. Il cuore mi sta battendo così violentemente che potrebbe esplodere, e non sento più freddo. Non sento più freddo dentro. Il mio corpo è tornato a vivere nel momento in cui lui ha parlato, e da allora vibra dal desiderio... anche se sto annegando nella confusione.

"Mi stai rapendo?" La mia voce è fievole e troppo alta, ma ho problemi ad elaborare tutto questo... *qualunque* cosa sia. Come può apparire dal nulla, dopo più di nove mesi, e presentarsi ai miei amici come un fidanzato? Tra tutti i modi in cui ho immaginato il mio secondo rapimento, questo scenario—in cui sarebbe entrato in un bar e mi avrebbe portata fuori tenendomi per mano—non mi ha mai nemmeno sfiorata. Ero pronta per un ago nel collo o un cappuccio sulla testa— o almeno un brusco risveglio nel cuore della notte. Non per una passeggiata informale lungo North Broadway, nella zona nord di Chicago. Come può uscire allo scoperto in questo modo? Ha usato un nome diverso al bar, ma il suo volto è rimasto invariato. Dove sono i Federali? Dopo tutti i mesi passati a controllare ogni mia mossa, all'improvviso—

"Non ti sto rapendo. Ti sto portando a casa." La sua mano stringe la mia, avvolgendola col calore... proprio come sento la sua volontà avvolgersi intorno a me, forte e inflessibile, ineluttabile come una forza della natura.

Scuoto la testa in un futile tentativo di

comprendere. "A casa?" Intende dire in Giappone? Perché se è così, devo dirgli che—

"Il tuo appartamento." I suoi occhi metallici brillano, mentre cattura il mio sguardo. "Per ora, almeno, visto che hai tutte le tue cose lì. Poi, possiamo tornare a casa se vuoi—o comprarne una nuova più vicina al tuo lavoro."

Mi sento come se fossi ubriaca o fuori di testa. C'era qualcosa nella birra che ho appena bevuto? "Di cosa stai parlando?"

Smette di camminare e mi rendo conto che siamo accanto alla mia macchina. Lasciandomi andare la mano, incornicia la mia guancia con il suo grosso e ruvido palmo e dice teneramente: "Di noi, amore mio. Sto parlando di noi."

E prendendo la borsa dalle mie mani, fruga all'interno, estrae la chiave della macchina e apre la portiera.

Sara

STA GUIDANDO PETER, E SONO CONTENTA. NON CREDO che avrei potuto farlo in questo momento—non senza schiantarmi.

Non ho questa preoccupazione con lui. Gestisce la macchina come gestisce tutto il resto: con competenza calma e letale. Mentre lo guardo uscire dal parcheggio, mi viene in mente che non l'ho mai visto dietro un volante prima d'ora. Ogni volta che eravamo in un veicolo insieme, c'era sempre qualcun altro a guidare e Peter era sul sedile posteriore con me. Il che mi porta ad un'altra domanda: dove sono i suoi compagni di squadra? Perché è qui da solo?

E cosa intendeva con "ho lasciato il mio lavoro"?

La mia mente vaga freneticamente in sintonia con il

battito cardiaco, ma raccolgo i pensieri confusi e cerco di concentrarmi su una cosa alla volta. "Che cosa intendi dire con 'noi'?" chiedo, fissando il suo profilo fortemente scolpito. O, più specificamente, divorandolo con lo sguardo. Avevo dimenticato quanto fossero straordinariamente virili i suoi lineamenti, quanto fosse bello in quel modo pericolosamente magnetico. Il viso è ancora magro come quando abbiamo lasciato la clinica—qualunque cosa abbia fatto, non si è trattato di riposo e relax—e gli zigomi alti sembrano due lame gemelle, con la mascella ricoperta di barba così dura che sembra essere stata intagliata nel marmo.

Vedo di sfuggita il suo sguardo argenteo e la cicatrice sul sopracciglio sinistro, mentre mi rivolge un'occhiata prima di riportare l'attenzione sulla strada. "Intendo dire che sarò qui per sempre" dice con calma. "Ho ottenuto la piena amnistia e l'immunità—per me e il resto della mia squadra."

Il mio respiro si blocca nei polmoni. "Amnistia e immunità? Stai dicendo che..."

"Sto dicendo che non sono più un fuggitivo, sì."

Mi sento come se stessi precipitando da una scogliera. Non è più un ricercato? "In che modo? Che cos'hai fatto? Com'è possibile—"

"È una lunga storia, ma essenzialmente ho fatto un favore a un mio ex datore di lavoro—ricordi Julian Esguerra, il socio di Kent?"

Inspiro bruscamente. "Quello che voleva ucciderti per aver messo in pericolo la moglie?"

"Proprio lui" conferma Peter, mentre ci immettiamo in autostrada e sorpassiamo un camion, che procede lentamente. "Ad ogni modo, in cambio di quel favore, Esguerra ha sfruttato la sua influenza su vari governi per eliminare i segugi dalle nostre tracce."

Lo fisso, senza parole. Non sapevo che i trafficanti d'armi illegali avessero quel tipo di influenza, anche se immagino che avrei dovuto sospettarlo. Lucas Kent ha persino parlato di un loro contatto con la CIA—John, Jeff Qualcosa?—quando abbiamo cenato tutti nella sua villa a Cipro.

"Wow. Dev'essere stato un grosso favore" riesco a dire finalmente, e Peter annuisce guardando dritto davanti a sé.

"Lo è stato." Non approfondisce, e io non insisto. Ho cose più importanti da scoprire prima.

Sfregandomi i palmi umidi sulle ginocchia, cerco di sembrare disinvolta. "Quindi, quando dici che sarai qui per sempre, che cosa intendi dire esattamente?"

L'angolo della bocca si alza leggermente. "Secondo te, amore mio? Volevi un cane dietro alla staccionata? Un barbecue e bambini nel parco? Beh, ora posso darti tutto questo—o meglio, Peter Garin può dartelo." Si sposta nella corsia di destra e imbocca la rampa d'uscita. "Quel mondo diverso che volevi, quella vita—è tua, ptichka... e lo sono anch'io."

Il cuore mi batte nel petto. "Vuoi stare con me? Qui? Come una coppia normale?"

"No, ptichka. Non voglio stare con te." Svolta a destra ed entra in una stazione di servizio nelle vicinanze—quando noto che il serbatoio della benzina è quasi vuoto.

"Torno subito" dice, spegnendo la macchina e scendendo. Lo guardo intontita, mentre riempie sapientemente il serbatoio della mia Toyota, pagando alla pompa con una carta di credito nera dall'aspetto elegante.

Il mio assassino russo ha una carta di credito, e la sta usando per la benzina.

La mera improbabilità di questo—di Peter che improvvisamente è qui a fare qualcosa di così assolutamente banale—si aggiunge al senso di irrealtà che combatto da quando abbiamo lasciato il bar. Non riesco a scrollarmi di dosso la sensazione di essere in qualche bizzarro sogno e che mi sveglierò da un momento all'altro, sentendo freddo e sentendomi sola nel letto.

Ma no. La portiera del conducente si apre, portando con sé un'ondata di aria estiva umida e l'odore pungente della benzina, mentre Peter torna in macchina, sistemandosi dietro al volante.

Se è un sogno, è il più realistico che abbia mai avuto.

"Che cosa vuol dire che non vuoi stare con me?" chiedo, mentre lasciamo alle spalle il distributore di benzina per imboccare una strada a due corsie. "Che cosa *vuoi*, allora?"

Si ferma a un semaforo rosso e mi guarda. "Voglio tutto, Sara." La sua voce profonda è bassa e dolce, con gli occhi grigi che riflettono i lampioni che ci circondano. "Voglio i tuoi giorni e le tue notti, le tue ore e i tuoi minuti. Voglio condividere le tue gioie e i tuoi dolori, i tuoi trionfi e le tue frustrazioni. Voglio addormentarmi con te tra le mie braccia ogni notte e svegliarmi ogni mattina annusando i tuoi capelli sul mio cuscino. Ti *voglio*, ptichka—ti voglio con me per sempre, in tutti i modi."

Lo fisso, con la cassa toracica che si irrigidisce a ogni sua parola. "Che cosa..." Deglutisco per inumidirmi la gola secca. "Che cosa stai dicendo, Peter?"

Dev'essere scattato il verde, perché torna a concentrarsi sulla strada e la macchina avanza.

Con mia sorpresa, pochi istanti dopo, ci fermiamo di nuovo, e mi rendo conto che ha accostato al lato della strada. Con calma, mette l'auto in modalità "Parcheggio" e si gira verso di me.

Sbatto le palpebre, con il battito che accelera, mentre slaccia la cintura di sicurezza e allunga la mano nella tasca anteriore dei jeans, tirando fuori una scatolina di velluto.

"Questo è quello che sto dicendo" dice sottovoce, e smetto di respirare, quando apre la scatolina per tirare fuori un anello di diamanti—una fede tagliata splendidamente, che sembra avere almeno un paio di carati. Fissata in un delicato cerchio di oro bianco o platino, è semplice ma straordinaria—esattamente quella che avrei scelto, se avessi avuto centomila dollari da spendere.

Stordita, lo guardo. "Peter..."

"Ti voglio come moglie, Sara" dice dolcemente, allungandosi per prendermi la mano sinistra. Le sue dita sono calde e asciutte sulla mia pelle gelata, con lo sguardo oscurato nel buio interno dell'auto. È come se fossimo soli nelle tenebre, come se il resto del mondo non esistesse più, mentre fa scivolare l'anello sull'anulare sinistro, con il peso freddo e metallico che sembra una manetta che mi stringe il cuore.

Il respiro mi sfugge con un'esalazione vacillante.

Oh Dio. Sta succedendo.

Sta succedendo davvero.

Di riflesso, provo a tirare indietro la mano, ma lui stringe la presa, rifiutandosi di liberarmi.

"Voglio possederti, legalmente e in ogni altro modo" continua, e, questa volta, sento l'acciaio dietro la dolcezza, sento la puntura del filo spinato avvolto nella seta. "Sei già mia, ptichka, e voglio renderlo ufficiale" dice, piegando le labbra in un sorriso cupo. "Voglio che mi sposi, e presto."

IL RESTO DEL VIAGGIO VERSO CASA MI APPARE CONFUSO, con l'anello al dito caldo e ghiacciato sulla pelle. Non ho risposto alla proposta di Peter—non potevo—e per fortuna non ha insistito.

È tornato in strada e ha continuato a guidare.

Quando parcheggiamo davanti al mio appartamento, Peter fa il giro e apre la portiera per me, prendendomi la mano per aiutarmi a scendere dall'auto. La sua presa è al tempo stesso premurosa e possessiva, con lo sguardo che mi divora e che mi fa battere il cuore, facendo scattare campanelli d'allarme nella mente.

Non esiterà a prendermi.

Sarà su di me—e dentro di me—non appena

entreremo.

"Aspetta" dico, improvvisamente desiderosa di rallentare le cose. Per quanto lo voglia—per quanto mi sia mancato fisicamente—non sono pronta per questo. È passato troppo tempo, e ci sono troppe domande senza risposta.

Tirando via la mano dalla sua presa, indietreggio finché non sono a contatto con la macchina.

Serra la mascella e fa un passo in avanti, poggiando le mani sul tetto dell'auto per ingabbiarmi tra le braccia muscolose. "Credi che non abbia aspettato abbastanza?" Si china su di me, con gli occhi argentei che luccicano, e, anche se non ci stiamo toccando, sento il calore che esce dal suo potente corpo. "Credi che non sia stato paziente per tutti questi fottuti mesi?"

Il battito del mio cuore accelera per la rabbia appena trattenuta nella sua voce, e una furia—una cresciuta gradualmente durante la sua lunga assenza—esplode in me. Tutti questi mesi in preda alla preoccupazione e in attesa di essere rapita, senza sapere se fosse stato ferito o catturato, tutte le bugie e mezze verità e le notti insonni, ed è entrato in quel bar come se non fosse successo niente? Mi ha messo un anello al dito come se dopo torture e rapimenti il matrimonio fosse il naturale passo successivo?

Stringendo i denti, sbatto i palmi, colpendo la parte anteriore delle sue spalle. "Allora, dove diavolo sei stato?" urlo, mentre si tira indietro istintivamente, sorpreso dal mio sfogo. "Perché hai impiegato così tanto tempo? Anch'io ti stavo aspettando, cazzo—ho aspettato, aspettato e aspettato—"

Le sue labbra si schiantano sulle mie, con le mani che mi afferrano entrambi i lati del viso, mentre mi sbatte contro la macchina. Più che un bacio è una conquista, con la lingua che mi invade l'interno della bocca spietatamente, senza pietà. Sento il sapore del sangue, dove i denti mi hanno tagliato il labbro, ma è ricoperto dal sapore familiare di lui, dal calore oscuro e dalla violenza del suo desiderio.

Avrebbe dovuto essere troppo, ma il mio corpo non vede l'ora di reagire con altrettanta ferocia, con le mani che si chiudono a pugno nella sua maglietta, mentre ricambio il bacio, succhiando quella lingua invasiva, ribellandomi con una mia intrusione. Questo è esattamente quello che ho sognato ogni notte, ciò per cui il mio corpo bruciava.

Il motivo per cui non riuscivo a guardare altri uomini, né tantomeno immaginarmi con loro.

Dopo un minuto, le sue labbra si ammorbidiscono e le mani mi liberano il viso per vagare sul resto di me, con il grande palmo che mi stringe il seno, mentre l'altro mi afferra il sedere. Nonostante il bacio sia più delicato, il suo tocco è sfrenato, incredibilmente possessivo—un re che reclama il proprio diritto di nascita. Sento il forte rigonfiamento nei suoi jeans, mentre sbatte contro il mio stomaco, e delle ondate di calore mi attraversano; la sua bocca mi sfiora il collo, riservandomi dolci baci caldi e pungenti, mentre la mano mi lascia il sedere per avvolgere i capelli intorno al suo pugno.

"Sei mia, cazzo" mi ringhia nell'orecchio, inarcando la testa all'indietro, e rabbrividisco, con la pelle d'oca che si insinua sulle braccia, mentre mi mordicchia il lobo e incunea il ginocchio tra le gambe, facendomi cavalcare la sua muscolosa coscia. Nonostante gli strati dei miei jeans e dei suoi, la pressione sul mio sesso è improvvisa e intensa, e mentre mi stringe di nuovo il seno, strofinando il tessuto del reggiseno contro il capezzolo, il calore pulsante si sposta sul clitoride, con una familiare tensione che cresce nelle profondità del nucleo. Mentre gli cavalco impotentemente la gamba, sono visceralmente consapevole dell'odore e del sapore nettamente maschile di lui, delle dimensioni e della durezza del suo corpo; mentre la sua mano scava sotto la mia maglietta, con il palmo ruvido e caldo che scivola sulla pelle nuda, la tensione sale violentemente.

Con un grido soffocato, vengo, con il bisogno represso improvvisamente soddisfatto, mentre il mio corpo si contrae e freme, con l'esplosione di estasi che mi fa arricciare le dita dei piedi dentro le scarpe. Stordita, sento una distante risatina, e poi mi ritrovo sdraiata, trasportata su braccia incredibilmente forti.

Spaventata, apro gli occhi, incrociando le braccia attorno al collo di Peter. Sta camminando velocemente, e siamo già a metà del parcheggio, ma intravedo tre ragazze adolescenti dall'altra parte. Devono averci visti, mi rendo conto, arrossendo, mentre la foschia indotta dall'orgasmo svanisce dalla mente.

"Peter, loro—"

"Lo so." La sua mascella è stretta, mentre attraversa il marciapiede con passi lunghi e sicuri, portandomi come se fossi una bambina. "Dobbiamo entrare."

Il fischio di ammirazione e le grida sguaiate delle ragazze raggiungono le mie orecchie, e lo spingo sulle spalle. "Mettimi giù. Per favore, posso camminare."

L'ultima cosa di cui ho bisogno è essere trasportata nell'atrio come una specie di sposa vestita in modo inadeguato.

Con mio sollievo, Peter ascolta, mettendomi in piedi, mentre raggiungiamo l'ingresso del mio edificio. Appena in tempo. Non abbiamo un portiere, ma vedo le mie vicine—due giovani donne vestite a festa per una serata fuori. Stanno uscendo proprio mentre noi stiamo arrivando, e i loro sguardi curiosi oscillano da me a Peter, che sta mantenendo una presa possessiva sul mio braccio.

Non le conosco così bene—ci siamo scambiate solo dei convenevoli sul tempo—così sorrido goffamente e auguro loro una buona serata.

"Anche a voi" dice una delle donne, fissando sfacciatamente Peter, mentre la sua coinquilina inizia a ridacchiare come una scolaretta. "Buona serata, davvero."

Arrossisco ancora di più, mentre continuano a camminare lungo l'atrio, sussurrando e ridacchiando con le teste vicine, e per la prima volta, sono contenta che il mio edificio non abbia una gran dinamica comunitaria. Ci sono molti affittuari, come me, e visti i repentini ricambi di inquilini, la gente non si preoccupa di conoscere i propri vicini o dei pettegolezzi su di loro.

"Amiche tue?" chiede Peter, lasciandomi andare il braccio per premere il pulsante dell'ascensore, e scuoto la testa.

"Non proprio." Lo guardo, accigliata. "Non lo sai? Non mi hai fatta seguire?"

I suoi occhi grigi brillano per un oscuro divertimento. "Certo. Ma non potevano avvicinarsi troppo, con i Federali che osservavano ogni tua mossa e costantemente alla ricerca di microspie."

"Oh." Ha senso—e spiega perché io abbia visto sempre e soli i Federali.

Le porte dell'ascensore si aprono, e mi fa entrare, con la mano sulla schiena calda e delicata—e inflessibile come l'acciaio. Il mio cuore salta un battito, poi assume un ritmo frenetico e martellante.

Mi sospinge.

Mi sta letteralmente conducendo nel mio appartamento per poter scopare.

"Non pensavi davvero che ti avrei lasciata sola, vero?" dice piano, mentre l'ascensore inizia a muoversi, e scuoto di nuovo la testa, distogliendo lo sguardo dai suoi occhi penetranti. Mi soffermo sul considerevole rigonfiamento nei suoi jeans, e il calore nelle guance si intensifica.

Ha sfoggiato quell'erezione per tutto questo tempo?

Non mi stupisce che le mie vicine siano andate in sovraccarico di estrogeni.

Mi sforzo di guardare in alto e di lato, ma il disastro è dietro l'angolo anche in questo modo. L'interno dell'ascensore ha due specchi ai lati e la vista del mio riflesso mi fa venir voglia di sprofondare nel pavimento. A causa della nostra sessione estemporanea nel parcheggio, non solo ho le mutande bagnate, ma il labbro inferiore è gonfio il doppio delle sue dimensioni normali, con le guance di un rosa acceso e i capelli appiccicati su un lato.

Sembro uscita da un'orgia.

Disperata, distolgo lo sguardo, tornando a guardare Peter. "Non mi hai mai detto... Perché hai impiegato tutto questo tempo per tornare?"

La sua mascella si flette. "Perché quel favore che ho fatto a Esguerra—c'è voluto molto tempo. Volevo tornare prima, ptichka, credimi." Mi fissa. "Ti sono mancato? Speravi che sarei tornato?"

Deglutisco e distolgo lo sguardo, mentre le porte dell'ascensore si aprono, evitandomi di dover rispondere. Pensavo di aver accettato i miei sentimenti contraddittori per Peter, di essermi fatta una ragione che l'assassino di mio marito fosse riuscito a rubarmi il cuore, ma all'improvviso non ne sono più così sicura. Questo—Peter qui, nella mia vita normale—è troppo inaspettato, troppo spaventosamente reale. Non riesco a riflettere sulla logica di tutto ciò, sull'enorme numero di implicazioni nel tentare di avere una relazione normale—un *matrimonio*—con un ex assassino che una volta mi ha torturata e rapita. Se questo sta accadendo per davvero, che cosa dirò ai miei genitori che lo considerano ancora "quel criminale?" O a Marsha, che non solo conosce la storia ufficiale dell'FBI, che dipinge Peter come un mostro, ma che sa anche che lui ha ucciso George? E l'FBI ci lascerà davvero in pace? Come potrebbero, quando l'uomo nell'ascensore con me dev'essere una delle persone più pericolose che conoscano?

Ogni volta che mi immaginavo insieme a lui, era altrove, con me come prigioniera ben disposta. Ero pronta ad accettare il fato come sua prigioniera, ad abbracciare il mio tormentatore come il mio destino, ma non ero pronta per questo.

L'anello è freddo e pesante sul mio dito, mentre usciamo dall'ascensore e Peter mi conduce nel corridoio verso il mio appartamento. Non è mai stato nel mio edificio prima d'ora—almeno, presumo che sia così—eppure non c'è traccia di esitazione nei suoi movimenti, non sembra affatto perso o incerto. È sicuro mentre cammina nel corridoio sconosciuto, come lo è in tutto ciò che fa, e non posso che invidiarlo.

Mi sento irrimediabilmente alla deriva, come una nave senza timone in una tempesta.

Arriviamo alla mia porta, e armeggio per trovare le chiavi dell'appartamento nella borsa, acutamente consapevole dello sguardo di Peter su di me. Non sembra impaziente, ma lo sento in lui, sento il bisogno violento che sta trattenendo. Il mio respiro si fa rapido, con i palmi che si inumidiscono, quando finalmente chiudo la mano attorno all'oggetto sfuggente.

"Ecco, lascia fare a me." Prende le chiavi e trova infallibilmente quella giusta, aprendo la porta al primo tentativo.

Entriamo, e chiude la porta dietro di noi, mentre accendo le luci del soggiorno. Sento il clic della serratura e mi giro per guardarlo, con il cuore che martella. "Peter..."

È su di me, prima che io possa pronunciare un'altra parola. Le sue grandi mani mi incorniciano il viso, e mi spinge sul divano, con l'avida bocca sulla mia, mentre cadiamo sui soffici cuscini in un groviglio di membra e di sfrenato desiderio.

Qualunque dubbio abbia potuto avere viene spazzato via, annegato da un'ondata di lussuria così intensa da sembrare fuoco nelle mie vene. L'orgasmo nel parcheggio mi ha solo stuzzicato l'appetito, lasciando il sesso sensibilizzato e gonfio, disperatamente dolorante per avere di più. I capezzoli sono terribilmente duri, e l'intimo pulsa letteralmente tra le gambe, mentre mi strappa la maglietta e si muove per tirarmi giù la cerniera, con le mani ruvide per l'urgenza e la stessa fame che mi tormenta da mesi.

Ricambio ogni bacio, strappandogli la maglietta mentre mi tira giù i jeans, ringhiando dalla frustrazione, quando si impigliano nelle ballerine. Riesco a toglierle dai piedi insieme ai jeans stropicciati, mentre mi toglie il reggiseno, e poi sono nuda, sdraiata sul divano sotto di lui, che allunga la mano verso la sua cerniera.

Nessuna parola carina, né dolci carezze—solo la

sensazione primordiale di lui, che spinge spietatamente dentro di me, con il viso contorto dalla lussuria e gli occhi che brillano cupamente, mentre mi afferra i polsi e li mette sopra la testa. Respiro per l'invasione implacabile, con i muscoli interni che tremano, lottando per adattarmi allo spessore impossibile, al modo in cui la mia carne si estende per accettarlo. Il mio corpo ha in qualche modo dimenticato questa parte, e mi sembra di replicare la nostra prima volta, solo che la vergogna e il senso di colpa ora sono solo ombre confuse nella mente.

Ho bisogno di questo—ho bisogno di *lui*—e non posso negarlo.

Quando affonda dentro di me, si ferma, concedendomi un momento per abituarmi a lui, e lo vedo lottare per il controllo, frenando quella parte selvaggia di lui in modo da non farmi male.

"Va tutto bene" sussurro, stringendo i muscoli pelvici attorno alla sua spessa lunghezza. "Va tutto bene, Peter... posso prenderlo."

Voglio prenderlo, in realtà.

Le sue pupille si dilatano e, nelle profondità degli occhi metallici, scorgo la superficie del mostro. Con un ringhio basso, gutturale, si insinua sempre più dentro di me, e grido, inarcandomi, mentre stabilisce un ritmo selvaggio.

Mi prende violentemente, sbattendo dentro di me senza pietà, e le mie grida crescono di volume, mentre il dolore diventa piacere, coprendo la mia mente con un rumore bianco, facendo tacere il ronzio incessante dei pensieri. Non c'è spazio mentale per colpa o preoccupazione, nessuno spazio per dubbi e domande. C'è solo questo, solo noi, e mentre la tensione dentro di me cresce, grido il suo nome, consapevole solo del dolore e dell'estasi che mi dilaniano.

Viene quasi nello stesso momento, con il suo potente collo che si distende, mentre piega la testa all'indietro, sbattendo i fianchi dentro di me. La pressione innesca un'ondata di scosse dovute ai postumi dell'orgasmo, e grido di nuovo, con i muscoli interni che si stringono e si contraggono, sentendo ogni centimetro dentro di me, mentre geme e mi inonda col suo seme.

FORSE SONO SVENUTA DOPO, OPPURE HO CHIUSO GLI occhi, perché la prossima cosa di cui mi rendo conto è che mi sta tenendo di nuovo in braccio, questa volta mentre mi porta nel bagno.

Sbatto le palpebre, muovendo istintivamente le braccia attorno al collo di Peter, mentre entra nella vasca e mi mette in piedi.

"Stai bene?" mormora, raddrizzandomi, mentre mi lascio andare, e annuisco, ancora troppo sopraffatta per parlare.

"Sto bene."

Esce dalla vasca e si toglie i vestiti che stava ancora indossando. Avidamente, divoro la sua nudità, godendomi le linee potenti del corpo alto e grosso, mentre torna con me nella vasca, chiudendo la tendina, e apre l'acqua. Ogni muscolo scolpito nella sua schiena si flette, mentre si muove, con il sedere stretto e tondo che si china per verificare la temperatura dell'acqua. Le palle oscillano pesantemente tra le gambe, con il grosso cazzo ancora semi-duro, e il calore si insinua lungo il mio collo, mentre noto la lucente scivolosità dei nostri fluidi corporei combinati sulla sua pelle.

Di nuovo, niente preservativo. Per qualche ragione, non sono particolarmente inorridita—o sorpresa. Se Peter intende davvero fare questo—stabilirsi qui con me, dove possiamo vivere una vita normale—allora i figli non sembrano più una follia. Dato che ha ammesso di volermi incinta, non dovrei più aspettarmi i preservativi d'ora in avanti. Siamo entrambi sani, a meno che—

"Sei andato a letto con qualcuna?" sbotto, inorridita per la possibilità che mi è venuta in mente. "Quando eri via, intendo?"

Sono scioccata che il pensiero non mi abbia sfiorata prima. Peter è un maschio altamente sessuale nel fiore degli anni, con l'aspetto giusto e il fascino letale uniti alle mutande color crema. La prova di questo sono le mie vicine—entrambe donne sui venticinque/trent'anni—che ridacchiavano come scolarette di terza media. Non c'è motivo di presumere che mi sia rimasto fedele per tutto questo tempo. Nove mesi di celibato per qualcuno come Peter sarebbero—

"Che cosa?" Si gira verso di me, con le sopracciglia scure che si abbassano sugli occhi. "Dici sul serio?"

Mi stringo nelle spalle e cerco di sembrare disinvolta, come se la sola idea che possa aver toccato un'altra donna non mi facesse venir voglia di vomitare. "Nove mesi sono lunghi, e non è che—"

"Non è cosa?" La sua voce è pericolosamente delicata, mentre mi afferra le braccia. "Non è cosa, Sara?"

La mia bocca si secca sotto lo sguardo dei suoi occhi metallici. "Sai..." Deglutisco. "Non è che avessimo una vera e propria relazione."

"Mi stai dicendo che sei andata a letto con qualcun altro?" Le sue dita scavano nella mia pelle, mentre un piccolo muscolo inizia a pulsargli nella tempia. "Hai lasciato che qualcun altro—"

"No!" Come può anche solo pensarlo? "Certo che no! Inoltre, sono sicura che le tue spie ti avrebbero informato. Hai detto che non potevano avvicinarsi troppo, ma un evento simile non sarebbe *sfuggito*."

La sua presa punitiva sulle mie braccia si allenta leggermente. "No, probabilmente no" concorda dopo un momento di riflessione. Lasciandomi andare, si volta per girare la manopola che regola l'acqua dal rubinetto alla doccia.

Mi tolgo l'acqua dagli occhi e lo osservo regolare il getto in modo che colpisca più in basso. Poi, torna a guardarmi, bloccando la maggior parte dell'acqua con la schiena.

"Non ho scopato altro che il mio pugno, da quando ti ho lasciata" dice in modo uniforme. "Anzi, da quando ci siamo conosciuti, non ho nemmeno sfiorato un'altra donna in mezzo alla folla. Ci sei solo tu per me, ptichka —sei tutto ciò che voglio, ora e per sempre. Ogni notte degli ultimi nove mesi, sono rimasto nel letto, con il cazzo così duro da far male, e pensavo a te. Solo a te. Sei ogni mio sogno bagnato, ogni fantasia e sogno ad occhi aperti. Voglio scoparti sempre, a prescindere da dove siamo o cosa facciamo. Anche quando gli oceani ci separano, tu sei l'unica che io desideri—l'unica di cui abbia sempre voglia."

Mi si stringe la gola, intrappolando l'aria nei polmoni. Gli credo. Come non potrei? Non mi ha mai mentito, non ha mai cercato di nascondere i suoi veri sentimenti. Fin dall'inizio, ho conosciuto la profondità della sua ossessione per me, e, anche se mi spaventava, ora è perversamente rassicurante.

Finché saremo entrambi vivi.

Qualcosa scatta dentro di me, come una luce che si accende, squarciando la nebbia dello shock e dello stordimento post-sesso. "Peter..." Mi trema la voce, mentre mi allungo per prendergli la mano tra i palmi. "L'hai fatto per me?"

Piega la testa, con gli occhi grigi perplessi. "Ho fatto cosa, ptichka?"

"Questo favore per Esguerra, in modo che potesse cancellarti dalle liste dei ricercati... quella cosa che ti ha tenuto lontano per così tanto tempo." Stringendogli la mano, la porto sul mio petto, dove una strana oppressione soffoca il mio cuore martellante. "Sono io il motivo? Lo hai fatto per poter essere qui con me?"

Aggrotta la fronte, coprendo i miei palmi con l'altra

mano. "Certo, ptichka. Non è questo che volevi? Una vita in cui non fossi un fuggitivo, dove avremmo potuto essere insieme senza che tu rinunciassi alla famiglia e alla carriera?"

Lo fisso, finalmente comprendendo l'enormità di ciò che ha fatto. *È* quello che volevo, quello che desideravo nelle profondità del mio cuore. È la mia fantasia più oscura e vergognosa—una vita vera con il mio tormentatore—e l'ha resa realtà.

Ha fatto l'impossibile, ha fatto Dio sa cosa—e tutto questo per me.

Il vapore che riempie il bagno mi fa bruciare gli occhi, e la morsa attorno al mio cuore si intensifica.

Peter mi ama.

Mi ama davvero.

Non è più teorico, quello che potrebbe fare per me.

È tutto vero. L'ha fatto.

"Non è questo che volevi, Sara?" ripete, corrugando la fronte, e mi ritrovo ad annuire come una marionetta, non riuscendo ancora a parlare.

"Bene." Toglie delicatamente la mano dalla mia presa e si gira di lato, così sono sotto il getto dell'acqua. Prendendo lo shampoo, lo versa nel palmo della mano e inizia a massaggiarlo sulla mia nuca, come se fosse quello che si fa dopo quel genere di rivelazione.

Come se fosse tutto quello che c'è da dire.

E forse è vero. Forse dovremmo rivisitare questa conversazione, quando non mi sentirò così presa alla sprovvista, così sopraffatta dal suo improvviso ritorno e da tutto ciò che è destinato a venire con esso.

Perché ancora non so cosa dirgli, come spiegare cosa provo.

Come dirgli che anche se sono felicissima di riaverlo qui, sono terrorizzata in egual misura.

Mi lava i capelli a fondo, con le forti dita che mi massaggiano il cuoio capelluto e il collo, e poi applica il balsamo e attende, mentre lava il resto del mio corpo, con le mani insaponate, callose che scivolano su di me, accarezzando la pelle con la giusta quantità di tenerezza e ruvidità.

È incredibile, come il trattamento spa più rilassante, e quando finalmente mi toglie il sapone, prendo il bagnoschiuma e faccio lo stesso con lui, godendomi la sensazione della sua pelle liscia e piena di peli, mentre gli passo le mani sul grande corpo muscoloso.

Si è sempre preso cura di me, mi ha viziata come una principessa, ma io non l'ho mai fatto per lui, mi rendo conto. Ricambiare l'affetto del mio tormentatore mi è sempre sembrato un tradimento nei confronti di George e di ogni altra cosa che contava, e, anche se non potevo farne a meno a letto, mi sono trattenuta altre volte, accettando le cure di Peter, ma senza mai ricambiarle.

Mi sento ancora un po' in colpa, con quella sensazione di torto, ma non è più la pressione soffocante di una volta. Man mano che i mesi passavano e lo shock per la morte violenta di George svaniva, sono riuscita a pensarci in modo più razionale, ad analizzare gli eventi da una prospettiva diversa.

Per prima cosa, George non era esattamente vivo,

quando Peter gli ha sparato un proiettile alla testa. Era in coma da diciotto mesi e, vista l'entità del danno al cervello, non c'era quasi alcuna possibilità che ne sarebbe mai uscito. A un certo punto, avrei dovuto prendere la straziante decisione di togliergli il supporto vitale—cosa a cui ho evitato di pensare, specialmente da quando mi ero convinta che l'incidente di George fosse in parte colpa mia.

In un certo senso, Peter mi ha sottratto quella terribile responsabilità—cosa su cui ho riflettuto solo di recente.

C'è anche il fatto che George mi ha *tradita*. L'alcol che ha rovinato il nostro matrimonio è stato terribile, ma da allora ha anche condotto una doppia vita, aveva una carriera da spia di cui non ero a conoscenza. Ho impiegato tutto questo tempo ad assorbirlo completamente, ma ora vedo le azioni di George come il grossissimo tradimento che erano, e l'amore che pensavo di provare per lui ora sembra una chimera.

Non che questo giustifichi le azioni di Peter—per niente. È ancora l'assassino amorale che ha ucciso più persone di quante io possa immaginare, l'uomo che una volta torturava, dava la caccia e rapiva. Ma ora è anche l'uomo che mi ama, che ha dimostrato nel modo più chiaro possibile che sono importante per lui.

Che è disposto a fare tutto ciò che serve non soltanto per avermi, ma per rendermi felice.

Finendo con il torace e lo stomaco, gli lavo le ascelle e la parte superiore delle spalle larghe, poi massaggio i muscoli pesanti e duri intorno al collo con le mani insaponate. Sembra divertirsi, inarcandosi al mio tocco come un grosso gatto, così massaggio la zona ancora un po', poi mi accovaccio e gli lavo le gambe. Le sue cosce sono come l'acciaio, con nessun cedimento nei muscoli potenti, e i glutei tondi e duri come quelli di un culturista. Non riuscendo a trattenermi, stringo quei globi e alzo lo sguardo, sbattendo le palpebre a causa del getto d'acqua, e vedo i suoi occhi chiusi e la testa piegata all'indietro per una beatitudine puramente maschile.

Gli piace quello che sto facendo. Gli piace molto, a giudicare dal rapido indurimento del cazzo.

Impulsivamente, chiudo il pugno insaponato intorno a quella colonna che si ispessisce e gli prendo le palle con l'altra mano, poi sbircio di nuovo tra lo spruzzo d'acqua. Adesso mi sta fissando, e l'aspetto estatico è sostituito dalla fame predatrice.

"Continua così" dice con voce rauca, infilando la mano tra i miei capelli. "E prendilo in bocca." Chiudendo il pugno intorno alle ciocche bagnate, guida il mio viso fino all'inguine, con la pressione delicata ma ineluttabile.

Chiudo ubbidientemente le labbra attorno al suo cazzo ormai completamente eretto, assaggiando l'acqua e i residui di sapone, mentre mi sistemo sulle ginocchia. Nonostante gli orgasmi precedenti, il calore si insinua nel profondo del mio intimo, con il sesso che inizia a pulsare di nuovo. Avrei potuto iniziare io stavolta, ma sta assumendo il controllo, prendendo il sopravvento come fa sempre. Mi torna in mente il ricordo del periodo in cui mi puniva, e i muscoli interni si stringono per un'ondata di bisogno, con le immagini nella testa più erotiche di qualsiasi film pornografico.

Mi ha scopata in bocca quella volta. Mi ha legato le mani dietro la schiena e l'ha reclamata senza pietà, controllando il mio respiro, la mia vita stessa. È stato brutale, assolutamente schiacciante, eppure mi ha provocato questa stessa dolorosa eccitazione, facendomi desiderare maggior oscurità.

Non capisco appieno perché la sua durezza mi ecciti così tanto, perché mi piaccia essere sotto il suo controllo in questo modo. Prima di conoscere Peter, le mie fantasie sessuali raramente coinvolgevano qualche elemento di forza o coercizione; la convenzione era la mia zona comfort, anche nella mente. Il trauma del nostro primo incontro nella mia cucina potrebbe avermi trasformata in qualche modo? Forse alcuni fili si sono aggrovigliati in seguito, e la violenza che ho sperimentato per mano sua si è collegata al piacere nella mia mente?

Ad ogni modo, qualunque sia la ragione, brucio, mentre mi spinge il cazzo più in profondità nella bocca, così in profondità che quasi mi viene da vomitare. Istintivamente, mi raddrizzo sulle colonne d'acciaio delle sue cosce, ma non lo combatto, nemmeno quando inizia a muovere i fianchi, spingendomi in bocca con crescente ferocia. Lo fisso e lo guardo, sbattendo le palpebre per il getto d'acqua, e quando il dolore pulsante tra le cosce diventa insopportabile, faccio scivolare una mano lì e strofino il clitoride, lasciando che le sue spinte vadano al ritmo dei movimenti delle mie dita.

Lo nota, e i suoi lineamenti duri si irrigidiscono, con lo sguardo predatore che si intensifica. "Sì, così, ptichka." La sua voce è un rombo basso e roco, mentre spinge in profondità nella mia gola, togliendomi l'aria. "Continua a farlo. Voglio vederti venire."

Con gli occhi che si appannano, obbedisco, strofinando più velocemente il clitoride, mentre sostengo il suo sguardo. Stringo l'altra mano sulla sua coscia, con il battito cardiaco che sale, mentre il corpo si blocca per la mancanza d'aria.

Non riesco a respirare.

Non riesco a respirare, e c'è acqua sul mio viso.

Tutto il mio corpo si irrigidisce, con gli occhi che si chiudono e i muscoli che si bloccano, mentre la mente torna alla tortura nella cucina, quando mi ha affogata nel lavandino. Il ricordo mi fa rabbrividire, ma non raffredda il fuoco nell'intimo. In qualche modo, il terrore intensifica tutto, aumentando la tensione, e anche se afferro la coscia di Peter in preda al panico, l'altra mano strofina freneticamente il clitoride.

Vengo così forte che vedo esplosioni di luce dietro le palpebre ben chiuse. Gli spasmi mi tormentano il corpo, facendomi urlare, ed è solo quando mi accascio contro le gambe di Peter che realizzo che la mia bocca è libera e che sto respirando.

Stordita, alzo lo sguardo e lo trovo con la mano chiusa a pugno intorno al cazzo, con una smorfia feroce sul viso. Poi, con un forte gemito, viene, spruzzando sperma su tutto il mio viso e sui capelli. Sbatto le palpebre, pulendomi la fronte con una mano tremante, e mi aiuta ad alzarmi in piedi, con la presa forte, anche se si sta ancora riprendendo dall'orgasmo.

Non dico niente e non lo fa nemmeno lui, mentre mi lava i capelli per la seconda volta. È solo quando usciamo dalla doccia e mi asciuga che mi parla.

"Non mi hai mai dato la tua risposta, sai." Il suo tono è calmo, ma vedo schegge di oscurità nel freddo grigio dello sguardo, mentre mi avvolge l'asciugamano intorno, e poi si allunga per afferrarne uno per sé.

Sbatto le palpebre, afferrando i bordi dell'asciugamano. "C'era una domanda?"

So di cosa sta parlando, ovviamente—l'anello è ancora pesante sul mio dito—ma non sono neanche lontanamente pronta per quella discussione. Non pensavo nemmeno che questa discussione sarebbe mai avvenuta. Non mi ha chiesto di sposarlo; mi ha detto che è quello che succederà. Quindi, non c'è nemmeno bisogno di—

"No, Sara." Lascia cadere l'asciugamano e si avvicina, appoggiandomi al ripiano. "Non giocare con me." La sua mascella si flette, mentre afferra la pietra liscia su entrambi i miei lati e si appoggia. "Mi vuoi sposare?"

Lo fisso, bloccata, incapace di parlare o di pensare. Non mi aspettavo che avrebbe preteso una risposta. Fin dall'inizio, ha preso lui tutte le decisioni in questa strana relazione, ed è difficile credere che mi stia lasciando una scelta.

Che mi stia dando la possibilità di non sposarlo.

"E se..." deglutisco, stringendo più forte l'asciugamano. "E se non volessi?"

Il suo viso si irrigidisce. "È un no?"

Sì. No. Non lo so. Come posso rispondere, quando il mio cervello non è altro che poltiglia, dopo il suo improvviso ritorno e dopo tutti gli orgasmi che mi ha provocato? Vorrei sgattaiolare via, nascondermi sotto le coperte e dormire per risvegliarmi con una magica chiarezza, ma nonostante questo stato di nebbia, so che non succederà mai. Non ci sarà mai un chiaro sì o no, quando si tratta di Peter, mai una decisione facile da prendere. Quello che abbiamo insieme è il sogno bagnato di uno strizzacervelli, e potrei dormire per una settimana di fila senza riuscire ad ottenere lumi sulla nostra reciproca follia.

Sì o no. Sposerò l'assassino che una volta mi ha torturata? Mi ama, e sono quasi sicura di amarlo. Il "quasi" è lì perché una piccola parte di me è ancora terrorizzata, avvolta nel fango tossico della colpa, del disprezzo per me stessa e della vergogna. Anche se alla fine lo perdonerò per la morte di George, non posso dimenticare che è un assassino—che in nome della vendetta, ha inflitto sofferenza e dolore.

Che lui stesso ha sofferto più di quanto io possa comprendere.

Sostengo il suo sguardo, sentendo scendere la temperatura nel bagno umido, percependo la crescente oscurità nel metallo duro dei suoi occhi. "Sì. È un sì." Le parole lasciano le mie labbra di loro spontanea volontà, come se un demone mi avesse strappato la lingua. Eppure, non appena le pronuncio, sembrano giuste.

Sembra che fosse destino.

La pericolosa tensione lascia il suo volto, anche se sento ancora la minaccia in profondità. "Bene" dice dolcemente, allontanandosi dal ripiano. Girandosi, esce dal bagno, e io mi accascio sul lavandino, facendo respiri profondi per calmare il subbuglio nello stomaco.

Ho detto di sì.

Ho accettato di sposare il mio tormentatore.

Oh, mio Dio. Che cos'ho fatto?

45

Peter

GUARDO LA MIA BELLISSIMA FIDANZATA CHE DORME, alternando gioia e cupa soddisfazione. Il suo viso elegante è particolarmente dolce e delicato quando riposa, con una mano sottile infilata in un pugno semiaperto sotto la guancia e le labbra morbide leggermente socchiuse.

Probabilmente dovrei spegnere la luce sul comodino e andare a dormire, ma questo significherebbe perdere questo momento. Una parte irrazionale di me ha paura che se chiudessi gli occhi tutto si rivelerebbe un sogno, una fantasia come quella che mi ha sostenuto in tutti questi mesi.

La mia Sara.

Finalmente l'ho riavuta.

È mia, e presto il mondo intero lo saprà.

Era completamente esausta, quando l'ho portata a letto, così stanca che si è addormentata subito. L'ho abbracciata per circa un'ora, ignorando le rinnovate vibrazioni del corpo, e poi ho preso il suo portatile per iniziare a prendere le misure appropriate.

Ha accettato di sposarmi. L'euforia che provo al pensiero è quasi violenta. Ero disposto a ricorrere a misure più severe per convincerla, ma non è stato necessario farlo.

Ha detto sì.

Porta ancora il mio anello sulla mano sinistra, quella che è attualmente nascosta sotto una coperta. Sono tentato di tirarla via in modo da poterlo guardare di nuovo, ma questo potrebbe svegliarla, e voglio che riposi bene.

Dopotutto, questo sabato si celebrerà il nostro matrimonio.

Nell'ultimo mese, mentre aspettavo che i burocrati mettessero le loro scartoffie in ordine, ho avuto il tempo di pianificare tutto e corrompere le persone necessarie. Quindi, a meno che Sara non detesti ciò che ho scelto, abbiamo sistemato location, vestiti, fiori, fotografi e quasi tutto il resto che accompagna un piccolo matrimonio privato. Ci sono ancora alcune piccole decisioni da prendere—come chi officerà la cerimonia—ma voglio che sia Sara, e spero anche i suoi genitori, a riflettere su questo.

È davvero d'aiuto che abbia accettato.

Facendo un respiro profondo, salgo sul letto

accanto a lei e spengo la luce, poi piego il corpo intorno a lei da dietro, tenendola stretta, mentre borbotta qualcosa nel sonno.

La mia ptichka.

Non è più una fantasia.

È tutto reale, e, quando mi sveglierò, lei sarà ancora qui.

Farà meglio ad esserci, cazzo.

46

Sara

MI SVEGLIO CON IL PROFUMO DELIZIOSO DI UOVA E pancetta, mescolato con qualche tipo di prodotto da forno. Pancake? Biscotti, forse?

Mi sono di nuovo addormentata nella casa dei miei genitori?

Spalancando le palpebre pesanti, mi rotolo sulla schiena e fisso il soffitto.

Vedo il soffitto bianco del mio appartamento.

Immediatamente, i ricordi riaffiorano, e mi siedo con un sussulto, gettando via la coperta.

L'ultima notte è stata reale? Peter è qui?

Un lampo di qualcosa di luminoso cattura la mia attenzione, e guardo verso la mano sinistra, dove un diamante gigante brilla nella luce del sole che filtra attraverso le serrande abbassate.

Santo cielo. *È* tutto vero.

Peter è qui.

Sono ufficialmente fidanzata con lui.

Indossando una vestaglia, corro in cucina, dove non sento solo l'odore, ma anche lo sfrigolio della pancetta che sta friggendo.

La vista che mi accoglie mi fa bloccare.

Con nient'altro che un paio di jeans scuri, Peter incombe sui fornelli, girando abilmente una frittata. Su un'altra padella ci sono le strisce di pancetta, e su un piatto accanto al forno c'è una pila di pancake. I muscoli della sua ampia schiena si increspano, mentre si muove, con i jeans sui fianchi stretti, e devo letteralmente ingoiare la saliva, quando si gira per guardarmi in faccia, rivelando degli addominali scolpiti e un torace potente ricoperto da peli scuri.

I pochi chili persi hanno solo affinato il suo incredibile fisico, rendendolo ancora più duro, più pericoloso.

"Buon giorno, ptichka." La sua voce profonda mi ricorda le fusa di una tigre, mentre mi guarda, soffermandosi sulla punta delle dita dei piedi nudi fino alla cima dei miei capelli disordinati a causa del sonno. I tatuaggi sul suo braccio sinistro si flettono, mentre appoggia la spatola sul tavolo e cammina verso di me.

"Oh, uhm... buon giorno." Indietreggio, rendendomi conto che mi sono precipitata senza nemmeno spruzzarmi un po' d'acqua sul viso. "Torno subito."

Prima che possa fermarmi, mi reco al bagno. Rapidamente, mi lavo i denti, poi salto nella doccia per un rapido risciacquo. Il cuore mi galoppa nel petto e il respiro è veloce e superficiale.

Peter è *qui*.

Nella mia cucina, a preparare la colazione.

Probabilmente dovrei calmarmi un attimo, ma non voglio che tutto quel cibo delizioso si raffreddi.

Dopotutto, il mio *fidanzato* l'ha preparato per me.

Il mio stomaco borbotta, con il battito cardiaco che accelera ulteriormente, e mi sforzo di fare respiri profondi, mentre mi asciugo e rimetto la vestaglia.

Poi, raddrizzando le spalle, torno in cucina.

ara

"A CHE ORA DEVI ESSERE AL LAVORO?" MI CHIEDE PETER, servendomi un piatto di frittata vegetale preparata a mano con strisce di pancetta e un contorno di pancake.

Alzo lo sguardo verso l'orologio sul muro. "Tra circa quaranta minuti." Sono fortunata ad essermi svegliata in tempo, perché ho completamente disattivato la sveglia ieri notte.

Probabilmente sto disattivando qualcosa anche in questo momento, perché anche se esteriormente sono calma, all'interno sto iperventilando.

Peter è *qui*.

È qui e siamo *fidanzati*.

"Ti accompagnerò al tuo ufficio" dice, sedendosi di

fronte a me con il suo piatto. "A meno che tu non voglia prendere la macchina."

Con cautela, spezzo una parte di pancake con la forchetta. "Avevo intenzione di andare da lì direttamente in clinica, quindi sì..."

Non batte ciglio. "Va bene. Verrò con te e poi andrò a fare la spesa. Il tuo frigo è quasi vuoto. Fin quando rimarrai in clinica?" Comincia a consumare la sua frittata con evidente appetito.

"Il mio turno è fino alle dieci, ma se c'è qualche emergenza, potrei rimanere fino a tardi" dico, guardandolo con diffidenza. Obietterà? Cercherà di controllare questa parte della mia vita? George era comprensivo riguardo ai miei lunghi orari lavorativi, visto che spesso anche lui lavorava fino a tardi e doveva viaggiare molto per lavoro, ma non so come la pensi Peter. Non mi impediva di lavorare molto in passato, ma era diverso.

Allora, stava solo aspettando il momento giusto per portarmi via.

"Va bene. Ti verrò a prendere lì." Si alza e si dirige verso il tavolo, dov'è poggiata la mia borsa.

Raggiungendola, tira fuori il mio telefono e inizia a digitare qualcosa.

"Che cosa stai facendo?" chiedo, perplessa.

"Ti sto dando il mio numero." Completando il compito, rimette il mio cellulare nella borsa e torna al tavolo. "Così, potrai chiamarmi, quando avrai quasi finito in clinica. Non ti voglio in quella zona da sola di notte."

"Non mi farai più sorvegliare?"

"Sì, ma manterranno le distanze—io invece no." Taglia un pezzo di pancetta, poi mi guarda. "È per la tua sicurezza, ptichka."

La sua voce è dolce ma ferma, assolutamente inflessibile. Non ha intenzione di scendere a compromessi su questo, e per qualche ragione la cosa non mi dà fastidio. Invece di farmi sentire in gabbia e controllata, il suo patologico bisogno di proteggermi mi riempie di una specie di calore frizzante. Non dimenticherò mai come mi sono sentita, quando due tossici hanno cercato di derubarmi fuori dalla clinica, né com'è stato traumatico, quando Peter li ha uccisi, e sono grata che fosse lì. Inoltre—

"Ti aspetti qualche problema?" chiedo, mentre il pensiero mi torna in mente. "Voglio dire, devi avere molti nemici, con la tua precedente professione e tutto il resto..."

Mette giù la forchetta e incrocia il mio sguardo. "È sempre una possibilità, ptichka, non posso mentire. Ecco perché non ho intenzione di togliere la squadra di sicurezza—e perché ho creato una nuova identità prima di venire qui. Non volevo che qualcuno della mia vita precedente collegasse Peter Garin nei sobborghi di Chicago con Peter Sokolov l'assassino. In realtà, parte dell'accordo che ho stretto con le autorità è che Peter Sokolov non esiste più. È indicato come deceduto negli archivi dell'FBI, della CIA e dell'Interpol, così come Yan e Ilya Ivanov e Anton Rezov. L'accordo di amnistia è altamente riservato, con solo pochi individui di alto rango dell'FBI e della CIA che sono a conoscenza di tutti i termini. Agli altri, come l'Agente Ryson, è stato detto di tenere la bocca chiusa. Certo, Esguerra e Kent sanno chi sono, e c'è sempre la possibilità di essere individuati e identificati da un ex cliente. Tuttavia, a differenza del mio nome, il mio viso non era molto conosciuto, e in ogni caso, la possibilità di un incontro casuale con qualcuno della mia vita precedente è minima—specialmente in questa parte del mondo."

"Oh. Wow." Fino a quel momento, non avevo realizzato la portata completa del patto impossibile che aveva stretto. "Come hai fatto a farli accettare? Voglio dire, so che hai detto che questo Esguerra ha molte aderenze, ma..." Mi fermo, quando l'espressione di Peter si rabbuia notevolmente.

"Il tuo governo aveva le condizioni adatte a me" dice con fermezza. "Ma non è niente che ti debba interessare, ptichka. Ti basterà sapere che l'esercito americano è uno dei più grandi clienti di Esguerra, e vogliono mantenere quel rapporto amichevole, sia perché vogliono le armi che produce sia perché vogliono tenere quelle armi fuori dalle mani degli altri."

"Acquistandole loro stessi?"

Peter annuisce e riprende a mangiare. "Esattamente."

C'è qualcosa di oscuro nella sua espressione, e per quanto desideri approfondire, so che conviene trattenermi. Guardandolo finire il cibo, ho l'inquietante sensazione che un animale selvatico abbia invaso la mia angusta cucina, un predatore che appartiene alla giungla. L'ho già visto in ambienti domestici, naturalmente, ma questa volta sembra diverso, sapendo che è qui per sempre, che questo grande uomo letale farà parte della mia vita quotidiana... parte della mia famiglia.

La mia mente ricomincia a vagare, e spingo via il piatto quasi vuoto. "Peter... Come funzionerà?" Notando il suo sguardo interrogativo, chiarisco: "Che cosa dirò ai miei genitori? L'FBI probabilmente ha mostrato loro la tua foto ad un certo punto. Anche se ti presentassi come Peter Garin, sospetterebbero chi sei veramente—soprattutto dal momento che continuavo a insistere sul fatto che saresti tornato, non appena il malinteso con l'FBI si fosse risolto."

Lo sguardo cupo lascia il suo viso, sostituito da uno di oscuro divertimento. "Beh, è perfetto allora, no?" Allungandosi sul tavolo, mi copre la mano con il palmo. "Dirai loro che l'equivoco alla fine si è risolto—e che ho ottenuto un nuovo cognome."

"Uh- uh. E che mi dici dei loro amici, che hanno ascoltato una versione di quella stessa storia, e dei *miei* amici, a cui è stata raccontata una versione completamente diversa—una in cui non sei altro che il mio rapitore? Che cosa penseranno tutti, quando mi presenterò con *questo*?"—sollevo la mano sinistra, mostrando l'anello—"di punto in bianco, e presenterò un fidanzato russo di nome Peter che somiglia fin troppo all'uomo in una foto che gli agenti dell'FBI hanno divulgato, quando sono scomparsa?"

Mi stringe la mano. "Non preoccuparti di loro, ptichka. Le loro opinioni non contano. Di' semplicemente che sono una persona che hai frequentato segretamente per qualche mese, e lascia che siano loro a trarre le conclusioni."

"Quali conclusioni? Che sono pazza? O che sono fissata con gli uomini russi, che condividono lo stesso aspetto oscuro e meraviglioso e che si chiamano Peter?"

Sorride e si alza, raccogliendo il suo piatto e il mio. "Comunque sia, funzionerà. Basta non confermare nulla. Lascia che pensino che faccio parte di qualche programma di protezione dei testimoni, e che non puoi proprio parlarne."

Questa non è una cattiva idea, in realtà. Marsha e chiunque altro sospetti la vera identità di Peter penserà che sono completamente impazzita, ma finché non avrò confermato i loro sospetti, ci sarà spazio per il dubbio. Dopotutto, quanto è folle che l'uomo che ha assassinato George e rapito me abbia ottenuto la piena amnistia e ora stia per sposarmi? I miei amici potrebbero anche pensare che io abbia delle tendenze masochistiche e abbia deciso di unirmi a un uomo che condivide molti tratti del mio tormentatore.

Questa è certamente una spiegazione più semplice.

"Quindi, diciamo la verità ai miei genitori e raccontiamo la storia di Peter Garin a tutti gli altri" dico, alzandomi per aiutarlo a ripulire il tavolo.

"Sarebbe la cosa più sensata, secondo me" dice e guarda l'orologio. "Dovresti vestirti e andare, ptichka. Non vorrai arrivare in ritardo."

Giusto. Il mio lavoro. Me ne ero quasi dimenticata.

"Ecco, lascia che ti aiuti" dico, camminando per sbarazzarmi degli avanzi, ma mi fa cenno di andare.

"Ci penso io, non preoccuparti. Vai a prepararti per il lavoro." E dandomi un rapido bacio sulla fronte, inizia a caricare la lavastoviglie.

CONDUCO SARA NEL SUO UFFICIO E LE LASCIO L'AUTO, così potrà andare in clinica dopo il lavoro, come previsto. Sono solo dieci minuti a piedi dal suo ufficio al suo appartamento, e il negozio di alimentari è lungo la strada, così mi fermo e prendo qualcosa per la cena di stasera. Non troppa roba, solo quello che posso facilmente portare con una mano—mi piace avere la mano della pistola sempre libera—e prendo nota mentalmente che avremo bisogno di una seconda macchina, proprio come tutti in periferia.

Questa non è l'unica cosa di cui avremo bisogno, ovviamente. Il frigorifero nella piccola cucina di Sara è alto solo un metro, e la cucina è a malapena utilizzabile.

Ho trascorso i miei anni formativi in una cella fredda e fatiscente in Siberia, quindi non sono schizzinoso quando si tratta degli alloggi, ma non vedo alcun motivo per continuare a vivere in un appartamento chiaramente pensato per un solo occupante.

Stasera, quando Sara tornerà, discuteremo di questo, così come del nostro imminente matrimonio di sabato.

Certo, so perché sto pensando alle auto, agli appartamenti e ai dettagli del matrimonio. Pensare alla logistica mi distrae dall'impulso di prendere Sara e rinchiuderla nella mia camera da letto per poterla scopare tutto il giorno. E poi tutta la notte. E poi la settimana seguente.

In realtà, vorrei incatenarla al mio letto e tenerla sempre lì.

Non so che cosa mi aspettassi quando sono tornato, ma non questo. Non mi aspettavo che sarebbe stato così difficile per me lasciare che Sara andasse avanti con la sua routine, tornare al modo in cui vivevamo prima del Giappone. Anche allora la volevo sempre con me, ma lasciarla andare al lavoro non mi faceva a pezzi in questo modo, non attivava questo esasperante bisogno di metterla in gabbia e buttare via la chiave. Ho dovuto davvero impegnarmi per comportarmi normalmente stamattina, baciarla sulla fronte e farla scendere davanti all'ufficio come un futuro buon marito, invece di un selvaggio che non vuole altro che portarla nella propria caverna.

Questa è l'unica variabile di cui non avevo tenuto conto nella mia pianificazione.

La mia intensa ossessione per Sara—l'unica cosa che può rovinare tutto.

Spero che sia una situazione temporanea, che mi senta così perché abbiamo appena trascorso nove mesi lontani e mi è mancata così intensamente. Che col passare del tempo, man mano che il ricordo di quei mesi infernali svanirà, separarmi da lei per alcune ore diventerà più sopportabile, più facile... meno simile a una tortura.

L'altra possibilità—che in Giappone mi sia abituato ad avere Sara con me ventiquattro ore su ventiquattro e potrei non riuscire a riadattarmi alla vecchia routine —è infinitamente peggiore. Il motivo per cui ho fatto tutto questo è stato renderla felice, darle la possibilità di mantenere la sua carriera, i rapporti con la famiglia e gli amici. Era impossibile, quando ero un fuggitivo, ma ora posso far parte della sua vita senza strapparle tutto.

Potrei darle tutto—se solo riuscissi a superare il lato egoistico di tenerla tutta per me.

Sara

TRASCORRO LA MAGGIOR PARTE DELLA GIORNATA DI lavoro, oscillando tra gioia martellante e sprazzi di panico.

Peter è vivo.

È tornato e stiamo insieme—senza che mi abbia rapita, tra l'altro.

Nonostante quello che Peter ha detto sul suo accordo, mi aspetto che l'FBI si presenti e mi accusi di favoreggiamento. Non viene nessuno, però. È tutto normale—o normale come può essere, quando si è fidanzati con un ex assassino.

Non sono pronta per rispondere alle domande dei miei colleghi, così ho nascosto la mano nella tasca e ho tolto l'anello non appena ho avuto un momento di privacy. Ora l'enorme diamante è sul fondo della mia borsa, costringendomi a portarla con me ovunque.

Non so quanto costi l'anello, ma ho il sospetto che si tratti di un numero a sei cifre.

Peter l'ha comprato o rubato? Probabilmente è la prima opzione—è abbastanza ricco da permetterselo—ma glielo chiederò per esserne sicura. Dubito che si offenderà; ha fatto molto peggio, questo è certo.

Ci sto ancora pensando, chiedendomi se il mio fidanzato milionario possa aver rubato l'anello di fidanzamento. Tuttavia, non sono più nel campo della normalità. Rispetto ad uccidere mio marito, rubare un diamante non è altro che un reato minore, per il quale posso facilmente perdonare Peter. In generale, ora che ho avuto il tempo di riprendermi dallo shock del suo arrivo, il panico sporadico che mi assale al pensiero di sposarlo è meno intenso, quasi gestibile. Verso sera, mentre salgo in auto per andare in clinica, comincio anche a pensare che potremmo andare a trovare i miei genitori questo fine settimana e, a seconda della loro reazione, dir loro che ci sposeremo presto.

Forse già quest'inverno.

Il mio cuore ricomincia a battere, e devo fare dei respiri profondi prima di scendere dalla macchina. No, l'inverno è decisamente troppo presto; c'è troppo da pianificare in così poco tempo. La prossima primavera sarebbe meglio... forse anche la prossima estate.

Un matrimonio estivo è sempre di moda.

Sì, è così, decido, entrando nella clinica. Un fidanzamento di un anno sarebbe perfetto. Avremmo la possibilità di abituarci l'uno all'altra, di stabilire una vita normale insieme. Non so se Peter sia in grado di vivere in questo modo, senza l'adrenalina e il pericolo delle sue missioni. Una volta mi ha confessato che gli piace uccidere, che gode del potere e del controllo che si accompagnano alla morte. Ha detto che uccidere crea dipendenza, e così ho pensato che non avrebbe mai smesso.

Che l'oscurità è una parte di lui, una cosa che non si può cancellare.

Solo che ci ha rinunciato per me. Ha detto di aver lasciato il lavoro. Non ho avuto la possibilità di fargli domande al riguardo, ma c'è solo un modo per interpretare quello che ha detto.

Sta rigando dritto.

Per me.

Affinché io non rinunci a tutto per lui.

Mi prudono gli occhi, e devo sforzarmi per sorridere e salutare Lydia, mentre mi affretto verso la stanza in cui la paziente mi sta già aspettando. È una ragazza di sedici anni, qui con sua madre per il primo pap test, e mi sforzo di scacciare le emozioni e di concentrarmi, per rivolgere alla paziente l'attenzione che merita.

Fortunatamente, il suo esame non mostra niente di negativo, anche se quando la madre lascia la stanza la ragazza ammette di essere sessualmente attiva dall'anno scorso. Le do di nascosto una scatola di preservativi, e quando la madre torna, consiglio una spirale—per regolare i cicli dolorosi della figlia e fornire protezione contro una gravidanza non pianificata nel caso in cui diventasse sessualmente attiva in futuro.

"Mia figlia non è una sgualdrina" sbotta la donna e trascina via la ragazza, rendendomi felice di aver almeno dato a sua figlia quei preservativi.

Genitori del genere possono essere i peggiori nemici dei propri figli.

La mia prossima paziente è una donna incinta sulla trentina. Ha una storia di aborti e nessuna assicurazione sanitaria. Dopo di lei, visito un'altra adolescente—scopro che ha la clamidia—e poi è il momento della mia ultima paziente.

Finalmente.

Per la prima volta dopo un'eternità, non vedo l'ora di tornare a casa.

Tirando fuori il telefono, scorro fino al nuovo numero di Peter—*Peter Garin*, c'è scritto nella rubrica—e gli mando un messaggio avvisandolo che sarò pronta per uscire tra una ventina di minuti, nel caso volesse venire a prendermi in clinica. Non so come potrebbe farlo esattamente, dato che sono io quella con la macchina, ma conoscendo Peter, ce la farebbe.

Mettendo via il telefono, spingo la testa fuori dalla stanza degli esami e dico a Lydia che sono pronta per la prossima paziente.

Sto annotando alcune note sulla ragazza con la clamidia, quando la porta si apre ed entra l'ultima paziente.

Alzo gli occhi e mi blocco per lo shock.

Riconosco questa ragazza.

È Monica Jackson, la diciassettenne che ho aiutato dopo che il suo patrigno l'aveva violentata.

Il suo piccolo viso rotondo è ricoperto di lividi violacei, e un angolo delle labbra gonfie è incrostato di sangue. "Ciao, Dottoressa Cobakis" dice tremando, e prima che io possa rispondere, scoppia a piangere.

Impiego un bel quarto d'ora per calmarla e venire a sapere che il patrigno è uscito di prigione la scorsa settimana. "Doveva rimanere dentro per sette anni" mi informa, con voce tremante. "E ce la stavamo cavando davvero bene. Con i soldi che ci hai dato, siamo andati a vivere in una nuova casa, mi sono diplomata e stavo lavorando a tempo pieno, e Bobby—il mio fratellino— ha iniziato la scuola, una davvero buona, hanno i computer e tutto il resto. E mamma... stava meglio anche lei, beveva solo un po' la mattina. Pensavo che finalmente stessimo risolvendo i casini, ma poi *lui* è uscito per un cavillo e..."

Ricomincia a piangere, e aspetto che si calmi un po', prima di chiedere attentamente: "È stato lui a farti quello? Ti ha fatto del male?"

Annuisce, asciugandosi le lacrime dal viso con il piccolo pugno. "Mamma ha ripreso a bere non appena ha saputo che era fuori, e quando sono tornata a casa l'altro ieri, lui era lì, a casa con lei, a bere insieme come ai vecchi tempi. Ho litigato con lui, gli ho detto di andarsene, e poi lui—" S'interrompe, con le spalle che ricominciano a tremare.

Devo fare appello a tutto il mio allenamento per

mantenere la distanza richiesta da un medico, invece di abbracciarla. "Hai denunciato questo alla polizia?" chiedo gentilmente, quando riacquista un po' di calma, e scuote la testa, guardando il pavimento.

"Ha detto che farà causa a mamma per la custodia di Bobby, se dico qualcosa, e ora ha delle connessioni. È così che è uscito prima del previsto. Un suo amico spacciatore agisce dietro le quinte."

"Anche se farà causa, ciò non significa che vincerà" dico, ma Monica, con decisione, scuote di nuovo la testa.

"Potrebbe non vincere, ma la trascinerebbe nel fango" dice, guardandomi. "Anche lei ha dei precedenti, per ubriachezza molesta e prostituzione, e potrebbero essere coinvolti i Servizi Sociali. Ora ho diciotto anni, quindi anch'io potrei far causa per la custodia, ma il mio lavoro paga il salario minimo e non c'è alcuna garanzia che vincerei. E se non vincessi, Bobby finirebbe in una casa adottiva." Un feroce senso di protezione si accende nei suoi occhi castani. "Non posso permettere che ciò accada, Dottoressa Cobakis. Ci sono passata, e non posso lasciare che accada a mio fratello. Ha delle esigenze speciali; non sopravvivrebbe al sistema. Non posso correre questo rischio, credimi."

Il mio cuore si spezza di nuovo per lei. Penso ancora che dovrebbe andare alla polizia, ma so che non riuscirò a convincerla. E questa volta, non posso farle un assegno e farla andare via.

Cinquemila dollari non risolverebbero la questione,

e finalmente comprendo che cosa voglia dire detestare qualcuno abbastanza da augurargli la morte.

Se un'auto investisse quel bastardo del suo patrigno domani, sarei la prima ad esultare.

Inghiottendo la rabbia, ritrovo la distanza necessaria per svolgere il mio lavoro. "Ok, Monica, ho capito. Sali su quel tavolo, per favore, e assicuriamoci che dentro sia tutto a posto."

Fa come ho detto, asciugandosi i residui delle lacrime, e la esamino attentamente. Anche se l'aggressione è avvenuta due giorni fa, ci sono ancora segni di lividi e lacerazioni vaginali, così prendo un kit per lo stupro, nel caso in cui ci fossero le prove del DNA e in seguito cambiasse idea sul fatto di andare alla polizia. Gli do anche la contraccezione d'emergenza e controllo le malattie sessualmente trasmissibili, dopo che ha confessato che il suo aggressore non ha usato il preservativo.

"Puoi darmi anche una di quelle cose di rame?" mi chiede quando ho finito. "Non voglio rimanere incinta."

"Ovviamente."

Ha diciotto anni, quindi è facile. Programmo l'inserimento di una spirale per la prossima settimana, per darle il tempo di guarire.

"Hai un posto dove andare? Oltre alla casa di tua madre?" chiedo, mentre si prepara per andarsene.

È meglio che non vada a casa dal patrigno.

"Sto da un amico al momento" dice con mio sollievo. "Ha un divano su cui posso dormire."

"E tuo fratello?"

Le sue spalle strette si irrigidirono. "Non c'è posto per Bobby a casa del mio amico. Passo a prenderlo la mattina per portarlo a scuola, e poi lo riporto a casa."

"Da tua madre che si ubriaca? Il tuo patrigno è lì, quando torni con Bobby?"

Distoglie lo sguardo. "Devo andare, Dottoressa Cobakis. Grazie di tutto."

E prima che possa farle ulteriori domande, si precipita fuori dalla stanza.

PENSAVO DI AVER FATTO UN BUON LAVORO NEL sistemare il mascara colato, prima di lasciare la clinica, ma non appena esco e poso gli occhi sulla figura alta e grossa di Peter, il sorriso sul suo viso duro scompare.

"Che cos'è successo?" chiede bruscamente, facendo un passo in avanti per afferrarmi le mani. "Qualcuno ti ha fatto del male?"

Cerco di sorridere. "No, certo che no. Va tutto bene."

Socchiude gli occhi pericolosamente. "Non mentire. Hai pianto." Il suo sguardo indugia sulla mia mano sinistra. "Dov'è il tuo anello?"

"Io... non volevo dover spiegare." Nonostante i migliori sforzi, la mia voce è eccessivamente preoccupata, e vedo la sua espressione rabbuiarsi ulteriormente.

"Qualcuno ha detto qualcosa?" chiede, e scuoto la testa, tirando via le mani dalla sua presa e facendo mezzo passo indietro.

"No, non è niente del genere." Mi guardo intorno, ma la strada è buia e silenziosa, deserta, a parte un SUV parcheggiato sul marciapiede dall'altra parte. L'auto con cui è venuto fin qui, forse? Alzando lo sguardo, incrocio quello di Peter. "Mi sono solo rattristata per una paziente, tutto qui."

La sua espressione dura si addolcisce leggermente. "Capisco. Mi dispiace, ptichka. Qualcuno si è fatto male?"

Reprimo un nuovo afflusso di lacrime. "È una lunga storia. Andiamo a casa." Inizio a girarmi verso la mia macchina parcheggiata, ma mi prende per un braccio.

"La farò portare a casa io, non ti preoccupare" dice e mi guida verso l'auto parcheggiata: un SUV Mercedes nero con finestrini sospettosamente spessi e oscurati.

Il conducente abbassa il finestrino, mentre ci avviciniamo.

"Porta la sua macchina a casa" ordina Peter, e un uomo grosso e dall'aria dura scende dal veicolo e consegna le chiavi a Peter.

Sbatto le palpebre, mentre cammina senza neanche rivolgermi un'occhiata. "Quello è—"

"Uno degli esperti della sicurezza che ho assoldato per sorvegliarti? Sì." Peter mi conduce in auto verso il lato del passeggero e mi apre la portiera, aiutandomi a salire prima di tornare al posto di guida.

"Ho deciso che invece di prendere un'altra auto, Danny sarà il tuo autista d'ora in poi" dice, mentre mette in modo la macchina e si allontana dal marciapiede. "Verrò ancora a prenderti la maggior parte delle volte, ma se non riuscirò ad arrivare qui in tempo o dovrai andartene in fretta, saprò che sei al sicuro a prescindere."

Apro la bocca per discutere, poi mi fermo. Non ho l'energia per farlo in questo momento—non con il cuore a pezzi per la tragica storia di Monica.

Non quando penso che domattina andrà a prendere il fratello e affronterà il suo aggressore.

"Che cos'è successo, ptichka?" Il grande palmo caldo di Peter mi copre la coscia, massaggiando il muscolo teso prima di ritirarsi. "Che cosa ti ha fatto rattristare così tanto?"

Esito un secondo, poi mi arrendo. Che importa se Peter conosce l'intera storia? Così, gli dico tutto, dalla visita di Monica alla clinica prima del mio rapimento a quello che è successo oggi.

Peter ascolta con volto inespressivo finché non finisco. Poi, chiede a bassa voce: "E così, questa ragazza è il motivo per cui sei stata aggredita in quel vicolo quella notte?"

Mi raddrizzo, scossa da un'improvvisa paura. "Non è colpa sua!" L'ultima cosa di cui ho bisogno è che il mio assassino iperprotettivo incolpi Monica per i tossici che hanno cercato di derubarmi.

"Non sto dicendo questo." Lascia l'autostrada, verso la mia uscita, e si ferma a un semaforo rosso. "Voglio solo assicurarmi di conoscere tutti i fatti."

Il mio cuore salta un battito. La conversazione non sta prendendo la piega che mi aspettavo.

"Perché?" chiedo, fissando il suo profilo duro. "A cosa ti serve?"

Non mi guarda. "Non ti preoccupare, amore mio. La tua paziente starà bene, te lo prometto."

La mia bocca si secca. Sta dicendo quello che penso stia dicendo? Non gli ho detto il nome di Monica, ma non sarebbe difficile per qualcuno col talento di Peter trovare persone che possano individuare di chi si tratti.

"Peter…"

Scatta la luce verde, e spinge sull'acceleratore, ancora senza guardarmi.

Il mio battito accelera ulteriormente. "Peter, ti prego, dimmi che non hai intenzione di…"

"Di cosa?" Svolta nella mia strada. "Te l'ho detto, non hai nulla di cui preoccuparti. Questa ragazza che hai aiutato starà bene. Non devi preoccuparti per lei."

Starà *bene*… ma per quanto riguarda il suo patrigno?

Vorrei chiederglielo, ma non riesco a formare le parole. Se le pronunciassi ad alta voce, lo renderebbe reale, invece che una mera possibilità terrificante nella mia mente.

Mi renderebbero colpevole.

Entriamo nel parcheggio del mio edificio, e scendo dall'auto prima che Peter abbia il tempo di girare intorno e aprirmi la portiera. Il cuore mi batte forte con un ritmo udibile e i palmi sono sudati, anche se ripeto a me stessa che probabilmente sto interpretando male la situazione.

Peter forse mi sta solo tranquillizzando, dicendomi ciò che crede possa calmarmi.

Voglio crederci, e con qualsiasi altro uomo, ci *crederei*. Se si trattasse di Joe Levinson o di uno dei miei compagni di band, prenderei quelle parole come una semplice rassicurazione, una specie di "andrà tutto bene." Ma questo è Peter, e non posso dar niente per scontato.

Devo—

"Quando andiamo a trovare i tuoi genitori?" chiede Peter, e alzo lo sguardo, sorpresa, quando lo trovo accanto a me. Allungando la mano, prende la mia nel suo grande palmo e inizia a guidarmi verso l'edificio, dicendo: "Dobbiamo discutere con loro degli accordi per questo sabato."

Lo fisso, confusa. Gli ho già parlato della mia idea di andare a trovare i miei genitori questo fine settimana? Ma no, ci ho pensato solo al lavoro, e—

"Questo sabato?"

Annuisce, guardandomi con un sorriso. "Ho già prenotato tutto per il nostro matrimonio. Dobbiamo solo parlare di alcuni piccoli dettagli e siamo pronti."

Mi fermo. "Che cosa?"

Ha appena detto *il nostro matrimonio?*

Mi lascia la mano e si volta per guardarmi. "Se li chiami stasera, forse possiamo cenare con loro domani. In questo modo, avranno la possibilità di invitare alcuni amici. E potrai già parlare con i tuoi colleghi e chiunque altro tu voglia che partecipi. Non dovremmo invitare troppa gente, per ragioni di sicurezza, ma il locale ospiterà fino a un centinaio di persone."

La mia lingua si stacca dal palato. "Vuoi che ci sposiamo questo sabato? Cioè, tra tre giorni?"

Inclina la testa. "È un problema? Volevo farlo prima, ma ho pensato che il fine settimana fosse meglio rispetto a un giorno in mezzo alla settimana per dare la possibilità ai tuoi amici di partecipare."

Lo guardo a bocca aperta, sentendomi colpita da un treno merci. "L'*anno* prossimo sarebbe stato meglio" riesco a dire alla fine. "Questo fine settimana è semplicemente… È impossibile."

"Perché?" Mi prende di nuovo la mano e ricomincia a camminare, come se stessimo discutendo di cosa mangiare per cena e non del nostro fottutissimo matrimonio.

Un matrimonio che vuole celebrare tra *tre giorni*.

"Perché… perché non possiamo." Mi affretto a cercare dei modi per convincerlo. "E gli inviti? Non abbiamo tempo per mandarli e—"

"Puoi semplicemente chiamare le persone che vuoi invitare. Sarebbe più intimo in quel modo, tra l'altro."

"E il cibo? E i fotografi? E l'abito?"

"Mi sono già occupato di tutto. Ho assunto un'eccellente compagnia di catering e un fioraio altamente consigliato, e il fotografo è prenotato per tutta la giornata di sabato, così come l'operatore video. Per quanto riguarda l'abito, l'addetta verrà nel tuo ufficio domani per prenderti le misure, e sceglierai un modello che ti piace dal loro catalogo. Mi hanno promesso che non impiegheranno più di mezz'ora, quindi potresti farlo durante la pausa pranzo. L'addetta ai capelli e al trucco verrà a casa nostra sabato mattina, e per la musica ho assunto una band che è attualmente in tour a Chicago—The C-Zone Boys, credo che si chiamino. Mi pare di averti sentito cantare le loro canzoni."

Se la mia mascella non fosse attaccata, la raccoglierei dal pavimento. Ha assunto i C-Zone Boys per il nostro matrimonio estemporaneo? Cioè, la band i cui singoli hanno scalato le classifiche negli ultimi due anni?

"Perché non Rihanna o i Black-Eyed Peas?" chiedo, quando riesco finalmente a parlare, e mi lancia un'occhiata di traverso, mentre entriamo nell'atrio.

"È questo che vuoi? Posso vedere se possiamo—"

"No! È solo che..." Scuoto la testa, non riuscendo a trovare le parole per spiegare. "Non importa. I C-Zone sono perfetti. Qual è il locale?"

"Il Silver Lake Country Club, a Orland Park. Il tempo dovrebbe essere perfetto, quindi avremo sia la cerimonia che il ricevimento all'aperto, proprio vicino al lago. A meno che tu non voglia fare tutto dentro? Non è troppo tardi per questo."

"No... Il lungolago sarà fantastico."

Mi fa entrare nell'ascensore e premo il pulsante per il mio piano, sentendomi come se quel treno merci mi stesse trascinando alla velocità che induce alla follia.

Come ha potuto organizzare tutto questo? Quando? E perché non mi ha consultata?

È così che sarà sempre la nostra vita insieme?

Prima che io possa affrontare questo spinoso problema, ho bisogno di esprimere un'ultima argomentazione razionale.

"E se non venisse nessuno?" chiedo, mentre usciamo dall'ascensore. "È già mercoledì. La maggior parte delle persone avrà già dei programmi per il fine settimana, e—"

"Li cambieranno." Infila una mano nella tasca e tira fuori una serie di chiavi—un set che deve aver fatto fare oggi, dato che il mio è nella borsa. Aprendo la porta, mi fa entrare e la chiude dietro di noi.

Lancio i miei sandali. "E se non possono?"

"Allora, si perderanno l'evento." Toglie le scarpe e si gira verso di me. "Ti importa davvero, ptichka? I tuoi genitori saranno lì, oltre a noi. Di chi altro hai bisogno?"

Di nessuno—in realtà—ma non è questo il punto.

"Peter..." Faccio un respiro profondo. "Non posso sposarti questo fine settimana. È troppo presto."

Il suo sguardo si indurisce. "Troppo presto in che senso? Te l'ho detto, mi sono occupato di tutta la logistica."

"Non si tratta della logistica!" La mia voce ha un volume alto, e faccio un altro respiro nel tentativo di riprendere il controllo. Cercando di calmarmi, dico: "Non ti vedo da più di nove mesi, e prima non avevamo esattamente una... relazione normale."

"E allora?" Socchiude gli occhi. "Ora ce l'abbiamo."

"Il fatto che tu mi stia spingendo a sposarmi e stia prendendo tutte le decisioni sul nostro matrimonio non è normale, Peter. Neanche lontanamente." Sono orgogliosa della compostezza che ho mantenuto finora. "Abbiamo bisogno di tempo per conoscerci in *questo* contesto, per vedere se possiamo far funzionare le cose..." Mi fermo, scorgendo la tempesta che si raccoglie nell'argento che si riflette nel suo sguardo.

"Perché non dovremmo farle funzionare?" La sua voce è pericolosamente bassa, mentre mi si avvicina. "Questa non è una prova, una situazione tra compagni di stanza di un college. Credi davvero che se litigassimo per i piatti, ti lascerei andare via?"

Il mio cuore riprende a battere più forte. Certo che non lo farebbe. Non dopo tutto quello che ha fatto per giungere a questa situazione. Tuttavia, deve rendersi conto che sposarmi *questo fine settimana*—e non avermi dato alcuna scelta in proposito—non è la strada giusta da seguire dopo un'assenza durata nove mesi, preceduta da una relazione forzata che coinvolgeva omicidio, tortura e rapimento.

"Che ne dici di un matrimonio in inverno?" dico in preda alla disperazione. "Potremmo farlo proprio durante le vacanze di dicembre, così la stagione sarà ancora più festosa per noi. Potremmo anche pianificare una luna di miele in quel periodo. Potrei prendermi una settimana o due di ferie dal lavoro, e—"

"Possiamo andare in luna di miele quando vuoi." Allungandosi verso di me, fa scivolare le mani sotto la camicetta, appoggiando i palmi caldi sui miei lati nudi. I suoi occhi metallici assumono un bagliore infuocato, mentre i pollici mi raschiano la pelle sensibile sotto la cassa toracica, accarezzandomi avanti e indietro. "Se non puoi o non vuoi prenderti dei giorni di ferie la prossima settimana, non c'è problema. Posso aspettare fino all'inverno per la luna di miele."

"Allora, perché non aspettare anche per il matrimonio?" Sostengo il suo sguardo, cercando di concentrarmi sull'argomento in questione, invece del modo in cui il lento, ipnotico accarezzamento di quei pollici mi sta scaldando la pelle e facendo tremare le viscere. "Che male farebbe, se ci sposassimo anche in quel periodo?"

La sua la bocca assume una curva sensuale, e piega la testa, inspirando profondamente, come se respirasse il mio odore. "Intendi dire, a parte il fatto che tutta la mia pianificazione si rivelerebbe inutile?" mormora, passando le labbra sulla parte superiore del mio orecchio.

"S-sì." Chiudo gli occhi, mentre mi tira a sé, strofinandomi il lato del collo, e piego subito la testa all'indietro, concedendogli un migliore accesso. Il mio respiro accelera, con una sensazione di scioglimento che mi addolcisce le ossa, mentre la punta dura della sua eccitazione preme sul mio stomaco, rendendomi consapevole di un vuoto profondo all'interno.

"Beh..." Mi morde leggermente il collo, poi lenisce la piccola puntura leccando il punto ferito. "Per prima cosa, ti voglio come mia moglie, e lo voglio oggi, non domani o tra tre giorni." Il suo alito al profumo di menta è caldo sulla mia pelle, e mi scalda il corpo. "Voglio che indossi sempre il mio anello, ovunque, così tutti sapranno che sei mia." Mi mordicchia e lecca dietro l'orecchio, approfondendo la voce, mentre mormora: "Non è razionale, ptichka, ma ho bisogno di questo—ho bisogno di te. E non posso aspettare. Non dopo essere stato lontano da te per così tanto tempo."

"Che mi dici..." Sta diventando sempre più difficile raccogliere i pensieri, mentre continua a infliggere quei piccoli morsi sensuali al collo e alla spalla. Con uno sforzo sovraumano, cerco di concentrarmi. "Che mi dici dei figli? E dove vivremo? E cosa—" Resto a bocca aperta, mentre mi tira giù la cerniera e fa scivolare la mano nelle mutandine bagnate. "Che mi dici di—" inizio ad ansimare, mentre le sue dita trovano il mio clitoride e iniziano a manipolarlo con abilità infallibile —"del tuo lavoro?"

"Te l'ho detto, ho smesso." Il suo respiro è rapido come il mio, mentre affonda un lungo dito dentro di me, poi sfrutta la mia scivolosità per formare cerchi bagnati sul clitoride palpitante. "È finita."

"Ma... oh, Dio." I miei fianchi ora stanno danzando in un cerchio, seguendo il movimento di quel dito dispettoso. La pressione sta crescendo così rapidamente che non riesco più a formulare un solo pensiero. "Oh, Dio, Peter, sto per—"

Con un grido strozzato, esplodo, con ogni muscolo del corpo che si stringe per una violenta ondata di piacere. L'orgasmo è così forte che la mia mente si svuota, inondata da sensazioni puramente fisiche. Sono vagamente consapevole del mio ondeggiare, dei pantaloni e della biancheria intima che vengono spinti giù lungo le gambe, e poi mi piega sul divano e spinge dentro di me, con il grosso cazzo che mi penetra in profondità con un colpo duro.

Lo shock mi colpisce fino all'osso, e i muscoli ancora tremanti si serrano, fremendo in uno sforzo istintivo di fermare l'invasione. Ma questo lo fa sembrare ancora più spesso, più massiccio dentro di me, e mi ritrovo ad ansimare di nuovo, mentre mi afferra i fianchi e inizia a spingere, con il bacino che sbatte contro il sedere ad ogni impietoso colpo.

"Peter..." Sento l'ondata che riaffiora, minacciando di sommergermi nella beatitudine incandescente. "Peter, aspetta..."

Non rallenta; anzi, le sue spinte punitive accelerano. "Vieni con me" ordina con voce rauca. "Voglio sentirti mungere il mio cazzo."

Vengo prima che finisca di parlare, con l'ondata che mi travolge con la forza di uno tsunami. Il piacere sconfigge i miei sensi, eviscerando gli ultimi brandelli di resistenza. Non so se stia urlando o se sia il sangue che ruggisce nelle mie orecchie, ma il resto dei suoni svanisce.

Tutto ciò che sento, tutto ciò che provo, sono l'estasi e lui.

eter

LA MIA PTICHKA È SILENZIOSA, MENTRE LA PORTO IN bagno e la immergo nella vasca di bolle che ho preparato prima di andare a prenderla. La vasca è troppo piccola per tutti e due, così uso il lavello per lavarmi e poi mi sistemo sul lato della vasca, osservando i capezzoli rosa di Sara giocare a nascondino con le bolle. Con la testa appoggiata sul bordo della vasca, gli occhi chiusi, e le delicate fattezze rosa con il bagliore post-orgasmico, sembra così allettante che già la rivoglio.

Stasera, mi riprometto.

Non appena Sara avrà finito il suo bagno, mangeremo, e sarà tutta mia durante la notte.

Percependo il mio sguardo su di lei, apre gli occhi.

"Grazie per questo" mormora, muovendo una mano aggraziata tra le bolle. "Non riesco a ricordare l'ultima volta che l'ho fatto."

Combatto l'impulso di raggiungerla e prendere quella mano, trascinarla su di me così da sentire il suo corpo scivoloso a causa delle bolle che sfrega contro il mio. "Mi sposerai sabato" dico, con il tono più duro di quanto intendessi. "Questo non è in discussione."

Si irrigidisce visibilmente e si mette a sedere. "Peter, non è—"

"Oppure stasera. Non sono contrario a volare a Las Vegas con te dopo cena." Faccio del mio meglio per tenere gli occhi lontani dai morbidi seni bianchi esposti sopra l'acqua.

Questo è troppo importante per essere distratto dalla lussuria.

Come se percepisse i miei pensieri, Sara sprofonda nell'acqua, lasciando che le bolle nascondano quei seni tentatori dalla vista. "Hai un aereo sempre a disposizione?"

"Più o meno." Lascio che i miei compagni di squadra mantengano il nostro aereo per ora, ma potrei noleggiare un jet privato con un preavviso di due ore.

Con i soldi che ho, tutto è possibile.

"Peter..." Si mette di nuovo a sedere, stavolta coprendosi i seni con un braccio. "Dobbiamo parlare di questo—di tutto, in realtà. Sei tornato ieri, e ancora non so dove sei stato o che cos'hai fatto. Dove sono Anton e i gemelli? Sono qui con te?"

"No." Faccio un respiro profondo e reprimo l'istinto

che mi spinge a portarla a Las Vegas proprio in questo secondo. Sara ha ragione; ci sono molte questioni di cui non abbiamo discusso. "Sono in Europa, ma voleranno qui per il nostro matrimonio" spiego e mi alzo.

Segue il mio esempio e le avvolgo un asciugamano intorno, mentre esce dalla vasca. Sembra incredibilmente piccola così, con la testa piegata e l'asciugamano spesso avvolto intorno al corpo slanciato.

Mi rende consapevole di quanto sia indifesa, di quanto sia fragile.

Mi ricorda di come una volta volevo punirla... e di come ne abbia ancora voglia a volte.

"Mangiamo e parliamo" dico, frenando l'oscuro impulso. "Ti dirò tutto."

Nulla di tutto ciò, però, cambierà ciò che sta per accadere.

Prima della fine di questa settimana, in un modo o nell'altro, Sara sarà mia moglie.

La cena di questa sera è un mix di cucina russa e asiatica, con succulenti *pelmeni*—ravioli di carne alla russa—serviti con panna acida come antipasto e una frittura di verdure condita con il tofu al peperoncino marinato come piatto principale.

Ho pranzato un secolo fa, e il sesso intenso combinato con il bagno caldo hanno impoverito ulteriormente le mie riserve di energia. Sono così famelica che non appena Peter mette il cibo sul tavolo, mi ci tuffo, divorando cinque grandi ravioli e due porzioni di piccante frittura ripassata in padella prima di staccare gli occhi dal piatto.

"Fame?" chiede Peter ironicamente, mentre passo alla porzione numero tre, e arrossisco, rendendomi conto di essere rimasta così concentrata sul cibo che ho detto appena una parola.

"È davvero buono" dico scusandomi, e sorride, con gli occhi metallici caldi come non li ho mai visti.

"Buon appetito, ptichka. Mi piace vederti mangiare il cibo che ho preparato."

"Sei un cuoco eccezionale" gli dico sinceramente, e il suo sorriso si allarga ulteriormente.

"Sono felice che la pensi così, amore mio."

"E se aprissi un ristorante?" chiedo impulsivamente. "Sai, come ha fatto Yulia? O un bar?"

Ride di nuovo, scuotendo la testa. "No, ptichka. Non fa per me. Ma ti preparerò da mangiare ogni volta che vorrai."

"No, ma sul serio.... che cosa *farai* qui?" Metto giù la forchetta e lo studio attentamente. "Hai qualche idea su cosa ti piacerebbe fare in termini di carriera? Hai detto di aver lasciato il tuo lavoro. Immagino che questo significhi che non sei più un... uhm..."

Per qualche ragione, la parola mi rimane nella gola, e solleva le sopracciglia, sembrando profondamente divertito.

"Un assassino? No, ptichka. Ho chiuso con quella parte della mia vita." Infilza un pezzo di bok choy con la forchetta. "Sarò un cittadino rispettoso della legge d'ora in avanti."

"Davvero?" Lo fisso, speranzosa e incredula. Inizialmente pensavo che sarebbe stato così, ma poi abbiamo avuto quella conversazione su Monica. Significa che ho frainteso? Avrei giurato che ci fosse un'implicita promessa di fare qualcosa al patrigno, ma se Peter dice che sarà rispettoso, allora forse quelle erano solo parole vuote, tranquillizzanti, il tipo che qualsiasi ragazzo direbbe per calmare la propria ragazza.

Pensare a Monica mi mette subito di cattivo umore, uccidendo ciò che è rimasto del mio appetito, e spingo via il piatto, mentre Peter sorride e dice: "Davvero. Questa è una delle condizioni dell'accordo: niente più crimini d'ora in poi."

"Oh. Bene."

Solleva di nuovo le sopracciglia. "Non sembri troppo entusiasta."

"Che cosa? No!" Scaccio la pesante sensazione che mi attanaglia il petto al pensiero di Monica e sorrido brillantemente. "Sono felicissima della tua decisione. Come potrei non esserlo?"

Dico sul serio, anche se devo schiacciare quel pizzico di speranza tinta di colpa per una soluzione permanente al dilemma di Monica.

Non che io volessi quello.

Mi rifiuto di crederci.

"Non lo so, ptichka." Peter gira la testa, guardandomi pensieroso. "C'è qualcosa che ti preoccupa?"

"Tutto mi preoccupa" dico senza mezzi termini. "Come affronterai questo tipo di vita? Che cosa farai del tuo tempo? Dici che vuoi sposarmi questo sabato, ma poi? E la tua vendetta? Hai detto che l'ultimo—"

"È finita." Il suo tono è tagliente, con il viso che si

rabbuia all'improvviso. "Non c'è niente da discutere su questo fronte."

Lo fisso, con il cibo che ho mangiato che si è trasformato in un macigno nello stomaco. "Che cos'è successo?"

Si alza e prende il suo piatto mezzo vuoto, poi il mio. "Niente." Avvicinandosi al lavandino, sistema i piatti così forte che sbattono, poi torna al tavolo per prenderne altri.

Mi alzo anch'io, con i nervi tesi, mentre lo osservo aggirarsi per la cucina con violenza mal controllata. "Peter..." Raccogliendo il coraggio, gli prendo il polso quando mi ripassa accanto. "Che cos'è successo?" ripeto dolcemente, incrociando il suo sguardo d'acciaio.

I tendini del suo grosso polso si flettono, e so che sarebbe un gioco da ragazzi per lui sbarazzarsi della mia presa. "Niente" risponde invece, e questa volta percepisco il sottofondo di amaro dolore e rabbia. "Assolutamente niente, cazzo."

Inumidisco le labbra asciutte. "Che cosa significa? Non l'hai trovato?"

Contorce la bocca, e si libera attentamente della mia presa. "Lascia perdere, ptichka."

Vorrei, ma non ci riesco. Non se vogliamo costruire una vita insieme.

Non sposerò un altro uomo i cui segreti potrebbero distruggerci.

"Ti prego, Peter." Gli prendo di nuovo la mano, stringendola tra i palmi. Sostenendo il suo sguardo, dico sottovoce: "Dimmi solo la verità."

Le sue dita si piegano nella mia presa, e chiude gli occhi, respirando profondamente. Quando li riapre, la rabbia è scomparsa, velata dalla mancanza di espressione. "Te l'ho detto... non è successo niente" dice in modo uniforme. "E non succederà niente. Henderson tornerà alla sua vita normale, sano e salvo, perché questo fa parte dell'accordo che ho accettato." E mentre lo fisso, sconvolta, dice: "È finita, Sara. Non c'è altro da aggiungere."

Comincio a parlare e mi fermo, incapace di trovare le parole giuste. Nessuna parola, in realtà. Mi sento come se il cuore si stesse sgretolando, con il petto così stretto che non riesco a respirare.

Ha rinunciato alla possibilità di vendicare completamente la propria famiglia.

Per me.

Ha fatto tutto questo per me.

"Non farlo" dice con fermezza, e sento una goccia di umidità sul viso. La sfumatura liquida davanti alla vista dev'essere dovuta alle lacrime.

"Mi dispiace." Gli lascio andare la mano e passo il dorso della mia sulle sue guance. "Stavo solo... Va bene."

Mi fissa, poi si gira, riprendendo a pulire la cucina come se non fosse successo niente.

Come se non mi avesse appena strappato il cuore dal petto e l'avesse messo in tasca.

Mi concedo un paio di minuti per calmarmi, poi mi avvicino alla borsa e tiro fuori il telefono.

"Che cosa stai facendo?" chiede Peter, mentre

premo il numero dei miei genitori, e tengo il dito sulle labbra in un gesto universale di silenzio.

"Ciao, Mamma" dico, quando sento quel familiare saluto. "Come stai? Come ti senti?"

"Sto bene, tesoro." Sembra perplessa. "Che cosa succede? Va tutto bene?"

Guardo l'orologio e sussulto quando mi accorgo che sono le dieci passate. "Sì, è tutto a posto. Mi dispiace aver chiamato così tardi—ho avuto un turno in clinica e ho perso la cognizione del tempo. Non ti ho svegliata, vero?"

"Oh, no. Stavo solo leggendo prima di andare a letto. Tuo padre si è già addormentato, però. Volevi parlargli? Posso svegliarlo, se—"

"No, non fa niente. Lascialo dormire." Faccio un respiro profondo. "Mamma, che cosa farete tu e Papà domani sera? Siete liberi per cena?"

Con la coda dell'occhio, vedo Peter fermarsi, per poi riprendere a caricare la lavastoviglie.

"Beh, stavamo pensando di andare al Bingo, ma possiamo rimandare" dice mamma. "Perché, tesoro? Non lavori domani?"

"Avrò una giornata leggera" spiego, ed è quasi vero. Non farò visite domani, né avrò alcun intervento chirurgico. E per quanto riguarda il mio turno in clinica, lo riprogrammerò per un altro giorno. "Volete venire a cena da me?"

Un momento di silenzio, poi: "A casa tua?"

"Sì. C'è una persona che vorrei conosceste" dico, mentre Peter si volta per guardarmi.

Questa sarà la seconda volta in cui i miei genitori visiteranno il mio nuovo appartamento. Non sono mai stata particolarmente brava come padrona di casa, quindi di solito o vado io a casa loro o usciamo per pranzo o per il brunch. Con Peter, però, penso che sia meglio se siamo a casa mia.

I miei genitori saranno più propensi a comportarsi al meglio in questo modo.

"Oh." La voce di mamma si riempie di evidente emozione. "Sì, certo, tesoro, ci farebbe molto piacere. Vuoi che portiamo qualcosa od ordineremo a domicilio?"

"Ci pensiamo noi, Mamma. Non preoccuparti di nulla" dico, mentre Peter continua a fissarmi. "Ci vediamo domani alle sei, ok?"

Riattacco, e lui viene verso di me, con movimenti lenti e vagamente predatori, come la pigra falcata di un gatto della giungla.

"Era mia madre" dico, facendo istintivamente un passo indietro. "Li ho invitati qui a cena domani. Non ti dispiace, vero? Possiamo ordinare a domicilio, o—" Le mie parole terminano con uno squittio, mentre Peter mi prende in braccio e mi sistema sul tavolo, poi mi toglie la vestaglia.

"Peter, aspetta..." mi lecco le labbra, mentre mi spinge giù la vestaglia dalle braccia, denudandomi completamente. "Dovremmo decidere cosa faremo— ahh..." gemo, piegando la testa all'indietro, mentre mi bacia la zona sensibile attorno alla clavicola nello stesso momento in cui la mano mi invade l'angolo dolorante tra le gambe, con due dita ruvide che spingono dentro senza pietà. Non sono ancora bagnata e fa male, eppure il mio corpo freme in un lampo di calore, in un'esplosione di violente sensazioni.

"Mi sposerai. Questo sabato" ringhia, scopandomi con quelle dita, e gemo il mio consenso, con il corpo che si accende di nuovo.

Questo sabato, stanotte, domani—non importa più. Ho smesso di combattere, di resistere.

Aveva ragione fin dall'inizio.

Sono sua, e lui è mio.

Le cose dovevano andare così.

eter

STA DORMENDO, ESAUSTA, QUANDO SCENDO CON cautela dal letto e raccolgo i vestiti che ho lasciato piegati su una sedia. Mi vesto in silenzio, facendo attenzione a non svegliarla, e poi esco dalla camera da letto con i piedi avvolti nei calzini.

I miei stivali sono all'ingresso, così li infilo e palpo la tasca della giacca per assicurarmi che il telefono sia lì.

Ne avrò bisogno per raggiungere la posizione attuale di un certo Signor Samson "Sonny" Pearson, il patrigno di Monica Jackson.

Danny mi sta già aspettando nel parcheggio, così apro l'e-mail dei miei hacker e gli do un indirizzo a pochi isolati da dove vive Pearson—cioè, nell'appartamento della sua ex moglie.

La madre di Monica chiaramente non si fa scrupoli a lasciare che lo stupratore di sua figlia passi la notte con lei.

È un rischio che sto correndo, facendo questo da solo. Sarebbe stato più intelligente assumere qualcuno per ottenere un discreto successo tra pochi mesi, quando nessuno avrebbe potuto collegare la morte di Pearson alla visita della sua figliastra alla clinica per ragazze senza scopo di lucro. Tuttavia, la mia ptichka stava piangendo oggi—a causa di questo *ublyudok*—e non riesco a sopportarlo.

Morirà stanotte, e la sua figliastra sarà finalmente libera.

"Fammi scendere qui" dico a Danny, quando raggiungiamo l'indirizzo che gli ho dato, un edificio a pochi isolati dalla mia vera destinazione. Il ragazzo è leale e abbastanza disposto a operare al di fuori della legge, ma non mi fido di lui come mi fido degli altri miei uomini.

È meglio che lo faccia da solo, senza testimoni.

L'appartamento di Amira Pearson si trova al secondo piano di un fatiscente edificio a quattro piani. C'è un debole fetore di piscio e vomito nell'atrio, e la vernice sulle scale si sta staccando, ricordandomi gli edifici dell'era sovietica in Russia. Tuttavia, la porta dell'appartamento davanti alla quale mi fermo è in legno, non in due strati d'acciaio, come è comune nel mio Paese infestato dalla corruzione.

Potrei buttare giù questa porta con un solo calcio, se volessi.

Invece, premo l'orecchio sul legno e ascolto. Sento il basso mormorio delle voci, quindi le mie informazioni sono corrette. Sonny ha ottenuto un lavoro che consiste nello scarico dei camion alimentari alle tre del mattino e tra poco uscirà per il turno.

Torno giù ed esco per aspettare. Sarei potuto entrare mentre il bastardo dormiva, ma la madre e il fratello di Monica sono nell'appartamento, quindi è meglio aspettare.

Sarà meglio se riuscirò a catturare Sonny da solo e farlo sembrare un furto andato male.

Passa quasi mezz'ora prima che esca, ma rimango vigile, con l'adrenalina che mi scorre costantemente nelle vene. Non posso negare l'oscura attesa che provo, il desiderio di sangue che mi alimenta come una caraffa di caffè.

Sono un predatore, un mostro, e lo so.

Ora anche Sonny Pearson lo saprà.

Rimango mezzo nascosto in un vicolo, e quando passa, allungo la mano e lo afferro per la maglietta, tirandolo dentro.

"Ehi!" Cerca di colpirmi, ma si blocca non appena gli premo la lama sulla gola.

"Non ti muovere" sussurro, sporgendomi. "Non respirare nemmeno."

Il pomo d'Adamo nel suo grosso collo va su e giù pericolosamente vicino alla lama. "Che-che cosa vuoi, amico? Non ho so-soldi."

"Lo so." Non ho bisogno di vederlo sbiancare per sapere che il mio sorriso è gelido. "Non è quello che sto cercando."

E con questo, affondo la lama nella sua gola. Il suo sangue caldo mi bagna le dita, e il fetore delle viscere che fuoriescono riempie l'aria. Guardo la vita svanire dai suoi occhi marroni come il fango, e poi dico sottovoce: "Monica ti manda i suoi saluti."

Lasciando cadere il corpo sul marciapiede, pulisco la mano e la lama sulla parte più pulita della sua maglietta, estraggo il portafoglio dalla tasca, ed esco dal vicolo, tornando dove Danny sta aspettando.

Dovremo fermarci in un motel sulla via del ritorno.

Ho bisogno di una doccia prima di tornare a casa.

Sara

NON SONO ANCORA PRONTA PER INDOSSARE apertamente il mio anello in ufficio, ma all'ora di pranzo, quando arrivano le addette all'abito—due donne alla moda che hanno circa la mia età—le conduco nell'atrio principale, ignorando lo sguardo curioso della segretaria. Entriamo in una delle stanze delle visite e mi misurano dalla testa ai piedi—cosa che richiede solo pochi minuti con le loro abili mani.

"Sei molto magra, il che è fantastico" dice una donna alta e con i capelli scuri che si è presentata come Suzie. "Abbiamo un magnifico Monique Lhuillier che ti starà splendidamente, dopo aver apportato modifiche minime. Pam, hai una foto?"

Pam, una bionda bassa e con i capelli ricci, tira fuori

il telefono e mi mostra un elegante vestito in stile sirena appeso a un manichino. Con dei pizzi delicati, è senza spalline, ha una scollatura quadrata e una fila di bottoni di perle sul retro—semplice ma così perfetto che posso solo fissarlo e sbavare.

"Abbiamo anche molti altri stili" dice Suzie, interpretando erroneamente la mia mancanza di parole. "C'è qualcosa in particolare che—"

"No, questo è fantastico." Distolgo lo sguardo dallo schermo del telefono. "Quanto costa?"

Suzie sbatte le palpebre e lancia un'occhiata a Pam.

"Il Signor Garin ci ha detto che non c'è un budget fisso" dice Pam con attenzione. "Non è così?"

"Oh, uhm... certo. Stavo chiedendo solo per curiosità." Le finanze sono un'altra cosa che non ho discusso con Peter, quindi faccio del mio meglio per nascondere il disagio dietro un sorriso più luminoso.

"Oh, capisco." Pam ricambia il sorriso. "Beh, il tuo fidanzato è un uomo molto generoso. Quest'abito è un pezzo unico nel suo genere con pizzi fatti a mano, e viene venduto per trentatremila dollari, più le tasse. Tuttavia, le modifiche sono gratuite."

"È... molto gentile da parte vostra." La mia voce sembra strozzata, ma non posso farci niente. Non sono Cenerentola—nonostante il taglio al mio nuovo lavoro, lo stipendio è saldamente nelle sei cifre—ma trentatremila è una somma strabiliante per un vestito che indosserò una sola volta.

Credevo che l'abito da dodicimila dollari per il mio primo matrimonio fosse costoso.

"Avrai anche bisogno di scarpe e accessori" dice Suzie, estraendo un catalogo dalla borsetta extra-large. "Vuoi sfogliare questo"—agita il catalogo—"o preferisci che ti consigliamo qualcosa?"

"Apprezzerei un consiglio" dico, e mi trovano rapidamente un paio di ballerine Louboutin bianche con delicate stringhe attorno alle caviglie, e una collana di perle da abbinare a due orecchini di perle e diamanti.

"Ci vorrà anche un bel taglio di capelli, ovviamente" dice Pam, sfogliando il catalogo per indicare alcune acconciature particolari. "Sarà tutto ben abbinato."

"Grazie. Ne sono sicura" dico, mentre radunano tutto e se ne vanno. Fedeli alla loro parola, l'intero procedimento è durato poco meno di trenta minuti— una frazione del tempo che ho trascorso facendo shopping alla ricerca di un vestito e accessori per il mio primo matrimonio.

Forse c'è qualche beneficio nel fatto che Peter abbia insistito, penso ironicamente, mentre esco per un pranzo veloce nella mezz'ora che mi rimane prima della prossima paziente. Il mio primo matrimonio è stato una grande produzione, con George che invitava tutti quelli che conoscevamo e spendendo soldi che in realtà non avevamo. Avevamo duecento persone al ricevimento, e impiegammo un anno per pianificare—e io, all'epoca sommersa dai tirocini, detestavo ogni minuto di quella pianificazione.

Un piccolo matrimonio in cui tutto ciò che devo

fare è presentarmi potrebbe essere esattamente quello che fa per me.

"Chi erano quelle persone?" chiede la segretaria, Annabelle, quando torno dal pranzo, e riprendo fiato, rendendomi conto di avere un compito importante che mi aspetta.

Devo invitare i miei amici e colleghi, sopportando le loro domande sorprese.

"Erano qui per misurarmi un abito" dico, decidendo che non ho molto tempo a disposizione. Infilando la mano sinistra nella borsa, rimetto l'anello e tiro fuori la mano, mostrando il grande diamante ad Annabelle. "Vedi, sono fidanzata e il matrimonio è—"

Un grido emozionato soffoca le mie parole, prima che io possa dire "questo sabato." Annabelle, una donna senza scrupoli sulla cinquantina che gestisce compagnie assicurative e pazienti difficili con la stessa disinvoltura, balza in piedi come un'adolescente e mi afferra la mano per osservare l'anello, chiacchierando per tutto il tempo.

"Oh mio Dio, guarda quella pietra! Chi è il fortunato ragazzo? Come lo hai conosciuto? Non sapevo nemmeno che frequentassi qualcuno!"

Quando fa una pausa per respirare, le dico che io e Peter ci frequentiamo da un po' di tempo, ma che la nostra relazione non era seria a causa del suo lavoro, che prevedeva molti viaggi all'estero. Ora, comunque, farà qualcos'altro, quindi abbiamo deciso di fare il passo successivo e di sposarci.

"Non stiamo pianificando un grande matrimonio"

dico, prima che possa lanciarsi nella prossima serie di domande. "Sabato ci sarà una piccola cerimonia e mi piacerebbe se tu e tuo marito poteste partecipare. So che ti ho avvisata tardi, ma—"

Urla di nuovo e mi abbraccia. "Oh, grazie, tesoro—sono così onorata! Ci saremo sicuramente. L'hai già detto a Bill e Wendy?"

Sorrido davanti al suo viso emozionato. "No, ma sto per farlo."

"Oh, allora vai. Subito. Non vedo l'ora di vedere l'espressione sulla faccia di Bill, quando scoprirà che avevo ragione." Notando le mie sopracciglia sollevate, spiega: "Ho scommesso venti dollari con lui che una ragazza carina come te doveva avere un ragazzo." E mentre scoppio a ridere, fa capolino nella zona di attesa, e dice: "Ancora non vedo la tua paziente, quindi hai un paio di minuti."

"Grazie, Annabelle." Rido, mentre fa movimenti scattanti con le mani. "Verrò, te lo prometto."

Mi affretto verso l'ufficio dei miei capi, prima che Annabelle possa trascinarmi lì fisicamente e bussare alla porta.

"Wendy? Bill? Avete un secondo?"

Wendy apre la porta un attimo dopo. "Certo, mia cara. Come posso aiutarti?" Il suo sorriso è delicato come i capelli bianchi che le incorniciano il viso gentile. Tutto della Dottoressa Otterman è gentile, dal tono della voce al modo in cui chiama regolarmente le pazienti per visitarle.

Lavorare con lei è un assoluto piacere, nonostante il burbero marito sempre al proprio fianco.

"Bill è qui?" chiedo, poi lo vedo seduto dietro di lei, a masticare un sandwich grande quasi quanto i suoi baffi.

Mi rivolge la solita occhiata abbagliante e mette giù il sandwich. "Di cosa si tratta?"

Se non lo conoscessi meglio, penserei che mi detesti. Ma è così con tutti, pazienti compresi, quindi non me la prendo.

Secondo le infermiere, più ti guarda storto, più gli piaci.

"Beh..." Con la coda dell'occhio, vedo Annabelle che mi si avvicina. Chiaramente non riesce a resistere alla tentazione di vedere in prima persona quell'espressione sul viso di Bill. "Mi stavo chiedendo se avevate qualcosa in programma per questo sabato" dico, pensando che sia meglio non farne un caso di stato. "Mi sposerò con una piccola cerimonia di basso profilo, e—"

"Che cosa?" I baffi grigi di Bill tremano, mentre il suo sguardo si posa sulla mia mano sinistra. "Sei fidanzata?"

"A partire da ieri" dico, sollevando la mano per mostrare l'anello. "Mi rendo conto di avervi avvisato tardi, quindi se avete altri programmi, è totalmente—"

"Oh, no, ci saremo, mia cara. Congratulazioni." Wendy mi sorride e si allunga per stringermi la mano destra. "Chi è il fortunato gentiluomo?" Scruta la mia mano sinistra. "È un bellissimo anello, quello che ti ha regalato."

I baffi di Bill si rifiutano di smettere di muoversi. "Hai un ragazzo?" Il suo glaciale cipiglio si fa più evidente, mentre si alza in piedi. "Non sapevamo che avessi un ragazzo."

Sorrido e ripeto la mia spiegazione sul fatto che avevamo una relazione contorta e che Peter viaggiava molto. "Quindi, ora siamo pronti per fare il prossimo passo" concludo e guardo l'orologio sul muro. "Oh, è tardi. La mia paziente probabilmente sarà arrivata ormai" dico, e osservo Annabelle sorridere e tornare al suo posto.

"Scusate, devo andare" dico ai miei capi. "Quindi, ci sarete?"

"Con le campane e i fischietti" dice Bill in tono acido.

Immagino che significhi che è contento per me, e salutando in fretta Wendy mi affretto ad uscire, felice che almeno questa parte del mio compito si sia conclusa senza intoppi.

Ora devo solo dirlo a tutti gli altri—e poi spiegarlo ai miei genitori.

~

HO LA CANCELLAZIONE DI UN APPUNTAMENTO NELLA seconda metà del pomeriggio, così sfrutto quel tempo per iniziare a fare le telefonate necessarie.

Simon e Rory non rispondono, così lascio loro un

messaggio vocale per farmi richiamare. Phil, invece, deve aver già terminato il lavoro per la scuola, perché risponde al primo squillo.

"Ehi, eccoti. Pensavamo che il tuo misterioso fidanzato ti avesse portata via" dice, e io rido, sperando che non possa sentire la nota semi-isterica nel suono.

Sta scherzando, ma Peter avrebbe potuto facilmente farmi sparire.

È quello che pensavo sarebbe successo, quando ho lasciato il bar con lui.

"Sono ancora qui" dico, quando smetto di ridere. "Ma ho alcune notizie."

"Non dirmelo." Phil finge di sussultare nel telefono. "Sei incinta."

"Uhm, no..." O, almeno, se lo sono, non lo so ancora. Non è impossibile dopo due giorni di sesso non protetto, ma è decisamente troppo presto per dirlo. "Mi sto per *sposare*, però."

Cala il silenzio sul telefono. Poi: "CHE COSA?"

"Sì, è una lunga storia" dico, e mi lancio nella stessa spiegazione che ho dato ai colleghi sulla mia relazione complicata e sui viaggi di Peter.

"Ma perché non ci hai detto di lui?" Phil sembra ancora stordito. "Pensavamo tutti che non frequentassi nessuno a causa di tuo marito."

"È stato un po' complicato a volte. E dato che non sapevo come sarebbero andate le cose..." Mi fermo, sperando che Phil riempia gli spazi vuoti da solo. "Ad ogni modo, ci stiamo per sposare, e ci sposeremo questo sabato, quindi—"

"CHE COSA?"

Sorrido, immaginando i suoi occhi sporgenti. "Sì, lo so. Abbiamo deciso di evitare un lungo fidanzamento. In ogni caso, so che è un preavviso molto breve, quindi se hai altri programmi per questo sabato, capisco perfettamente. Ma *se* ce la fai, ci piacerebbe averti lì, e, ovviamente, puoi portare la tua ragazza."

"Ti sposerai. Questo sabato."

"È quello che ho appena detto." Faccio una pausa per dargli la possibilità di metabolizzare, ma sembra che abbia perso la lingua, così continuo. "Non devi dirmelo subito, ma se ne hai la possibilità, mi piacerebbe sapere entro domani se sarai presente. Peter ha prenotato una società di catering e tutto il resto, quindi sarà piccolo ma spero carino."

"Dove..." Phil si schiarisce la voce. "Dove si terrà il matrimonio?"

"Al Silver Lake Country Club" dico. "Lo conosci?"

"Sì, certo. Mio cugino si è sposato lì un paio d'anni fa. Bel posto."

"Oh, bene." Sorrido, anche se non può vedermi. "Quindi, puoi dirmi se ci sarai o hai bisogno di pensarci fino a domani?"

"Ma stai scherzando? Certo che ci sarò. L'hai già detto a Rory e Simon?"

"Ho lasciato un messaggio nella loro segreteria" dico e guardo l'orologio. Farò meglio a sbrigarmi, se voglio chiamare Marsha prima della prossima paziente. "Grazie mille, Phil, e scusa se ti ho disturbato" gli dico. "Ci vediamo sabato."

"Sì. Ci vediamo" dice, ancora stordito, quando riattacco.

Marsha è la prossima sulla mia lista, ed è una conversazione che temo quasi quanto la cena imminente con i miei genitori. Mentre compongo il suo numero, spero che non risponda, ma lo fa al primo squillo.

"Ehi, tesoro."

Faccio un respiro profondo. "Ehi, Marsha. Come va?"

"Eh, lo sai. Sto per iniziare il mio turno serale. Andy era di turno questa settimana, ma il suo fidanzato ha insistito, perché oggi è il loro anniversario, così mi ha chiesto di scambiarmi con lei. Come stai? Quali programmi hai per questo fine settimana? Io e Tonya pensavamo di andare in qualche locale sabato. Vuoi unirti a noi? Non devi esibirti, vero?"

"No, ma per quanto riguarda questo sabato..." Stringo il telefono. "Ho delle notizie da darti."

"Oh?"

"C'è un ragazzo che frequento da un po'. Una relazione complicata."

"Davvero?" La voce di Marsha si alza. "Di chi si tratta? Non è quel culturista con i capelli rossi della tua band, vero?"

"Rory? No, non è lui."

"Oh, bene. Perché a Tonya piace molto e pensava che la cosa fosse reciproca. Chi è allora? Lo conosco?"

"No, non lo conosci." Faccio un altro respiro

profondo. "Le cose sono diventate molto serie tra noi, però."

"Davvero?" Il suo livello di interesse sta chiaramente aumentando. "Serie in che senso?"

Mi preparo al colpo: "Ci sposeremo sabato."

"*Che cosa?*"

Il dado è tratto, così ripeto il più serenamente possibile: "Mi sto per sposare. Questo sabato. E se puoi, mi piacerebbe che ci fossi anche tu."

"È uno scherzo, vero?"

Mi pizzico la punta del naso con la mano libera. "No. Abbiamo deciso di evitare grandi cerimonie formali, quindi inviteremo solo poche persone. Si terrà al Silver Lake Country Club. Sai, a Orland Park."

"Uh-uh. E io parteciperò a *Ballando con le Stelle*."

"Marsha ... non sto scherzando."

Seguono alcuni momenti di imbarazzante silenzio. Poi: "Ti stai per *sposare*?"

"Sì. Questo sabato."

"Che cazzo stai dicendo? Fai sul serio? Quando vi siete conosciuti e come? Come si chiama? Come mai non me ne hai mai parlato?"

"È una lunga storia. Abbiamo avuto una relazione complicata per un po', e poi—"

"Che cosa intendi con *per un po*'? Da quanto? Settimane? Mesi?"

Faccio una smorfia tra me e me. "Uhm, mesi. Mesi, decisamente." Tecnicamente, il prossimo ottobre segnerà due anni da quando Peter mi ha torturata con l'acqua nella mia cucina, ma in termini di tempo reale trascorso insieme, probabilmente è più vicino a sette o otto mesi in totale.

"Wow. Solo... wow." Marsha resta in silenzio per un secondo, poi chiede con tono vagamente ferito: "Perché non hai detto niente? Sai che pensavamo tutti che tu fossi single dopo... beh, lo sai."

"Lo so, mi dispiace. Perché avevamo una relazione complicata, non pensavo che fosse così seria all'inizio. Viaggiava molto per lavoro. Ma ora ha smesso, così abbiamo deciso di fare il passo successivo."

"E sarebbe il *matrimonio*? Perché non continuate a frequentarvi e provate prima a convivere? Sara, tesoro..." La sua voce assume una nota preoccupata. "Che cosa sta succedendo? Va tutto bene?"

Questa è la parte difficile, perché a differenza di Phil e dei miei nuovi colleghi Marsha mi conosce da anni. Sa che sono estremamente cauta, e sa anche che cos'è successo con Peter.

Beh, almeno le parti più oscure.

"Va tutto bene." Metto tutta l'allegria possibile nella mia voce. "Siamo entusiasti di poter finalmente stare insieme e non vediamo alcun motivo per aspettare. Nessuno dei due vuole una grande cerimonia, quindi..."

"Ok, va bene, wow. Non mi hai ancora detto il suo nome o che lavoro fa."

Faccio un respiro profondo. Ci siamo. "Si chiama Peter Garin. Era un consulente per la sicurezza, ma si è appena ritirato da quel campo."

"Peter Garin? Aspetta un attimo..." La voce di

Marsha diventa tesa. "Quell'assassino russo che ti ha rapita non si chiamava Peter qualcosa?"

"Sokolov—e per favore, non ne parliamo." Soprattutto perché non voglio mentirle più di quanto devo. "Ad ogni modo, come ti stavo dicendo, sabato celebreremo un piccolo matrimonio, e ci piacerebbe molto se tu potessi partecipare. Ma so che hai detto di avere altri programmi, quindi se non puoi—"

"Oh, per favore, Sara. Ovviamente ci sarò. I fottuti bar possono aspettare. Ma sono ancora confusa. Anche il tuo ragazzo si chiama Peter? E che razza di cognome è Garin? Da dove viene?"

Tamburello le dita sulla scrivania. "Viene da... un po' dappertutto. Ma è nato nell'Europa dell'Est." Non posso mentire su questo; l'accento di Peter, per quanto sia debole, lo indica chiaramente come proveniente da quella parte del mondo.

Dev'essere per questo che ha scelto un cognome dal suono russo, invece di qualcosa come Smith o Johnson.

"Che cosa?" Marsha sembra sul punto di impazzire. "Che zona dell'Europa dell'Est?"

Socchiudo gli occhi. "Russia."

"Mi stai prendendo in giro, vero? Dimmi che stai scherzando."

Apro gli occhi e do un'occhiata all'orologio. Con mio grande sollievo, è quasi l'ora della mia prossima paziente.

"Ascolta, Marsha, devo scappare. Conoscerai Peter sabato e scoprirai tutto su di lui, te lo prometto. Ora devo visitare una paziente."

"Sara, aspetta—"

"Domani ti invierò tutti i dettagli via e-mail" dico e riaggancio, quindi imposto il telefono in modalità silenziosa prima che possa richiamarmi.

Quattro inviti fatti, ne mancano molti altri.

Posso farcela.

Non è così tragica.

55

S*ara*

È *COSÌ* TRAGICA, DECIDO, QUANDO ESCO DAL LAVORO, dopo aver parlato con Rory, Simon, Andy, Tonya e i miei colleghi della clinica durante un'altra cancellazione fortuita. Dopo aver avuto praticamente la stessa conversazione un'altra dozzina di volte, sono sfinita e devo ancora affrontare il grande kahuna stasera.

La cena con i miei genitori.

"Ci penso io" mi ha detto Peter a colazione, quando mi sono offerta di andare a prendere il cibo da asporto tornando dall'ufficio. "Torna a casa in orario e non preoccuparti di niente."

Danny mi sta aspettando sul marciapiede, quando esco dal mio edificio, e alzo gli occhi verso il superprotettore di Peter, mentre salgo in macchina. Stamattina, il tempo era troppo bello per guidare fino al mio ufficio, così Peter mi ha accompagnata al lavoro. E ora ho anche una scorta fino a casa.

Con questo ritmo, dimenticherò che cosa significhi cavarmela da sola.

Impulsivamente, compongo il numero di Peter.

"Ciao, ptichka." La sua voce profonda mi accarezza le orecchie. "Stai tornando a casa?"

"Sono in macchina con Danny." Guardo l'autista, che sta facendo un buon lavoro nel fingere di essere sordo e muto, mentre si immette nella strada. "Lo sapevi già, però, vero?"

"Danny mi ha mandato un messaggio un minuto fa, sì. Com'è stata la tua giornata, amore mio?"

"Molto carina. Ho invitato praticamente tutti quelli che volevo invitare, e Simon è l'unico che non riuscirà a venire. Ha una cena di famiglia in South Carolina."

"Molto bene." Sento un rumore sullo sfondo, seguito dall'acqua corrente, e poi Peter dice: "Aspetta un secondo. Devo solo girare la pasta."

"Stai preparando la cena?" chiedo, quando torna al telefono un minuto dopo.

"Sì, cucina italiana. Ai tuoi genitori piace, vero?"

"La adorano" dico sorridendo. "Sono sicura che rimarranno molto colpiti."

"Intendi dire una volta che supereranno l'impulso di contattare l'FBI? Sì, probabilmente hai ragione. Sta venendo piuttosto gustosa."

Scoppio a ridere, con l'ansia per la cena imminente

che si sta trasformando in pura agitazione. Tutto questo sta accadendo per davvero.

Io e Peter stiamo diventando una coppia normale.

"Com'è andata la tua giornata?" chiedo. "Che cos'hai fatto oggi?"

Che cosa *fa* un ex assassino per passare il tempo?

"Ho fatto alcune commissioni, comprato altri generi alimentari e cose del genere" spiega Peter, e posso sentire il caldo sorriso nella sua voce. "Ho anche individuato un paio di case nella zona a cui potremmo dare un'occhiata più in là. Non ho avuto la possibilità di parlartene ieri, ma questo appartamento probabilmente è troppo piccolo per noi—specialmente questa cucina. E se non sbaglio, non ammettono animali domestici, giusto?"

"Esatto. È uno degli aspetti più negativi di questo edificio" dico, con il cuore che mi martella nel petto. Sta succedendo, sta succedendo per davvero. Una vita insieme—casa, cane e tutto il resto. Reprimendo un picco di vertigini, dico: "L'ho scelta perché era vicina sia ai miei genitori che al lavoro, ma non mi dispiacerebbe spostarmi un po' più lontano ora che mamma si è ripresa."

"Lo immaginavo" dice Peter. "Due delle case che ho visto sono vicine, e una è a circa un chilometro e mezzo dal tuo ufficio. Certo, c'è ancora la tua vecchia casa..."

"Te l'hanno restituita?" chiedo, e capisco subito che è una domanda sciocca. Peter non è più un fuggitivo, quindi il governo non ha il diritto legale di mantenere la proprietà che aveva sequestrato, quando ha saputo che gli apparteneva.

"Sì, certo" risponde Peter. "Pensaci e fammi sapere che cosa vuoi farci. Anche se non ci trasferiamo lì, possiamo tenerla per ogni evenienza oppure possiamo venderla. Decidi tu."

"Oh, davvero? E io che pensavo fossi tu a prendere tutte le decisioni" lo stuzzico; poi, mi rendo conto che sto scherzando solo in parte. Ancora una volta, Peter si è insinuato nella mia vita come una tromba d'aria, capovolgendola e sconvolgendo la mia tranquillità. La sua forza di volontà, unita alla spietatezza, rende impossibile fingere che io abbia in qualche modo il controllo del mio destino, che possa davvero dire la mia su dove sta andando la nostra relazione.

Eppure... forse è così. Siamo qui invece di nasconderci in qualche parte remota del mondo, e sto per diventare sua moglie, non la sua prigioniera. Anche se i suoi metodi sono pesanti, Peter ha dimostrato nel modo più chiaro possibile che gli importa di quello che voglio.

Che la mia felicità è importante per lui.

"Intendi per il matrimonio?" chiede Peter, prendendomi in giro a sua volta. "Perché possiamo ancora cambiare alcune cose, se c'è qualcosa che non ti piace."

"Come la data?" chiedo ironicamente. Al suo silenzio, dico: "Non importa. Ho già invitato tutti. Nessun problema."

"Bene, sono contento." Sento un altro rumore in

sottofondo, mentre Peter dice: "Ci vediamo a casa tra un paio di minuti, ptichka. Ti amo."

Ti amo anch'io. Le parole sono sulla punta della mia lingua, eppure mi ritrovo a dire: "Ci vediamo presto" mentre riaggancio. Sono sicura che Peter sappia ciò che provo—è sempre stato convinto che siamo fatti l'uno per l'altra—ma dato che non ho mai pronunciato quelle parole, mi sembra sbagliato tirarle fuori casualmente.

Lo amo, però. Posso finalmente ammetterlo a me stessa, anche se nulla è davvero cambiato. È ancora un assassino, ancora un mostro per il quale qualsiasi donna sana di mente proverebbe paura e odio. Ma non sono più sana di mente, perché lo amo e sto per sposarlo.

Di mia spontanea volontà, sto per unirmi a un uomo che una volta mi ha torturata e perseguitata. Che, tecnicamente, continua a perseguitarmi—se l'avermi fatta sempre seguire rientra in quella definizione.

"Eccoci arrivati" dice Danny con voce grave, e guardo fuori dal finestrino, sorpresa nel constatare che siamo già parcheggiati fuori dal mio edificio—e che l'autista dal viso di pietra mi ha davvero parlato.

"Grazie" gli dico, afferrando la borsa, e Danny mi rivolge un leggero cenno con la testa, mentre scendo dalla macchina.

Wow. Facciamo progressi.

Il mio autista/guardia del corpo si è appena accorto di me.

L'agitazione che avevo scacciato riaffiora—almeno fin quando non vedo l'auto dei miei genitori entrare dall'altra parte del parcheggio.

Sono in anticipo.

In anticipo di venti minuti.

Freneticamente, ricompongo il numero di Peter.

"Sono qui" dico senza fiato, quando risponde. "I miei genitori—sono già qui."

"Va bene" dice imperturbabile. "Il cibo è quasi pronto. Ci vediamo tra un minuto."

"Ok, sì." Riaggancio e rimetto il telefono nella borsa. Comincio a far scorrere l'anello sul dito per lasciarlo cadere nella borsa, ma cambio idea.

Non ha senso nascondere qualcosa del genere, quando conosceranno Peter tra un minuto.

Facendo un respiro profondo, mi avvicino alla macchina dei miei genitori. "Ehi, Mamma, Papà."

"Oh, ciao, cara." Mamma apre la portiera e scende con una rigidità minima. "Stai tornando a casa dal lavoro? Scusa, siamo un po' in anticipo; tuo padre pensava che ci sarebbe stato il traffico, così siamo partiti molto prima del previsto."

"*Doveva* esserci il traffico, secondo il GPS" la corregge papà, che gira intorno alla macchina per abbracciarmi.

Lo abbraccio anch'io e poi bacio mamma sulla guancia. "Va tutto bene. La cena è quasi pronta."

Mamma sorride. "Non è cibo da asporto?"

"No, non temere. L'uomo che voglio favi conoscere —sta cucinando." Mi guardo dietro per vedere Danny seduto nella macchina nera, che ci sorveglia in silenzio, per poi rivolgermi nuovamente ai miei genitori. "C'è una cosa che devo dirvi" dico con attenzione.

"Che cosa c'è, tesoro?" Mamma si allunga per toccarmi la mano sinistra, e le dita mi sfiorano l'anello. Immediatamente, il suo sguardo si posa sul diamante, e sgrana gli occhi. "Sara, quello è—"

"Stavo per arrivarci" dico, mentre mio padre si blocca, fissando incredulo il mio anulare sinistro. "Ho delle ottime notizie."

"Sei fidanzata?" Mamma distoglie lo sguardo dalla pietra lucente per guardarmi. "Come? Con chi? Non stavi nemmeno—"

"Mamma, Papà." Prendo ciascuna delle loro mani in una delle mie. "Vi prego, ascoltatemi e cercate di rimanere calmi." Si bloccano, fissandomi come se fossi un marziano, mentre dico fermamente: "Peter, l'uomo che amo, è tornato. Finalmente è riuscito a chiarire il malinteso con le autorità, e non è più ricercato per essere interrogato. Possiamo finalmente stare insieme —e sì, ci siamo fidanzati."

eter

GUARDO DI NUOVO FUORI DALLA FINESTRA, DOVE SARA sta parlando con i suoi genitori nel parcheggio. Lo stanno facendo da almeno otto minuti, e vorrei aver messo un dispositivo di ascolto su Sara, in modo da poter sentire che cosa si stanno dicendo.

A giudicare dal selvaggio gesticolare di tutti e tre, le emozioni in gioco sono molte.

Forse dovrei piantare un bug con capacità di ascolto su Sara. Forse anche più di uno—uno nel telefono, uno nella borsa, e un altro paio nelle sue calzature preferite. Ho già monitorato il suo telefono, quindi so dove si trova in ogni momento, ma questo mi darebbe una maggiore tranquillità.

La tavola è apparecchiata, ma non ho ancora

portato il cibo. Infine, l'app che monitora Sara sul telefono mi informa che il suo telefono è nell'edificio e che si sta avvicinando all'appartamento, così vado ad aprire la porta per lei e i suoi genitori.

"Mamma, Papà, questo è Peter" dice, mentre l'anziana coppia entra dietro di lei e si ferma, osservandomi con circospezione. "Come ho spiegato, ha dato un taglio netto alle sue vecchie connessioni e ora si fa chiamare Peter Garin. Peter, questi sono i miei genitori, Lorna e Chuck Weisman."

"Piacere di conoscervi entrambi" dico, e allungo la mano per stringere quella del padre di Sara.

"Piacere mio." Nonostante la cortese risposta, la voce di Chuck è dura come la sua presa, e gli occhi azzurro chiaro sono affilati, mentre mi fissa.

Stringo la mano di Lorna, facendo attenzione a non schiacciarle le fragili dita.

"Hai un sacco di spiegazioni da darci, *Signor Garin*" dice dolcemente, guardandomi, e sorrido, scorgendo qualche tratto di Sara nelle linee eleganti del suo viso invecchiato.

"Naturalmente. Sarò felice di spiegare tutto."

"La cena è pronta, quindi che ne dite di sederci al tavolo?" suggerisce Sara, sedendosi accanto a me, e il calore mi riempie il petto, mentre il suo braccio slanciato scivola intorno al mio gomito per un gesto possessivo.

La mia *ptichka*. Alla fine, ci ha accettati come coppia.

"Certo. Qualunque cosa tu stia cucinando, ha un

buon profumo" dice Lorna, e le sorrido di nuovo, rendendomi conto che la madre di Sara, perlomeno, è disposta a stare al gioco.

Quando arriviamo in cucina, Sara si scusa per andare in bagno, e io metto l'insalata e il piatto di antipasti che ho preparato sul tavolo.

"Sara ha detto che ti piace cucinare" dice Lorna, osservandomi mentre mi muovo per la cucina, e annuisco, sedendomi di fronte a lei.

"È un mio hobby. Lo trovo molto rilassante."

"Un hobby, eh?" Il cipiglio di Chuck si fa più evidente. "Che lavoro fai, allora? Non siamo mai riusciti ad ottenere una risposta diretta da Sara."

"Ho fatto diverse cose, ma recentemente ho lavorato come consulente per la sicurezza e ho avuto un'attività del genere" dico e mi alzo. Raccogliendo le pinze per l'insalata, guardo Lorna. "Insalata?"

Annuisce regalmente. "Sì, per favore."

Mi allungo sul tavolo e metto una porzione consistente di insalata nel suo piatto, poi guardo Chuck.

"Niente per me, grazie." Infilza un carciofo marinato con la forchetta e lo trasferisce dal piatto degli antipasti nel suo, guardandomi minacciosamente per tutto il tempo.

"Che genere di attività?" chiede non appena mi risiedo. "Sara ha detto che eri una specie di consulente. Si trattava di un'attività di consulenza per la sicurezza? Chi erano i tuoi clienti, e in che modo tutto questo è legato ai tuoi recenti problemi con la legge?"

Sopprimo l'impulso di sorridere. Il vecchio è insistente.

"Facevo parte degli Spetsnaz—le Forze Speciali Russe" dico, decidendo che posso rivelarlo. "Dopo aver lasciato l'esercito, ho viaggiato in tutto il mondo e ho fatto da consulente a un certo numero di organizzazioni e individui che avevano motivi di preoccuparsi per la sicurezza. Non posso spiegare nel dettaglio che cosa mi ha messo nei guai, dato che sono informazioni riservate, ma posso assicurarvi che è tutto risolto ora."

"Risolto come?" chiede Lorna, mentre Sara torna in cucina, e sorrido, quando la mia ptichka si siede accanto a me e cerca con impazienza l'insalata.

"Ho stretto un accordo con le autorità, che è stato vantaggioso per entrambe le parti" dico, mentre Sara inizia a mangiare, apparentemente contenta di vedermi rispondere alle domande dei suoi genitori. "Quindi, ora ho un nuovo cognome e una fedina pulita—e io e Sara potremo finalmente sposarci."

"Una fedina pulita da cosa?" chiede il padre di Sara, dilatando le narici. "Ho sentito dire che alcune persone sono state uccise."

"Non posso aggiungere niente di più di quello che sai già, temo." Metto un po' di insalata nel mio piatto. "Fa parte dell'accordo che ho stretto."

Chuck avvampa, e per un attimo sono convinto che mi pugnalerà con la forchetta. Tuttavia, dev'essere più civile di me, perché l'unica cosa che infilza è una succosa oliva verde dal piatto degli antipasti.

"Signor Garin" dice Lorna, posando la forchetta. "Spero che—"

"Ti prego, chiamami Peter. Stiamo per diventare una famiglia."

La sua bocca accuratamente dipinta si stringe leggermente. "Ok, *Peter*. Spero che tu capisca che siamo molto preoccupati, sia per quanto riguarda il tuo background che per quanto riguarda le tue connessioni. Per non parlare del fatto che Sara è scomparsa per cinque mesi dopo che voi due... Beh—"

"Abbiamo iniziato a frequentarci?" suggerisce cortesemente Sara, e sua madre la guarda accigliata.

"Giusto, avete iniziato a frequentarvi." Lorna rivolge la sua attenzione a me, e riconosco l'acciaio dentro di lei. È lo stesso che possiede sua figlia, quello che ha permesso alla mia ptichka di gestire il tipo di trauma che avrebbe distrutto una persona più debole.

"Ascoltami, Peter." La madre di Sara si sporge in avanti, e sebbene la sua voce rimanga dolce, lo sguardo è affilato come quello del marito. "Potresti aver risolto il tuo 'malinteso' con le autorità, ma non siamo convinti che tu non rappresenti un pericolo per nostra figlia. Non sappiamo nulla di te, e quello che sappiamo è, francamente, abbastanza inquietante. Sara dice che voi due siete innamorati, e che è venuta con te di propria iniziativa, ma abbiamo seri dubbi al riguardo. Non sei il tipo di uomo che la nostra Sara avrebbe mai—"

"Mamma, per favore." Sara mette da parte il piatto. "Ti ho detto più volte che Peter non è quello che—"

"I tuoi genitori hanno ragione, ptichka." Le copro la mano con il palmo e stringo leggermente, poi mi volto verso sua madre. "Signora Weisman" dico, utilizzando quel formalismo in segno di rispetto. "Comprendo perfettamente le tue riserve. Se fossi in te, sarei altrettanto preoccupato, perché hai perfettamente ragione: tua figlia e io proveniamo da mondi diversi."

Lorna e Chuck mi fissano, ovviamente sbalorditi, e sfrutto quel momento per preparare quello che dirò. Devo stare molto attento qui, stabilendo una linea sottile tra lasciarli sentire come se mi conoscessero e terrorizzarli.

Decido di cominciare dall'inizio. "Sono cresciuto in un orfanotrofio della Russia" dico. "Non ho idea di chi fossero i miei genitori, ma sono quasi certo che non fossero affatto come voi due. Molto probabilmente, mia madre era un'adolescente che si ritrovò incinta, ma questa è pura illazione da parte mia. Tutto quello che so è che venni lasciato sulla porta dell'orfanotrofio, quando avevo forse qualche giorno."

Sara copre le nostre mani unite con quella libera, offrendomi silenziosamente il supporto, mentre continuo.

"Non era un gran bel posto dove crescere, e da giovane ero sempre nei guai" dico, mentre i Weisman continuano a fissarmi. "Tuttavia, a diciassette anni, venni reclutato da una speciale unità di antiterrorismo degli Spetsnaz—servendo il mio Paese per diversi anni."

"Era davvero bravo in questo" interviene Sara,

sembrando orgogliosa come qualsiasi fidanzata. "A ventun anni, era già a capo della sua squadra."

Le sorrido, con il calore nel mio petto che si intensifica, anche se so che sta recitando per i genitori. Sara sa che cos'ho fatto come parte di quell'unità, e dubito che sia davvero orgogliosa di quanti terroristi e ribelli radicali io abbia catturato e torturato per il mio Paese. Comunque sia, è bello avere la sua approvazione, per quanto falsa possa essere.

"È *straordinario*" dice Lorna, e mi giro per vedere lei e Chuck che mi guardano con un leggero calo di ostilità.

"Grazie" dico, sorridendo. "*Ero* bravo, in parte grazie alla mia mancata gioventù."

"Allora, perché te ne sei andato?" chiede Chuck, allungandosi per infilzare un'altra oliva. "Come sei finito qui?"

Il mio umore si fa scuro, con il calore dentro di me che si dissolve, nonostante il continuo tocco delicato di Sara. Non sapevo se avrei affrontato questo—se potessi farlo—ma ora vedo che devo farlo, che se tralasciassi questa parte importante, i Weisman lo percepirebbero e perderei la possibilità di ottenere la loro fiducia.

"Dopo alcuni anni di servizio, il lavoro mi portò in un piccolo villaggio di montagna nel Daghestan, dove conobbi una giovane donna" dico in modo uniforme, tirando via la mano dalla stretta di Sara. "Rimase incinta, e ci sposammo."

Lorna strabuzza gli occhi. "Hai un figlio?"

"Ce l'avevo" dico, e nonostante i miei migliori

sforzi, la parola viene fuori dura, quasi amara. "Pasha, mio figlio, e Tamila, mia moglie, furono uccisi sette anni fa. Daryevo, il villaggio in cui vivevano, fu ritenuto erroneamente il nascondiglio dei terroristi, e decine di innocenti rimasero uccisi in un attacco ordinato dalla NATO."

I genitori di Sara mi guardano a bocca aperta, con i volti pallidi e gli occhi carichi di incredulità.

"Non capisco" dice Chuck dopo un lungo, pesante momento. "Com'è potuta succedere una cosa del genere? E questo gravissimo e orribile errore non sarebbe dovuto finire nelle notizie? Quello che stai dicendo è..." Scuote la testa e prende un bicchiere d'acqua con una mano tremante.

"È difficile da credere, lo so, Papà" dice Sara. "Ma posso assicurarti che è vero. Ho visto le foto con i miei occhi. È successo, ed è stato *orribile*."

Lorna fissa sua figlia, poi si volta verso di me. "Mi dispiace tanto, Peter." La sua voce si addolcisce ulteriormente per qualsiasi cosa debba aver scorto sul mio viso. "Quanti anni aveva tuo figlio?"

"Ne avrebbe compiuti tre il mese seguente." Un'ondata di angoscia mi soffoca, e mi alzo, incapace di guardare i genitori di Sara. Camminando verso i fornelli, prendo la pentola di pasta e la porto a tavola, sfruttando quel tempo per ricompormi.

"Spero che vi piaccia questo tipo di sugo alla marinara" dico con tono più calmo, mettendo una porzione consistente di linguine al sugo sul piatto di

Sara, prima di fare lo stesso con i suoi genitori. "È un po' diverso da quello che comprereste al negozio."

La madre di Sara avvolge la forchetta nelle linguine e assaggia un boccone, poi mi rivolge un sorriso tremante. "È buonissimo, Peter. Grazie."

"Prego."

Sento la mano delicata di Sara sul mio ginocchio, che mi stringe leggermente, e quando la guardo, vedo che i suoi occhi nocciola sono troppo luminosi. Non dice nulla, ma il calore riaffiora, sciogliendo il blocco di ghiaccio che si è formato dentro di me rievocando i ricordi.

Il padre di Sara si schiarisce la voce. "Allora, uhm... come sei finito qui? Dopo, lo sai."

Riprendo fiato. Devo fare attenzione a non rivelare troppo.

"C'è stata un'indagine" dico, incrociando lo sguardo di Chuck. "Una che ha portato il colpevole ad essere ufficialmente assolto dalla colpa e l'intero incidente è stato liquidato come 'una di quelle cose che accadono in quella parte del mondo.' Non ho accettato questa spiegazione, e poiché i miei superiori erano complici nella copertura, ho lasciato il mio lavoro. Così, ho viaggiato per il mondo, lavorando come consulente per la sicurezza, e alla fine sono finito a Chicago, dove ho conosciuto vostra figlia."

"Come sei finito nei guai con le autorità, allora?" chiede Lorna, guardandomi con cautela mista ad un accenno di comprensione. "Ha qualcosa a che fare con quello che è successo alla tua famiglia?"

"Temo di non poterlo dire. Come ho detto prima, sono informazioni riservate." Faccio una pausa, lasciando che traggano le proprie conclusioni, e quando non mi vengono immediatamente rivolte altre domande, li guardo negli occhi e dico sottovoce: "Lorna, Chuck—spero di potervi chiamare così." Lorna annuisce, così continuo. "Non posso mentirvi sul tipo di uomo che sono. Non sono cresciuto in un bel quartiere, e non sono andato a scuola per diventare medico o avvocato. Sono un soldato per addestramento e inclinazione, e ho visto e fatto cose che probabilmente non immaginate. Ma amo vostra figlia. La amo con tutto me stesso. È l'unica persona al mondo che conta per me, e farei qualsiasi cosa per lei." Guardando Sara, le prendo la mano nella mia e dico in tutta sincerità: "Darei la mia vita per renderla felice."

 ara

Non avevo idea di come sarebbe finita la cena, ma l'ultima cosa che mi aspettavo era che Peter svuotasse la propria anima ai miei genitori, disarmandoli con la sincerità, invece di schiacciare le loro obiezioni con arroganza e minacce velate.

Per tutto il resto della cena, è educato e rispettoso, rispondendo alle loro domande con abbastanza dettagli che quando glissa su qualcosa, continua a sembrare la completa verità.

Dove ci siamo conosciuti? In un club a Chicago. Era già un fuggitivo? Sì. Perché ci siamo frequentati in segreto? Per via del suo status di fuggitivo, di cui non mi ha informata fin quando non fossi già sull'aereo con lui. Perché non sono tornata a casa per cinque mesi?

Perché le autorità hanno scoperto dov'era, e quello era l'unico modo per stare insieme. Che cos'ha intenzione di fare ora? Ci sta ancora pensando, ma ha abbastanza soldi per entrambi e per permetterci di vivere il resto della nostra vita. Come ha fatto così tanti soldi? Attraverso la sua attività di consulenza, e sì, anche i dettagli di questo sono riservati.

All'inizio, ascolto soltanto, ma quando capisco meglio la sua strategia, mi inserisco con le mie risposte, seguendo attentamente la guida di Peter. Quando arriviamo al dessert—piattini con frutti di bosco conditi con tiramisù fatto in casa—i miei genitori appaiono, se non esattamente a proprio agio con la nostra relazione, almeno più disponibili.

Questo è sicuramente meglio della loro reazione di puro panico, quando li ho informati del nostro fidanzamento nel parcheggio. Erano sul punto di chiamare l'FBI, quando ho detto che il nostro matrimonio si sarebbe tenuto sabato, e ho dovuto davvero sforzarmi per convincerli ad entrare in casa e conoscere Peter.

"Ancora non capisco tutta questa fretta di sposarvi" dice mamma, sorseggiando la camomilla, e nascondo un sorriso per la rassegnazione nel suo tono. Almeno, ora l'argomento è la velocità del matrimonio, non quanto sia pericoloso Peter o lo stare insieme o meno.

"Questa è una mia iniziativa, temo" dice Peter, rivolgendo a mamma un sorriso così affascinante che mi sorprende che lei non si sciolga sul posto. "Mi mancava così tanto tua figlia che gliel'ho proposto non appena siamo tornati insieme. Vedi, la vita è troppo breve; quando trovi la persona giusta, devi tenertela stretta—e so che io e Sara siamo fatti l'uno per l'altra. Inoltre"—mi scruta, con lo sguardo che si scalda —"vorrei che creassimo presto una famiglia."

Mio padre fa quasi rovesciare la sua tazza di caffè. "Che cosa?"

Peter gli porge un tovagliolo. "Mi piacerebbe che avessimo dei bambini" dice con calma, mentre mio padre asciuga il liquido caduto. "Un maschietto e una femminuccia—o qualunque cosa il destino abbia in serbo per noi."

Arrossisco, quando lo sguardo di mamma si sofferma istantaneamente sulla mia pancia.

"Sara, tesoro, non sei—"

"No, certo che no." Sento il mio viso arrossire ulteriormente, mentre mamma solleva le sopracciglia con incredulità. "È troppo presto—Peter è appena tornato."

"Ma ci state già provando?" chiede mamma, con un bel sorriso sul viso, e, con mio grande stupore, mi rendo conto che è contenta di questo sviluppo.

L'impulso primario di avere dei nipotini deve aver avuto la meglio sulle preoccupazioni riguardo a Peter.

Papà, invece, sembra a disagio come mi sento io. "Lorna, per favore. Questi non sono affari nostri."

"Non appena rimarrà incinta, sarai la prima a saperlo" prometto a mia madre, e lei mi sorprende di nuovo annuendo in modo cospiratorio.

"Grazie." Abbassando la voce, si china verso il mio ex rapitore. "Pensavo che non sarebbe mai successo."

Il mio viso dev'essere dello stesso colore dei lamponi nel piattino, ma mio padre sembra affascinato. Immagino che stia pensando che tutto questo—dall'inaspettato ritorno del mio amante non-più-criminale al nostro frettoloso fidanzamento—fa ben sperare per qualcosa che desiderava sin dal mio matrimonio con George.

Come mamma, vuole dei nipotini, ma data la sua età avanzata, aveva quasi perso la speranza di vederne.

Da parte mia, sono ancora piuttosto terrorizzata all'idea, ma non è questo il momento di esprimere questi dubbi. Inoltre, ricordo come mi sono sentita, quando il ciclo era in ritardo, come la delusione fosse intensa quasi quanto il dolore. Forse *voglio* un figlio con Peter, anche se la parte razionale di me sta urlando che dovremmo aspettare e vedere come tutto questo andrà avanti.

Se posso davvero costruire una vita normale con un killer spietato.

Mentre finiamo il dessert, Peter discute i dettagli del matrimonio imminente con i miei genitori, chiedendo loro delle formalità ufficiali e di quante persone vorrebbero invitare. Ascolto confusa, mentre i tre decidono un giudice locale che mio padre conosce, e i miei genitori esprimono il desiderio di invitare i Levinson insieme ad alcuni loro amici—cosa che Peter appoggia molto.

"Per quanto riguarda me, inviterò solo tre amici"

dice, riferendosi indubbiamente ai compagni di squadra russi, e questo sembra calmare i miei genitori un po' di più—probabilmente perché il fatto che abbia degli amici lo umanizza ulteriormente ai loro occhi.

Quando terminiamo, Peter inizia a sparecchiare, mentre i miei genitori si preparano per tornare a casa.

"Grazie. È stato delizioso" gli dice mamma.

"Sì, grazie" le fa eco a malincuore papà, mentre il mio fidanzato sorride.

"È stato un piacere. Spero di rivedervi presto" dice lui, e infilo le scarpe per accompagnare i miei genitori alla loro auto.

"Beh, non era quello che mi aspettavo" dice mamma, mentre le porte dell'ascensore si chiudono. "È... interessante, questo tuo Peter."

Le sorrido. "Vuoi dire, stupendo *e* civile? Si, sono d'accordo."

Papà sbuffa. "Se quell'uomo è civile, io sono un principe. È un selvaggio. Senza alcun dubbio."

"Chuck!" Mamma lo guarda accigliata.

"Non hai visto come la guardava?" continua papà, mentre le porte dell'ascensore si aprono al primo piano. "Sono sorpreso che non l'abbia colpita alla testa e trascinata a letto davanti a noi."

"Papà, per favore." Il rossore che mi aveva appena lasciata riaffiora, ingrandito di dieci volte. "Non è—"

"Beh, certo che l'ho visto" dice mamma, come se io non esistessi. "Non è necessariamente una brutta cosa, però."

"Lo è, quando hai a che fare con un uomo come

quello." Papà si guarda le spalle, come se Peter potesse ascoltare—cosa che, conoscendo le sue tendenze da stalker, non è da escludere.

Per quanto ne so, ci sono già delle telecamere nell'edificio e chissà che cos'ha impiantato dentro di me.

"Non penso che sia così male" dice mamma, mentre passiamo davanti a un paio di vicini nell'atrio. "Voglio dire, sì, non è il solito Joe o Harry, ma—"

"È pericoloso" dice papà con tono piatto. "Non lasciarti ingannare. Solo perché quell'uomo vuole una famiglia, questo non significa che non sia capace di cose che ti farebbero accapponare la pelle. Quello che ci ha detto oggi è solo la punta dell'iceberg, credimi."

"Oh, ti credo" dice mamma, mentre ci dirigiamo verso il parcheggio. "Ma credo che la ami, e se tutti quei problemi con l'FBI sono davvero finiti—"

"Non potete aspettare due minuti, in modo da poter discutere di me in terza persona, quando *non* ci sono?" suggerisco, seguendoli. "Altrimenti, posso tornare su e—"

"No, no, tesoro." Mamma si ferma e si gira, rivolgendomi un'occhiata apologetica. "Scusa, stiamo solo cercando di venire a patti con tutto, sai."

"Sì, Mamma." Sorrido e mi chino per baciarle la morbida guancia. "Stavo solo scherzando. So che questo richiederà qualche discussione."

"Sara, tesoro." Papà mi tocca la spalla, e, quando lo guardo, dice con calma: "Promettici solo una cosa."

"Che cosa?"

"Se ti fa del male, ti spaventa, o fa qualsiasi altra cosa che ti preoccupa, vieni da noi. Non nasconderlo e non provare ad affrontarlo da sola, ok?" Lo sguardo di papà è duro come non mai. "So che ami quest'uomo—lo vedo—ma il lupo non perde il vizio. È pericoloso. Forse non per te, ma per tutti gli altri. Lo vedo nei suoi occhi."

"Papà—"

"No, ascoltami, Sara. Anche se non porta gli orrori del suo passato nella tua vita—cosa di cui dubito molto—non sarà come George, contento di rimanere ai margini della tua vita. Non è quel genere di uomo, capisci?"

"Sì." Capisco meglio di quanto possa immaginare mio padre, perché so esattamente che genere di uomo è Peter. Con George, anche quando eravamo una coppia, riuscivo a rimanere me stessa, a mantenere quel minimo di distanza mentale necessaria per proteggermi. Ma Peter è troppo dominante, troppo autoritario per permetterlo. Sarò sua in ogni senso della parola, e mio padre lo ha già intuito.

"Chuck." Mamma poggia la mano sul braccio di papà. "Vieni. Dovremmo andare."

"Promettimelo" insiste papà, senza muoversi, così annuisco e sorrido.

"Te lo prometto, Papà. Se succede qualcosa, verrò da te."

Papà annuisce, soddisfatto, e camminiamo insieme verso la loro macchina. Mentre li bacio e li abbraccio, noto che Danny è ancora seduto nella sua macchina scura, e sorrido, guardando la finestra illuminata della mia cucina.

Nonostante tutti i loro avvertimenti e ammonimenti, i miei genitori non hanno idea di quanto sia davvero pericoloso e autoritario il mio fidanzato. Ho mentito, quando ho fatto quella promessa a papà. Non c'è modo che io possa riportare a loro le preoccupazioni su Peter, perché non c'è niente che loro, o chiunque altro, possano fare.

Il mostro che ho imparato ad amare fa parte della mia vita ora, e sarà così per sempre, quindi devo capire come poter vivere con lui.

Venerdì vado al lavoro come al solito, ma finisco col passare ogni minuto tra le pazienti a rispondere alle domande dei colleghi sul mio imminente matrimonio. Per evitare di sembrare impreparata riguardo all'evento come lo sono realmente, dico loro che vogliamo che i dettagli siano una sorpresa e non aggiungo altro.

Vedranno i fiori, la torta e l'abito domani.

Anche i miei genitori continuano a telefonare, chiedendo di ogni genere di minuzie a cui non so rispondere. Do loro il numero di Peter, dato che è il wedding planner ufficiale, ma mia madre continua a chiamare ogni ora con qualche domanda o preoccupazione. Sospetto che sia perché temono che io sparisca di nuovo, così cerco di essere paziente, ma alla quinta chiamata non posso fare a meno di sollevare il telefono e spiegare per l'ennesima volta che non so se ci saranno sedie o panche alla cerimonia.

Inoltre, è una giornata impegnativa al lavoro, con un cesareo per una gravidanza gemellare programmato per questo pomeriggio, il che significa che ho appena il tempo di pranzare prima di recarmi in ospedale per eseguire la procedura. Per accelerare le cose, acquisto un panino in un minimarket e lo consumo in macchina.

Il vantaggio di avere un autista è quello di avere entrambe le mani libere per mangiare.

Quando arrivo in sala operatoria, la paziente ha già fatto l'epidurale e, dopo averla esaminata, eseguo subito la procedura, poiché sta iniziando a dilatarsi e uno dei gemelli è posizionato nel modo sbagliato. La futura mamma si agita per tutto il tempo—è sulla quarantina ed è riuscita a concepire solo al sesto ciclo di fecondazione in vitro—e quando le metto i due bimbi piccoli ma perfettamente sani tra le braccia, il suo viso si illumina di una tale gioia che devo sbattere le palpebre per trattenere qualche lacrima.

"Grazie, Dottoressa Cobakis" dice con fervore, mentre le infermiere prendono i neonati per gli esami. "Grazie mille per tutto."

"È stato un piacere, credimi" le dico, mentre controllo le bende un'ultima volta e annoto alcuni appunti nella sua cartella. "Dopo la procedura, sono previsti un po' di dolore e sanguinamento, ma se ti viene la febbre o hai dei forti dolori, chiamami, ok?" La guardo con severità. "Dico davvero. A qualsiasi ora del giorno o della notte."

"Lo farò. Sei così gentile." Il suo sorriso lacrimoso è esausto, ma carico di gioia. "È vero quello che ho sentito dire dalle infermiere? Ti sposerai questo fine settimana?"

Le voci viaggiano sicuramente in fretta.

Soffocando un sospiro, dico: "Sì, è vero. Ma puoi chiamarmi lo stesso. Ci sarò, ok?"

"Oh, grazie! E congratulazioni. Sono sicura che sarai una bellissima sposa." Mi sorride, e sorrido a mia volta, godendomi la facile interazione.

A differenza di tutti gli altri nella mia vita, questa donna non sa che questo matrimonio sta venendo fuori dal nulla o che sto sposando un uomo che la maggior parte dei miei amici non conosce nemmeno.

"Riposati e goditi i tuoi figli" dico alla neomamma, e poi torno in ufficio per concludere la giornata.

Forse Peter ha ragione a non volerlo rimandare più di quanto non sia necessario.

Con un po' di fortuna, la follia matrimoniale sarà finita entro lunedì, e poi le cose torneranno alla normalità—o almeno alla normalità che può esserci, quando sei sposata con l'uomo che una volta ti ha rapita.

eter

CONCEDO UNA SERATA LIBERA A DANNY E VADO A prendere Sara, troppo ansioso di vederla per aspettare i pochi minuti extra necessari prima che torni a casa. Sono contento che stasera non faccia volontariato in clinica, né abbia una performance, perché già le ore che passa al lavoro sono troppe per me.

Ho bisogno di averla con me. Sempre.

Esce dal palazzo del suo ufficio, con gli occhi color nocciola che scrutano la strada—senza dubbio, alla ricerca di Danny—quando apro la portiera della macchina e scendo.

Il suo sguardo si sposta immediatamente su di me, e un sorriso le illumina il bel viso, mentre si dirige verso di me. È una calda giornata estiva, e indossa un vestito grigio senza maniche che le abbraccia il fisico da ballerina. Le sue lucenti onde castane ricadono sulle esili spalle, mentre cammina, e mi ricorda nuovamente una star di Hollywood degli anni Cinquanta trapiantata nei tempi moderni.

La mia bellissima ptichka.

Non vedo l'ora che diventi mia moglie, cazzo.

"Ciao" dice senza fiato, fermandosi davanti a me. "Hai comprato una macchina nuova? Non sapevo che fosse—"

Le prendo il viso tra i palmi e sbatto la bocca sulla sua, baciandola appassionatamente. Non posso farci niente. Desidero tutto di lei, dalla dolcezza del suo profumo al modo in cui il corpo snello si inarca contro il mio, con le mani che si aggrappano impotenti ai bicipiti. Voglio divorare quella dolcezza, berla fino a spegnere questa sete furiosa—pur sapendo che non riuscirò mai a spegnerla.

La desidererò fino al giorno della mia morte.

Sento qualche irritante risatina, così sollevo la testa e inchiodo i trasgressori—un paio di ragazze adolescenti a una decina di metri di distanza—con uno sguardo severo. Si allontanano all'istante, impallidendo sotto il pesante strato di trucco, e rivolgo la mia attenzione a Sara, che sta sbattendo le palpebre verso di me, con le labbra morbide gonfie e rosa per quel bacio.

"Ciao, ptichka." Combattendo l'impulso di

reclamare quelle labbra, abbasso le mani sulle sue spalle, stringendole delicatamente. "Com'è andata la tua giornata?"

"È andata bene." Sembra ancora un po' senza fiato. "E la tua?"

"Bene anche la mia. Ho acquistato questa nuova macchina per noi." Faccio un cenno con la testa verso la Mercedes S-560 nera dietro di me. A prima vista, assomiglia a qualsiasi altra berlina di lusso. Un'ispezione più ravvicinata, tuttavia, rivelerebbe che i finestrini hanno un vetro antiproiettile e che il telaio metallico è insolitamente resistente.

Mi è costata una fortuna, ma ne è valsa la pena. Non mi aspetto che qualcuno ci spari, ma non si sa mai. Inoltre, questa macchina è praticamente indistruttibile in caso di incidente—il che è molto importante per me, dopo quello che è successo con Sara a Cipro.

"Carina" dice lei, anche se un piccolo cipiglio si forma tra le sopracciglia. "E la mia vecchia Toyota?"

"L'ho venduta."

Si libera della mia presa, con il cipiglio ancora più evidente. "Non hai pensato di consultarmi?"

Sono tentato di prenderla e baciarla di nuovo fino a farle dimenticare il motivo dell'arrabbiatura. Tuttavia, abbiamo già dato spettacolo per i passanti, così chiedo semplicemente: "Eri affezionata a quella macchina, amore mio? Posso riprenderla, se ha qualche valore affettivo."

Non sembra funzionare neanche questo. "No, non mi interessa la macchina. È solo che..." Raddrizza le spalle e mi guarda negli occhi. "Peter, ho bisogno che tu mi coinvolga nelle decisioni che mi riguardano—che riguardano entrambi. Una volta mi hai detto che questa avrebbe potuto essere una collaborazione tra noi, se l'avessi voluto, e ora lo voglio. È importante per me."

Rifletto sulle sue parole e annuisco. "D'accordo."

Sbatte le palpebre. "D'accordo?"

"Ti consulterò, prima di fare qualsiasi altra cosa con la macchina" dico e apro la portiera del passeggero. Stringendole il gomito, la aiuto a salire, con i miei jeans che sembrano scomodamente stretti, mentre intravedo un pezzo di mutandina blu, quando infila in macchina le gambe formose.

Forse dovremmo riconsiderare questo vestito come elemento del suo guardaroba da lavoro.

"Non sto parlando solo della macchina" dice, quando mi metto al volante. "Mi riferisco a tutto, come gli accordi di matrimonio, dove vivremo e cosa farai dal punto di vista lavorativo. Voglio che prendiamo tutte quelle decisioni insieme d'ora in poi, come ogni normale coppia sposata."

"Capisco." Controllo attentamente gli specchietti e mi immetto nella strada. "Vuoi che ti consulti come dovrebbe fare un marito. Capisco."

"Sì?" Per qualche ragione, sembra perplessa. "Pensavo che—non importa. Sono contenta che tu abbia capito."

Sorrido e poso la mano destra sulla sua esile coscia, godendomi la pelle nuda e vellutata. Se la mia ptichka vuole che la consulti riguardo a queste banalità come l'auto o cosa farò del mio tempo, sono felice di farlo.

Possiamo prendere tutte le decisioni insieme, purché capisca una semplice cosa.

Mi appartiene per il resto della nostra vita.

60

SABATO MATTINA È CALDO E LUMINOSO, CON IL CIELO azzurro e senza nuvole che avrei ordinato da un catalogo di matrimoni, se avessi potuto. Il tempo era l'unica variabile incontrollabile, ma per fortuna sta collaborando, quindi l'evento dovrebbe svolgersi senza intoppi.

Me ne sono assicurato.

Organizzare un matrimonio non è poi così diverso dalla pianificazione di un colpo, mi sono reso conto. Si dev'essere altrettanto metodici sulla logistica e preparati a tutte le eventualità. Certo, la posta in gioco è molto diversa, ma è bello vedere che alcune delle mie capacità sono applicabili alla vita civile.

Esguerra si sbagliava.

Farò funzionare tutto questo.

Io e Sara saremo felici qui.

I suoi appuntamenti per i capelli e il trucco sono alle dieci, e l'ho sfinita la scorsa notte, così la lascio dormire, mentre preparo la colazione. Poi, torno in camera con una tazza di caffè fumante tra le mani.

O mi sente o le arriva il profumo del caffè, perché si gira sulla schiena, allungando un esile braccio sul materasso, mentre stringe l'altra mano in un delicato pugno per coprire un grande sbadiglio. "È mattina?" borbotta senza aprire gli occhi, e sorrido, mentre mi siedo sul bordo del letto e poggio la tazza di caffè sul comodino.

"Sì, amore mio." Chinandomi, le strofino la calda, profumata curva del collo. "È il giorno del nostro matrimonio."

I suoi capelli hanno un profumo dolce e di frutta, come lo shampoo nella doccia. Mi fa venire l'acquolina in bocca. Spontaneamente, la mia mano scivola sotto la coperta, afferrandole un seno morbido e rotondo, e il cazzo si indurisce, con il respiro che accelera, mentre il capezzolo eretto mi pugnala il palmo.

Fanculo. Non c'è tempo per questo—per non parlare del fatto che potrebbe essere ancora dolorante per le tre volte in cui l'ho presa la scorsa notte.

Mi sforzo di raddrizzarmi e sposto la mano. "La tua colazione è pronta" dico e mi alzo, sistemando lo scomodo rigonfiamento nei jeans. Ho bisogno di sbollentarmi per non aggredirla proprio qui, mandando al diavolo la colazione e gli appuntamenti di nozze.

"Hmm." Sbadiglia di nuovo e si mette a sedere, sollevando una coperta per coprire quei seni allettanti. Strofinando gli occhi assonnati, si concentra sulla tazza appoggiata sul comodino. "È un caffè?"

"Ci puoi scommettere. E c'è la colazione in cucina—uno sformato di verdure e patatine fritte. Avrai bisogno di carburante per affrontare la giornata."

Mi sorride. "Sei fantastico."

Mi si stringe il cuore—e il cazzo si agita di nuovo—mentre balza giù dal letto nuda e si dirige verso il bagno, apparentemente rinvigorita dalla promessa di caffeina e cibo. Questo è quello che volevo, quello per cui ho combattuto per tutto questo tempo: vedere Sara così, vivace e affettuosa con me. Non riusciremo mai a cancellare l'oscurità del passato, ma insieme possiamo costruire un futuro più leggero.

Un futuro che per qualche ragione sembra ancora terribilmente fragile.

Scaccio il pensiero non appena affiora. Non c'è motivo di supporre che questo tipo di mattinata sia temporaneo, che sia qualcosa di diverso dall'inizio della nostra nuova vita.

Oggi è il giorno del nostro matrimonio, e mi assicurerò che sia il migliore di sempre.

È il minimo che la mia ptichka meriti, dopo tutto quello che ho fatto.

ara

L'INVASIONE HA INIZIO PROPRIO MENTRE STO FINENDO DI divorare la colazione che Peter ha preparato per me. Quello che sembra un esercito di stilisti, truccatori e parrucchieri irrompe nel mio minuscolo appartamento, riempiendo il soggiorno con prodotti per capelli, borse e ombretti per quindici spose—o drag queen. Ci sono Pam e Suzie, le donne che mi hanno preso le misure per l'abito, ma anche due loro assistenti e almeno quattro parrucchieri e truccatori. È difficile dire con esattezza quanti di loro entrino ed escano dall'appartamento per portare quantità sempre crescenti di scorte.

Peter mi abbandona prontamente alla tortura, sostenendo che ha bisogno di supervisionare gli accordi di sicurezza e il resto della logistica a Silver Lake. Il suo smoking verrà consegnato lì, quindi non avrò nemmeno la possibilità di vederlo, fin quando Danny non mi porterà lì nel pomeriggio.

"Non è giusto che tutto quello che devi fare tu sia indossare un bel vestito" mi lamento, mettendo un finto broncio, e lui sogghigna, poi mi dà un rapido bacio sulle labbra, facendo accelerare il battito.

"Comportati bene" avverte, con gli occhi argentei che scintillano dal divertimento, e gli pizzico il fianco per vendicarmi, facendolo ridere per poi ricevere un altro bacio.

"Prima i capelli" annuncia un giovane vestito in modo elegante, appena Peter se ne va, e mi lascio guidare sul divano, dove una serie di strumenti per lo styling dall'aspetto spaventoso sono già pronti.

Ho i capelli ancora bagnati dopo la doccia mattutina, quindi devo prima asciugarli con il phon e lisciarli per poi arricciarli. A quanto pare, il taglio richiede una base perfettamente liscia, che i miei capelli mossi non possiedono naturalmente. Nel frattempo, le unghie vengono lucidate, rifinite e dipinte con uno smalto rosa tenue, e quindi è l'ora del trucco.

Mamma si presenta proprio mentre l'ultimo tocco di mascara mi viene applicato sulle ciglia. È già pettinata e indossa un lungo abito color pesca che le enfatizza il fisico ancora in forma.

"Wow" esclama, mentre mi alzo dal divano, e sorrido, avvicinandomi per abbracciarla.

"Sei bellissima, Mamma." Mi tiro indietro per

osservarla meglio. "Adoro questo vestito. Quando l'hai comprato?"

"Il tuo fidanzato me l'ha fatto consegnare ieri sera. È Chanel. Ci credi? Mi stavo giusto lamentando con tuo padre ieri mattina che non avrei trovato nulla di decente con così poco preavviso, e poi bam, arriva questo vestito—e magicamente mi sta alla perfezione. Riesci a immaginarlo? Anche tuo padre ha ricevuto un nuovo smoking." Sembra emozionata come una ragazza che parteciperà al ballo.

"Wow, sì. È incredibile." Peter deve aver installato telecamere e/o dispositivi di ascolto a casa dei miei genitori—un'invasione della privacy di cui dovremo discutere. Per ora, però, sono grata che sia stato abbastanza premuroso da includere i miei genitori nella sua folle pianificazione del matrimonio.

Mamma adora vestirsi in modo elegante e non l'avrebbe presa bene, se avesse dovuto indossare un abito più vecchio o qualcosa che non trovava sufficientemente speciale.

"Come sta Papà?" chiedo, mentre Pam e Suzie sbattono tutti gli altri fuori dall'appartamento e mi fanno rimanere con la biancheria intima per provare il vestito.

"Sta bene. Sta ancora metabolizzando tutto, ma—" Sussulta, quando vede il vestito. "Wow, Sara. È magnifico!"

"È Monique Lhuillier" le dice Pam con orgoglio, mentre Suzie mi aiuta a indossarlo e allaccia i bottoni sul retro. "Tutti pizzi fatti a mano—ogni singolo centimetro."

"Sara, è..." Mamma sbatte le palpebre più volte, poi singhiozza rumorosamente. "Tesoro, sei così bella... semplicemente meravigliosa, come una principessa delle fiabe."

"Davvero? Lasciami guardare." Aspetto che Suzie aggiunga i fermacapelli, poi mi avvicino allo specchio del bagno.

Una straordinaria bellezza mi fissa, con gli occhi punteggiati di verde enormi e misteriosi nel viso impeccabile. Ed è impeccabile. La cicatrice sulla fronte dovuta all'incidente—quasi invisibile ultimamente—è completamente sparita, e la mia pelle è liscia e priva di imperfezioni come il vetro. Un'ora di trucco, e sembra che non ne abbia affatto—salvo il fatto che ogni lineamento è perfetto come se avessi usato Photoshop.

I capelli danno l'impressione della principessa. Tirati su in un insolito mix di ricci ed onde, ogni ciocca è così lucente e setosa che quasi non la riconosco come mia. Anche il colore—castano scuro con sfumature di rosso—è più ricco e luminoso accanto ai fermacapelli di diamanti; tuttavia, questo potrebbe essere dovuto alla lucentezza extra conferita da tutti quei prodotti.

Pam aveva ragione riguardo all'acconciatura: è esattamente ciò di cui questo abito aveva bisogno. Il pizzo conferisce all'elegante vestito da sirenetta una qualità eterea, ma è solo in combinazione con l'acconciatura intricata che assume quel magico aspetto da fata che ha fatto strabuzzare gli occhi a mia madre.

Mentre mi guardo allo specchio, mi si stringe la gola.

Mi sto per sposare.

Con Peter.

Oggi.

L'ondata di panico è tanto spontanea quanto irrazionale. Con un respiro affannoso, chiudo la porta del bagno e mi appoggio contro di essa, dimenticandomi del fragile pizzo. Il mio cuore è come un tamburo di guerra nel petto, con il respiro rapido e poco profondo.

Mi sto per sposare. Con Peter.

Non capisco quale sia la fonte del panico, ma questo non lo rende meno intenso. Posso sentire il sudore gelido sulla fronte e nelle ascelle, e devo davvero impegnarmi per rimanere in piedi e non collassare sul pavimento.

Peter e io ci stiamo per *sposare*.

"Sara?" Mamma bussa alla porta, sembrando preoccupata. "Stai bene, tesoro?"

Sto bene? Dovrebbe essere così. Dovrei essere al settimo cielo, in realtà. Sto per sposare l'uomo che amo, uno che ha fatto di tutto per dimostrarmi che mi ama... per rendermi felice, nonostante il nostro inizio infausto.

È questo il problema? Una parte di me non riesce ancora a superare ciò che ha fatto Peter?

Il volto impeccabile nello specchio non ha risposte, così faccio un paio di respiri profondi e cerco di calmare la voce. "Sto bene, Mamma. Ho solo un po' di mal di stomaco."

"Oh, povero tesoro. Hai un Pepto-Bismol in casa?"

"No, ma sto bene. Dammi solo un secondo." Faccio qualche altro respiro più profondo, e, quando il cuore non minaccia più di uscirmi dal petto, bagno un asciugamano e lo sfrego sotto le braccia. Quindi, riapplico l'anti-traspirante e picchietto sulla parte superiore dell'attaccatura dei capelli con un fazzoletto, facendo attenzione a non rovinare il trucco.

Quando lo specchio conferma che non sono rimaste tracce dell'improvviso attacco di panico, mi stampo un sorriso sulle labbra ed esco, assicurando ancora una volta a mamma che sto bene.

Torniamo nel soggiorno, che ora è sorprendentemente deserto.

"Se ne sono andati tutti" dice mamma, sorridendo davanti alla mia espressione sorpresa. "Mentre eri in bagno."

"Oh." Guardo l'orologio e sono scioccata nel vedere che sono già le due del pomeriggio.

Non mi stupisce che Peter volesse essere sicuro che facessi una colazione abbondante.

"La cerimonia inizia alle quattro, ma Peter ha detto che il fotografo arriverà alle tre per le foto di famiglia" dice mamma. "Quindi, dovremmo andare. Tuo padre sta arrivando."

"Giusto, ok." Stringo la mano a pugno per nascondere il leggero tremore delle dita. La gola mi sembra ancora troppo stretta, e il pensiero di tutto questo—le foto, la cerimonia, tutti che guardano e spettegolano—è insopportabile, assolutamente travolgente.

"Mamma..." mi premo la mano sullo stomaco, che ora è davvero in subbuglio. "Sai, credo di aver davvero bisogno di una medicina. C'è una farmacia a un isolato di distanza, quindi—"

"Che cosa? Sei impazzita?" Mamma mi spinge sul divano. "Non puoi andare da nessuna parte vestita così. Siediti, rilassati e torno subito, ok?"

"No, Mamma, va tutto bene. Mi toglierò un attimo l'abito e—"

"Siediti." Il tono di mamma non lascia spazio a discussioni. "Sarò anche vecchia, ma posso camminare per un isolato. Tornerò tra qualche minuto, e tu nel frattempo ti siedi e ti riposi, ok? Forse mangi anche qualcosa—potresti avere un basso livello di zuccheri nel sangue."

Forse ha ragione. Non appena mamma se ne va, vado in cucina e metto qualche avanzo nel microonde. Ricordo questa particolarità del mio primo matrimonio: essere troppo occupata per mangiare e sentirmi svenire. Questa volta, ho decisamente meno preoccupazioni, grazie a Peter che supervisiona tutto, quindi in realtà ho qualche minuto a disposizione per mangiare qualcosa.

Il fotografo può aspettare.

Il campanello suona proprio mentre sto tirando fuori la pasta dal microonde.

"È aperto, Mamma" urlo, afferrando un tovagliolo

per essere certa di non scottarmi con il piatto bollente, e poi mi rendo conto che è troppo presto perché lei sia tornata.

Qualcuno degli addetti al trucco ha dimenticato qualcosa?

Posando il piatto di pasta, esco dalla cucina e mi blocco.

L'Agente Ryson è nel mio soggiorno, con lo sguardo derisorio che si posa sul mio abito bianco.

P*eter*

"Ce l'hai fatta davvero" dice Anton con ammirazione, mentre sistemo la cravatta nera davanti allo specchio. "Vita civile, amnistia, ragazza e tutto il resto. Non riesco a crederci, cazzo."

"Credici." Mi volto e sorrido ai miei ex compagni di squadra. "Come sto?"

"Non male." Yan cammina intorno a me, studiandomi in modo critico. "Avrei optato per una cravatta bianca, però. Più formale e più adatta per la tua tonalità di pelle."

Anton alza gli occhi verso di lui. "Smettila di essere un metrosessuale del cazzo. Seriamente, Ilya, che diavolo dava da mangiare tua madre a quello?"

"La stessa merda che dava da mangiare a me" risponde Ilya, e si mette davanti allo specchio per sistemare la cravatta. A differenza del fratello elegante, che sembra essere nato per indossare un completo, Ilya sembra un malvivente travestito. La giacca è tirata sulle sue spalle potenziate dagli steroidi, e i tatuaggi sul cranio rasato brillano minacciosamente alla luce del giorno.

Il padre di Sara potrebbe avere un infarto solo guardandolo—e questo senza sapere dell'arsenale nascosto nella giacca.

In tutte le nostre giacche.

Non c'è motivo di preoccuparsi, naturalmente, ma mi sento ancora a disagio. Tornando ai bei vecchi tempi, eventi come questo, specialmente in un luogo all'aperto, spesso rappresentavano un'opportunità per noi. Matrimoni, compleanni, funerali—ci piacevano tutti, perché i nostri obiettivi, tutti presi dall'emozione, inevitabilmente dimenticavano alcuni aspetti chiave della sicurezza.

È un errore che non ho intenzione di commettere, ed è per questo che oltre al mio solito gruppo che controlla Sara ho assunto altre venti guardie del corpo e ho commissionato la sorveglianza aerea attraverso una dozzina di droni.

Nessuno si avvicinerà a mia insaputa a meno di un chilometro dalla cerimonia.

"Allora, com'è la vita civile finora?" chiede Yan, facendo un passo verso di me, mentre mi dirigo fuori per controllare se il fotografo è arrivato. "È come la immaginavi?"

Il suo tono è beffardo, come al solito, ma quando lo guardo, non scorgo alcun divertimento sul suo viso.

"Sì" rispondo, decidendo di rivelargli la verità. "Dovresti provarla qualche volta."

Ridacchia, ma il suono è privo di umorismo. "No, grazie. Mi sto godendo troppa questa vita."

Annuisco, per nulla sorpreso. Invece di approfittare dell'amnistia che ho ottenuto per lui, Yan ha rilevato un'attività—pratiche, società di comodo, regolatori di conti e tutto il resto—e ha sfruttato i contatti del team per ottenere lavori nuovi e sempre più redditizi. L'acquisizione è avvenuta il giorno dopo che ho lasciato la proprietà di Esguerra, il che significa che Yan l'aveva pianificata da un po'.

Avevo ragione ad essere prudente.

Se non avessi rinunciato quando l'ho fatto, uno di noi sarebbe probabilmente morto.

Come previsto, Ilya si è unito al fratello nella nuova avventura, ma Anton ci sta ancora pensando.

"Sono già fottutamente ricco, sai" mi ha detto al telefono due settimane fa, quando Yan ha insistito di nuovo per ottenere una risposta. "Potrebbero mancarmi l'adrenalina e tutto il resto, ma non ho bisogno di altri soldi—a differenza di Yan." Ha fatto una pausa, poi ha chiesto con attenzione: "Non sei arrabbiato con lui, vero?"

"No" ho detto ad Anton, ed è vero. Ho detto ai ragazzi che possono andare avanti con gli affari, se vogliono, quindi che cosa mi importa se Yan aveva intenzione di farmi le scarpe per tutto il tempo? Nessuno di noi è un angelo e, in fondo, ho sempre saputo che Yan non si sarebbe accontentato di seguire gli ordini ancora a lungo.

Anche in Russia, c'era stato qualche accenno a questo—un campanello d'allarme che ho ignorato, quando ho offerto ai gemelli Ivanov un posto nella mia nuova squadra.

Nel contesto del mio vecchio mondo—del *nostro* mondo—Yan Ivanov è sempre stato abbastanza fedele e, dal momento che abbiamo evitato lo scontro finale, è logico rimanere in buoni rapporti.

Non è detto che non avrò mai bisogno di un favore.

"Che cos'hai intenzione di fare qui?" chiede Yan, quando mi fermo a contare le sedie di fronte al gazebo. "A parte pianificare matrimoni?"

"Ho alcune idee in mente" dico, finendo il conteggio. Mancano alcune sedie—cosa a cui lo staff del locale deve porre rimedio immediatamente. "Per ora, la pianificazione del matrimonio è andata bene."

"Sai che ti stai illudendo, vero?" Il tono di Yan è privo di qualunque accenno di scherno, e quando mi volto per guardarlo, scorgo una strana serietà nei suoi freddi occhi verdi. "Tutto questo non fa per te—non più di quanto farebbe per me."

Lui ed Esguerra hanno letto lo stesso copione? "Chi stai cercando di convincere?" chiedo, incuriosito. "Me o te stesso?"

Sostiene il mio sguardo, poi annuisce, come se

vedesse qualcosa che mi sfugge. "Buona fortuna" dice sottovoce. "Farò il tifo per te."

E girandosi, torna indietro, lasciandomi da solo a rintracciare il fotografo.

IL MIO CUORE SALTA UN BATTITO, POI RIPRENDE A martellare.

Non può essere vero.

Non possono arrestare Peter il giorno delle nostre nozze.

"Agente Ryson." Sono orgogliosa della fermezza nella mia voce. "Che cosa ci fai qui?"

Mi rivolge un sorrisetto. "Oh, non preoccuparti, Dottoressa Cobakis—o futura Dottoressa Garin? Non sono qui in veste ufficiale."

Il mio frenetico battito cardiaco rallenta leggermente. "Perché sei qui, allora?"

"Per porgere le mie congratulazioni, ovviamente."

La sua bocca si contorce. "Tu e il tuo amante russo sicuramente ci avete ingannati tutti."

Rimango in silenzio, perché che cosa posso dire? Capisco come debba sembrare dal suo punto di vista—dal punto di vista di chiunque abbia seguito la storia fin dall'inizio, in realtà. Sto per sposare l'assassino di George, l'uomo che mi ha torturata con l'acqua, che ha invaso la mia vita e che mi ha rapita.

L'uomo cui Ryson ha trascorso gli ultimi due anni a dare la caccia.

"Dimmi una cosa, Dottoressa Cobakis" continua amaramente l'agente. "A che punto tu e Sokolov avete cospirato per sbarazzarvi del tuo marito con il cervello danneggiato? È successo prima o durante la cosiddetta aggressione nei tuoi confronti?"

Sospiro, inorridita. È questo che pensa davvero? "Ti stai sbagliando. Non ho mai—"

"Non ci hai mai mentito? Non hai mai finto di aver bisogno della protezione dall'uomo che stai per sposare?" Il suo sguardo è tagliente. "Sì, credo che sia così."

Mi brucia il collo. "Non era così. Non all'inizio."

"Oh, davvero? Com'era allora? Ti ha fatto il lavaggio del cervello in Giappone? Ti ha mostrato qualche trucco da camera da letto per farti dimenticare tutto il sangue sulle sue mani? Forse non ti importava dell'alcolista da cui stavi divorziando—sì, sappiamo tutto—ma il tuo amante ha ucciso anche le guardie di Cobakis. Uomini buoni, uomini onesti. Ha fatto saltare loro le cervella, o l'hai dimenticato?"

Ingoio la bile che mi sta salendo nella gola. "Ovviamente no."

"No?" Ryson si avvicina. "E che mi dici dei poliziotti sull'elicottero che ha abbattuto, quando hanno cercato di salvarti dal presunto rapimento? O di tutti gli altri che ha ucciso e torturato in nome di qualunque giustizia contorta stesse perseguendo? Vorresti che ti dessi un elenco di tutte le sue vittime, in modo da poterlo appendere sulla parete sopra il tuo letto matrimoniale?"

Sto tremando ora, con lo stomaco in completa rivolta. L'odore della pasta riscaldata, così allettante un minuto fa, mi sta facendo venire voglia di vomitare, e devo davvero sforzarmi per sostenere lo sguardo di Ryson invece di raggomitolarmi in una piccola palla di vergogna sul pavimento.

È tutto vero.

Peter è un mostro, e lo sono anch'io per essermene innamorata.

Davanti alla mia mancanza di risposta, l'agente sbuffa con fare derisorio. "Niente da dire? Beh, lascia che ti dia un piccolo avvertimento." Si avvicina finché non ho altra scelta che fare un passo indietro. Incombendo su di me, dice sottovoce: "Non so chi abbia agito dietro le quinte, dando a tutti e due una fedina pulita, ma se c'è una cosa che ho imparato nel corso degli anni è che gli psicopatici come Sokolov non cambiano. *Commetterà* un altro crimine e, quando lo farà, l'accordo che ha stretto con i miei superiori sarà annullato. Aspetteremo—e ora, Dottoressa Cobakis, abbiamo anche il *tuo* numero."

Fa un passo indietro e si gira, come se volesse andarsene, ma poi si ferma e dice voltandosi: "Oh, e ancora congratulazioni. Sei una bellissima sposa. Spero che sarete molto felici insieme."

Poi, esce, sbattendo la porta dietro di sé, e riesco a malapena a raggiungere il bagno prima che il mio stomaco si liberi, espellendo il contenuto nel water.

eter

È IN RITARDO.

La cerimonia inizierà tra quarantacinque minuti, e Sara non è ancora qui.

Rivolgo una feroce occhiata al fotografo, mentre lui guarda l'orologio, e impallidisce, poi distoglie lo sguardo e inizia a giocherellare con i suoi gemelli, come se niente fosse.

Secondo le guardie del corpo che sorvegliavano l'appartamento di Sara e i dispositivi di localizzazione che ho impiantato su di lei, la mia sposa è ancora a casa con sua madre. Le ho chiamate diverse volte, ma solo Lorna ha risposto una volta. "Sara ha lo stomaco sottosopra" mi ha informato brevemente e ha riattaccato—inviando le mie chiamate in segreteria telefonica da allora.

Preoccupato e sempre più irritato, osservo le persone che si aggirano intorno al gazebo in piccoli gruppi, bevendo champagne e mangiando le tartine disposte ad arte. Quasi tutti sono già qui, apparentemente divertiti, sebbene alcuni degli ospiti—soprattutto gli amici e gli ex colleghi di Sara—mi guardino come se fossi Osama bin Laden. Yan sta chiacchierando con i nuovi colleghi di Sara, mentre Ilya sembra affascinato da quello che i compagni di band di Sara gli stanno raccontando sulle loro esibizioni. Anton sta parlando con il padre di Sara del fatto di essere cresciuto in Russia, e vedo perfino Joe Levinson, l'avvocato a cui piace Sara, che trangugia bicchieri di tequila al bar e fissa cupamente nella mia direzione.

Ha le palle a presentarsi qui. Non sa che sono a conoscenza del suo interesse per Sara, però. Se la guarda nel modo sbagliato, non vivrà abbastanza da potersene pentire.

Sempre ammesso che lei si presenti per essere guardata da qualcuno.

Aspetto ancora cinque minuti, controllando la mia app di tracciamento di Sara ogni trenta secondi, e poi chiamo Danny, che fa parte dell'equipaggio delle guardie del corpo di Sara oggi.

"Ho bisogno che tu salga nell'appartamento" dico quando risponde. "Porta il tuo telefono a Sara e non andartene finché non mi avrà chiamato."

"D'accordo."

Riattacca, e cinque minuti dopo, il mio telefono si illumina per una telefonata dal numero di Danny.

"Sara?"

"Peter, io..." Deglutisce. "Mi dispiace così tanto. Ho solo bisogno di un po' di tempo."

La mia preoccupazione si intensifica. "Qual è il problema? È successo qualcosa?"

"No, niente. Ho solo lo stomaco sottosopra."

"Hai bisogno che ti mandi un medico? Vuoi che ti porti qualcosa?"

"No, è solo che..." Si interrompe, poi dice attentamente: "Ascolta, Peter, so che non è il momento, ma—"

"Stai cercando di tirarti indietro?" La mia voce è dolce, e non tradisce affatto la furia che esplode in me. "È di questo che si tratta?"

"No, niente affatto. Ho solo bisogno di un po' di tempo. Il tuo ritorno, il matrimonio—sta accadendo tutto molto velocemente. Non sto dicendo che non dovremmo farlo, ma forse è troppo presto, forse potremmo vivere insieme per un po', vedere se—"

"Vedere cosa?" Il metallo duro del telefono mi taglia il palmo. "Se funziona? Credi davvero che le cose andranno così?" La rabbia è esplosiva dentro di me, ma mantengo un tono gentile e un'espressione calma, mentre mi nascondo dietro una piccola macchia di alberi, lontano da orecchie e occhi curiosi.

"Peter, per favore. Ti sto solo chiedendo una breve

proroga. Possiamo dire alla gente la verità—che non mi sento bene—e poi..."

"Lascia che ti spieghi come andranno le cose, ptichka" dico con voce ancora più dolce. "Puoi andare con Danny ora, venendo direttamente qui senza ritardi, o verrò a prenderti io. Solo che non torneremo qui in quel caso. Anzi, non ci sarà motivo per cui tornare qui, perché non intendo lasciare testimoni di questo sfortunato evento." Faccio una pausa, poi chiedo gentilmente: "Capisci che cosa sto dicendo, amore mio?"

Cala il silenzio sul telefono. Poi, dice con un sussurro spezzato: "Non lo faresti."

"No? Mettimi alla prova." Aspetto un attimo, poi aggiungo: "Naturalmente, i tuoi genitori non rientrano nella categoria dei testimoni. So quanto siano importanti per te, quindi li porteremo con noi, quando ce ne andremo. Che ne dici? Si godranno una vacanza esotica, non credi?"

È così silenziosa che sono quasi certo che proverà a scoprire il mio bluff. Solo che non sto bluffando. Non me ne frega un cazzo di queste persone, ad eccezione dei genitori di Sara. Se mi costringerà a farlo, porterò avanti la mia minaccia, anche se questo dovesse significare rinunciare all'amnistia che ho combattuto così duramente per ottenere.

Senza Sara, nessuna di quelle stronzate ha importanza.

Se non posso averla, tanto vale bruciare tutto il mondo del cazzo.

"Sei pazzo" sussurra infine, e sorrido cupamente, sentendo la capitolazione nella sua voce.

"Sì, lo sono, ptichka. Non dimenticarlo. Ci vediamo qui presto."

E, riattaccando, torno a chiacchierare con gli ospiti.

ara

STO ANCORA TREMANDO, QUANDO ESCO DALLA MIA camera da letto, stringendo il telefono di Danny con una mano e lisciando il morbido pizzo dell'abito con l'altra.

"Sono pronta per andare, Mamma" le dico, quando si alza dal divano, chiaramente sorpresa di vedermi.

"Sei sicura? Tesoro, sei davvero pallida."

"No, sto bene, Mamma." Mi sforzo di sorridere. "Il farmaco sta facendo effetto finalmente."

Mia madre è tornata con la medicina proprio mentre stavo uscendo dal bagno dopo aver vomitato, così ho preso immediatamente un paio di pillole e le ho detto che dovevo sdraiarmi per qualche minuto. Pensavo che avrebbe accettato quella spiegazione, ma mentre le sue sopracciglia si sollevavano, ho capito che mi stavo solo illudendo.

Mamma mi conosce fin troppo bene.

"Sara, tesoro... sai che non devi per forza andare fino in fondo, vero?" dice, fermandosi di fronte a me. "Se hai dei ripensamenti, puoi cambiare idea. Tutti capirebbero. Non devi sposarlo, se non sei pronta."

Si sbaglia. Non posso cambiare idea—non se voglio che tutti i nostri amici sopravvivano alla giornata. Non so se Peter farebbe davvero ciò che ha lasciato intendere, ma non posso correre questo tipo di rischio.

Non con un uomo capace di cose così mostruose.

Se l'obiettivo dell'agente era quello di farmi sentire inferiore a un insetto schiacciato, c'è riuscito egregiamente. Ogni parola che mi ha rivolto sembrava una pallottola, perché era tutto vero. I crimini che Peter ha commesso sono terribili, imperdonabili, e lo so. L'ho sempre saputo, eppure mi sono innamorata di lui.

Ho accettato il suo lato malvagio, l'ho abbracciato al punto che ho accettato di sposarlo di mia spontanea volontà. Nonostante la visita di Ryson, non avrei rifiutato Peter, anche se lui l'ha interpretato in questo modo. Stavo solo cercando di riprendermi dalle sferzate verbali di Ryson, con l'istinto che mi spingeva a prendere tempo.

Avrei scelto il matrimonio—solo un altro giorno.

"Non è quello, Mamma" dico, mentre mi scruta, cercando qualche traccia di dubbio. "Amo Peter, e voglio sposarlo. Solo che non mi sentivo bene."

Il suo sguardo si posa sul telefono che sto tenendo. "Che cosa ti ha detto?"

Sbatto le palpebre. "Che cosa?"

"Quel tuo autista che è venuto—ti ha dato quel telefono. Immagino per chiamare Peter, vero? Allora, che cosa ti ha detto il tuo fidanzato?"

"Niente. Mi ha solo ricordato che ora fosse. E a proposito"—guardo lo schermo illuminato del telefono—"dobbiamo proprio andare."

Mamma mi guarda in faccia per qualche altro istante, poi annuisce. "Va bene, cara. Se è quello che vuoi, andiamo. Il matrimonio ci sta aspettando."

Sara

DEVO AVERE LA TESTA DA UN'ALTRA PARTE, PERCHÉ IL viaggio fino a Silver Lake sembra durare solo pochi secondi. Sbattendo le palpebre, scendo dalla macchina tra l'allegria di alcuni ospiti, e il mio sguardo si posa su una figura alta e cupa a una decina di metri di distanza.

Peter.

Il mio nemico.

Il mio stalker.

Il mio amante.

Il mio futuro marito.

I suoi occhi sono come catrame grigio: non riflettono nulla, ma posso percepire le emozioni dentro di lui, sentire la violenza mascherata da quell'immobilità predatrice. Tuttavia, non posso fare a meno di guardarlo, facendo scorrere lo sguardo sulle potenti linee del suo corpo. Non l'ho mai visto vestito così formalmente prima d'ora, ma gli si addice, con l'elegante smoking che enfatizza la forma a V del busto e la camicia bianca che fa risplendere la pelle abbronzata.

È magnifico, stupendo come una stella del cinema, e, nonostante il continuo tumulto dentro di me, un calore prende il sopravvento, con quella reazione primordiale e incontrollabile come la paura che l'accompagna.

Potrei aver salvato gli altri presentandomi, ma la pagherò per quel ritardo.

Peter non lascerà correre sul mio momento di debolezza.

Sostengo il suo sguardo mentre mi avvicino, e allunga la mano, con la bocca piegata in un mezzo sorriso beffardo. Metto la mano nel suo grande palmo e sento il calore fino alle dita dei piedi—che sono gelide come le dita, mi rendo conto solo ora.

"Ciao, ptichka" mormora e china la testa per darmi un dolce bacio sulle labbra. Intorno a noi, sento alcuni "ohh"—probabilmente dai miei nuovi colleghi, che non hanno motivo di sospettare che siamo qualcosa di diverso da un semplice coppia innamorata. Con la coda dell'occhio, vedo Marsha che ci fissa, con il viso teso e pallido, e dietro a Peter c'è Joe Levinson, con l'espressione di qualcuno che sta partecipando a un funerale... in cui la bara è piena di esplosivi.

"Ciao" rispondo dolcemente, facendo del mio

meglio per ignorare tutti gli sguardi che ci circondano. "Il fotografo è qui?"

"Sì, amore mio. Andiamo."

Mettendomi una mano sulla schiena con fare possessivo, mi guida verso un punto pittoresco vicino al lago, dove un uomo con una macchina fotografica sta scattando foto a Phil e Rory.

Anche mio padre è già lì, e mia madre sta arrivando, camminando con la rapidità che le scarpe con i tacchi alti permettono. Mi scalda il cuore vederla così forte e sana; il ricordo di lei in ospedale, fasciata come una mummia, continua a tormentare i miei incubi.

Quando siamo a metà strada verso il lago e fuori dalla portata d'orecchio degli altri ospiti, alzo lo sguardo verso Peter e mormoro: "Mi dispiace."

La sua mascella si indurisce. "Ne discuteremo dopo."

Deglutisco e guardo in basso, facendo attenzione a non inciampare sul terreno irregolare con i tacchi alti. Non ho mentito: mi *dispiace*. Ora che sono tornata nell'orbita di Peter, sento l'inevitabilità di tutto ciò, l'attrazione dei fili oscuri che ci legano. I miei precedenti dubbi sembrano infondati e ingenui, irrazionali al limite della follia. Che importa se il nostro matrimonio è oggi, domani o tra un anno? Il mio tormentatore sarà lo stesso uomo, lo stesso assassino letale di cui mi sono innamorata.

Dal momento in cui ho conosciuto Peter, ho capito che non avrei avuto scampo, e quello che è successo oggi lo conferma.

Mentre ci avviciniamo al lago, vedo i compagni di squadra di Peter raggruppati insieme, da un lato, e li saluto. Mi fa piacere che ricambino il saluto. È strano, ma mi mancavano anche loro.

Per me, sono come i fratelli di Peter.

Quando raggiungiamo il lago, il fotografo—un uomo paffuto e barbuto che assomiglia a un Babbo Natale con i capelli scuri—ci sistema in una varietà di pose: guardandoci intensamente negli occhi, seduti su una panchina con Peter che mi tiene in braccio. Scatta foto di noi due insieme e poi di ciascuno da solo; di noi due con i miei genitori, e poi con tutti i nostri amici. Le combinazioni sono infinite, e dopo aver presentato Peter a tutti, mi ritrovo a vagare, sorridendo e posando automaticamente.

Peter avrebbe fatto quello che aveva minacciato?

Avrebbe ucciso tutta questa gente solo per punirmi per essermi opposta?

Voglio credere che la risposta sia no, ma l'istinto mi dice che è sì. Ne è capace, e la sua ossessione per me ha sempre avuto una sfumatura di oscurità, proprio come il nostro gioco nella camera da letto.

Peter mi ama, mi adora, farebbe qualsiasi cosa per me.

Compreso commettere un omicidio di massa.

È un pensiero terrificante—o almeno dovrei trovarlo terrificante. E lo faccio... la maggior parte del tempo. È solo che c'è una piccola parte di me che trova quel livello di ossessione inebriante, eccitante come saltare da una scogliera con un mare in tempesta.

"Pronta, amore mio?" La grande mano di Peter mi stringe possessivamente il gomito, e lo guardo, stordita.

"Per la cerimonia" chiarisce, e annuisco, lasciandomi condurre verso il gazebo.

Le cose stanno così.

Vita coniugale, stiamo arrivando.

*P*eter

LA MIA PTICHKA È PALLIDA E INCREDIBILMENTE BELLA accanto a me, mentre ascoltiamo il giudice che fa il suo discorsetto. Parla di amore e impegno, di sostenersi a vicenda nella buona e nella cattiva sorte, e un'oscura ondata di soddisfazione mi attraversa, quando rivolge la tradizionale domanda a Sara, e lei risponde sottovoce: "Sì, lo voglio."

Poi, si rivolge a me.

"Tu, Peter Garin, vuoi prendere Sara Cobakis come tua sposa, amarla e rispettarla, nella salute e nella malattia, finché morte non vi separi?"

"Sì" dico chiaramente, assicurandomi che la voce sovrasti il rumore del nostro piccolo pubblico. "Lo voglio."

"Ora puoi baciare la sposa" dice il giudice, e guardo Sara.

Mi sta osservando con gli occhi spalancati e le morbide labbra socchiuse, e chino la testa, sfiorando delicatamente le labbra su quella bocca allettante. È molto importante essere delicato adesso. La minima perdita di controllo potrebbe scatenare la rabbia che sta ribollendo dentro di me, e non posso permettere che ciò accada.

Non finché non saremo soli.

Ci sono applausi e fischi, e poi una melodia familiare inizia a suonare da dietro il gazebo.

La band che ho commissionato—quella per cui Sara sembrava così emozionata—è qui, dopo essersi preparata, ed è pronta per suonare durante la cerimonia. Mi è costato un bel po' di soldi averli qui per un paio d'ore, ma a giudicare dalla reazione degli ospiti, ne è valsa la pena.

"Andiamo?" Offro il braccio a Sara, mentre la maggior parte degli ospiti più giovani si affretta verso la musica, entusiasta per la possibilità di vedere i propri idoli dal vivo.

"Certo." La sua esile mano scivola nell'incavo del mio gomito, mentre mi rivolge un sorriso cauto. "Andiamo."

Non abbiamo preparato un ballo, ma viste le sollecitazioni dei nuovi colleghi di Sara, la prendo tra le mie braccia e ondeggiamo insieme durante una canzone lenta e romantica, che riconosco essere un classico piuttosto che uno dei successi della band.

Ancora una volta, devo stare attento, devo mantenere un tocco leggero e delicato, mantenere la giusta distanza, invece di tirare Sara verso di me e strapparle quell'elegante abito bianco per prenderla qui davanti a tutti, su questo morbido prato verde.

Per fortuna, la canzone lenta termina prima che il mio autocontrollo cominci a sgretolarsi, e la band si lancia in uno dei successi più popolari. I compagni della band di Sara e alcuni altri ospiti si uniscono a noi, ridendo e battendo le mani, e finiamo per ballare in gruppo prima che l'amica di Sara, Marsha, la trascini via per ballare con lei e due delle altre infermiere.

Aspetto che finisca la canzone, e poi faccio segno al personale del catering di iniziare a portare gli antipasti.

Dato che siamo circa due dozzine di persone, abbiamo tre tavoli: uno piccolo e rotondo per me e Sara, e due ovali più grandi per il resto degli ospiti. Non mi sono preoccupato dei posti assegnati, così i genitori di Sara finiscono con i loro amici, e la maggior parte degli amici e dei colleghi di Sara si riunisce all'altro tavolo.

Il cibo è fantastico, come dovrebbe essere quello di uno chef con otto stelle Michelin, e, mentre iniziamo a mangiare, la maggior parte degli ospiti sembra divertirsi. Anche Sara deve pensarlo, perché dice tranquillamente: "Grazie per aver organizzato tutto. Questo è uno dei matrimoni più belli a cui io abbia mai partecipato."

Le sorrido, anche se tutto quello che vorrei è

piegarla sul tavolo. "Sono contento, amore mio. Voglio che tu sia felice."

E lo sarà, una volta superato qualsiasi dubbio abbia ancora su di noi. Me ne assicurerò. Farò tutto il necessario per renderla felice.

L'unica cosa che non farò è liberarla.

In ogni caso, non penso che lo voglia—non in profondità, dove conta davvero. Non so che cosa l'abbia spaventata questo pomeriggio, ma ho un sospetto.

Potrebbe aver saputo della morte di Sonny Pearson?

Non vedo come, visto che non è stata in clinica negli ultimi due giorni, ma è l'unica cosa che ha senso. Ad ogni modo, ho intenzione di andare fino in fondo.

Stasera.

Non appena saremo soli.

Dopo esserci rimpinzati di cibo, io e Sara abbiamo tagliato la torta—una splendida creazione a sette strati con glassa di panna acida—e poi tutti sono tornati a ballare e a scattare foto. Le brevi presentazioni che Sara ha fatto prima della cerimonia chiaramente non erano sufficienti per tutti, e presto mi ritrovo circondato da domande indiscrete da parte di ospiti, il cui coraggio sembra viaggiare insieme al consumo di alcol.

"Come vi siete conosciuti?" chiede Marsha, quasi ondeggiando sui piedi, mentre trangugia un altro bicchiere di champagne. "Sara ha detto che avete avuto una relazione complicata per un po'..."

"Sì, esattamente" interviene Joe Levinson, con la

mascella contratta in una linea dura. "Quando e come vi siete conosciuti? Nessuno di noi sapeva che Sara avesse una relazione."

Ricordo a me stesso che il coltello legato alla caviglia non serve ad affettare la gola di quest'uomo. "Ci siamo conosciuti in un club di Chicago qualche mese fa" rispondo con calma e facendo furtivamente un segnale ad Anton. "Dato che viaggiavo molto per lavoro, abbiamo deciso di mantenere la nostra relazione segreta, fin quando non fossimo stati certi che le cose avrebbero funzionato."

"E tu vieni dalla Russia?" Andy, l'infermiera con i capelli rossi, mi studia con un'espressione confusa. "Lo stesso Paese di—"

"Eccoti!" Anton mi dà una pacca sulla spalla. "Ti stavo cercando dappertutto. I ragazzi hanno bisogno di te per un momento."

"Scusatemi" dico educatamente agli ospiti e seguo Anton verso il lago, dove i miei compagni di squadra si sono radunati con una costosa bottiglia di vodka.

"Grazie per il salvataggio" dico, quando siamo fuori dalla portata d'orecchio degli amici di Sara. "Non sono dell'umore giusto per affrontare le loro domande oggi."

"Dovrai farlo prima o poi" dice Anton, e scrollo le spalle, anche se so che ha ragione.

Per integrarmi con queste persone, dovrò dar loro qualche risposta.

"Allora, come ci si sente ad essere di nuovo un uomo sposato?" chiede Ilya, versandomi un bicchiere di vodka.

Trangugio tutto invece di rispondere, sentendo il familiare bruciore nella gola. Non bevo molto—non l'ho mai fatto—ma oggi sono tentato. Voglio dimenticare ciò che ho provato, quando ho sentito la voce esitante di Sara al telefono, che mi diceva di aver bisogno di più tempo.

"Versamene altra" dico, allungando il bicchiere vuoto, e Ilya ubbidisce.

Ingoio di nuovo, poi restituisco il bicchiere a Ilya.

"Ancora?" chiede, e scuoto la testa.

"Basta così, grazie."

Questo dovrebbe essere sufficiente. Il mio autocontrollo già vacilla, e non ho intenzione di rischiare di fare del male a Sara, quando finalmente saremo da soli.

Non sono un *tale* mostro.

"Quindi è così, eh?" Anton fa un gesto verso la gente intorno al gazebo. "È quello che vuoi?"

"È *lei* che voglio." Mi siedo sull'erba, guardando Sara che va di gruppo in gruppo, ridendo e chiacchierando, fingendo di essere una sposa felice. "E lei viene con tutto il resto."

"Forse" dice Yan, allungando la mano verso la bottiglia. Svitando il tappo, beve un sorso direttamente dall'apertura. "O forse no."

Gli rivolgo un'occhiata tagliente. "Un esperto di mia moglie, vero?"

Si stringe nelle spalle e beve un altro sorso. "Potrebbe ancora sorprenderti. Pensi che sia così diversa da noi? Tutta dolcezza, bontà e gentilezza?

Pensi che una di quelle persone"—fa un gesto con la bottiglia verso gli ospiti—"sia tutta dolcezza e gentilezza?"

Guardo Sara invece di rispondere, e lui sospira. "Mi sorprende che tu, tra tutti, non lo capisca. Ti vuole, vero? Ti ama, anche se sa tutto sul tipo di uomo che sei?"

Non rispondo nemmeno a questo, e continua. "Perché pensi che sia attratta da te? Perché vede qualcosa di buono in te? O perché segretamente brama la crudeltà?"

Anton sbuffa. "Oh, per favore. Non ricominciare con queste stronzate. Ogni volta che bevi la vodka—"

"Scommetto su quest'ultima opzione" dice Yan, come se Anton non avesse parlato. "È più simile a te di quanto immagini, e tutte queste stronzate"—agita di nuovo la bottiglia verso il gazebo—"sono ciò che è stata addestrata a pensare che la renderà felice, non quello che vuole per davvero."

Mi alzo, togliendo qualche filo d'erba dai pantaloni. "C'è altra vodka sul nostro tavolo" dico a Ilya, che guarda con invidia il fratello che trangugia la bottiglia. "Farai meglio a prenderla, se la vuoi. Finirà presto."

Per quanto sia divertente ascoltare le chiacchiere da ubriaco di Yan, preferirei portare a letto la mia nuova moglie.

SENTO CHE IO E PETER SIAMO UNA FARSA, IN CUI ognuno sta recitando un ruolo. Lui è lo sposo gentile, riservato, ma estremamente educato, e io sono la sposa radiosa, spumeggiante ed emozionata. O almeno lo sono dopo tre bicchieri di champagne; aiutano davvero con la parte spumeggiante-ed-emozionata, che a sua volta aiuta ad evitare le domande eccessivamente insistenti dei miei amici.

Posso sempre andare a parlare con un altro gruppo di ospiti, ridendo e incoraggiando tutti a ballare—cosa che fanno volentieri, data la fonte della musica.

"Come ti senti, tesoro?" chiede mamma, quando raggiungo il loro piccolo circolo per un minuto. "Altri problemi alla pancia?"

"No, va tutto bene, Mamma." Rivolgo a lei e a papà il mio sorriso più solare. "Come state voi?"

Mamma sorride e si allunga per prendere la mano di papà. "Ci stiamo divertendo, come tutti gli altri. Il tuo Peter ha fatto un ottimo lavoro."

"Grazie, Mamma." Sorrido a entrambi. La reazione dei miei genitori era la mia più grande preoccupazione, e sono immensamente sollevata dal fatto che sembrino aver accettato la mia relazione—almeno esteriormente. Naturalmente non ho dato loro molta scelta, ma è comunque bello sapere che sono disposti a dare una possibilità a Peter.

"Eccoti qui" mormora una voce familiare, mentre un lungo braccio mi avvolge la vita.

Alzo lo sguardo per incrociare quello argenteo di mio marito e il suo sorriso, dimenticando di essere cauta per il momento. "Ciao. Dove sei stato?"

"Con i ragazzi" dice, indicando la sponda del lago, e rido mentre vedo i tre russi che si passano quella che sembra una bottiglia di vodka.

"E così, gli stereotipi sono veri?" chiede papà, seguendo il mio sguardo, e Peter annuisce, sorridendo.

"La maggior parte. Personalmente, preferisco la birra, ma a volte hai davvero bisogno di sentire la gola in fiamme." Mi guarda, con le labbra ancora curve. "Come ti senti, ptichka?"

Il mio respiro accelera, quando noto il sottotono oscuro in quel sorriso sensuale. "Oh, sto... sto bene."

"Ottimo." Mi prende il viso e sfiora teneramente le nocche sulla mascella. "Ero preoccupato."

Deglutisco, mentre il battito cardiaco sussulta di nuovo. Ci stiamo avvicinando al momento della resa dei conti, lo sento.

"Perché non lanci il bouquet e poi salutiamo gli ospiti?" suggerisce, come se mi leggesse nel pensiero. "È stata una lunga giornata e potresti non stare ancora bene."

"Sì, tesoro" interviene mamma, beatamente ignara dei pensieri che ho per la testa. "Perché non ve ne andate tutti e due? È stata una festa meravigliosa, e sono sicura che tutti hanno avuto da mangiare e da bere in abbondanza."

Guardo il sole che tramonta sul lago. "Ma—"

"Vieni, amore mio." Peter mi stringe il braccio intorno alla vita, anche se il suo sorriso permane. "Andiamo."

"Ok." Guardo i miei genitori. "Ciao. Ci vediamo presto."

"Ciao, tesoro." Mamma fa un passo verso di me, e Peter mi libera abbastanza a lungo da permettermi di abbracciare lei e poi papà. "Ancora congratulazioni."

"Grazie." Rivolgo loro un altro sorriso luminoso, e Peter mi conduce via per gettare il bouquet e salutare tutti gli altri ospiti.

"ALLORA, CI TRASFERIREMO?" CHIEDO, MENTRE scendiamo dall'auto vicino al mio edificio. La mia voce è un po' troppo bassa, ma tutto il coraggio alcolico si è esaurito durante il viaggio, facendo martellare il cuore più velocemente, man mano che ci avvicinavamo a casa.

"Vuoi farlo?" Peter mi guarda, con lo sguardo velato, mentre ci incamminiamo verso l'edificio. "Come ti ho detto, ho trovato alcuni posti carini, ma non volevo decidere senza prima consultarti."

Il suo tono non contiene tracce di scherno, ma lo percepisco comunque. Se oggi mi ha dimostrato qualcosa, è che detiene ancora tutto il potere—e che detta le regole.

Decido di stare al gioco. "Sì, credo che mi piacerebbe trasferirmi. Questa casa è troppo piccola per noi due—e sarebbe bello non avere così tanti vicini."

"Sono d'accordo." I suoi occhi assumono un bagliore più luminoso, e la voce si fa più profonda, mentre mormora: "Voglio averti tutta per me."

Arrossendo, apro la bocca per rispondere, ma in quel momento si piega e mi prende in braccio dolcemente, ignorando il mio sussulto.

"Tradizione" dice, sogghignando cupamente, ed entra nell'atrio, portandomi con la consueta disinvoltura.

Passiamo accanto alle mie giovani vicine nell'ascensore, e nascondo il viso nel collo di Peter, mentre gridano e urlano: "Congratulazioni!"

Dobbiamo assolutamente trasferirci da qualche parte con meno persone.

"Puoi mettermi giù" dico a Peter una volta dentro

l'ascensore, ma lui mi guarda, con gli occhi che si rabbuiano.

"Perché?" mormora, stringendo le braccia attorno a me. "Mi piace tenerti così."

Il mio battito riaccelera, con il nervosismo che riaffiora, e spingo sulle spalle di Peter. "No, davvero, mettimi giù, per favore."

"Perché?" La mascella si indurisce, con tutta la giocosità che lascia la sua espressione. "Per poter fuggire? Per nasconderti da qualche parte e mentire dicendo di star male?"

"Io *stavo* male!" Lo guardo storto, con la rabbia che spazza via l'ansia. "Chiedi a mia madre, se non mi credi. Ho vomitato e ho dovuto prendere un Pepto-Bismol."

Solleva le sopracciglia scure. "Che cosa?"

"Mamma te l'ha già detto. Al telefono—l'ho sentita dirtelo." Spingo di nuovo sulle sue spalle, mentre le porte dell'ascensore si aprono e lui esce, portandomi lungo il corridoio. "Il mio stomaco era sottosopra."

Il suo cipiglio si fa più evidente, mentre si ferma davanti alla porta del mio appartamento. "Sì, me l'ha detto, ma pensavo..." Mi mette giù con cautela e cerca le chiavi nella tasca.

"Pensavi che fosse una scusa? No, è successo davvero." Non perché stavo male, però. Mi mordo la parte interna della guancia, poi decido di non iniziare la nostra vita coniugale con una menzogna—nemmeno con un'omissione.

Aspetto che entriamo nell'appartamento, e poi dico in un tono più calmo: "Peter... c'è qualcosa che dovresti sapere. L'Agente Ryson è venuto qui oggi, proprio prima che uscissi."

Si trasforma in una statua, poi si gira verso di me, incredulo. "Che cosa?"

"Non in veste ufficiale" mi affretto a rassicurarlo. "Voleva solo parlare con me."

Le sue grandi mani si stringono ai fianchi. "Perché?"

"Credo che... credo che fosse frustrato. Per come è andata a finire. Pensa che gli abbia mentito e che"—deglutisco, con la gola che brucia—"abbiamo cospirato per uccidere George. Che volevo che ti sbarazzassi di George, perché aveva un danno cerebrale ed era un alcolista da cui avevo già intenzione di divorziare."

Peter impreca sottovoce. "Quel fottuto ublyudok. Avrei dovuto—" Si ferma e fa un respiro per calmarsi. Con un tono più dolce, chiede: "Ti ha fatta arrabbiare, ptichka?" Fa un passo verso di me, e mi prende dolcemente il mento, costringendomi a guardarlo. "È per questo che mi stavi dando buca?"

Riesco ad annuire debolmente. "Mi dispiace. Davvero. Stava già succedendo così velocemente, e poi è venuto lui e..." Chiudo gli occhi, poi li riapro per incrociare di nuovo il suo sguardo grigio-tempesta. "Mi dispiace. Non stavo pensando lucidamente."

Peter muove la mano sulla mia mascella, con un tocco delicato e tenero. "Che cos'altro ti ha detto, amore mio?"

"Niente. Era solo—Oh, ha detto che se farai qualcos'altro di natura criminale, l'accordo sarà nullo e vuoto... e che ora hanno anche il mio numero."

Lo sguardo di Peter si indurisce di nuovo. "Capisco." Fa un passo indietro, lasciando cadere la mano, e mi rendo conto che è arrabbiato—arrabbiato come non l'ho mai visto.

Improvvisamente preoccupata, faccio un passo avanti, prendendogli la mano in entrambe le mie. "Non gli farai niente, vero? Te l'ho detto, perché non voglio che ci siano bugie tra noi—non perché voglio che tu punisca Ryson."

Non risponde, ma vedo la risposta nella mascella serrata e nella rigidità del palmo nella mia stretta.

"Peter, non farlo, per favore. Ascoltami..." Gli stringo la mano. "È un agente federale, e *vuole* che ti comporti bene. In realtà, non sarei sorpresa, se fosse per questo che è venuto qui oggi: per provocarti e assicurarsi che tu violi le condizioni dell'accordo. Non fare il suo gioco. Non ne vale la pena."

L'espressione di Peter non cambia. "Sei preoccupata per lui o per me?"

Gli lascio andare la mano. "Per entrambi, ovviamente. Non voglio che tu gli faccia del male—e sicuramente non voglio che ti metta nei guai a causa sua."

"Hmm." Peter mi accarezza delicatamente la guancia. "Mi stavo chiedendo..."

Inumidisco le labbra. "Che cosa?"

"Saresti felice se me ne andassi e ti lasciassi libera? Se mi mettessi nei guai e dovessi andarmene per sempre?"

Sbatto le palpebre. "Ma... non lo faresti. Mi porteresti con te, vero? Se dovessi andar via?"

Il suo sguardo si rabbuia. "Può essere. È questo che vorresti, ptichka?"

Mi si stringe il petto, con il respiro che diventa affannoso. "Peter... Io..."

"Non riesci ancora a dirlo, vero?" Mi prende di nuovo il mento, costringendomi a guardarlo. La sua voce contiene una strana nota. "Non riesci ad ammettere che questo è reciproco, che non sono l'unico ad essere pazzo."

Deglutisco con forza e indietreggio, liberandomi della sua presa. "Non è così."

"No?" Mi si avvicina, implacabile come uno squalo. "Dimmi perché oggi sei quasi scappata, allora. Dimmi come mai la visita di Ryson ti ha sconvolta in questo modo."

Continuo a indietreggiare fin quando la mia schiena non colpisce la parete. "Te l'ho già detto. Ti ho detto tutto."

"Non tutto." Appoggia i palmi sulla parete, su entrambi i miei lati, ingabbiandomi ancora una volta. Il suo tono è allo stesso tempo crudele e tenero, mentre mormora: "Non tutto, amore mio."

Lo fisso, con le pulsazioni che mi martellano le tempie. Non capisco che cosa stia cercando, che cosa desideri da me. "Peter, ti prego. Mi dispiace per oggi. Dico davvero. Ero così arrabbiata che non ero lucida, ma non è una scusa. Non avrei dovuto..." Scuoto la testa.

"No, non avresti dovuto" concorda, con gli occhi che si rabbuiano ulteriormente, e poi, senza preavviso, aggancia la mano nel corpetto del mio abito e lo strappa con sorprendente ferocia, lacerando il pizzo fatto a mano e facendo volare i bottoni di perle sul pavimento di piastrelle.

Ansimando, stringo la parte superiore dell'abito strappato, ma Peter mi gira intorno, premendomi il viso contro il muro. "Davvero, non avresti dovuto" mi ringhia nell'orecchio e strappa il vestito fino in fondo, facendolo penzolare sulle mie ginocchia.

Rimango col reggiseno bianco senza bretelline e la biancheria intima—pezzi sexy e di pizzo che ho indossato per abbinarli all'abito. Nemmeno quelli durano più di un momento, mentre Peter li strappa via, lasciandomi completamente nuda.

Ansimando, premo i palmi contro la parete, aspettandomi che mi faccia divaricare le gambe e che mi scopi, ma il suo braccio potente scivola intorno al mio petto, sollevandomi dai resti del vestito. Le mie scarpe, con i loro sottili cinturini attorno alle caviglie, rimangono sui piedi, mentre agito le gambe in aria, con lui che mi conduce implacabilmente in camera da letto.

Mi getta sul letto a faccia in giù, e mi affretto a girarmi, mentre fa un passo indietro per togliersi i vestiti. Vedo un lampo di metallo e sento un tonfo pesante, quando butta da parte la giacca—*era armato al nostro matrimonio?*— ma poi la mia attenzione si sposta su qualcosa di molto più pericoloso.

L'espressione sul suo volto.

Socchiude gli occhi, dilatando le narici, mentre si slaccia la cintura, e nella frenesia dei movimenti, scorgo il violento desiderio che è sempre lì, l'oscuro e selvaggio bisogno che pulsa anche nel mio intimo.

Mi farà del male stanotte, lo sento, e le viscere si stringono per un'ondata di paura e lussuria. Dovrei scappare, protestare, ma il mio corpo agisce di propria iniziativa, con le gambe che mi spingono giù dal letto per inginocchiarmi sul tappeto davanti a lui, allungando le mani verso la cerniera dei suoi pantaloni dello smoking.

"Sì, così, vieni qui" mormora sottovoce, contorcendo bruscamente le mani tra i miei capelli, mentre apro la cerniera e gli spingo giù i pantaloni, liberando l'erezione. È già completamente eccitato, con il cazzo lungo, spesso e così duro che le vene stanno per esplodere lungo l'asta. È un'arma, quel pene, ma anche uno strumento di piacere inimmaginabile, e mi viene l'acquolina in bocca, mentre lo fisso, ricordando come mi ha soffocata con esso—e come mi ha fatta bruciare.

Mi avvicina il viso e mi schiaffeggia il cazzo sulla guancia. Una volta, due volte, tre volte. Apro la bocca al quarto schiaffo e prendo la punta, succhiandola mentre incontro il suo sguardo. Il familiare sapore al muschio mi scalda ulteriormente l'intimo, e la mia mano sinistra serpeggia tra le gambe, mentre sollevo la destra per afferrargli le palle.

Il suo viso si contorce con feroce piacere, mentre lo stringo dolcemente, e spinge più profondamente nella mia bocca, stringendo i pugni nei miei capelli. "Cazzo..." geme, con voce bassa e roca. "Continua così, proprio così."

Obbedisco, lasciandomi fottere la gola, mentre gli massaggio le palle. Allo stesso tempo, strofino il clitoride con la mano sinistra, con le cosce che tremano per la tensione crescente, mentre trovo il ritmo giusto. Le sue pupille si dilatano ulteriormente, con i fianchi che si muovono sempre più velocemente, e ci sono quasi, quando sibila qualcosa in russo e improvvisamente mi spinge via.

Spaventata, cado all'indietro sui palmi, e, prima che possa riprendermi, mi afferra e mi getta di nuovo sul letto.

"Non te la caverai con così poco" ringhia, e respiro affannosamente, mentre mi passa la cintura intorno ai polsi, legandoli alla spalliera, e poi si muove lungo il mio corpo, con le mani forti che mi separano le gambe.

"Che cosa stai facendo?" Il mio battito cardiaco è così veloce che riesco a malapena a parlare. "Peter, per favore, non—"

"Zitta" respira sulla mia coscia, e sussulto, quando mi passa i denti sulle labbra, prima di spingere la lingua tra le mie pieghe, trovando infallibilmente il clitoride palpitante.

L'eccitazione è quasi istantanea. Il fuoco si fa strada nelle vene, e mi inarco, urlando e tirando la cintura, mentre l'orgasmo ritardato si abbatte su di me, facendo esplodere tutto il corpo. Ma il mio tormentatore non ha finito. La sua lingua si addolcisce quel tanto che basta da lasciarmi godere i residui dell'orgasmo, e poi due ruvide dita affondano dentro di me, trovando il punto G. Grido, mentre la sua lingua riprende a lavorare come una dannata, e non passa molto tempo prima che io venga di nuovo.

Non ha ancora finito, però, con l'abile bocca che si sposta lungo il mio corpo, dandomi baci ardenti sul ventre e sul seno, succhiandomi i capezzoli e la parte sensibile del collo. E per tutto il tempo, le sue dita rimangono dentro di me, mentre il pollice lavora sul clitoride, riportandomi di nuovo al limite.

Le sue labbra incontrano le mie proprio mentre comincio a venire, e gemo il rilascio nella sua bocca, assaggiando la lingua mentre approfondisce il bacio. I miei muscoli sembrano liquefatti dentro la pelle, con i polsi doloranti per aver strattonato la cintura; eppure, continua a scoparmi con quelle due dita ruvide, fino al climax e oltre.

Sono sull'orlo di un altro orgasmo, quando alza la testa e ritira le dita, solo per spostarle più in basso, spalmando la mia umidità su tutto il percorso. Mi agito, realizzando ciò che sta pianificando, ma è implacabile, e grido, chiudendo gli occhi, mentre il suo dito medio trova la mia apertura posteriore, con la scivolosità del sesso che agisce come un lubrificante, e il dito spinge dentro di me, oltre la resistenza dei muscoli serrati.

Mi ha già presa così, ma sono passati più di nove mesi, e il suo dito sembra enorme come il cazzo, con i bordi dell'unghia che lacerano i tessuti teneri. Il mio battito accelera, con il respiro che si blocca in gola, mentre ritira lentamente il dito che mi invade, solo per aggiungerne un altro.

"Peter..."

"Shhh." Mi bacia di nuovo, e, mentre le due dita premono sulla mia apertura, rendendomi nervosa per il panico, il pollice trova il clitoride indolenzito. L'orgasmo che si era quasi placato riaffiora, con la tensione che si infrange con una forza esplosiva, e mentre vengo, gemendo impotente, le due dita spingono fino in fondo.

Mi irrigidisco di nuovo, ma è troppo tardi, e tutto ciò che posso fare è respirare affannosamente, mentre distende il mio passaggio stretto, facendolo irritare e bruciare. La pienezza è insopportabile, invasiva, eppure sotto il disagio c'è la promessa di qualcosa di più, e il mio corpo si contrae per i residui orgasmici, inseguendo quella sensazione più oscura.

"Sì, così, ptichka" respira contro le mie labbra, e rabbrividisco quando il suo pollice trova di nuovo il clitoride. Non posso venire un'altra volta, è impossibile; eppure, il mio corpo non si rende conto di essere sfinito. La tensione si accumula nel mio intimo, avvolgendolo sempre di più, e sono sull'orlo dell'orgasmo, tremando e ansimando, quando le dita invasive escono dal sedere.

Gemo dalla frustrazione, tirando la cintura e inarcando i fianchi, e lui ride piano, con il suono basso e roco, mentre la parte sinistra del materasso affonda.

Spaventata, apro gli occhi, ma è già tornato, con un

flaconcino in mano. "Non preoccuparti, ptichka. Arriveremo lì" promette con voce rauca, e sobbalzo quando apre il flacone, facendo cadere il liquido fresco su tutto il mio sesso gonfio. Cola più in basso, verso la fessura tra le natiche, e il mio battito accelera di nuovo, quando i nostri sguardi si incrociano.

Nei suoi occhi, scorgo la fame e qualcosa di più, un'esigenza silenziosa ma feroce. Agganciando gli avambracci sotto le mie ginocchia, mi solleva le gambe sulle spalle e si sporge in avanti, distendendomi i muscoli posteriori della coscia, mentre guida il cazzo verso il mio sedere.

"È questo che vuoi da me?" I suoi occhi brillano, mentre si spinge in avanti. "È di questo che hai bisogno?"

Spinge più in profondità, e gemo per la pressione pungente, con il sudore che mi inumidisce la spina dorsale, mentre lo sfintere cede lentamente. Con le gambe appoggiate sulle sue spalle, non riesco a controllare la profondità della penetrazione, e scivola fino in fondo, riempiendomi fin quando lo stomaco si contorce e respiro con rantoli affannati e superficiali.

"Io non..." Faccio un respiro più profondo, combattendo un'ondata di vertigini. "Non capisco."

"No?" Fa una smorfia, con un crudele bagliore che gli illumina lo sguardo metallico, mentre si ritira a metà strada, solo per rientrare. "Oppure non riesci ad ammetterlo?"

L'ustione bruciante è ancora lì, la pienezza estrema come prima, ma quando il suo pollice atterra sul mio clitoride, una tensione allettante soffoca il dolore. Muove i fianchi lentamente, con l'enorme cazzo che scivola sempre più in fondo con ogni spietato colpo, e l'orgasmo inizia a crescere, con il piacere diverso da prima, più forte e più oscuro, doloroso quanto inebriante.

È troppo, troppo intenso, e mi ritrovo a supplicare e implorare, contorcendomi quanto la posizione restrittiva lo consenta. Ma la crudele luce rimane nei suoi occhi, con il ritmo immutato, anche se sulla fronte appaiono delle gocce di sudore.

"Rispondimi" gracchia, sporgendosi in avanti quasi per piegarmi in due, e urlo, quando il dolore scatena la scintilla, accendendo il fuoco che mi consuma. L'estasi esplode attraverso le terminazioni nervose, con la vista inondata di luce bianca, mentre chiudo gli occhi. Il formicolio mi attraversa la schiena, con il rilascio che riaffiora, facendo tremare ogni muscolo.

Lo sento gemere sopra di me e sento un caldo pulsare in profondità. Sta venendo anche lui, mi rendo conto vagamente, e spalanco le palpebre per il tempo necessario a vedere lo stesso doloroso piacere contorcergli il viso.

Respirando pesantemente, crolla su di me, e restiamo così, con i nostri respiri che si sincronizzano, mentre ci riprendiamo. Mi sento come se i muscoli posteriori della coscia potessero strapparsi, e il sedere brucia, mentre il suo cazzo si ammorbidisce gradualmente all'interno, ma non voglio muovermi.

Voglio rimanere così, con il corpo unito al suo per sempre.

"Sì" dico sottovoce, mentre alza lentamente la testa e si solleva per alleviare la pressione sulle mie gambe. I nostri occhi si incrociano e un cupo trionfo si accende nel suo sguardo, mentre ripeto stancamente: "Sì, è così."

Comprendo la sua domanda ora, e conosco la terrificante risposta. Questo è *ciò* che voglio da lui—ed è sicuramente ciò di cui ho bisogno. Dolore, punizione, forza—ho bisogno di questo da lui quasi quanto ho bisogno dell'amore e della tenerezza.

Ho bisogno del pacchetto completo, per quanto incasinato possa essere.

Si allunga in avanti e mi libera le mani, poi si ritira con cura da me e mi pulisce con un fazzoletto. Chiudo gli occhi, troppo esausta per potermi muovere, e le sue braccia forti scivolano sotto di me, sollevandomi dal letto.

Mi porta sotto la doccia e mi lava lì, asciugandomi il trucco imbrattato, districando tutti i ricci e le onde annodate della mia acconciatura. Poi, mi avvolge in un asciugamano e mi porta nel soggiorno, dove si siede sul divano, tenendomi stretta sul grembo.

Appoggio la testa sulla sua ampia spalla e il palmo sul cuore, sentendo il battito costante all'interno del petto muscoloso, mentre mi massaggia delicatamente la nuca, con le dita forti che sciolgono i nodi che non sapevo nemmeno fossero lì.

"Allora, dimmi." La sua voce è un rombo sommesso

e profondo sotto il mio orecchio. "Dimmi perché ti sei quasi tirata indietro oggi."

"Perché..." Perché Ryson mi ha ricordato la realtà delle cose, facendomi sentire inferiore a un mollusco— è quello che inizio a dire, ma poi mi fermo. Non è una bugia, ma non è nemmeno la verità. Ero in preda al panico prima della visita dell'agente, prima che mi costringesse ad affrontare l'amara realtà.

"Perché?" insiste Peter, interrompendomi.

"Perché..." Un nodo mi si forma nella gola, mentre chiudo gli occhi, poi li riapro, tirandomi indietro per incrociare il suo sguardo. È giunto il momento di smettere di fingere e di abbracciare la verità. Prendendo fiato, dico incerta: "Perché avevi ragione. Tornata in Giappone, quando hai detto che era troppo tardi per me, avevi ragione." Sta diventando sempre più difficile far uscire le parole, ma cerco di continuare. "Era troppo tardi allora, ed è decisamente troppo tardi ora. Non so quando è successo, ma da qualche parte lungo il nostro complicato cammino, mi sono innamorata di te. Solo che—" Mi fermo, con la gola che si chiude completamente.

I suoi occhi grigi si addolciscono, con la mano che riprende il leggero massaggio. "Solo cosa?"

"Solo che non riesco ad accettarlo" confesso, con le parole che sembrano pietre nelle corde vocali. "Ho bisogno..." mi fermo, non riuscendo a dirlo esplicitamente, ma lui capisce.

"Hai bisogno di questo." Solleva la mano per accarezzarmi la guancia. "Hai bisogno che io ti faccia del male a volte, che assuma il controllo e ti costringa. Che ti tolga le altre scelte, in modo che tu possa abbracciare quello che vuoi davvero."

Annuisco a scatti, sia vergognosa che sollevata. È sbagliato e codardo da parte mia, ma nel contesto di tutta la contorta situazione è l'unica cosa che sembra giusta. La nostra relazione non sarà mai come quella di altre persone... perché non dovrebbe esistere proprio. Torturatore e vittima, assassino e vedova del suo bersaglio—siamo impossibili insieme come qualsiasi predatore e preda, ma grazie a Peter, siamo qui.

La sua ossessione ci ha creati.

Lui capisce; lo vedo nel caldo argento del suo sguardo. "Così, oggi, quando ti ho chiamata" mormora, mettendomi una ciocca di capelli bagnati dietro l'orecchio "ne avevi bisogno, vero, ptichka? Avevi bisogno di sapere che andare via non era un'opzione... che dovevi sposarmi."

Deglutisco con forza, combattendo la tentazione di distogliere lo sguardo. "Penso di sì. Può essere. Io—" Mi fermo di nuovo, incapace di formulare il confuso mix di emozioni che sto provando. La sua minaccia mi aveva terrorizzata come previsto, ma ora mi rendo conto di essermi sentita anche sollevata.

In fondo, speravo che lo facesse, che mi strappasse la vergogna e il senso di colpa.

Piega la mano calda intorno alla mia mascella, con il pollice che mi sfiora dolcemente la guancia. "Va tutto bene, ptichka. Non starci male. È quello che è, e non c'è niente di male ad ammetterlo."

Lo fisso. "Non pensi che io sia... una persona orribile?"

"Perché mi ami o perché non riesci ad accettarlo completamente?"

"Entrambe."

Il suo sorriso è al contempo sensuale e triste. "No, amore mio. Sei un prodotto della tua educazione, come io lo sono della mia. Avevi ragione anche tu, nella clinica svizzera, quando hai detto che in un mondo diverso, in una vita diversa, sarebbe stato tutto diverso. Se potessi, cancellerei il passato, riscriverei la storia tra noi, ma al posto di quello, ti darò ciò di cui hai bisogno —ciò di cui entrambi abbiamo bisogno, se siamo sinceri."

Sostengo il suo sguardo, con gli occhi che bruciano. Capisce, perché è il mio specchio oscuro e terrificante, con i suoi desideri sia inversi che paralleli ai miei. Mi ama, lo ha dimostrato nei modi più vividi, ma una parte di lui ha anche bisogno di farmi del male, di punirmi per il dolore del passato.

Di controllarmi, in modo che io non possa lasciarlo.

In modo da non perdermi, come ha perso Tamila e suo figlio.

"Ti amo" dico sottovoce, con le parole che escono più facilmente la seconda volta. "Ti amo, Peter, con tutta me stessa. E apprezzo quello che hai fatto per me... quello a cui hai rinunciato."

Ha preferito me alla vendetta.

Ha preferito il nostro amore al desiderio di affrontare la morte.

Il suo sorriso si attenua—il ricordo di Henderson deve ancora fargli male—ma poi si sporge in avanti e mi dà un dolce bacio sulle labbra. "Lo so, ptichka. So che mi ami—e, in un modo o nell'altro, faremo funzionare le cose. Dobbiamo... perché non ti lascerò andare via."

Appoggio la testa sulla sua spalla, chiudendo gli occhi, e sento il cuore che batte in quel torace possente.

Ha ragione.

Faremo funzionare le cose.

Il nostro amore potrebbe non essere semplice e diretto, ma non è meno forte per come è iniziato. Questo matrimonio non sarà facile, ma sarà per sempre.

A prescindere da cosa succederà, lui ha me e io ho lui.

Finché saremo entrambi vivi.

Henderson

FISSO LO SCHERMO DEL COMPUTER, CLICCANDO DA un'immagine patinata all'altra, con la gola che brucia e la mano che trema per una rabbia nauseabonda.

Sono bellissimi, entrambi giovani e in salute, con i migliori abiti da sposi che la ricchezza macchiata dal sangue possa comprare. In una foto, la solleva sul petto; in un'altra, si tengono per mano e si guardano negli occhi.

Clicco di nuovo e assaporo l'amarezza della bile. Si stanno sorridendo in questa foto, accanto alla famiglia e agli amici di lei.

Qualcuna di queste persone sa?

Sono a conoscenza di ciò che lui è?

Lei sa. Non ho dubbi su questo. Lo vedo nei suoi occhi, nel suo sorriso grazioso e menzognero.

Lei sa, e lo ama.

Lo ha sposato, conoscendo le cose mostruose che ha fatto.

Ruoto la testa da un lato all'altro, cercando inutilmente di liberare l'agonizzante tensione. Le iniezioni degli steroidi non aiutano più, e il dolore mi divora, tenendomi sveglio la notte, aggiungendosi agli incubi e all'insonnia.

Tre anni in fuga.

Tre anni nella paura per le vite dei miei figli.

Tre anni, sapendo che tutti quelli che avevo lasciato alle spalle avrebbero potuto essere uccisi o torturati... che nessuno a cui tengo sarà mai veramente al sicuro.

Clicco su una finestra del browser e navigo sulla pagina Facebook di mia figlia. Non c'è niente lì da tre anni, niente sui social media di mio figlio. Anche loro hanno vissuto nella paura per tutto questo tempo.

Nella paura del mostro che sorride alla sua amorevole sposa.

Crede di aver vinto.

Crede che sia finita.

È convinto che lasceranno che il suo regno del terrore abbia la meglio.

Allontanandomi dal computer, apro la cartella sulla scrivania, cercando di mantenere la calma, mentre rivedo la lista dei nomi—la mia lista questa volta.

Julian Esguerra, il mostruoso animale domestico della CIA.

Il suo fedele compagno, Lucas Kent.

Yan e Ilya Ivanov.

Anton Rezov.

E, naturalmente, lo stesso Peter Sokolov.

Pensano di avercela fatta, di essere intoccabili.

Non potrebbero sbagliarsi di più.

È giunto il momento che il mondo li veda per i terroristi che sono.

In un modo o nell'altro, pagheranno.

ANTEPRIME

Grazie per la lettura! Se poteste lasciare una recensione, ve ne sarei molto grata. La storia di Peter & Sara continua con *Mia per sempre*. Se desiderate essere avvisati quando verrà pubblicato, vi invito ad iscrivervi alla mia mailing list sulla pagina www.annazaires.com/book-series/italiano/.

Se vi piace questa serie, vi potrebbero piacere i seguenti libri:

• *La Trilogia Strapazzami* - La storia di Julian & Nora, in cui Peter appare come personaggio secondario e ottiene la sua lista
• *La Trilogia Catturami* - La storia di Lucas & Yulia
• *La Trilogia su Mia & Korum* - Una storia d'amore dark-fantascientifica
• *La Prigioniera dei Krinar* – Uno standalone fantascientifico

Collaborazioni con mio marito, Dima Zales:

• *La Serie Le Dimensioni della Mente* – Urban fantasy

E ora, voltate pagina per un assaggio di *Strapazzami, Catturami* e *La Prigioniera dei Krinar*.

Nota dell'Autrice: *Strapazzami* è una trilogia dark erotica su Nora & Julian Esguerra. Tutti e tre i libri sono disponibili.

Rapita. Portata su un'isola privata.

Non avrei mai immaginato che potesse succedermi questo. Non avrei mai immaginato che un incontro casuale alla vigilia del mio diciottesimo compleanno avrebbe potuto cambiarmi la vita in questo modo.

Ora appartengo a lui. A Julian. A un uomo che è così spietato quanto bello—un uomo il cui tocco mi fa bruciare. Un uomo la cui tenerezza trovo più devastante della sua crudeltà.

Il mio rapitore è un enigma. Non so chi sia, né perché mi abbia presa. C'è un'oscurità in lui—un'oscurità che mi spaventa anche se mi attira.

Mi chiamo Nora Leston e questa è la mia storia.

~

È sera ormai. Ogni minuto che passa, l'ansia sale sempre di più al pensiero di rivedere il mio rapitore.

Il romanzo che stavo leggendo non mi interessa più. Lo poso e cammino in cerchio per la stanza.

Indosso gli abiti che Beth mi ha dato prima. Non è quello che avrei scelto di indossare, ma è sempre meglio di una vestaglia. Un paio di mutandine di pizzo sexy e bianche e un reggiseno abbinato come biancheria intima. Un bel prendisole blu con i bottoni nella parte anteriore. Mi sta tutto benissimo in modo sospetto. Mi seguiva da tempo? Scoprendo tutto di me, compresa la mia taglia di vestiti?

Quel pensiero mi dà la nausea.

Cerco di non pensare a quello che avverrà, ma è impossibile. Non so perché sono così sicura che verrà da me stasera. Forse ha un intero harem di donne da qualche parte sull'isola e fa visita ad ognuna solo una volta a settimana, come facevano i sultani.

Eppure qualcosa mi dice che verrà presto. Ieri sera aveva semplicemente stuzzicato il suo appetito. So che non ha finito con me, neanche per sogno.

Finalmente, la porta si apre.

Cammina come se fosse a casa sua. Ed è proprio così, infatti.

Rimango di nuovo colpita dalla sua bellezza mascolina. Potrebbe essere un modello o una star del cinema, con un viso del genere. Se ci fosse giustizia nel mondo, sarebbe stato basso o avrebbe avuto qualche altra imperfezione sul volto per compensare.

Ma non è così. È alto e muscoloso, perfettamente proporzionato. Ricordo cos'ho provato ad averlo dentro e sento una sgradita scossa di eccitazione.

Indossa ancora jeans e T-shirt. Una grigia questa volta. Sembra preferire i vestiti semplici e fa bene a farlo. Il suo aspetto non ha bisogno di altri accessori.

Mi sorride. È quel sorriso da angelo caduto —oscuro e seducente allo stesso tempo. "Ciao, Nora."

Non so cosa rispondere, così sputo la prima cosa che mi passa per la mente. "Per quanto tempo hai intenzione di tenermi qui?"

Inclina leggermente la testa di lato. "Qui in camera? O sull'isola?"

"Entrambi."

"Beth ti farà fare un giro domani, potrai nuotare se vuoi" dice, avvicinandosi. "Non verrai chiusa a chiave, a meno che tu non faccia qualcosa di stupido."

"Tipo?" chiedo, con il cuore che mi batte forte nel petto mentre si ferma accanto a me e solleva la mano per accarezzarmi i capelli.

"Cercare di fare del male a Beth o a te stessa." La sua voce è dolce, il suo sguardo ipnotico mentre mi guarda.

Il modo in cui mi tocca i capelli è stranamente rilassante.

Sbatto le palpebre, cercando di spezzare il suo incantesimo. "E per quanto riguarda l'isola? Per quanto tempo mi terrai qui?"

Mi accarezza il viso con la mano, piegandola sulla mia guancia. Mi sorprendo ad appoggiarmi al suo tocco, come una gatta che viene coccolata, e mi irrigidisco subito.

Le sue labbra si arricciano in un sorriso presuntuoso. Il bastardo sa quale effetto ha su di me. "A lungo, mi auguro" dice.

Chissà perché, non mi stupisce. Non mi avrebbe portata fin qui, se avesse solo voluto scoparmi un paio di volte. Sono terrorizzata, ma non sono sorpresa.

Raccolgo il coraggio e passo alla prossima domanda logica. "Perché mi hai rapita?"

Il sorriso abbandona il suo volto. Non risponde, semplicemente mi guarda con uno sguardo blu imperscrutabile.

Comincio a tremare. "Hai intenzione di uccidermi?"

"No, Nora, non voglio ucciderti."

La sua negazione mi rassicura, anche se potrebbe benissimo mentire.

"Hai intenzione di vendermi?" riesco a malapena a far uscire le parole. "Come prostituta o qualcosa del genere?"

"No" dice a bassa voce. "Mai. Sei mia e solo mia."

Mi sento un po' più calma, ma c'è ancora una cosa che devo sapere. "Hai intenzione di farmi del male?"

Per un attimo, non risponde. Per un istante qualcosa di oscuro lampeggia nei suoi occhi. "Probabilmente" dice lentamente.

E poi si china in avanti e mi bacia, con le sue calde labbra morbide e delicate sulle mie.

Per un attimo, resto lì bloccata, senza rispondere. Gli credo. So che dice la verità quando afferma che mi farà del male. C'è qualcosa in lui che mi fa paura, che mi ha spaventata fin dall'inizio.

Non è come i ragazzi che ho frequentato. Lui è capace di qualunque cosa.

E sono completamente alla sua mercé.

Rifletto ancora una volta sulla possibilità di affrontarlo. Questa sarebbe la cosa normale da fare nella mia situazione. La cosa coraggiosa da fare.

Eppure non lo faccio.

Sento l'oscurità dentro di lui. C'è qualcosa di sbagliato in lui. La sua bellezza esteriore nasconde qualcosa di mostruoso dentro.

Non voglio scatenare quell'oscurità. Non so cosa accadrà se lo faccio.

Così, resto immobile mentre mi abbraccia e gli permetto di baciarmi. E quando mi tira di nuovo su e mi porta sul letto, non cerco in alcun modo di opporgli resistenza.

Anzi, chiudo gli occhi e mi abbandono alle sensazioni.

∿

Tutti e tre i libri della trilogia *Strapazzami* sono già disponibili. Visitate il mio sito web all'indirizzo www.annazaires.com/book-series/italiano/ per saperne di più e per iscrivervi alla mia mailing list delle nuove pubblicazioni.

Nota dell'Autrice: *Catturami* è una trilogia dark romance, che vede come protagonisti Lucas & Yulia. Presenta delle somiglianze con la trilogia *Strapazzami*. Tutti e tre i libri sono disponibili.

Lo teme dal primo momento in cui l'ha visto.

Yulia Tzakova non è nuova agli uomini pericolosi. È cresciuta con loro. È sopravvissuta a loro. Ma quando incontra Lucas Kent, sa che il duro ex-soldato potrebbe essere il più pericoloso di tutti.

Una notte—è tutto quello che ci vuole. L'opportunità di farsi perdonare un incarico fallito e di ottenere informazioni sul commerciante d'armi, nonché capo di

Kent. Quando il suo aereo precipita, potrebbe essere la fine.

Invece, è solo l'inizio.

La vuole dal primo momento in cui l'ha vista.

A Lucas Kent sono sempre piaciute le bionde con le gambe lunghe, e Yulia Tzakova è stupenda. L'interprete russa potrebbe aver tentato di sedurre il capo di Kent, ma finisce nel letto di Lucas— che ha tutte le intenzioni di rivederla.

Poi il suo aereo viene abbattuto, e scopre la verità.

Lei lo ha tradito.

Ora, la pagherà.

Non appena la porta si apre, entra nel mio appartamento. Nessuna esitazione, nessun saluto— semplicemente entra.

Sorpresa, faccio un passo indietro, nel breve corridoio stretto che improvvisamente sembra troppo soffocante. Mi ero dimenticata di quanto fosse grosso, di quanto fossero larghe le sue spalle. Sono alta per essere una donna—abbastanza alta da fingere di essere una modella, se un incarico lo richiedesse—ma lui mi supera di una trentina di centimetri. Con il giaccone pesante che indossa, occupa quasi l'intero corridoio.

Ancora senza dire una parola, chiude la porta alle sue spalle e mi si avvicina. Istintivamente, mi ritraggo, sentendomi come una preda in trappola.

"Ciao, Yulia" mormora, fermandosi, appena usciamo dal corridoio. Il suo sguardo ceruleo è concentrato sul mio volto. "Non mi aspettavo di vederti in questo modo."

Deglutisco, con il cuore che mi batte all'impazzata. "Ho appena fatto un bagno." Voglio sembrare calma e sicura, ma mi ha letteralmente colta alla sprovvista. "Non mi aspettavo delle visite."

"No, me ne rendo conto." Un lieve sorriso appare sulle sue labbra, addolcendo i lineamenti duri della sua bocca. "Eppure, mi hai lasciato entrare. Perché?"

"Perché non volevo continuare a parlare dietro la porta." Faccio un respiro per calmarmi. "Posso offrirti un tè?" È una cosa stupida da dire, visto il motivo per cui è venuto, ma ho bisogno di qualche istante per riprendermi.

Solleva le sopracciglia. "Tè? No grazie."

"Allora, posso prendere il tuo giaccone?" Non riesco a smettere di comportarmi da brava padrona di casa, agendo con gentilezza per nascondere la mia ansia. "Fa piuttosto caldo qui dentro."

Un accenno di divertimento prende vita nel suo sguardo freddo. "Certo." Si toglie il giaccone e me lo porge. Rimane con un maglione nero e un paio di jeans scuri infilati negli stivali neri. I jeans gli stringono le gambe, mettendo in risalto cosce muscolose e polpacci forti, e sulla sua cinta vedo una pistola nella fondina.

Irrazionalmente, il mio respiro accelera a quella vista, e ci vuole un grande sforzo per impedire alle mie mani di tremare, mentre prendo il giaccone e lo appendo al mio piccolo armadio. Non mi sorprende che sia armato—sarei scioccata se non lo fosse—ma la pistola mi ricorda chi è Lucas Kent.

Che cosa è.

Non è un grosso problema, mi dico, cercando di calmare i miei nervi scossi. Sono abituata agli uomini pericolosi. Sono cresciuta in mezzo a loro. Quest'uomo non è molto diverso. Dormirò con lui, otterrò tutte le informazioni possibili e poi scomparirà dalla mia vita.

Sì, ecco cosa farò. Prima lo farò, prima tutto questo sarà finito.

Chiudendo la porta dell'armadio, mi stampo un bel sorriso sul viso e mi volto verso di lui, finalmente pronta a riprendere il ruolo della seduttrice sicura di sé.

Ma nel frattempo è già accanto a me, dopo aver attraversato la stanza senza fare il minimo rumore.

Il cuore riprende a battermi forte, e la mia ritrovata compostezza ricomincia ad abbandonarmi. È così vicino che posso vedere le striature grigie nei suoi occhi azzurri, così vicino che potrebbe toccarmi.

E un attimo dopo, mi tocca davvero.

Sollevando la mano, fa scorrere il retro delle sue nocche sulla mia mascella.

Lo fisso, confusa dalla reazione immediata del mio

corpo. La mia pelle si scalda e i capezzoli si induriscono, con il respiro che accelera. Non ha senso che questo duro e spietato estraneo mi ecciti così tanto. Il suo capo è più bello, più attraente, eppure il mio corpo reagisce a Kent. Tutto quello che ha toccato finora è il mio viso. Non dovrebbe significare niente, eppure in qualche modo è un tocco intimo.

Intimo e inquietante.

Deglutisco di nuovo. "Signor Kent—Lucas—sei sicuro che non posso offrirti qualcosa da bere? Forse un caffè o—" Le mie parole si affievoliscono in un rantolo senza fiato, quando raggiunge la cintura del mio accappatoio e la tira, con la stessa disinvoltura con cui si scarterebbe un pacco.

"No." Guarda il mio accappatoio che si apre, mostrando il mio corpo nudo. "Niente caffè."

Tutti e tre i libri della trilogia *Catturami* sono già disponibili. Visitate il mio sito web all'indirizzo www.annazaires.com/book-series/italiano/ per saperne di più e per iscrivervi alla mia mailing list delle nuove pubblicazioni.

Nota dell'Autrice: *La Prigioniera dei Krinar* è uno standalone che si svolge circa cinque anni prima della trilogia sulle *Cronache dei Krinar*.

Emily Ross non si sarebbe mai aspettata di sopravvivere alla caduta mortale nella giungla della Costa Rica, e sicuramente non avrebbe mai pensato di svegliarsi in un'abitazione stranamente futuristica, tenuta prigioniera dall'uomo più bello che avesse mai visto. Un uomo che sembra più che umano...

Zaron è sulla Terra per facilitare l'invasione dei Krinar —e per dimenticare la terribile tragedia che gli ha sconvolto la vita. Eppure, quando trova il corpo distrutto di una ragazza umana, tutto cambia. Per la prima volta dopo anni, prova qualcosa di più della rabbia e del dolore, ed Emily ne è la ragione. Lasciarla andare comprometterebbe la sua missione, ma tenerla con sé potrebbe distruggerlo nuovamente.

Non voglio morire. Non voglio morire. Ti prego, ti prego, ti prego, non voglio morire.

Continuava a ripetere ostinatamente quelle parole nella sua mente, una disperata preghiera che nessuno avrebbe mai ascoltato. Le sue dita scivolarono di un altro centimetro sul bordo di legno ruvido, spezzandosi le unghie nel tentativo di mantenere la presa.

Emily Ross era appesa—letteralmente—per le unghie a un vecchio ponte mal ridotto. Decine di metri sotto, l'acqua inondava le rocce, con il ruscello gonfio per le recenti piogge.

Quelle piogge erano in parte responsabili della sua situazione. Se il legno del ponte fosse stato asciutto, forse non sarebbe scivolata, facendo una storta. E sicuramente non sarebbe caduta sulla ringhiera, fracassandola sotto il suo peso.

Solo una disperata stretta dell'ultimo minuto aveva evitato ad Emily di precipitare verso la morte. Mentre scivolava verso il basso, la mano destra aveva afferrato una piccola sporgenza sul lato del ponte, lasciandola penzoloni in aria decine di metri sopra le rocce dure.

Non voglio morire. Non voglio morire. Ti prego, ti prego, ti prego, non voglio morire.

Non era giusto. Non doveva andare così. Quella era la sua vacanza, il suo periodo di rigenerazione. Come poteva morire proprio ora? Non aveva ancora iniziato a vivere.

Le immagini degli ultimi due anni attraversarono la mente di Emily, come le presentazioni PowerPoint che le avevano occupato tante ore di lavoro. Ogni notte, ogni fine settimana trascorso in ufficio—era stato tutto inutile. Aveva perso il lavoro a causa dei tagli del personale, e ora stava per perdere la vita.

No, no!

Emily dimenò le gambe, scavando più in profondità nel legno con le unghie. Alzò l'altro braccio, allungandosi verso il ponte. Non sarebbe accaduto. Non l'avrebbe permesso. Aveva lavorato troppo duramente per lasciare che uno stupido ponte della giungla avesse la meglio su di lei.

Il sangue le scorreva lungo il braccio, mentre il legno le lacerava la pelle delle dita, ma ignorò il dolore. La sua unica speranza di sopravvivenza consisteva nel tentativo di afferrare il lato del ponte con l'altra mano, in modo da potersi tirare su. Non c'era nessuno nelle vicinanze per salvarla, proprio nessuno; poteva contare solo su se stessa.

Emily non aveva riflettuto sulla possibilità che sarebbe potuta morire da sola nella foresta pluviale, quando era partita per quel viaggio. Era abituata a fare escursioni, ad andare in campeggio. E nonostante l'inferno degli ultimi due anni, era ancora in buona forma, forte, e pronta a correre e a praticare sport sia durante la scuola superiore che all'università. La Costa Rica era considerata una destinazione sicura, con un basso tasso di criminalità e una popolazione aperta ai turisti. Era anche poco costosa—un fattore importante vista la rapidità con cui si assottigliavano i suoi risparmi.

Aveva prenotato quel viaggio *prima*. Prima che il mercato peggiorasse di nuovo, prima di un altro ciclo di licenziamenti, che aveva causato la perdita del lavoro per migliaia di lavoratori di Wall Street. Prima che Emily andasse a lavorare lunedì, con gli occhi stanchi per aver lavorato tutto il fine settimana, solo per lasciare l'ufficio lo stesso giorno con tutti i suoi effetti personali in una piccola scatola di cartone.

Prima che la sua relazione durata quattro anni si sgretolasse.

La sua prima vacanza dopo due anni, e stava per morire.

No, non pensarci. Non succederà.

Ma Emily sapeva di mentire a se stessa. Sentiva le sue dita scivolare sempre di più, con il braccio destro e la spalla in fiamme per via dello stiramento nel sostenere il peso di tutto il corpo. La sua mano sinistra era a pochi centimetri dal lato del ponte, ma tanto valeva che quei centimetri fossero miglia. Non riusciva ad aggrapparsi con una forza tale da sollevarsi con un braccio.

Fallo, Emily! Non pensarci, fallo e basta!

Raccogliendo tutta la forza, fece oscillare le gambe in aria, sfruttando lo slancio per sollevare il corpo in una frazione di secondo. Afferrò il bordo sporgente con la mano sinistra, lo strinse... e il fragile pezzo di legno si spezzò, facendola gridare dal terrore.

L'ultimo pensiero di Emily prima di colpire le rocce fu la speranza di una morte istantanea.

L'odore della vegetazione della giungla, ricco e pungente, raggiunse le narici di Zaron. Inalò profondamente, lasciando che l'aria umida gli riempisse i polmoni. Era pulita lì, in quel piccolo angolo della Terra, quasi incontaminata come quella del suo pianeta.

Aveva bisogno di quella adesso. Aveva bisogno dell'aria fresca, di isolamento. Negli ultimi sei mesi aveva cercato di fuggire dai suoi pensieri, di esistere solo in quel momento, ma non c'era riuscito. Nemmeno il sangue e il sesso lo soddisfacevano ormai. Poteva distrarsi scopando, ma poi il dolore tornava sempre, più forte che mai.

Era davvero troppo. La sporcizia, le folle, il fetore dell'umanità. Quando non era avvolto da una nebbia di estasi, era disgustato, con i sensi sopraffatti dall'aver trascorso troppo tempo nelle città umane. Era meglio lì, dove poteva respirare senza inalare veleno, dove poteva sentire l'odore della vita invece di quello dei prodotti chimici. Pochi anni dopo, tutto sarebbe stato diverso, e avrebbe potuto riprovare a vivere ancora una volta in una città umana, ma non ancora.

Non prima di essersi stabiliti lì completamente.

Quello era il compito di Zaron: supervisionare gli insediamenti. Aveva fatto ricerche sulla fauna e la flora della Terra per decenni, e quando il Consiglio aveva chiesto la sua assistenza per l'imminente colonizzazione, non aveva esitato. Qualunque cosa era meglio che essere a casa, completamente permeata dai ricordi della presenza di Larita.

Non c'erano ricordi lì. Nonostante tutte le somiglianze con Krina, quel pianeta era strano ed esotico. Sette miliardi di *Homo sapiens* sulla Terra—un numero impensabile—e si stavano moltiplicando a un ritmo vertiginoso. Con la loro breve durata di vita e la conseguente mancanza di memoria a lungo termine, stavano consumando le risorse del loro pianeta con un profondo disprezzo per il futuro. In qualche modo, gli ricordavano la *Schistocerca gregaria* —una specie di locusta che aveva studiato diversi anni fa.

Naturalmente, gli esseri umani erano più intelligenti degli insetti. Alcuni individui, come Einstein, erano addirittura simili ai Krinar in alcuni aspetti del loro pensiero. Ciò non era particolarmente sorprendente per Zaron; aveva sempre pensato che fosse questo l'intento del grande esperimento degli Anziani.

Passeggiando per la foresta della Costa Rica, si ritrovò a pensare al proprio compito. Quella parte del pianeta era promettente; era facile immaginare piante commestibili provenienti da Krina che fiorivano lì.

Aveva fatto tante prove sul suolo e aveva alcune idee su come rendere ancora più rigogliosa la flora di Krina.

Intorno a lui, la foresta era lussureggiante e verde, impregnata del profumo di eliconie in fiore e del rumore dei fruscii delle foglie e degli uccellini appena nati. In lontananza, sentì il grido di una *Alouatta palliata,* una scimmia urlatrice nativa della Costa Rica, e qualcos'altro.

Accigliato, Zaron ascoltò più attentamente, ma il suono non si ripeté.

Incuriosito, si diresse in quella direzione, con gli istinti di cacciatore in allerta. Per un attimo, quel suono gli aveva ricordato l'urlo di una donna.

Muovendosi con facilità tra la folta vegetazione della giungla, Zaron scattò a gran velocità, saltando su un piccolo torrente e sui cespugli che trovava sul suo cammino. In quel luogo, lontano dagli umani, poteva muoversi come un Krinar, senza la preoccupazione di esporsi. Qualche minuto dopo, arrivò abbastanza vicino da poterne sentire il profumo. Forte e simile al rame, gli fece venire l'acquolina in bocca e risvegliare il sesso.

Sangue.

Sangue umano.

Raggiungendo la sua destinazione, Zaron si fermò, fissando la visuale davanti a lui.

Di fronte c'era un fiume, un torrente di montagna in piena per le recenti piogge. E sulle grandi rocce nere al centro, sotto un vecchio ponte di legno che attraversava la gola, c'era un corpo.

Il corpo frantumato e contorto di una ragazza umana.

La Prigioniera dei Krinar è ora disponibile . Visitate il mio sito web all'indirizzo www.annazaires.com/book-series/italiano/ per saperne di più e per iscrivervi alla mailing list delle nuove pubblicazioni.